dtv

Ausführliche Informationen über
unsere Autoren und Bücher
www.dtv.de

LIV WINTERBERG

Elisabetta

ROMAN

dtv

Von Liv Winterberg
sind bei dtv außerdem erschienen:
Vom anderen Ende der Welt (21451)
Sehet die Sünder (21627 und 24940)
Der Klang der Lüge (26018)

Die Übersetzung der oratio funebris
»Klage um eine große Malerin«
von Giovanni Luigi Picinardi
wurde von Judith Krieg vorgenommen.

MIX
Papier aus verantwortungsvollen Quellen
FSC® C014496
FSC www.fsc.org

Originalausgabe 2016

Umschlaggestaltung: Lisa Höfner unter Verwendung von
Bildern von bridgemanart.com und akg-images
Satz: Greiner & Reichel, Köln
Gesetzt aus der Arno Pro 11,5/15˙ und der Aphrodite Pro
Druck und Bindung: GGP Media GmbH, Pößneck
Gedruckt auf säurefreiem, chlorfrei gebleichtem Papier
Printed in Germany · ISBN 978-3-423-28086-0

Meine Kunst ist mein Weib, mehr als genug,
denn sie hat mich zeitlebens gequält. Und meine Kinder sind
die Werke, die ich hinterlasse. Sollten sie auch nicht viel taugen,
so werden sie doch eine Weile leben.

Michelangelo (1475–1564),
Maler, Bildhauer, Baumeister

Elisabetta Sirani: Allegorie der Malerei (Selbstbildnis), 1658

PERSONEN- UND FIGURENÜBERSICHT

Die fiktionalen Figuren sind kursiv gesetzt, alle anderen Personen haben gelebt, auch wenn von den meisten heutzutage kaum mehr bekannt ist als der Name. Geburtsdaten wurden, soweit vorhanden, ergänzt.

Familie Sirani und die Bediensteten

Elisabetta Sirani: 1638–1665, Malerin in Bologna. Sie übernahm das Atelier vom Vater und bildete Maler und Malerinnen aus.
Giovanni Andrea Sirani: 1610–1670, Maler und Kunsthändler. Vater von Elisabetta, Barbara, Anna Maria und Antonio
Margherita Sirani: Mutter von Elisabetta, Barbara, Anna Maria und Antonio
Barbara Sirani: 1641–1692, Malerin
Anna Maria Sirani: 1652–1715, Malerin
Antonio Maria Sirani: Er studierte Medizin und Philosophie. Es existiert zu ihm kein Geburts- und Sterbedatum. Das Alter im Roman ist fiktiv.
Giacoma Sirani: Schwester von Giovanni Andrea Sirani
Anna Maria Donnini: Magd im Hause Sirani
Antonia Donnini: Mutter von Anna Maria Donnini, arbeitete gelegentlich unterstützend als Magd im Hause Sirani
Lucia Tolomelli: Magd im Hause Sirani

Personal der Bottega Sirani

Bartolomeo Zanichelli: Leiter der Werkstatt des Giovanni Andrea Sirani

Ginevra Cantofoli: 1618–1672, Malerin, die von Elisabetta Sirani ausgebildet wurde
Lehrling David

Signor Picinardi und die Bediensteten
Giovanni Luigi Picinardi: Prior des Juristenkollegs in Bologna, Verfasser der Leichenrede von Elisabetta Sirani. Es existiert zu ihm kein Geburts- und Sterbedatum. Das Alter im Roman ist fiktiv.
Haushälterin Francesca
Magd Petronella

Weitere Personen
Graf Carlo Cesare Malvasia: 1616–1693, Gelehrter (Jura und Theologie), Entdecker und Förderer von Elisabetta Sirani
Dionisio Pignatelli: Richter in Bologna, leitete damals den Prozess gegen Lucia Tolomelli
Nicola de Lemis: Anwalt von Lucia Tolomelli
Francesco del Monte: Mitarbeiter des Gerichtes in Bologna, unter anderem Gefängniswärter
Dottor Gallerati: behandelnder Arzt von Elisabetta Sirani
Dottor Mattaselani: behandelnder Arzt von Elisabetta Sirani

Im Anhang befinden sich die gekürzte Übersetzung der oratio funebris von Giovanni Luigi Picinardi, ein Nachwort zu Elisabetta Sirani, das Glossar und ausgewählte Werke von Elisabetta Sirani.

Prolog vom Licht

»Elisabetta, wo bist du? Komm her, ich muss dich anziehen!« Verärgert sah Margherita auf das am Boden liegende Tuch, das sie zuvor um ihre Tochter gewickelt hatte. Sie griff den Kittel, lief in den Flur hinaus und lauschte. Stille.

»Elisabetta! Komm sofort her!«, rief sie, und ihr Herz begann, dumpf zu schlagen. Wie weit konnte ein kleines Kind, das nackt und barfuß war, binnen weniger Minuten kommen? Die Haustür war immerhin geschlossen, stellte sie erleichtert fest. Mit großen Schritten eilte sie den Flur entlang, blickte in die Schlafkammer, in die Küche. Nichts.

Bitte, Maria, Mutter Gottes, hilf mir. Ich habe das Kind nur einen Moment aus den Augen gelassen, um ein Scheit Holz nachzulegen. Damit es wärmer wird, wenn ich Elisabetta den Kittel anziehe. Bitte, bring mich zu ihr, flehte sie in Gedanken, bog um die Ecke und blieb abrupt stehen.

Die Mutter Gottes hatte sie erhört und sich der Aufgabe selbst angenommen: Vor der Madonnenfigur, die am Kopf des Flures über die Geschicke des Hauses wachte, stand Elisabetta. Die Händchen vorgestreckt, strich sie über das weiche Zirbelholz. Die Madonna, gut einen Kopf größer als das Mädchen, schien mit gesenktem Haupt auf es herabzusehen.

Margherita musste sich abstützen. Der kleine, nackte Leib war von einem hellen Lichtkranz umgeben – ein warmer, weicher Schein, wie sie ihn noch nie zuvor gesehen hatte. Ihr stockte der Atem. Sie griff sich an den Hals, wandte sich um und rannte in den Garten. Hinaus zu ihrem Gatten, der dort Holz hackte.

»Giovanni Andrea«, schrie sie und sah, wie das Beil ein Scheit in zwei Hälften trennte. »Das Kind, Elisabetta, sie ist eine Auserwählte.« Sie rang nach Luft, während Giovanni Andrea das Beil sinken ließ.

»Was ist sie?«

»Auserwählt. Sie steht nackt und barfuß vor der Mutter Gottes, von einem hellen Lichtkranz umgeben.« Mit zitternder Hand bekreuzigte sich Margherita und bemerkte, wie Giovanni Andrea die Augenbrauen zusammenzog.

»Was macht das Kind bei der Kälte nackt und barfuß im Flur?«

»Sie ist mir weggelaufen, als ich nachgefeuert habe. Sie hat sich aus der Decke gewunden und …«

»Es ist sehr aufmerksam von dir, mir das umgehend mitzuteilen«, unterbrach er sie. »Aber heißt das, sie steht noch immer da? Nackt im Flur?« Er schaute streng auf den Kittel, den sie in der Hand hielt.

Margherita nickte heftig. »Ja, es ist ein göttlicher Moment, ich kann ihn doch nicht zerstören, nur weil ich Elisabetta einen Kittel anlegen will. Verstehst du? Sie ist auserkoren! Komm mit, ich zeige es dir.«

»Meinst du, es ist wahrscheinlich, dass hier, bei uns im Haus, die Jungfrau Maria erscheint? Willst du mir ernsthaft erklären, unsere kleine Rotznase ist eine Auserkorene?«

»Ja, so ist es! Bitte glaube mir! Ich habe es gesehen. Helles, weiches Licht, so schön wie der Schein des Mondes.«

»Wirklich schön wäre es, wenn du jetzt hineingehen und deine Aufmerksamkeit auf deine Tochter und die Dinge richten würdest, die wahrscheinlich sind. Und mir nicht von irgendwelchen wundersamen Erscheinungen berichtest, um deine Nachlässigkeit zu verbergen.«

Vom Tanz auf Messers Schneide

Er könnte sie erschlagen, überlegte er. Obwohl sie sich seltsamerweise seit geraumer Zeit nicht rührte, nicht einmal zuckte und keinen Laut mehr von sich gab. Er könnte versuchen, sie loszuwerden, sie hinauswerfen. Er könnte einfach sitzen bleiben und sie weiterhin beobachten, den fetten Leib und die behaarten Beine. Er könnte ihre Anwesenheit akzeptieren und sie so lange ignorieren, bis sie von sich aus verschwand. Vielleicht sollte er die Situation aber auch einfach als das betrachten, was sie war: ein Hinweis darauf, dass er dabei war, den Verstand zu verlieren.

»Gut, wenn du schon mal da bist, möchtest du vielleicht erfahren, was geschehen ist.«

Tatsächlich wandte sie sich ihm jetzt zu und stierte ihn aus roten Augen an, ganz so, als würde sie auf die Fortsetzung seiner Ausführung warten.

»Vorgestern, am Freitag, genau genommen am 28. August des Jahres 1665«, fuhr er fort, »wurde mein Leben in seinen Grundfesten erschüttert. Nein, es wurde auseinandergeschlagen. Verstehst du, es ist regelrecht zerfallen, in allerkleinste Teile. Siehst du sie, die Scherben?«

Er wies auf seinen Kopf. »Hier.«

Dann presste er den Zeigefinger auf sein Herz. »Und dort.«

Mit der Hand fuhr er über seinen Bauch, über den Schritt bis hin zu seinen Knien. »Also einfach überall.«

Erschöpft brach er ab und lauschte in die Stille des Studierzimmers hinein.

»Was sagst du? Ich soll mich erst einmal vorstellen? Der Mann, der gerade zu dir spricht, du widerliches Ding, ist Giovanni Luigi Picinardi. Ich bin der ehrwürdige Prior des Juristenkollegs Bolognas, mit neununddreißig Jahren der jüngste, den es je gab. Und was nützt es mir? Nichts! Denn wie du sicherlich bemerkt hast, ist es mir nicht vergönnt, mein Leid mit jemand anderem zu teilen. Große Umwälzungen kommen manchmal in kleinen Schritten daher, die erst langsam in die Katastrophe und dann im besten Falle in eine Katharsis führen. In meinem Fall geschah die Katastrophe allerdings unerwartet und mit einem Schlag. Einem der Art, die so tief trifft, dass ich keine Worte dafür zu finden vermag. Aber was verstehst du schon davon?«

Nicht einen Wimpernschlag lang ließ er sie aus den Augen. Er musste nur warten, im richtigen Moment die Hand erheben und zuschlagen. Und alles wäre vorbei. Die Fliege wäre nicht mehr als ein Fleck auf der Wand. Eine schmierige Erinnerung an die dunkelsten Tage seines Lebens.

Der rechte Flügel zitterte kurz, doch der schwarz-grün schillernde Leib bewegte sich nicht.

»Vielen Dank für deine Anteilnahme, und wage es jetzt nicht, davonzufliegen. Du fragst, was heute Nacht auf der Piazza San Domenico geschehen ist? Sagen wir, es war eine unerfreuliche Begegnung mit zwei noch unerfreulicheren Zeitgenossen. Insofern ist es nicht mehr gewesen als eine kurze Irritation in einer ohnehin bereits bestehenden Phase der Verstörung, in die mich das Schicksal gestürzt hat.«

Abermals schwieg der Prior und schüttelte dann den Kopf.

»Ja, da magst du recht haben: Es könnte durchaus sein, dass ich fiebere. Wie sollen wir uns sonst dieses Gespräch erklären?«

Picinardi verfiel nun wieder vollends in sein Schweigen, ein dumpfes Brüten in Gesellschaft der fetten Fliege.

Dieser Zustand der gemeinsamen Reglosigkeit sollte jedoch nicht lange währen. Am Nachmittag dieses 30. August, des Sonntags, an dem der seelische Zustand des Priors auf Messers Schneide tanzte, ließ Maestro Giovanni Andrea Sirani höchstselbst ihn rufen.

Zu sich.

In die Via Urbana 7. Den Ort des Schreckens jener Tage in Bologna.

Der Maestro war, was sicherlich erwähnenswert ist, einer der größten Maler seiner Zeit, allein in Bologna waren seine Werke in mindestens vier Kirchen zu bewundern. Auch in den Palazzi zahlreicher Adliger, diverser Kaufleute und anderer Männer, die es zu Wohlstand gebracht hatten, zierten seine Gemälde das Piano nobile. Obendrein betrieb der Maler, seitdem er an Gicht erkrankt war, einen Kunsthandel, der weit über die Grenzen des Landes hinaus florierte. Ebenjener Mann hatte einen Lehrling seiner Bottega entsandt, der abgehetzt den Palazzo des Priors Picinardi erreichte und die Dienstmagd flehentlich bat, beim Signore vorgelassen zu werden.

Die Magd, ein Mädchens namens Petronella, wagte es

nie, den Prior sonntags in seinem Schreibzimmer zu stören. Doch an diesem Nachmittag wich sie von jener ehernen Regel ab, denn sie ahnte, warum der Lehrling der Bottega Sirani vor ihr stand.

Die Tatsache, dass das Mädchen den Boten nicht abwies und mit der Überbringung der Nachricht wartete, bis Francesca, die Haushälterin des Priors, jeden Moment vom zweitägigen Besuch ihrer Schwester zurückkehrte, sondern an die Tür des Studierzimmers klopfte und dieses überhastet betrat, sogar bevor sie dazu aufgefordert worden war, all das war bemerkenswert.

Der Prior erfasste, trotz der inneren Starre, in die er seit zwei Tagen verfallen war, dass etwas Außergewöhnliches geschehen sein musste. Eine Rüge kam ihm nicht über die Lippen, vielmehr wartete er wortlos darauf, was Petronella ihm mitzuteilen gedachte.

Normalerweise betrat sie diesen Raum einmal die Woche, am Freitagnachmittag, wenn er außer Haus war und sich mit den Signori des Juristenkollegs traf. Nur dann durfte sie in das Studierzimmer hinein, um Staub zu wischen. Insofern kannte Petronella den Raum nur ohne ihn. Seine Anwesenheit schien sie, obwohl sie ihn bewusst aufgesucht hatte, für einen Augenblick aus dem Takt zu bringen. Sein Anblick trug erheblich zu ihrer Verunsicherung bei, vermutete Picinardi. Seit dem Zwischenfall auf der Piazza San Domenico trug er einen Schal um den Hals, der die Würgemale nur unzureichend überdeckte, und das Pflaster an seiner Stirn drohte sich zu lösen. Das kinnlange Haar hing wirr, und der Bart spross.

Das Mädchen zögerte, fuhr mit den Händen mehrfach über die Schürze und starrte ihn mit aufgerissenen Augen an. Sie war blass, blasser als sonst, und ihr Brustkorb hob und senkte sich heftig. Nach zwei, vielleicht drei Atemzügen flüsterte sie: »Ein Lehrling ist hier, aus der Bottega Sirani. Der Maestro bittet Euch, ihn unverzüglich aufzusuchen.«

Sie schwiegen beide.

Picinardi sank in die Lehne seines Stuhles zurück, immer tiefer hinein in die lederne Bespannung, und ließ seinen Blick über die Wand gleiten. Doch die Fliege war verschwunden. Er wusste nichts zu entgegnen oder gar einen schlichten Auftrag zu geben, wie »Geh meinen Umhang holen« oder was immer angebracht gewesen wäre. »Ein Besuch ist überfällig«, sagte er irgendwann und erhob sich mit schweren Gliedern.

Ihm graute vor der Begegnung mit der Familie Sirani, denn woher sollte er die Kraft nehmen, ihnen beizustehen? Wie sollte er verbergen, dass der Schicksalsschlag, der die Stadt vor zwei Tagen ereilt hatte, auch ihn zu zerreißen drohte?

Von auferlegter Last und ungewollter Ehre

Ruhelos wanderte Picinardi im Piano nobile auf und ab. Irgendwer hatte hier immerhin einen der Fensterläden geöffnet. Das diffuse Licht legte sich, einer bleiernen Müdigkeit gleich, umgehend auf sein Gemüt und machte ihm das Denken schwer. Auch den Gemälden, die Rahmen an Rahmen hingen, schien es ihre Farbkraft zu nehmen. Selbst das diamantene Kreuz, derart im Schrank positioniert, dass es unmöglich war, es zu übersehen, wirkte stumpf. Da er sich nie hatte merken können, ob es nun 54 oder 56 Steine waren, die Aufmerksamkeit einforderten, fing er an – in der aussichtslosen Hoffnung, seine innere Unruhe damit zu bezwingen –, sie zu zählen. Als er die 49 erreichte, betrat Giovanni Andrea Sirani den Raum.

Sein Anblick war ein Schlag.

Er war stets ein hagerer Mann gewesen, dessen Kraft, lange nachdem die Gicht seine Gelenke zu krümmen begonnen hatte, noch immer spürbar gewesen war. Nun war er mager geworden, als hätte er über Nacht ein erhebliches Maß an Gewicht verloren. Das Glühen seiner Augen war nie erloschen, der Bariton seiner Stimme ungebrochen geblieben. Stets hatte sich erahnen lassen, dass dieser Mann einst ansehnlich gewesen war und gern lachte, denn in seinem lebhaften Gesicht, vor allem um seine Augen herum, hatte es zahlreiche Lachfalten gegeben. Sie waren indessen zu tiefen Kerben des Kummers geworden.

Der Prior musste sich bemühen, den väterlichen Freund nicht anzustarren, er musste sich sogar regelrecht ermahnen, auf ihn zuzugehen und ihn zu umarmen. So schloss er den Maestro unbeholfen in die Arme und bemerkte mit der Nähe den trüben Blick der verquollenen, fast zugeschwollenen Augen mit tiefen Ringen darunter.

»Einen Kondolenzbesuch hätte ich von dir schon erwartet«, sagte der Maestro, während er sich aus Picinardis Armen löste und am Tisch auf einem Stuhl niederließ. Seinen Gehstock klemmte er zwischen die Knie.

»Ganz Bologna ist erschüttert, und du weißt, ich bin ebenso fassungslos. Es zerreißt mir das Herz, doch der Überfall ...« Er wies auf seinen Hals.

Kurz blickte der Maestro auf den Schal und nickte, offensichtlich nicht überzeugt, jene Schrammen und Flecken würden sein Fehlen entschuldigen.

Picinardi stockte. »Das ist eine ... Ich kann das nicht. Vergib mir«, fuhr er fort, wesentlich leiser als zuvor. »Ich hörte, dass deine Familie Beistand erhält, von nahezu allen Seiten. Was soll ich dann hier? Ich bin ein Maulheld, dem, wenn es darauf ankommt, vor Trauer doch die Worte fehlen.« Er schloss für einen Moment die Augen und atmete tief durch. Wie gern wäre er neben dem Alten auf die Knie gesunken, hätte seine Hand ergriffen und ihm das eigene Elend entgegengebrüllt. Sich an ihm festgehalten und ihm begreiflich gemacht, dass auch er sich vor Schmerz kaum aufrecht halten konnte.

Der Maestro nickte müde. »Lass gut sein. Ich will dich nicht angreifen. Wäre dir jemals eine Tochter entrissen worden, hätte ich es ebenfalls nicht über mich gebracht, einen Fuß in dein Haus zu setzen, es sei denn, mein Weib hätte darauf bestanden.«

»Wie geht es Margherita?«

»Schlecht, sehr schlecht, deshalb werde ich mich kurzfassen. Aber ich habe eine Bitte«, sagte er und schaute auf die Knoten, die in den letzten Jahren an den Gelenken seiner Finger entstanden waren.

»Alles, was du willst. Du weißt, ich bin für dich da. Auf meine Art. Wenn du mich brauchst, dann stehe ich deiner Familie und dir zur Seite.« Auch wenn Picinardi ehrlich meinte, was er sagte, begriff er, dass die Worte, sein täglich Werkzeug, sich wieder einmal verflüchtigt und nichts als die Hülsen ihrer selbst zurückgelassen hatten.

Der Maestro schien es nicht zu bemerken. Er biss auf seiner Unterlippe herum, dann, ganz unvermittelt, fuhr sein Kopf in die Höhe, und er sah dem Prior direkt in die Augen. »Du sollst es machen ... Du sollst über sie schreiben!« Er stieß die Worte förmlich aus sich heraus, und jedes von ihnen schien den Schmerz, an dem er litt, zu verstärken. Ganz so, als würden diese beiden Sätze das Geschehene erst zur Gewissheit machen.

Picinardi schwieg. Ein Epigramm. Letzte Worte für eine Inschrift auf der Grabplatte. War es nicht seltsam, dass das Schicksal ihn derart verhöhnte und aufforderte, ihr diese Ehre zu erweisen?

»Eine Ehre, es ist mir eine große Ehre, dass du mir zutraust, die Inschrift ...«, abermals zögerte er, da er es nicht wagte, das Wort »Grabplatte« auszusprechen, »also, ich werde das natürlich übernehmen und ...«

»Wovon redest du?«, fiel ihm der Maestro ins Wort. Er runzelte die Augenbrauen, während Picinardi innehielt, seinen Rücken anspannte und sich aufrichtete.

»Ich rede nicht von der Inschrift auf einer Grabplatte. Es wird eine Trauerfeier geben, wie die Stadt sie bisher nicht gesehen hat. Größer und beeindruckender als alle, mit denen die Künstler in Bologna bisher bedacht wurden. Viele Maler waren es ja ohnehin nicht, denen diese Ehre zuteilwurde, und wenn sie jemand verdient hat, dann meine Tochter. Sie war ein Ideal der Perfektion, und es braucht Können, ihre Einzigartigkeit in Worte zu fassen. Wie auch immer: In der Basilika San Domenico wird diese Feierlichkeit begangen, und ich möchte, dass du die Trauerrede hältst. Du wirst diese Worte finden und eine Rede schreiben, so mitreißend und wahrhaftig, dass sie die Jahrhunderte überdauern und das Andenken meiner Tochter in Ehren halten wird. Sie durfte nicht länger unter uns weilen, es war Gottes Wille oder Teufels Werk. Aber ihre Gemälde und deine Rede, sie werden sie unsterblich machen.«

Nein!, schrie es in Picinardi, ich bin nichts als ein Heuchler, die falsche Schlange, die sich unter fadenscheinigem Vorwand an deine Brust geschmiegt hat. Ich kann das nicht, und ich werde dir nie erklären können, warum nicht. Nein, niemals!

Der Maestro schien ihm sein Zaudern anzusehen und wies energisch mit dem Gehstock auf ihn. »Sage es nicht, ich weiß, du wirst die richtigen Worte finden. Ich habe das Büchlein gelesen, das du letzthin hast drucken lassen, die ›Iris Poetica‹. Die Art, wie du darin mit den Farben des Regenbogens die Schönheit der Poetik erstrahlen lässt, berührt mich. Du kanntest mein Kind von klein auf. Nicht irgendein dahergelaufener Trauerredenschreiber wird ihren Nachruf in Worte fassen, du wirst das machen.«

»Nein, glaube mir, das kann ich nicht.«

»Natürlich kannst du das, keine Widerrede. Du bist ein kluger Junge, das weiß ich.«

Picinardi schluckte gegen den Knoten in seiner Kehle an und wusste nichts zu erwidern.

»Einem Mann wie dir geht das zügig und sicher von der Hand. Wenn es einem gelingt, unsere Erinnerungen in Worte zu fassen, dann dir. Aber alles zu seiner Zeit. Du ahnst nicht, was wir hinter uns haben. Es ging so schnell und kam gänzlich unerwartet. Wir haben sie beigesetzt, gestern, in der Basilika San Domenico …«

Die Basilika. Er war da gewesen, mitten in der Nacht, und hatte es nicht gewagt, das Portal zu öffnen. Vermutlich wäre es ohnehin verschlossen gewesen, aber er hatte nicht einmal den Mut gefunden, es wenigstens zu versuchen. Noch immer erschien ihm die Beisetzung einer Frau in der Mutterkirche der Dominikaner abwegig. Einen anderen Ort hätte er sich für eine Künstlerin wie sie gewünscht, auch wenn er nicht sagen konnte, welchen.

»Warum San Domenico? Bei den domini canes, den Hunden Gottes?«

»Wo denn sonst? Ihr Taufpate, du weißt schon, Saulo, er hat sie in seiner Gruft aufgenommen.«

Picinardi runzelte die Stirn. Natürlich, Senator Saulo Guidotti. Warum hatte er nicht daran gedacht? »Aber achten die Brüder des Ordens nicht darauf, dass nur Familienmitglieder in der Gruft beigesetzt werden?«

Unwillig schüttelte der Maestro den Kopf.

Es blieb kein Zweifel. Der Senator hatte Wege gefunden, seinen Willen durchzusetzen. Und es war naheliegend: Das Patenkind hatte in der Rosenkranzkapelle seine letzte Ruhe gefunden, direkt neben Guido Reni, dessen Beisetzung in der Familiengruft der Guidottis ebenfalls nicht mit einer familiären Verbindung zu erklären war. Denn auch um diesen Maler würdig zu bestatten, hatte Saulo Guidotti vor ziemlich genau 23 Jahren die Familiengruft bereits geöffnet.

»Ja, es ist eine Ehre und ein kleiner Trost für unsere Familie: Sie sind nun im Tode vereint, zwei der größten Maler dieser Stadt«, sagte der Maestro, und ein wenig Glanz kehrte in seine Augen zurück. »Wir haben gut zwei, vielleicht drei Monate für die Gespräche zur Trauerrede, denn die Gedenkfeier wird erst im November stattfinden. Die Vorbereitungen werden Zeit brauchen. Wenn du irgendwen sprechen möchtest, aus der Familie, der Bottega – lass es mich wissen.«

Nach einer für beide Männer schmerzlichen Verabschiedung trat Picinardi hinaus in die Via Urbana, nahezu vergiftet von dem Gefühl, seinem Freund gegenüber nicht ehrlich gewesen zu sein, seit Jahren schon, und ihm heute sogar ins Gesicht gelogen zu haben. Aber wie sollte er dem alten Mann erklären, warum er vor der Basilika San Domenico gesessen und sturzbetrunken Ausschau gehalten hatte, bis zwei Männer des Weges kamen, die ihm geeignet erschienen waren? Zwei derbe Kerle, die er in aller Form beleidigte hatte, damit sie ihm den Schmerz aus dem Leib prügelten. Wie sollte er erklären, dass er fast enttäuscht gewesen war, als ihm ein Fremder zu Hilfe eilte, weil er annahm, ein Überfall würde sich vor seinen Augen ereignen? Dass er die Sehnsucht in sich verspürt hatte, die zwei Idioten würden ihn hinter ihr her in den Tod schicken.

Da stand er nun, und die Helligkeit blendete ihn. Nach einigen Atemzügen sah er in den tiefblauen Himmel hinauf, der einen Bogen verheißungsvoller Leichtigkeit spannte, der nicht zu dem passen wollte, was sich im Hause Sirani ereignet hatte.

Damit wurde der 30. August 1665 der Tag, an dem ihm, dem ehrwürdigen Prior Giovanni Luigi Picinardi, einem der angesehensten Männer der Stadt, sowohl die Last als auch die Ehre auf die Schultern gelegt wurde, die oratio funebris für Elisabetta Sirani zu schreiben. Die Frau, die er heimlich geliebt hatte.

Die Besessene

Langsam setzte sich der Prior in Bewegung, lief im Schatten der Arkaden entlang und ließ sich willenlos von den Studenten treiben, die sich sogar heute in den Gassen drängten, immer weiter hinein in die Stadt. Unzählige Eindrücke, die er sonst kaum wahrnahm, weil sie ihm von Kindesbeinen an vertraut waren, bestürmten ihn mit einer Aufdringlichkeit, die kurzatmig machte. Das Licht war heller als sonst, nahezu grell, und dementsprechend wirkten die Schatten tiefer und dunkler. Selbst die Gerüche erlebte er intensiver. Dicht, fast klebrig kamen sie daher. Bei allem, was Picinardi sah, hörte, roch oder fühlte – und mochte der Sinnesreiz noch so widersprüchlich wirken –, glaubte er, mit ihr verbunden zu sein. Als würde ihre Seele weiterhin in dieser Stadt verweilen und ihm von jedem Ort aus einen Gruß zukommen lassen.

Doch Elisabetta würde nie wieder über die Piazza Maggiore eilen, den Mittelpunkt der Stadt, und ihren Blick über die Basilika San Petronio streifen lassen. Immer wieder hatte sie beim Anblick der unfertigen Fassade über den Hochmut der Menschen nachgedacht. Die gemeint hatten, hier, am nördlichen Zipfel des Kirchenstaates, eines der größten Gotteshäuser fernab Roms entstehen zu lassen, bis ihnen das Geld ausgegangen war. Manches Mal hatte Elisabetta darüber gelacht, an anderen Tagen Scham über derartige Anmaßung verspürt.

Picinardi blieb vor den drei Portalen der Basilika stehen. In den Lünetten standen Skulpturen, und mit einem Mal erinnerte er sich, wie er Elisabetta einst auf der Piazza Maggiore gesehen hatte. Nach langer Reise war er nach Bologna zurückgekehrt, und in jenen Monaten, in denen er Europa gesehen hatte, war aus dem Kinde ein Mädchen geworden, dessen Körper sich mühte, eine Frau zu werden. Die Arme zu lang, der Leib zu dünn, die Haut gefleckt von Unreinheiten, hatte sie auf einem Höckerchen gesessen, mit rundem Rücken, vorgebeugt, inmitten vorbeieilender Menschen, mit einem Bogen Papier und einem Stift. Ihr Blick war immer wieder zu den Skulpturen hinaufgefahren, um sie detailgetreu zu kopieren: links die Auferstehung, in der Mitte die Geburt Christi, rechts die Kreuzabnahme. Nichts hatte sie stören können, weder die Passanten noch der Lärm, der tagsüber über der Piazza lag und erst abnahm, wenn die Hitze die Menschen über Mittag in die Häuser trieb.

Einen Moment hatte er damals überlegt, ob er sie grüßen sollte, und sich dagegen entschieden. Zu fremd war sie ihm geworden. Nicht mehr Kind, noch nicht Frau.

Stattdessen hatte er sich – durchaus ein wenig empört – gefragt, ob ihr Vater wusste, dass sie vor aller Augen malte. Wenn Frauen schon den Pinsel ergriffen, hatte sich dies auf die Arbeit im Stillen zu beschränken, auf Portraits oder die Darstellung von Blumen, Früchten oder Gegenständen des Haushalts. Was hatte sie dann auf diesem Platz verloren?

Wie lange war das her? Wie lange hatte es nach jener Begegnung gebraucht, bis aus diesem ungelenken Geschöpf eine Frau herangereift war, wie Bologna sie nie zuvor erlebt hatte? Die ihn letztlich um sein Herz gebracht hatte.

Der Maestro hatte mit ihrer Ausbildung seinerzeit bereits begonnen, daran konnte er sich erinnern. Und kaum hatte sich der Vater der Förderung seiner Tochter angenommen, hörte man dies und das.

Geschichten über ein Wunderkind.

Erstaunlich und nahezu unglaubwürdig. Selbst ihm, der damals hin und wieder zu Besuch im Hause Sirani gewesen war – seine regelmäßigen Besuche erfolgten, was nicht überraschen dürfte, erst später –, war dieses Geschwätz unangemessen vorgekommen. Sie war nett, hatte er zu dieser Zeit gedacht, aber talentiert?

An jenem Tag auf der Piazza war es Picinardi noch ein Leichtes gewesen, Elisabetta nicht zu beachten. Sie sieht aus wie eine Besessene, hatte er stattdessen gedacht und war weitergeeilt.

Nun stand er, Jahre später, wieder hier und erinnerte sich seiner Worte, vor allem eines seiner Worte: Besessene. Er hatte Elisabetta tatsächlich als Besessene bezeichnet. Beschämend, aber geschehen. Er spürte Müdigkeit in sich. Wo waren sie, die wärmenden Erinnerungen? Warum marterte sein Hirn sich mit Geschichten, die er jahrelang verdrängt hatte und die ihn unterdessen beschämten?

Weiterhin ohne ein konkretes Ziel lief er die Piazza del Nettuno entlang und verspürte einen Moment Dankbarkeit, Elisabetta damals nicht direkt am Brunnen angetroffen zu haben. Wie sehr hätte es ihn in Verlegenheit gestürzt, sie in Skizzen der muskulösen Bronzestatue des nackten Wassergottes vertieft vorzufinden. Er beschleunigte die Schritte, denn abermals war es ihm unangenehm, sich daran zu erinnern, wie kleinlich und engstirnig sein Urteilsvermögen damals gewesen war. Nichts hatte er gewusst über die Kunst oder über sie, sich aber herausgenommen, ihr Handeln zu bewerten.

So irrte der Prior durch die Gassen, mal im Schatten der Arkaden, mal der sengenden Sonne ausgesetzt, und ohne es zu bemerken, hielt er sich östlich. Jeder Blick führte ihn in die Vergangenheit zurück: Der Apotheker dort an der Ecke besaß eines von Elisabettas Bildern, bei diesem Fleischer gab es ihre Lieblingswurst, eine stark gepfefferte Mortadella mit besonders groben Fettstücken. Zwei Straßen weiter hatte einst eine entfernte Verwandte gelebt, den Schattenwurf der Dächer zu seiner Rechten hatte Elisabetta an einem Sommerabend gemalt.

Erst das Rufen der Obst- und Gemüseverkäufer in der Via delle Drapperie holte ihn in die Gegenwart zurück. Inmitten des Bauches von Bologna nahm man es mit dem Tag des Herrn nicht so genau. Auch wenn die üblichen Händler ihre Stände nicht aufgebaut hatten, versuchten zahlreiche Anwohner, ihre Ernte feilzubieten.

Picinardi blieb stehen und spürte Menschen, die ihn hier und da streiften, während sie sich im Gedränge an ihm vorbeischoben, ein unangenehmes Gefühl, das er verabscheute. Zudem umgab ihn eine Geruchsmixtur aus reifem, teilweise fauligem Gemüse, süßen Früchten und verschiedenen Schweißnoten, die ihn nicht minder abstieß.

Doch sein Blick ließ sich locken, hinüber zum Stand eines dickleibigen Mannes, der sich vor einer Haustür zum Obst- und Gemüsehändler aufspielte. Die Farb- und Formenvielfalt des Obstes und des Gemüses, das fein säuberlich sortiert auf den schäbigen Holzbohlen auslag, war überwältigend! Einen Augenblick lang bereute der Prior es, sich den Worten, kargen schwarzen Linien auf weißem Untergrund, und nicht wie Elisabetta dem Rausch der Farben verschrieben zu haben. Einen Augenblick lang war er versucht, bei dem Dicken zu bestellen: ein wenig von dem Gelb da, jede Menge von dem Rot und dieses satte Violett dort hinten, das muss ebenfalls mit.

Die Stimme einer Frau riss ihn aus seinen Tagträumen. Sie keifte, er solle sich entscheiden, und er war beeindruckt, wie recht sie doch hatte.

Tatsächlich entschied er sich. Im Rausch der Farbenpracht am Stand eines vermeintlichen Obst- und Gemüsehändlers entschied er sich, dem Wunsch des Maestros Folge zu leisten und eine Rede zu schreiben, die nicht nur die Jahrhunderte überdauern, sondern jeden zu Tränen rühren sollte. Das war er nicht Giovanni Andrea Sirani schuldig, sondern ihr. Seiner Elisabetta.

Von der Suche nach Halt

Wie immer, wenn das Leben des Priors ins Straucheln geriet – und derzeit drohte es, in sich zusammenzustürzen –, wandte er sich, sobald er in den Palazzo zurückgekehrt war, an seine Haushälterin.

Francesca war ein Weib, das wie ein Fels in der Brandung des zuweilen wild schäumenden Lebens stand. Sie war in der Lage, dem Leben, wenn es aus den Fugen geriet, erst einmal zuzusehen, um dann zu entscheiden, wohin es geführt werden sollte. Mit ihrer unnachgiebigen Fürsorge erreichte sie, dass die Dinge den Lauf nahmen, den sie vorgesehen hatte.

Kaum hatte er das Haus betreten, stürmte er in den Garten, wo sie mittags gern im Schatten des Apfelbaumes saß. Wie so oft befasste sie sich mit den Ausgaben, indem sie den Inhalt der Haushaltskasse überprüfte.

Ohne ein Wort darüber oder auch nur zur Begrüßung zu verlieren, ließ er sich ihr gegenüber nieder. Sie musste seine Verzweiflung sehen, ja, sie musste seine Verlorenheit spüren, davon war er überzeugt. Und während er noch nach Worten suchte, fragte sie: »Wie geht es ihnen?«

Diese schlichte Frage sortierte Picinardis überbordende Gedanken, denn sie gab ihnen einen Ausgangspunkt. Wahrscheinlich hatte Magd Petronella ihr alles zugetragen, während er außer Haus gewesen war.

»Schlimm«, sagte er dann, zögerte und suchte nach einem passenderen Wort, doch ihm wollte keines einfallen. »Schlimm«, sagte er abermals, als würde mit der Wiederholung mehr gesagt als beim ersten Mal und sein eigenes Leid ergänzt.

Francesca starrte indessen auf den Schal und das Pflaster auf seiner Stirn. »Was ist da geschehen? Petronella erzählte, Ihr wärt …«

»Ein unglückseliger Zwischenfall, der nicht der Rede wert ist.«

Sie blieb stumm, nickte deutlich zweifelnd und schob beiläufig eine Münze an die andere.

»Was weißt du über Elisabetta?«, fragte er nun.

Mit zusammengezogenen Augenbrauen sah Francesca ihn an, und er erkannte an ihrem Blick, dass sie mit einem Mal auf der Hut war.

»Es hat einen Grund, dass ich frage«, fügte er hastig hinzu.

»Und welcher Grund ist das?«, entgegnete Francesca, wobei sie jedes Wort seltsam dehnte und mit ihrer Münzschieberei einen Halbkreis bildete.

»Du weißt doch immer alles.« Tatsächlich sah sie einen Augenblick aus, als würde sie sich geschmeichelt fühlen. Picinardi erfasste eher ahnend als wissend, dass er sich auf dem richtigen Weg befand, und fuhr fort: »Ich könnte deine Hilfe gebrauchen, denn es wird eine große Gedenkfeier geben, und ich soll eine oratio funebris schreiben, also eine …« Er zögerte, denn er wollte nicht von einer »Leichenpredigt« sprechen. Es war ein hässliches Wort, ein kaltes dazu, und er wollte die damit verbundenen Bilder dem Geiste seiner

Haushälterin, Elisabettas Andenken und sich selbst ersparen. »Ich werde die Trauerrede schreiben. Da könnte ich …«

»Nein, Gott bewahre! Ihr werdet doch nicht …«, fiel ihm Francesca ins Wort.

Erstaunt hielt Picinardi inne. An eine vergleichbare Regung konnte er sich nicht erinnern und beobachtete, wie sie sich die Hand vor den Mund schlug. Ihre Augen waren schreckgeweitet. Ahnte sie seine Gefühle und empfand es als unbotmäßig, sich dieser Aufgabe anzunehmen? Sie konnte es nicht wissen! Oder doch?

»Ihr werdet dieser Rede nicht zugesagt haben, hoffe ich inständig?« Francescas Miene war indessen streng, fast mütterlich. Da war sie wieder: die Frau des Hauses, in deren Händen die Fäden des Alltags zusammenliefen. »Ihr habt es hinter Euren Büchern nicht mitbekommen, oder? Hat Maestro Sirani es Euch verschwiegen?« Sie schüttelte den Kopf. »Männer! Wann reden sie eigentlich miteinander und worüber?«

Picinardi, der sich längst daran gewöhnt hatte, dass die Grenzen von Nähe und Distanz im Verhältnis zu seiner Haushälterin sich im Laufe der Jahre zu ihren Gunsten verschoben hatten, überlegte, ob er sie der guten Ordnung halber ermahnen sollte, nahm dann aber Abstand davon. »Der Maestro hatte andere Sorgen, als sich der Konversation zu widmen. Also, was meinst du?«, entgegnete er und bemerkte durchaus, dass er gegen seinen Willen deutlich lauter geworden war.

Doch Lautstärke beeindruckte Francesca nicht sonderlich. Vielmehr wusste sie, dass er gegen das Rauschen in seinen Ohren anbrüllte, das mit jedem Atemzug an Lautstärke gewann, sobald er seine Fassung zu verlieren drohte. Während über ihm in den Zweigen ein Vogel schrie und der aufkommende Wind über seine Haut fuhr, fröstelte der Prior und fixierte die Haushälterin.

»Jeder, wirklich jeder in der Stadt spricht über nichts anderes. Zwei Tage war ich in Modena, auch dort kennen sie kein anderes Thema. Nur Ihr, verzeiht, wenn ich es so deutlich sage, nur Ihr seid so oft fernab der Dinge, in Eurer Welt der Bücher.« Ihr Blick verdunkelte sich einen Wimpernschlag lang. »Wo seid Ihr nur immer mit Euren Gedanken?« Francesca schüttelte sacht den Kopf und sah ihn fast mitleidig an.

In diesem Moment wünschte der Prior, wieder ein Junge von sechs Jahren zu sein und wie damals auf ihren Schoß zu kriechen, sein Gesicht an ihre weiche Brust zu pressen und den tief in ihm verborgenen Schluchzern, die ihn zu ersticken drohten, freien Lauf zu lassen.

»Über Elisabetta kann ich Euch vieles erzählen«, fuhr Francesca, von alledem nichts ahnend, fort, »aber eines nach dem anderen. Mir ist nicht klar, wie Ihr eine Trauerrede schreiben wollt, denn es ist eine Tragödie, die sich zugetragen hat. Wahrscheinlich wurde sie – nein, es ist ganz sicher …«, sie betonte jedes einzelne Wort, »… Elisabetta wurde ermordet. Sie wurde vergiftet. Von ihrer Magd. Versteht Ihr jetzt, was ich meine? Wie wollt Ihr einer ermordeten Frau gedenken? Wie soll das gehen?«

Noch immer schrie der Vogel, noch immer fuhr der Wind dem Prior über die Haut, während er da saß, auf seiner Bank. Und für einen sehr langen Moment vergaß er das Atmen.

Licht und Schatten

Picinardi brauchte eine lange Nacht und anderthalb Karaffen dunklen roten Weines, bis er diese Antwort tatsächlich zu verstehen begann. Und damit seine eigene Unzulänglichkeit zu verstehen begann, die seit Elisabettas Tod immer deutlicher zutage trat.

Der Vollständigkeit halber und um den Gelehrten besser begreifen zu können, sollte an dieser Stelle erwähnt werden, dass Giovanni Luigi Picinardi im Kreise einer der wohlhabendsten Familien der Emilia mit überbordender Liebe und ausufernder Bildung ins Leben begleitet worden war. Keine Härte säumte seinen Weg, und aus dem jungen, ungebremst ins Leben stürmenden Mann wurde ein Mann des Rechts. Ein Mensch, der das Miteinander gestalten und ihm einen verbindlichen Rahmen geben wollte. Einer, der darüber hinaus gern beobachtete, den Sinn des Daseins suchte, ihn in der Musik erspürte, in der Kunst erkannte und in der Poesie zum Ausdruck brachte. Der Menschen zum Denken anregen wollte und der meinte, obwohl er von Berufs wegen in die Abgründe menschlicher Seelen geschaut hatte, der Kern des Menschen sei ein guter. All das, diese forschenden, kraftvoll-fordernden als auch empfindsamen Gaben, seien ihm, so glaubte er, in die Wiege gelegt worden.

So saß er nun eine lange Nacht in seinem Studierzimmer

und erkannte, dass nichts, zumindest wenig von alledem zutraf. Blind war er gewesen. Er hatte nicht gesehen, dass irgendwer seinem Juwel – und das war Elisabetta gewesen, leuchtend schön in ihrem Inneren und Äußeren – nach dem Leben trachtete. Sicherlich, neben Verehrung hatte sie durchaus Neid auf sich gezogen. Wo Licht war, war auch Schatten. Aber wie konnte solch ein Neid, sogar Hass entstehen, dass man ihr Gift verabreichte? Gift bedeutete Schmerz. Einen qualvollen Tod. Wer wollte sie derart leiden lassen? Wer konnte so etwas Brutales wie einen Giftmord an Elisabetta nur denken und dann tatsächlich ausführen?

Eine Magd? War das wahrscheinlich? War sie Handlangerin eines Mannes? Eines Malers, der in Elisabettas Schatten stand?

Mit jedem Gedanken fühlte der Prior sich schwächer. Warum konnte er auch jetzt, im Nachgang, keinen Hinweis auf und noch weniger Gründe für eine solche Tat erkennen? Und wie hatte er es versäumen können, den Maestro nach der Ursache für Elisabettas Tod zu fragen? Die Tatsache, dass sie der Welt genommen worden war, hatte offensichtlich das Denken blockiert und seinen Blick einzig und allein auf die Lücke gerichtet, die ihr Verlust in seinem Leben hinterließ.

Wie so oft hatte Francesca eine berechtigte Frage gestellt: Wie sollte er mit einer Trauerrede das Andenken an Elisabetta erhalten, die schändlich ermordet, mittels Gewalt zu früh aus dem Leben gerissen worden war? Deren Tod kein Schicksal war, sondern auf purer Grausamkeit beruhte? Wie sollte er das Entsetzen aus einer Rede heraushalten? Wie sollte er es schaffen, in der Basilika zu stehen und nicht der Welt seine eigene Fassungslosigkeit entgegenzuwerfen, sie allen, jedem Einzelnen ins Gesicht zu brüllen?

Der Rotwein und das Bild von sich selbst, wie er in der Basilika an seiner Trauer scheiterte, vielleicht noch dem Wahn anheimfiel, die Reihen der Trauernden abzulaufen und nach der Täterin Ausschau zu halten, ließen den Prior zu dem Schluss kommen, er könne diese Rede nicht halten. Zumindest zeitweilig erwog er, eine schwerwiegende Krankheit vorzutäuschen. Eine andere Möglichkeit sah er nicht, von seinem Wort zurückzutreten. Ein notwendiger Schritt, wie er meinte, Elisabettas Andenken und sich selbst zu schützen, aber leider wollte ihm keine Erkrankung einfallen, die er glaubwürdig würde darstellen können.

Und während seine Haushälterin und seine Magd davon ausgingen, er würde mit den ersten Worten einer Rede ringen, die Jahrhunderte überdauern sollte, saß er untätig herum und schüttete Rotwein in sich hinein. Darin war er gut. Wahrhaftig!

Am späten Abend ließ er sich von Magd Petronella eine weitere Karaffe Rotwein bringen und nahm in Kauf, dass zumindest sie darüber die hehren Motive seiner Zurückgezogenheit infrage stellen könnte. Francesca hingegen, das wusste Picinardi, würde niemals in seinem Studierzimmer erscheinen.

Bis sie am nächsten Morgen die Fensterläden öffnete.

»Was machst du hier?«, fragte er und richtete sich im Stuhl auf. Sein gesamter Leib schmerzte.

»Ich wecke Euch«, sagte Francesca leichthin, und er

überlegte, ob sie eine derartige Vereinbarung getroffen hatten. Erinnern konnte er sich nicht.

»Ich habe Euch von Petronella frische Sachen am Waschtisch zurechtlegen lassen.«

»Danke.«

»Gern. Wann möchtet Ihr aufbrechen? Soll Petronella ein Frühstück machen?«

»Wohin ... will ich denn?«

»Gestern habe ich über das Gespräch mit Euch nachgedacht. Die Via Urbana 7 ist der Ort eines grausamen Verbrechens, das ist etwas, das Angst macht. Doch die Nächstenliebe sollte stärker sein als die Angst, deshalb war es falsch von mir zu sagen, Ihr solltet diese Rede nicht schreiben. Entschuldigt mein Benehmen, es war die Bestürzung, die mich packt, wenn ich an den Tod dieser ruhmreichsten unter den Frauen denke.«

Staunend sah er Francesca an. Sie war wieder das, was er so an ihr schätzte: ein Fels in der Brandung und entsprechend felsenfest davon überzeugt, zu wissen, was zu tun war.

»Und ich kenne Euch«, sagte sie und sah sowohl über die leere Karaffe als auch über den Papierbogen hinweg, auf dem nicht mehr als zwei Rotweinflecken zu erkennen war. »Ihr werdet losgehen und Euch dieser Aufgabe annehmen, eine wundervolle Rede für Elisabetta Sirani zu schreiben. Und dabei werdet Ihr die Täterin finden, das spüre ich in jedem meiner Knochen. Sie ist noch nicht in Haft, wer weiß, wo sie steckt. Wenn nicht Ihr sie aufspürt, wer dann? Und wer außer Euch soll eine Antwort auf die Frage finden, was geschehen ist?«

Tatsächlich streckte Picinardi sich und reckte das Kinn. »Ja, das hatte ich auch überlegt!«

Und so kam es, dass der ehrenwerte Signore sich von seiner Haushälterin auffordern ließ, sein Versprechen einzulösen. Das Versprechen, sich einer Aufgabe zu stellen, die er sich in dieser Nacht des tiefsten Selbstmitleides mühselig aus dem Kopf gesoffen hatte. Dankbar, dass niemand die Tiefpunkte im Leben und das Elend im Herzen des Priors des Juristenkollegs kannte, machte sich jener Mann also am Morgen des 31. August 1665 auf den Weg.

Der Garten der Herrlichkeiten

Vielleicht ist es sinnvoll, an dieser Stelle einen kleinen Exkurs zu unternehmen. Denn um dem Ablauf dieser Geschichte folgen zu können, sollte man vorab Felsina verstehen.

Insofern man eine Stadt verstehen kann.

Aber nur, wenn man begreift, was diese Stadt ausmacht, versteht man die Frauen, die in ihr leben und die Geschicke aller mehr prägen, als es den Männern lieb ist.

Tatsächlich hat Felsina vieles an sich, was Frauen so unvergleichlich macht. An erster Stelle wäre da ihre Schönheit zu nennen, und diese ist einzigartig, denn Felsina ist die Stadt der Farben. Die Fassaden der Häuser schimmern in matten Tönen, die zwischen Rot, Gelb und sogar Grün changieren oder auch die gesamte Palette der Erd- und Sandtöne umfassen. Inmitten der sanften Hügel der Emilia gelegen, schimmert die Stadt aus der Ferne, sozusagen als erste Impression, wenn man ihr begegnet, in einem satten Orange. Und sie ist mit einem Wetter gesegnet, das man durchaus als lieblich bezeichnen darf.

Umgeben von einer Stadtmauer, die von Stärke und Wohlstand kündet und zahlreiche Wohn- und Wehrtürme einflussreicher Familien beherbergt, lockt Felsina auch heute, inmitten des 17. Jahrhunderts, noch weit entfernt Vorbeiziehende, bei ihr einzukehren: in die schier endlosen Arkadengänge einzutauchen, die mal gedrängt, fast geduckt wirken, während andere sich mit Eleganz in die Höhe wölben. Gänge, deren Säulen mit Wein, Rosen oder Waldreben umrankt sind und Hunderte steinerne Bögen tragen, die kühlen Schatten spenden.

Die Bewohner dieser Stadt – oder sprechen wir, wenn wir bei dem Bild der Frau bleiben wollen, lieber von den Kindern dieser Schönen – sind derart stolz, dass die Grenze zum Eigensinn gelegentlich fließend verläuft. Noch heute, zweitausend Jahre nach der Gründung einer Ansiedlung durch die Etrusker, bevorzugen sie den alten, wohlklingenden Namen »Felsina« und meiden den Begriff »Bononia«, den das damalige Dörfchen erst erhielt, als es zur römischen Kolonie wurde. Die Zeit machte aus Bononia schlussendlich Bologna – wann das geschah, weiß niemand mehr so recht. Den Menschen in dieser Stadt ist zudem gemein, dass sie das Schachbrettmuster ihrer Gassen verabscheuen, das sie ebenfalls den Römern verdanken und dessen Starre und Einförmigkeit in Widerspruch steht zu ihrer gefühlvollen und leidenschaftlichen Art, das Leben anzugehen. Denn die Menschen in Felsina sind zu enormer Leidenschaft fähig, und mit dieser verehren sie die Liebe, das Essen und die Universität, also jene drei Themen, die das Leben der Stadt prägen.

Ja, so ist es: Die erste Universität der Welt entsprang dem Schoß der schönen Felsina. Seit knapp fünfhundert Jahren prägt die Alma Mater studiorum, ein Schmelztiegel der Nationen, die Menschen hier und in der umliegenden Emilia. Ihretwegen bleibt die Stadt jung, denn an manchen Tagen sind mehr Studenten und Gelehrte als Bewohner in den Gassen unterwegs.

Alles ist getrieben von der Kraft derer, die noch am Beginn ihres Lebens stehen, es gerade erst anpacken und fest daran glauben, ihm seinen Stempel aufdrücken zu können. Die Menschen wissen um die Vorzüge dieser Stadt und nennen sie liebevoll den »Garten der Herrlichkeiten«, den »Palast der Flora« oder den »Thron des Frühlings«. Für sie ist Felsina der Rückzugsort der Diana, eine Herberge des Glücks, die Wirkstätte des Apollo und selbstverständlich die Schule der Maler. Mancher vergleicht sie mit dem Feld des Mars oder auch mit dem Tempel der Grazien, sogar als Hort der Liebe geben sie diese Venus unter den Städten aus.

An so einem Ort wachsen sie auf: außerordentlich willensstarke Frauen, die sich wenig von ihren Männern vorschreiben lassen und deren Folgsamkeit meist nur eine gut getarnte Form der Beeinflussung ist.

In so einer Stadt kann es also durchaus vorkommen, dass ein Prior, Poet und gelegentlicher Selbstmitleidssäufer von einer Frau, und mag sie nur seine Haushälterin sein, losgeschickt wird, Dinge zu erledigen, die sie von ihm erwartet. Wünsche, die sie ihm geschickt präsentiert, damit er sein Gesicht wahren und die Vorstellung aufrechterhalten kann, er habe diesen Gedanken eigenständig entwickelt.

Vom Eremiten, von ersten Ermittlungen und von gemeinsamer Einsamkeit

Vielleicht war Bartolomeo Zanichelli bekannt, dass die Chance, eine Gewalttat aufzuklären, mit jeder verstreichenden Stunde sank. Vielleicht würde der Leiter der Bottega, so hoffte Picinardi, ihm erste Fragen beantworten, damit er die Familie Sirani schonen konnte. In Gedanken listete er, während er von einem schattigen Arkadenbogen zum nächsten huschte, mehrere Fragen auf. Die erste war schlicht, aber grundlegend: Wer wurde der Tat verdächtigt? Tatsächlich eine Magd, wie seine Haushälterin und ganz Bologna behaupteten?

Was ließ den Schluss zu, dass es ein Mord gewesen sein könnte? War tatsächlich ein Dottore vor Ort gewesen, der dies bestätigt hatte, und wenn ja, welcher?

Frauen mordeten seltener als Männer, wesentlich seltener, dafür hatten sie dann meist starke Motive. Welchen Grund könnte die Magd gehabt haben, die Malerin zu vergiften?

Gift. Diese Annahme sprach tatsächlich für eine Frau als Mörderin. Hekate, Medea, Kirke – auch in den Mythen der Griechen waren es Frauen, die mit Gift mordeten. Oder Agrippina. Wenn den römischen Geschichtsschreibern zu trauen war, hatte sie ihren Mann, Kaiser Claudius, vergiftet, um Sohn Nero, ihr Kind aus erster Ehe, auf den Thron zu bringen. Das schöne Geschlecht tötete bevorzugt mit Gift, schon immer. Fehlte es ihm doch häufig an Kraft, eine Gewalttat zu begehen, oder am Zugang zu Waffen, die hierzu von Nutzen sein konnten.

Picinardi fühlte einen Hauch Erleichterung, als der Jurist in ihm sich zu regen begann. Diese kühle, rationale Seite gab ihm Halt. Im besten Fall würde sie ihm ein wenig Abstand bieten, einen Schutzschild, hinter den er sich mit seinen Gefühlen zurückziehen konnte.

Aber er war auf dem Weg, und er wusste, Francesca hatte einmal mehr recht daran getan, zuzupacken und alles, ihn eingeschlossen, auf die richtige Bahn zu lenken.

Seit gut vierzehn Jahren war der Maler Bartolomeo Zanichelli die rechte Hand des Maestro Sirani. Er hatte mit achtzehn Jahren seine Arbeit in der Bottega begonnen und gehörte für Picinardi zum Inventar des Hauses. So war es nicht überraschend, dass ebenjener Mann dem Prior die Tür öffnete und ihn ohne große Umschweife ins obere Stockwerk führte, hinauf in die Bottega.

Während Picinardi dem Maler folgte, stellte er fest, dass sicherlich einer der unauffälligsten Männer der Stadt vor ihm lief. Mittelgroß, mit Muskeln, die aufgrund seiner Tätigkeit nicht sonderlich erwähnenswert waren. Sein Gesicht war nichtssagend durchschnittlich, sein Haar eher braun als schwarz, stumpf statt glänzend, nicht einmal seine Hände waren, wie man es bei einem Maler hätte vermuten können, bemerkenswert. Dieser Mann, der, wie er vom Maestro wusste, zweiunddreißig Jahre alt war, hatte allerdings einen wachen Blick. Einen sehr wachen Blick, der einen großen Teil seiner Ausstrahlung ausmachte, die in ihrer Bescheidenheit wenig der von Gott geschaffenen Herrlichkeit entsprach, mit der sich die Männer dieser Stadt zu gern präsentierten.

Wie bei den Besuchen, die – bis auf den letzten – alle in einer Zeit erfolgt waren, in der die Welt der Siranis noch im Gleichgewicht gewesen war, fielen Picinardi, kaum dass sie die Bottega betraten, zuerst wieder die Leinwände ins Auge.

Überall Leinwände.

Auf Staffeleien, an Wände gelehnt, gehängt, auf Tischen gestapelt. Kaum eines der Bilder war fertig, die meisten von ihnen zeigten Farbschichten, die ölig glänzten, und angefangene Skizzen, die zumindest für Picinardi keinen Sinn ergaben. Eine Leiter stand vor einer beeindruckend großen Leinwand und wirkte – wie alles in diesem Raum – verlassen, fast vergessen.

Bartolomeo schien die Empfindungen seines Gastes zu spüren, denn noch im Laufen sagte er: »Die Schwestern, Ihr wisst schon, Barbara und Anna Maria, werden mit den Schülerinnen die Arbeiten beenden. Obwohl: Anna Maria ist noch so jung. Und es nimmt sie außerordentlich mit. Wir werden sehen, wie sehr sie uns weiterhelfen kann. Alles ist mit Elisabettas Tod zum Erliegen gekommen, und es ist fraglich, wie es weitergehen wird.«

Allein ihren Namen zu hören, ließ erste Risse im vermeintlichen Schutzschild des Priors entstehen. Er verlangsamte seinen Schritt, und während er einen dreibeinigen Hocker, wie es ihn in jedem Haushalt gab, passierte, glaubte er einen Moment, sie darauf sitzen zu sehen.

Elisabetta.

Auch diese Erinnerung stammte aus einer Zeit, die weit zurücklag. Jung war sie damals gewesen, sehr jung, doch inzwischen zur Frau geworden. Abermals saß sie auf einem Hocker, dieses Mal kauerte sie fast. Das dunkle Haar war im Nacken zu einem Knoten zusammengebunden, ein Tuch zum Schutz vor Farbspritzern nachlässig darum geschlungen. Ein ausgeblichenes Kleid, eine Schärpe um die schmale Taille, über den Armen mit Farbflecken überzogene Ärmelschoner. Die Hände hielt Elisabetta im Schoß geschlossen, sie unterstrichen den Eindruck, als wäre sie erstarrt. Mit vorgeschobenem Kopf und zusammengekniffenen Augen betrachtete sie eine Leinwand, auf der nur Konturen zu sehen waren. Grauschwarze Schraffuren auf weißem Untergrund. Jede Faser ihres Leibes sprach davon, dass die Überlegungen zur Komposition des Werkes ihr enorme Konzentration abverlangten. Ihr rechter Fuß, in einer Sandale, schaute unter dem Rocksaum hervor und wippte unruhig auf und ab.

Im Weitergehen wandte Picinardi sich um und blickte nochmals zu dem Hocker, so als würde sie tatsächlich dort sitzen.

Wenige Schritte weiter stand ein Stuhl, an dessen Lehne sich das Geflecht löste. Wie dürre Finger ragten die Weidenruten ins Nichts, ein nachlässig auf die Sitzfläche geworfener Stoff schimmerte im Licht.

Sein Blick sprang weiter, zwischen all den Dingen hin und her, die um Aufmerksamkeit wettfeierten. Kreuz und quer im Raum verteilt standen Tische, Kisten und Bänkchen. Sie dienten als Abstellflächen und quollen über vor Pinseln, Krügen, Töpfen, Näpfen und Schalen. Farbpaletten, rund oder oval, jede mit einem Loch versehen, lagen bunt verschmiert neben hölzernen und blechernen Gefäßen, aus denen Pinsel ragten. Vereinzelt entdeckte er Schälchen, in denen Farbreste zu sehen waren. Vertrocknete Klümpchen, die bunte Hinweise darauf waren, dass das Leben in diesem Haus abrupt zum Erliegen gekommen war. Die Leiter, der Stoff, die Krüge, die Pinsel – alles an diesem Ort schien mit ihr in direkter Verbindung zu stehen. All das hatte sie berührt und genutzt, um ihre Werke zu schaffen. Was hätte er dafür gegeben, es mitzunehmen, jedes einzelne Ding, und es aufzubewahren? Diese Kleinode sollten nicht, falls die Bottega aufgelöst würde, durch Verkäufe in alle Winde verstreut werden.

Picinardi musterte die Fensterfront, die nach Norden hinausging. Der obere Teil der Fenster war bleiverglast, die Läden der unteren Fensterhälften standen offen. Während er kurz das Blau des Himmels in sich aufsog, dessen satter, gleichmäßiger Farbton beruhigend wirkte, bemerkte er den Geruch. Frisch wäre er sicherlich aufdringlich gewesen, doch nun war er nur noch ein fades Überbleibsel aus Terpentin und Leinöl. Dazwischen ließ sich der sanfte Duft getrockneter Hopfenblüten und Lavendelzweige erahnen, die in der Bottega reichlich verteilt waren, um Motten fernzuhalten – von Pinseln wie auch Leinwänden.

Gut vierzig Fuß maß diese Welt in ihrer Länge, und doch schien ihm der heutige Gang durch die Bottega nicht endend. Mit jedem Schritt löste sich das bisschen Halt auf, das er kurz zuvor in seinen juristischen Gedanken gefunden hatte.

Bartolomeo führte ihn in die Kammer, in der vorbereitende Arbeiten vorgenommen wurden. Es war zwar wesentlich dunkler hier, aber Picinardi konnte sich an die Ruhe erinnern, die entstand, sobald man die Tür zur Bottega schloss.

Ein Ort des Rückzugs – zumindest für den Maler vor ihm, den der Maestro gern als »Eremiten« bezeichnete.

Unter dem kleinen Fenster stand der Reibstein, ein wuchtiger steinerner Block in Quaderform, auf einem derben Holztisch. Rechter Hand, in die Ecke hineingeschoben, befand sich der Schreibtisch, an dem Bartolomeo sicherlich schon derart viel Zeit verbracht hatte, dass Picinardi annahm, es könnten Monate sein, würde man die Stunden zusammenrechnen. Daneben ein Wandschrank, dessen Türen nicht mehr schlossen. Hier lagerten, durch den Spalt erkennbar, Dosen, Kistchen, Muscheln und sonstige Behältnisse.

»Ich hoffe, Ihr seht es mir nach«, wandte sich Bartolomeo nun an seinen Gast, »dass wir uns in diese einfache Kammer zurückziehen. Aber das Piano nobile wird für Besucher freigehalten, die kondolieren möchten.«

Auf dem Schreibtisch stand eine Karaffe Wasser. Bevor Bartolomeo zwei Gläser füllte, zog er einen Beistelltisch, wie sie in der Bottega zuhauf standen, unter seinem Schreibtisch hervor und schob ihn neben den Prior. Dankbar nahm der das Glas und nippte daran. Hier, direkt unter dem Dach, versprach es, warm zu werden.

»So, wie ich Euer Anliegen verstanden habe, brauchen wir Ruhe und Zeit. Also, was kann ich für Euch tun, Signor Picinardi? Schickt Euch Kardinal Carafa?«

»Kardinal Carafa?«

»Ja, der Maestro beabsichtigt, ein Bittgesuch an ihn zu richten, sich des ›Falles seiner Tochter‹, wie er es nennt, anzunehmen. Es würde mich nicht wundern, wenn er dieses Anschreiben schon auf den Weg gebracht hat. Derzeit sammelt er Hinweise, Beweise, Belastendes, alles, was er gegen Lucia Tolomelli finden kann. Er ist überzeugt von ihrer Schuld.«

Lucia Tolomelli.

So hieß sie also, die Gifthexe.

Das bösartige Weib.

Die Mörderin.

Picinardi spürte, dass seine Konzentration von einer Welle Hass hinweggespült zu werden drohte. Doch das wollte und konnte er sich nicht erlauben.

Er war Jurist.

In dubio pro reo, hatte er stets seine Studenten beschworen, im Zweifel für den Angeklagten.

Kurz schloss er die Augen und versuchte, den Gesprächsfaden wiederzufinden. Der Kardinal! Ja, ihn hatte der Eremit soeben erwähnt. Die Tatsache, dass der Maestro sich an Kardinal Carlo Carafa della Spina wenden wollte, würde einer Untersuchung des Geschehens dienlich sein. Genau genommen gab es kaum eine bessere Wahl, als sich der Unterstützung des päpstlichen Bevollmächtigten, des Stellvertreters des Heiligen Vaters höchstselbst zu versichern. Erst im letzten Jahr war der Kardinal aus Wien nach Bologna gekommen, um seine neuen Aufgaben als Vizelegat anzutreten. Ein Mann, an dem alles gewaltig war: sein Glaube, sein Wissen, vor allem im kanonischen Recht. Die buschigen Augenbrauen, die gekrümmte Nase und das gespaltene Kinn verstärkten diesen Eindruck. Der Prior hatte ihn bei unterschiedlichen Anlässen getroffen, und er wusste, der Kardinal war ein Mann, der nichts auf die leichte Schulter nahm. Wenigstens ein kleiner Trost in dunkler Stunde.

Als Picinardi die Augen öffnete, sah er, wie Bartolomeo

von seinem Schreibtisch ein kleines Heft griff und auf seinen Schoß legte. Die Hände faltete er darüber, als wollte er es vor dem neugierigen Blick des Priors schützen.

»Lucia Tolomelli ist die Magd, nehme ich an?«, hakte Picinardi nun der guten Ordnung halber noch einmal nach.

»Ja.«

»Sie wird verdächtigt, Elisabetta vergiftet zu haben?«

»Schickt Carafa Euch? Ist das ein Verhör von Amtes wegen, eine Befragung oder so etwas?«

»Nein, das ist es nicht. Maestro Sirani bat mich, die oratio funebris zu verfassen.«

Erleichterung zeichnete sich auf Bartolomeos Gesicht ab. Er nickte. »Mich hat er gebeten, ein Portrait für die Trauerfeier zu malen.« Seine Hand fuhr zur Stirn, rieb mehrfach darüber und sank dann wieder an ihren Platz zurück.

Als sich die Blicke beider Männer trafen, war es ein denkwürdiger Moment: Sie spürten just in dieser Sekunde die Überforderung des anderen. Die Angst, die mit dieser Aufgabe verbunden war. Wenige Atemzüge lang, in denen sie einander gewahr wurden, einten die Wahrnehmung der Angst und die damit verbundene Einsamkeit des anderen sie wortlos. So saßen sie beisammen, stumm und für eine Weile noch einsamer und verlorener als zuvor, bis der Prior den in sich zusammengesunkenen Rücken wieder ein wenig aufrichtete.

»Um die oratio funebris so treffend wie möglich zu schreiben, also Elisabetta das Denkmal zu setzen, das sie verdient, brauche ich … möchte ich mich …«, versuchte er, sein Vorhaben in Worte zu fassen, um den Satz dann doch ins Leere laufen zu lassen.

Abermals nickte Bartolomeo und hob nun das Heft ein kleines Stück in die Höhe. »Ich habe es gestern gefunden. Es ist so etwas wie ihr Werkverzeichnis. Das taccuino di lavoro.«

Picinardi konnte endlich den Titel sehen: »Nota delle pitture fatte da me Elisabetta Sirani«. Übersicht der Bilder, die von mir, Elisabetta Sirani, gefertigt worden sind. Er sog hörbar die Luft ein. Es war ihre Handschrift, so ebenmäßig und schön, direkt vor ihm. Die Aufzeichnungen erschienen ihm in diesem Augenblick, auch wenn er es kaum glauben mochte, gewichtig wie die Bibel. Wie viele seiner Fragen vermochte dieses dünne Heftchen, so abgegriffen es war, wohl zu beantworten, wie viele Erinnerungen zu wecken?

»Sind darin ihre Werke verzeichnet?«, fragte er und wartete darauf, dass Bartolomeo das Heft öffnete und ihm einen weiteren Blick auf Elisabettas Handschrift gewährte.

»Ja, nahezu alle, es sind in etwa 190. 115 davon befassen sich mit dem Neuen Testament, damit meine ich auch Elisabettas Bilder von Heiligen. 65 Gemälde setzen sich mit Themen des Alten Testamentes auseinander oder sind allegorische Darstellungen. Mindestens 32 der Bilder sind Madonnenbilder. Die Madonna als Halbfigur, meist mit dem Jesuskind, war das zentrale Motiv in ihrem Schaffen.«

Picinardis Augenbrauen sprangen in die Höhe. Bartolomeos Flucht in die Zahlen erstaunte ihn. Sicherlich – er ahnte, dass Kunst stets Sorgfalt und Genauigkeit bedeutete, sogar bedeuten musste. Es waren Voraussetzungen, die er vom Schreiben kannte und für vergleichbar hielt. All das verstand er, aber zugleich wirkte das Zählen von Gemälden und das Sortieren von Themen direkt nach dem Tod der Malerin fehl am Platz, wie ein unbeholfenes Ausweichen vor der Gegenwart, das von ihm hätte stammen können.

Bartolomeo schien seine Irritation nicht wahrzunehmen, er strich derweil behutsam mit den Fingern über das kleine Heft. »190. Nahezu unglaublich. Sie war ein von Gott reich beschenkter Mensch. Es freut mich, dass Ihr die Trauerrede schreiben werdet. Ihr könnt erfassen, wovon ich spreche, wenn ich sage, sie hatte unvergleichliche Fähigkeiten in der Malerei. Ihr erinnert Euch, wie herausragend ihr Gedächtnis war. Nichts hat sie vergessen, nichts außer Acht gelassen, Dinge schneller erfasst und ins Verhältnis gesetzt als andere. Ihr wisst um ihre Bildung, die vergleichbar war mit der vieler Gelehrter! Nein, es ist kein Wunder, dass sie mit siebenundzwanzig Jahren alles erreicht hatte, was Heerscharen an Malern vor ihr zusammen nicht erlangen konnten. 190 Bilder«, wiederholte er. »Ihr könnt ermessen, was das bedeutet. Nahezu unglaublich wird diese Aufzählung, wenn man bedenkt, dass nicht jede ihrer Arbeiten gelistet ist. Sie schrieb längst nicht alles nieder, was sie erschaffen hat.« Der Blick des Malers hatte sich nach innen gerichtet, war aus der Gegenwart geflüchtet in eine Vergangenheit, die nur noch in seinem Kopf existierte. »Wusstet Ihr, dass sie häufig die Bilder signierte, indem sie ihren Namen direkt hineinmalte? Kaum erkennbar, sich sozusagen im Verborgenen verewigte?«

Picinardi schüttelte betroffen den Kopf. Tatsächlich hörte er erstmalig davon und hatte das Gefühl, etwas versäumt zu haben. Eine Kleinigkeit nur, die er aber gern mit Elisabetta geteilt hätte.

»Ja, mal war es ein Knopf, dann wieder eine beliebige Stelle eines Gewandes. Sie hatte jede Menge Mutterwitz.

Hört, wie sie diese Aufzeichnung beginnt: ›Geboren wurde ich, Elisabetta Sirani, am 8. Januar 1638, in der Zeit zwischen sechs und sieben Uhr. Zur Taufe getragen wurde ich vom hochverehrten Signore, dem Senator Saulo Guidotti.‹«

Der Prior schwieg weiterhin, da er mit der bitteren Erkenntnis kämpfte, die ein Knopf ihm beschert hatte. Zudem konnte er an diesem Eintrag nicht sonderlich viel Mutterwitz entdecken, genau genommen gar keinen, und schob den Gedanken beiseite. Stattdessen erschien ihm Saulos Bild vor Augen.

Saulo Guidotti. Vor wenigen Wochen hatte er an einem Empfang des Senators teilgenommen. Weit über sechzig Jahre alt war der Mann inzwischen und hatte doch den Senat und damit das allgemeine Leben Felsinas fest im Griff. Stolz war er, gemeinsam mit den nahezu siebzig edlen Herren die Geschicke dieser Stadt zu leiten und damit die Willkür im Zaum zu halten, wie sie des Öfteren entstand, wenn nur eine oder wenige Familien sich die Macht teilten.

Picinardi sah die festlich gedeckte Tafel. Er war ein großzügiger Mann, der Signor Guidotti, dafür war er bekannt. Er hatte nicht nur dem Maler Guido Reni zeit seines Lebens immer wieder generös mit Zuwendungen in barer Münze unter die Arme gegriffen und die Trauerfeier nach dessen Tod ausgerichtet, auch seinen Gästen gegenüber zeigte der Senator sich stets freigiebig, ohne jedoch prahlerisch oder anmaßend zu werden. Wer einmal Guidottis fetten Bauch beim Lachen hatte beben sehen, der wusste, dass er sich gegenüber ebenso großzügig war.

Noch einmal hörte der Prior Saulos Lachen, sah das Beben des Bauchs und erinnerte sich an dessen Erzählungen über ein Gemälde, das er einst bei Elisabetta in Auftrag gegeben hatte. Obwohl der Senator es ihm gezeigt hatte, konnte er es in seiner Erinnerung nicht abrufen. Offensichtlich hatte er an jenem Abend dem Wein wieder einmal im Übermaß zugesprochen – anders war diese Gedächtnislücke nicht zu erklären.

Es war erbärmlich.

Nein, er war erbärmlich. Er selbst.

Erschrocken blickte der Prior zum Eremiten. Hatte dieser bemerkt, dass er abermals abgeschweift war? Hatte Picinardi sich am Anfang des Gespräches auf der Höhe seiner Konzentration gefühlt, fiel es ihm nun zunehmend schwerer, die Nachwirkungen des Weines der vorangegangenen Nacht zu ignorieren.

Aber noch immer saß Bartolomeo, wie er selbst in seinen Gedanken verfangen, ihm gegenüber und umklammerte das Heftchen auf seinem Schoß. Gern hätte Picinardi es an sich genommen und durchgeblättert, um nach dem Bild zu suchen, das der Senator bei Elisabetta bestellt hatte. Er war sicher, die Erinnerung über den Titel wiederzufinden, aber der Griff des Malers ließ keinen Zweifel zu.

In diesem Moment, als hätte er den gierigen Blick auf seinen Händen gespürt, schlug Bartolomeo das taccuino di lavoro auf und las die Zeilen einer beliebigen Seite vor: »Unterschiedliche Halbfiguren und Köpfe. Zudem Samson, Delila, Circe, Odysseus, Diogenes, Ptolemäus, die Ehre, der Ruhm, die Tugend, die Großzügigkeit, die Philosophie, die Astrologie.« Er blickte auf. »1657. All diese Bilder entstanden in einem Jahr. Habt Ihr eine Vorstellung, wie viel Arbeit sich hinter diesen wenigen Worten verbirgt?«

Da sich Picinardi unsicher war, ob Ehre, Ruhm und Tugend, vielleicht auch Großzügigkeit, Philosophie und Astrologie auf einem Gemälde vereint oder einzeln dargestellt worden waren, schüttelte er wahrheitsgemäß den Kopf.

Was hatte sich Giovanni Andrea Sirani dabei gedacht, ihn mit der oratio funebris für seine Tochter zu beauftragen? Vielleicht sollte er sich jetzt ins untere Stockwerk hinabbegeben und dem Alten endlich die Wahrheit eröffnen. Dass er seit drei, fast vier Jahren immer wieder ihretwegen im Haus gewesen war, auch wenn er Interesse an den faden Themen des Vaters vorgetäuscht hatte. Vielleicht sollte er ihm sagen, dass er, ein armseliger Lügner und Gelegenheitssäufer, nicht in der Lage war, diese Rede zu schreiben, weil er daran zu zerbrechen drohte. Es blieb genügend Zeit, einen anderen zu finden. Einen, der rechtschaffen war, von Herzen, und nicht wie er, von Amtes wegen.

Er blieb sitzen, und je länger er an diesem Ort weilte, in diesem diffusen Halbdunkel versank, umso weniger wollte er gehen. Weil er sich Elisabetta hier ein wenig näher fühlte. Er begann sogar zu hoffen, dass dieses Gespräch noch Zeit in Anspruch nehmen würde.

Viel Zeit.

Bitte.

Von den besonderen Fähigkeiten einer Haushälterin

Seine Haushälterin nahm ihm, ohne ein Wort zu verlieren, den Umhang von den Schultern und den Hocker aus den Händen. Sie geleitete ihn ins Studierzimmer. Dort entzündete sie die Öllampe und brachte, kaum dass der Prior an seinem Schreibtisch Platz genommen hatte, einen Krug kühlen, köstlichen Wassers. Erst dann beugte sie sich vor und hob den Hocker in die Höhe.

»Was ist das? Warum bringt Ihr so ein kaputtes Ding mit nach Hause?

»Weil ich in der Bottega darüber gestolpert bin.«

»Und?«

»Ich werde ihn reparieren lassen.«

»Ihr wollt dieses alte Ding …?«

Er nickte. Ja, es ist der Hocker, auf dem ich vor langer Zeit und heute, vor wenigen Stunden, Elisabetta sitzen sah. Ich werde ihn eigenhändig richten und niemals wieder hergeben. »Es wird mehr …«, versuchte er, das Thema zu wechseln, und zögerte dennoch, weil ihm das Wort »Arbeit« nicht über die Lippen wollte. »Ich werde mit vielen Menschen sprechen müssen. Die Liste von Elisabettas Auftraggebern, sie ist unvorstellbar. Ich wusste, dass sie unentwegt gearbeitet hat, aber als ich die Zahl ihrer Werke zu hören bekam – es ist unglaublich. Anscheinend ist jeder in dieser Stadt von ihr portraitiert worden oder hat ein Gemälde bestellt.«

Francesca ging zu einem kleinen Tisch neben der Tür, wischte ihre Finger an der Schürze sauber und hob fast feierlich ein gefaltetes Tuch in die Höhe. »Das kann ich mir vorstellen, und deshalb wollte ich Euch etwas zeigen. Denn sogar ich besitze ein Werk von Elisabetta Sirani. Es ist nur klein, aber sehr hübsch, wie ich finde.«

Fassungslos betrachtete Picinardi das Ölbild. Eine Mariendarstellung, anmutig und mit einer großen Liebe zum Detail gemalt.

»Diese Bildchen dienen der Erbauung«, fuhr Francesca fort.

»Das wusste ich nicht. Woher hast du es?«

»Als mein Ludovico, Ihr wisst, mein zweiter Mann, verstarb, Gott hab ihn selig, hat er mir Geld hinterlassen. Die Kinder bekamen einen Teil, und ich kaufte von dem Geld dieses Bild. Ich kannte die drei Bilder von Elisabetta Sirani, die Ihr besitzt, sie haben mir schon immer gefallen.«

Picinardi sah seine Haushälterin an. Sie hatte zweimal in ihrem Leben einen geliebten Menschen verloren. Wie hatte sie weitermachen können? Nie hatte er sich das gefragt, war einfach davon ausgegangen, dass die Zeit den Schmerz des Verlustes heilen würde.

»Es war nicht teuer«, Francescas tiefe Stimme holte ihn aus seinen Überlegungen ab, hinein in die Ruhe seines Studierzimmers. »Aber ich mochte den Gedanken, dass ich es meinen Kindern hinterlassen kann, die es dann wieder ihren Kindern vererben. Jedenfalls habe ich es von Signora Guidotti erworben, Ihr wisst schon, die Gattin des Senators. Die

Freundin meiner Schwester steht in Diensten der Familie. Signora Guidotti hat dieses Gemälde gekauft, sie sammelt die Bildchen. Ich glaube, es ist ihre Form, also eine Art der Unterstützung …«

Picinardi seufzte. Sprachen heute alle in unentwirrbaren Sätzen, oder war er einfach nur erschöpft? »Was meinst du mit Unterstützung?«, fragte er und hörte, dass er gereizt klang.

Francescas Stirn kräuselte sich. »Elisabetta malte diese kleinen Bilder heimlich. Das hat ihren Wert erhöht. So sind die Frauen, sie lieben Geheimnisse. Auf diese Weise gibt es stets einen Grund, die Stimme zu senken, um Geschichten zu erzählen, die ungefähr wie folgt lauteten: ›Sie ist erfolgreich, und trotzdem malt sie diese Bilder heimlich, weil der Vater ihr das Geld abknöpft. Unfassbar! Aber ich habe hier eines dieser seltenen Werke, sieh nur, welch wunderbarer Pinselstrich! Heimlich aufgetragen. Heimlich aus dem Haus gebracht. Wie aufregend!«

Picinardi blieb der Mund offen stehen. Das waren tatsächlich jene Zutaten, die das Geschwätz in Bologna brauchte, um langlebig durch die Gassen zu geistern. Aber musste es deshalb der Wahrheit entsprechen?

»Das glaube ich nicht«, entgegnete er und verschränkte die Arme.

Francesca lächelte. »Auch wenn Ihr davon nichts wisst, kann es trotzdem wahr sein.«

Was würde er noch alles erfahren? Und warum, Gott noch eins, konnte er nur mit niemandem darüber reden?, dachte der Prior und seufzte. »Gehe ich recht in der Annahme, dass jeder davon weiß? Also, jeder außer mir und vermutlich Giovanni Andrea Sirani?« Vor seinem inneren Auge sah er Bartolomeo die Treppe hinabschleichen, das in ein Tuch eingeschlagene Bild in seinem Beutel oder unter dem Umhang, damit der Maestro es nicht bemerken würde, selbst wenn er ihm auf der Treppe begegnete.

Als hätte sie seherische Fähigkeiten, fasste Francesca seine Gedanken in Worte: »Es ist dieser Maler, Bartolomeo, der dort arbeitet. Er bringt die Bilder zu ihren Käufern. Das Geld liefert er bei Signora Margherita ab, die ihre Haushaltskasse damit aufbessert. Aber auch Elisabetta behält davon immer wieder einen Anteil. Also, behielt, meine ich.«

»Hat die Familie Geldsorgen, die mir verschwiegen wurden, oder ist der Maestro wirklich so geizig? Das kann ich mir kaum vorstellen, das hat nie jemand erwähnt!«

Das Schweigen der Haushälterin und die kräftigen, vor der Brust verschränkten Arme waren ihm Antwort genug.

Picinardi war sprachlos. Nicht nur ob der Tatsache, dass auch sie ein Bild von Elisabetta Sirani besaß. Ebenso stumm machte ihn die Erkenntnis, dass die berühmteste Frau der Stadt, die vom Großherzog Leopoldo de' Medici zum Dank für ihr berührendes Bild mit einem diamantenen Kreuz beschenkt worden war und die nicht nur Frauen ausbildete, sondern auch Männer anleitete, sich heimlich Geld dazuverdienen musste. Den eigenen Vater hintergehen musste, um zurechtzukommen, und sogar ihm, Picinardi, dies verschwieg. Verschwiegen hatte.

Francesca zog sich einen Stuhl heran, auch ohne ausdrückliche Aufforderung, und nahm darauf Platz. »Wer gehörte denn nun alles zu ihren Auftraggebern? Wisst Ihr das?«, fragte sie, ohne ihre Neugier zu verbergen.

»1661 malte sie für Padre Ettore Ghislieri in der Kirche Madonna di Galliera zwei Halbfiguren. 1663 hat sie Vincenzo Ranuzzi portraitiert. Als Amor, wenn ich mich recht erinnere. Zwei Jahre später verewigte sie Anna Maria Ranuzzi mit ihren Kindern. Hier wählte sie das Motiv der Caritas. Das Bild kenne ich. Der Maestro hat es mir gezeigt, bevor es übergeben wurde.«

»Ihr werdet Euch Notizen machen müssen.«

Picinardi nickte und war einen Moment betrübt, dass Francesca lediglich Haushälterin und nicht Teil jener Welt wohlhabender Senatorengattinnen war, die sich regelmäßig in der Villa der Ranuzzis trafen und Gebäck knabberten, sich mit Kunst und Musik auseinandersetzten, mal Dichter, mal Musiker einluden, ihnen lauschten, um dann, wenn den gesellschaftlichen Erwartungen Rechnung getragen war, die neuesten Gerüchte auszutauschen. »Ja, ich werde alles aufschreiben, alles zusammentragen müssen. Wenn dir also noch etwas einfällt oder einer deiner Freundinnen, wenn du auf dem Markt etwas hörst oder wo auch immer, dann lass mich bitte weiterhin daran teilhaben.«

»Gut«, sagte Francesca, »lasst mich nachdenken: Der Goldschmied und der Apotheker vorne am Platz, sie besitzen auch Gemälde von ihr. Irgendwer erzählte mir, ein Fischer habe mal eines von Elisabetta Siranis Werken erworben. Zwei Dottori sind Käufer gewesen, vielleicht waren es auch mehr. Senator Guidotti natürlich, er war schließlich ihr Taufpate, und er kaufte nicht diese Erbauungsbildchen, die seine Frau so liebt. Er hat richtige Gemälde von Elisabetta in seiner Sammlung.« Francesca kratzte sich an der Schläfe und krauste die Nase. »Mehr fällt mir nicht ein. Ich glaube, sein Kollege, Senator Pietramellara, und Kardinal Farnese könnten auch Gemälde erworben haben, aber sicher bin ich da nicht.«

Picinardi lachte auf. »Das fasse ich nicht. Da ärgere ich mich, dass es ein Werkverzeichnis gibt, das dieser Bartolomeo nicht herausrückt. Aber wozu brauche ich das? Ich habe ja dich. Woher weißt du das alles?«

»Lasst dem Mann etwas Zeit«, entgegnete Francesca und errötete ein wenig. »Sicherlich wird es ihm mit der Zeit leichter fallen. Jetzt bin ich müde ...« Sie nickte ihm zu und verschwand.

So saß der Prior nun allein in seinem Studierzimmer und versuchte, seine Gedanken zu ordnen, doch schnell begriff er, dass er der Flut der Erinnerungen, Wahrheiten und Gerüchte in dieser Nacht nicht mehr Herr werden würde. Lange bevor Aurora, die Göttin der Morgenröte, mit Luna, der Göttin des Mondes, ihr nächtliches Ringen begann, schob der Prior den Bogen Papier, auf dem noch immer nicht mehr als zwei Rotweinflecken zu sehen war, beiseite. Just in diesem Moment hob im Garten die Nachtigall an, ihr Lied zu singen, und Picinardi überlegte, warum manche Vögel ihren Gesang stets erst dann begannen, wenn andere längst schwiegen.

Langsam erhob er sich und trat ans Fenster. Vielleicht war es Zufall, dass er am Firmament zuerst Saturn ausmachte, vielleicht war es – wer mochte so etwas beurteilen? – auch kein Zufall. Seufzend ließ er seinen Blick über das Gestirn schweifen. Was waren das für Zeiten, dachte er mit schwerem Herzen, in denen im Zeichen eines übelwollenden Saturns schicksalhafte Omen aufzogen? Es waren waffenstarrende, ja eisenstarrende Zeiten, bestimmt von Habgier und Hass und Neid. Eine Zeit, in der man anscheinend nicht einmal mehr vor Mord an einer malenden Frau, an seinem Juwel, zurückschreckte.

Von der Bedeutung der Schweineblasen in der Kunst

Als Picinardi sich nach einer unruhigen Nacht mit schmerzendem Kreuz am frühen Morgen aus seiner Bettstatt erhob, warf er sich nur den Hausmantel über, schlüpfte in seine Pantoffeln und huschte direkt an seinen Schreibtisch, um endlich seine Aufzeichnungen zu beginnen.

Noch einmal ließ er sich Bartolomeo Zanichellis Erzählung durch den Kopf gehen. Eines der ersten Bilder, das vor seinem inneren Auge auftauchte, war zu seiner eigenen Überraschung jenes der Magd Lucia Tolomelli. Nicht, dass er sie jemals bewusst wahrgenommen hatte, sie war eher eine schemenhafte Erinnerung, sodass er ihr Gesicht durch ein beliebiges anderes ersetzte.

Da stand sie nun, die Unheilbringerin mit dem beliebigen Gesicht, an einem grauen Dezembermorgen des Jahres 1662 an der Hintertür der Via Urbana 7, dem bekanntesten Künstlerhaushalt der Stadt. Sie klopfte, und während sie sich die Haube richtete, wurde aufgetan.

Sobald sie die Küche betreten und den Umhang abgelegt hatte, stand auch schon Giacoma, die Schwester des Maestros, neben ihr und schob sie vor einen riesigen Topf. Dampfend hing er über der Feuerstelle, die feuchte Wärme machte den Aufenthalt in der Küche zu einer schweißtreibenden Angelegenheit, bevor auch nur ein Handschlag getan war.

So sah Picinardi das Mädchen: die Arme alsbald bis zu den Ellenbogen im heißen Wasser. Ein seltsames Bild, aber Bartolomeo hatte ihm diesen Moment beschrieben, so detailliert, dass er glaubte, mit seinen Händen im Wasser zu rühren und den Geruch ausgekochter Pisse, der in der Luft hing, wahrzunehmen.

Er schloss die Augen und spürte die Wärme der Morgensonne durch das geöffnete Fenster auf seinem Gesicht.

Die Gerüchte, die durch Bolognas Gassen rasten, ließen darauf schließen, dass viele den Tag im Jahre 1662, an dem das Mädchen im Hause der ehrwürdigen Familie Sirani erschienen war, als Anfang vom Ende betrachteten. Wie recht sie damit hatten. Lucia Tolomelli war zu jenem Zeitpunkt siebzehn Jahre alt gewesen. Niemand hatte erahnen können, welches Elend sie mit sich bringen würde. Welches Elend dieses Mädchen über ganz Bologna bringen würde. Seit ihrem zwölften Lebensjahr hatte sie sich als Magd verdingt. Ihre ältere Schwester, die wie auch die Schwester des Maestros Giacoma hieß, war verheiratet. Auch sie hatte sich als Magd verdingt, bis sie erkrankte und von zu Hause Näharbeiten erledigte. Die neue Arbeit, die Lucia an diesem Tag antrat, wurde gut bezahlt mit immerhin vier Paoli im Monat.

Picinardi ging in seinen Gedanken zurück, suchte den Anfang der Geschichte zu diesem Bild, das, herausgerissen aus dem Zusammenhang, in ihm aufgestiegen war.

Nun stand das Mädchen vor dem Topf, noch hatte sie die Ärmel nicht aufgekrempelt, aus dem Hintergrund beobachtete Giacoma die neue Magd.

Lucia wiederum schaute aufmerksam den Jungen an, der ihr die Tür geöffnet und sie zur Schwester des Maestros geführt hatte. Ein schmales Kerlchen von vielleicht zwölf oder dreizehn Jahren, der sich als Lehrling David vorgestellt und während der wenigen Schritte bis zur Küche von der Accademia und irgendwelchen Frauen gesprochen hatte. Was auch immer er gemeint haben mochte, hier, in der Küche, mit dem vertrauten Geruch aus Kräutern, Ölen und ausgekochtem Fett, kannte Lucia Tolomelli sich aus, das waren Dinge, die ihr Sicherheit vermittelten.

Die Lider geschlossen, ließ Picinardi seinen Blick weiter durch die Küche schweifen.

Am Tisch, direkt neben dem Fenster, saß eine weitere Magd, Anna Maria Donnini. Drei Personen, mit Lucia vier.

Abrupt richtete der Prior sich auf, griff seine Feder, hielt sie in die Tinte, zog ein Papier heran und notierte:

> *Lucia Tolomelli, Magd im Hause Sirani. Hat eine Schwester, heißt ebenfalls Giacoma. Lucias Lohn pro Monat vier Paoli.*
>
> *Anna Maria Donnini, schätzungsweise Mitte zwanzig, weitere Magd im Hause Sirani, lebt in der Nachbarschaft.*

Darunter ergänzte er, angeregt durch die Namensgleichheit:

> *Anna Maria Sirani, dreizehn Jahre alt, Schwester von Elisabetta S.*

Dann folgte:

> *Barbara Sirani, vierundzwanzig Jahre alt, Schwester von Elisabetta S.*
>
> *Antonio Maria Sirani, Bruder von Elisabetta S., derzeit auf Studienreise in Europa.*

Die beiden Schwestern von Elisabetta, auch mit ihnen würde er sprechen müssen. Der Bruder würde erst in den kommenden Tagen eintreffen, mit ihm brauchte er sich nicht zu befassen, da er schon geraume Zeit abwesend war. Sinnvoll wäre es allerdings, die Schwester des Maestros zu befragen, also notierte er:

Giacoma Sirani, Schwester des Maestro Sirani.

Margherita schrieb er nicht dazu, denn er war unsicher, ob er jemals die Kraft aufbringen würde, ihr Fragen zu stellen. Sie hatte Elisabetta das Leben geschenkt. Wie sollte er mit ihr über den Tod der Tochter sprechen, die ermordet worden war?

Diese Liste würde wachsen. Vorsichtshalber notierte der Prior gleich noch:

Kardinal Carafa della Spina, Vizelegat von Bologna.

Wahrscheinlich war es sinnlos, seine Eminenz um einen Termin zu ersuchen, aber er wollte ihn der Vollständigkeit halber aufführen. Ein weiterer Ehrenbürger Felsinas durfte nicht fehlen, auch wenn er sicherlich wenig Erhellendes zum Giftmord an seinem Patenkind beizusteuern hatte:

Senator Saulo Guidotti, Taufpate von
Elisabetta S.

Ein Unbekannter war im taccuino di lavoro erwähnt worden, gleich dreimal und jedes Mal ohne Nennung des Nachnamens. Ernesto, Musiklehrer. Mehr hatte nicht dabeigestanden. Ihm hatte Elisabetta Bilder geschenkt. Warum hatte sie einem Mann drei Gemälde geschenkt? Selbst Bartolomeo Zanichelli hatte diese Entdeckung überrascht. Picinardi erinnerte sich des Ziehens in seiner Magengegend, als er davon gehört hatte. Auch wenn er nicht zweifelte an dem, was ihn mit Elisabetta verbunden hatte, fühlte es sich an, als würde sie ihm nun, nach ihrem Tod, mit jeder Einzelheit, um die er nicht gewusst hatte, immer weiter entgleiten.

Der Prior legte die Feder beiseite und sank in seinem Stuhl zurück. Es gab weiterhin viele Fragen. Aber er hatte erste Fakten zusammengetragen, und Ernesto würde er auch noch finden. Abermals schloss er die Augen, und die Bilder in seinem Kopf gewannen wieder an Fahrt.

Die andere Magd, Anna Maria Donnini, war darin vertieft, Gemüse zu schneiden. Enorme Berge an Gemüse, zumindest hatte Bartolomeo das behauptet.

Erstaunlich, dachte Picinardi umgehend. Das Schreiben schien zu helfen, denn es ordnete seine Gedanken. Er begriff zwei Dinge, die ihm zuvor entgangen waren: Warum konnte Bartolomeo sich so genau daran erinnern, dass Magd Anni, wie alle sie nannten, so viel Gemüse zu putzen hatte, als Lucia Tolomelli ins Haus kam? Irgendwer musste es ihm erzählt haben. Magd Anni schied aus. Sie hatte er kaum erwähnt, als würde er nur wenig von ihr wissen und selten mit ihr sprechen.

Picinardi richtete sich auf und notierte:

Wer ist Ernesto? Musiklehrer?

Bartolomeo Zanichelli. Rechte Hand des Maestros, seit Jahren sehr eng in die Familie eingebunden. Anscheinend nur mäßiger Kontakt zu Magd Anna Maria Donnini. Bei Befragung darauf achten.

Befragung.

Gott sei Dank!

Er steckte in einer Ermittlung! Der Jurist in ihm kam tatsächlich in Gang, da konnte er auch gleich den zweiten Gedanken weiterführen: Es gab ein enges Vertrauensverhältnis zwischen Bartolomeo und Magd Lucia. Schließlich berichtete der Mann Dinge, die er nur von ihr wissen konnte. Das bedeutete Zeit zu zweit, Zeit für Gespräche, in denen auch solche Nebensächlichkeiten Platz fanden.

Was hatte Bartolomeo noch erzählt? Es war schwierig, aus den Versatzstücken eine Chronologie herauszuarbeiten, aber Picinardi fand an den Ausgangspunkt in der Küche zurück.

Der Lehrling stand unterdessen am Tisch, schlug ein Tuch beiseite und zeigte auf ein Bündel Schweineblasen. »Das sind getrocknete Schweineblasen, die eingeweicht werden müssen«, sagte er nur.

Lucia schob die Ärmel in die Höhe, packte das Gekröse und ließ es in den großen Topf sinken. Sie walkte den Haufen und löste eine Blase von der anderen, begann, erste zerknickte Stellen zu öffnen. Der Geruch von Pisse begann sich auszubreiten, nicht aufdringlich, aber doch derart, dass er nicht zu ignorieren war.

Diese Details hatte Bartolomeo nicht erwähnt. Picinardi hielt inne. Erstaunt erkannte er, dass sich seine Bilder mit denen der Erzählung zu vermischen begannen. Musste er sich daran stören? Er beschloss, sich diese Ergänzungen zu gestatten, solange sie den Sinn nicht verfremdeten. Vielleicht halfen ihm diese Vorstellungen dabei, Stimmungen zu erfassen? Einen Versuch war es wert, befand der Jurist in ihm und versank wieder in der Bilderflut seines Kopfes.

Der Junge warf bereits erste Blasen, die weich und geschmeidig geworden waren, auf den Tisch, nahm ein Messer, schlitzte sie auf, klappte sie auseinander und strich sie mit der Schneide glatt. Nun schnitt er Kreise aus, während Magd Anni sich schwerfällig erhob und ihm eine Schale mit Öl bereitstellte.

Lucia tropfte inzwischen der Schweiß von der Stirn, doch sie ließ nicht ab, die Blasen zu walken, obwohl das Wasser zunehmend heißer wurde.

Der Junge bestrich derweil die Innenseiten der Schweineblasen mit Öl und breitete sie auf einem Brett aus. »Diese Dinger haben wir immer vorrätig, sie sind unentbehrlich. Und wenn es keine Schweineblasen auf dem Markt gibt, tun es auch Ochsenblasen. Also, wenn du siehst, dass sie bald alle sind, sag's mir. Immer!«

Da stand sie nun, die neue Magd, und kochte Schweineblasen aus für eine Frau, von der man sagte, sie würde malen wie ein Mann. Sie sei dabei aber schneller als alle Männer zusammen.

Sie würde gar nicht malen, sie sei nur das Aushängeschild des Vaters, ein geschickter Versuch, Aufmerksamkeit zu erlangen.

Sie sei schön, sie sei fromm, sie sei bescheiden.

Sie würde Befehle erteilen wie ein Hauptmann, schreien wie eine Furie, wenn an einem der Gemälde etwas nicht stimme, und einen Damenbart habe sie, aus dem könne man Zöpfe flechten.

Elisabetta Sirani. Ein Name, der nach Musik klang und weniger nach Farben, dachte das Mädchen.

Abermals hielt Picinardi inne. Sowohl diese Gerüchte über Elisabetta, die Lucia mit ins Haus der Siranis begleitet hatten, als auch den Gedanken zur Musik hatte Bartolomeo tatsächlich erwähnt. Der Vergleich erschien dem Prior passend. Das Mädchen machte sich anscheinend eigenständig Gedanken, die Hand und Fuß hatten.

Eine Weile lauschte er in den Garten hinaus. Die Grillen hatten heute ungewöhnlich früh das Zirpen begonnen, was einen weiteren heißen Tag versprach. Wieder beugte Picinardi sich vor, eine weitere Überlegung musste er festhalten, um sie zu klären:

Ist Lucia Tolomelli schon zuvor mit verbrecherischen Taten in Verbindung gebracht worden?

Der Gedanke erschien ihm sogleich abwegig, denn in Bologna wäre dies nicht zu verheimlichen gewesen. Zudem hätte der Maestro niemals riskiert, die Werte, die in seiner Bottega entstanden, in Gefahr zu bringen, indem er ein Mädchen ins Haus holte, das einen schlechten Leumund besaß. Wieder ließ Picinardi die Feder auf den Papierbogen sinken:

Bartolomeo Zanichelli nennt den Aufenthaltsort von Lucia Tolomelli nicht!

schrieb er nieder und runzelte ob der Tatsache die Stirn. Wo ist sie? Ist sie inzwischen verhaftet? Weiß er überhaupt, wo sie ist?

Sein Blick blieb nun in der Luft hängen, während er die Magd vor sich sah, die er sich in Gedanken erschaffen hatte. Sie folgte dem Lehrling die Treppe hinauf, vermutlich besten Willens, an ihrem ersten Arbeitstag einen ordentlichen Eindruck zu hinterlassen. Der leichte Geruch von Pisse, der nun an ihren Händen und Armen haftete, stieg ihr bei der einen oder anderen Bewegung in die Nase.

Lehrling David.

Auch seinen Namen ergänzte er auf der Liste, die sein Werkverzeichnis werden würde. Den Jungen kannte Picinardi.

Er war es gewesen, der ihn am Sonntag zum Hause Sirani geführt hatte. Mitglied einer florierenden Bottega zu sein, erfüllte ihn mit Stolz, ganz ohne Frage. In einem solchen Haus konnte es vorkommen, dass im Piano nobile Verträge zur Unterzeichnung vor wohlhabenden Käufern ausgebreitet wurden, während im Dachgeschoss ein Kunstwerk entstand, das in seiner Bedeutung Jahrhunderte überdauern würde. Im Hof trocknete derweil auf der Leine die Wäsche, und in der Küche putzte irgendwer Möhren.

David war in einem Alter, in dem sich Jungen leidenschaftlich das erste Mal in ihrem Leben verliebten. Auch gern aussichtslos in Frauen, die älter und unerreichbar waren. Doch seine Abhängigkeit war zu groß. Als Lehrling unterzukommen war, wenn die Bottega aufgelöst werden sollte, für ihn ungleich schwerer. Sogar die Mägde im Haus würden schneller wieder Arbeit finden als er.

Der Lehrling war es also gewesen, der Lucia an jenem verhängnisvollen Tag im Dezember des Jahres 1662 samt den Schweineblasen in die Bottega gebracht und ihr im wahrsten Sinne des Wortes die Tür in ein neues Leben geöffnet hatte. Picinardi folgte dem Jungen bei seinem Rundgang durch die Bottega. Er sah ihn vor sich, mit zerzaustem Haar, verschwitztem Kittel und mit wachsamem Blick darauf achtend, dass Elisabettas Schülerinnen ihre Farbreste mit Spachteln aus den Schälchen entfernten und auf die Blasen strichen. Es war seine Aufgabe, diese zuzubinden und sie am Balken aufzuhängen. Stets bestand er darauf, einen Tupfer Farbe auf der Außenseite der Schweineblase aufzutragen. So verpackt, würde die Farbe erkennbar sein, sich halten und könnte in den kommenden Tagen wieder verwendet werden. Ein kleiner Stich in die Haut, und die Paste konnte herausgedrückt werden.

Nein, dachte der Prior und ließ den Jungen in seiner Vorstellung allein mit den Schweineblasen zurück. David taugte weder zum Giftmörder noch zum Handlanger anderer, die einer erfolgreichen Malerin nach dem Leben trachteten. Zufrieden setzte Picinardi das erste Häkchen in seinem Werkverzeichnis.

Was hatte er darüber hinaus bisher zusammengetragen?

Erste Notizen zu Lucia Tolomelli und Bartolomeo Zanichelli. Erste Vermutungen zu ihrem Umgang miteinander.

Die Schülerinnen!, durchfuhr es ihn. Bisher hatte er sie übersehen. Falsch! Sie waren in den Bildern seiner Gedanken aufgetaucht, aber er hatte ihre Bedeutung verdrängt, weil er wusste, dass ihm unzählige Gespräche bevorstanden, wenn er sie befragen wollte. Elisabetta hatte Frauen ausgebildet. In der Malerei. Damit war sie weit und breit die Einzige, wahrscheinlich die Erste überhaupt. Jede der angehenden Malerinnen kam damit ebenfalls als Täterin oder zumindest als Drahtzieherin einer Tat infrage. Deshalb waren die Besuche sicherlich unabwendbar.

Die Schülerinnen befragen! Alle!!!

Sich am Kinn kratzend, schaute Picinardi zu, wie die Tinte seiner drei Ausrufezeichen trocknete. Wollte er jemals Antworten erhalten und in der Lage sein, eine oratio funebris zu formulieren, so musste er über die Accademia del Disegno, wie sie schlicht genannt wurde, alles wissen. Malende Frauen. Gleich reihenweise. Er schüttelte den Kopf und lächelte. Das hatte nur Elisabetta fertigbringen können. Sie war einzigartig, so voller Ideen. Neuer Ideen.

Langsam zog Picinardi die Linien nach.

Die Schülerinnen befragen! Alle!!!

Dann schob er seine Aufzeichnungen beiseite. Eine erste Ansammlung, aber dennoch ein armseliges Ergebnis.

Zumindest bisher.

Signor Picinardi folgt einer Mission

Der Maler lehnte am Tisch des Reibsteins. Nichts an ihm ließ darauf schließen, ob er die Kammer über Nacht verlassen hatte, er trug noch immer die Kleidung des Vortages, und sein Haar stand strohig in die Höhe. Ebenso wenig ließ sein Gesichtsausdruck darauf schließen, ob der erneute Besuch ihn verwunderte.

Während Picinardi ein weiteres Mal auf dem Stuhl Platz nahm, auf dem er am Tag zuvor bis in den späten Abend hinein gesessen hatte, bemerkte er, dass die Frage, ob Bartolomeo Elisabetta vergiftet haben könnte, sich ihm nicht stellte. Erleichtert setzte er in Gedanken ein zweites Häkchen in seiner Liste. Aber was war mit der Magd? War sein Gegenüber verblendet? Ein verliebter Narr? Oder warum blieb der Maler trotz der Gerüchte ihr gegenüber so wohlwollend?

Auf dem Weg hierher, inzwischen von einem missionarischen Eifer angetrieben, sich Klarheit über Lucia Tolomelli zu verschaffen, hatte der Prior sich abermals mehrere Fragen zurechtgelegt. Er hatte jedoch nicht darüber nachgedacht, wie er nun auf diese zu sprechen kommen sollte, ohne Bartolomeo zu brüskieren.

»Wo befindet sich Lucia Tolomelli derzeit?«, eröffnete er das Gespräch nach einigen Floskeln.

Noch immer lehnte der Maler am Reibstein, die Arme

hatte er inzwischen vor der Brust verschränkt. »Sie ist im Armenhaus«, sagte er irgendwann. »Und sie leidet. Hier war, wie ich gestern bereits andeutete, ihr Zuhause, auch wenn manche anderes behaupten. Alles war ihr vertraut, bekannt, für sie sogar berechenbar.«

»Wie würdet Ihr sie beschreiben?«

»Sie ist klug und lernt schnell. Dort drüben lagern die Farbpigmente.« Er wies auf hölzerne Dosen und blecherne Kisten, die kleinere und größere Mengen fassten, sowie mehrere schlichte Pappbehälter. »Aus einem Künstlernachlass hat der Maestro letzthin zahlreiche Apothekerfläschchen erworben, die ebenfalls befüllt waren. Lucia hat all das sortiert. Zwischen den Flaschen stehen mehrere Papierumschläge, seht Ihr sie? In ihnen werden ebenfalls Pigmente aufbewahrt. Mit einem unvorsichtigen Griff hat der Lehrling letzthin den Inhalt eines solchen Briefchens verstreut. Ein Vermögen staubte über die Dielen, und David heulte beim Aufwischen derart, dass Signora Sirani berechtigterweise mehrfach mit dem Besenstiel gegen die Schlafzimmerdecke pochte. So eine Ungeschicklichkeit wäre Lucia nie passiert. Sie wusste bald besser Bescheid über die Vorräte als ich. Hatte sie zunächst nur im Blick, wie viel Brot noch im Haus war, wusste sie nun darüber hinaus noch, dass vom Ultramarin fünf und vom Schüttgelb neun Unzen vorhanden waren und Krapplack als auch Azurit zur Neige gingen. Lesen kann sie nicht, aber ihr Gedächtnis ist bemerkenswert, und den Umgang mit der Waage, mit den Gewichten und den Zahlen beherrscht sie sehr gut.«

Zufrieden faltete Picinardi die Hände in seinem Schoß. Es gab doch noch einen Rest Menschenkenntnis in ihm, und der sagte ihm nun, dass seine Überlegungen der Nacht durchaus folgerichtig gewesen waren. Hier sprach ein Mann, dessen Herz das Wort ergriffen hatte. »Sind das nicht außergewöhnliche Aufgaben für eine Magd?«, fragte er, ohne sein Erstaunen zu verhehlen.

Sein Gegenüber zuckte die Schultern. »Ja, durchaus.«

Hastige Schritte auf der Treppe waren zu hören, und zwei Atemzüge später stand keuchend Lehrling David in der Tür. »Der Maestro. Ich dachte, Ihr würdet es wissen wollen. Er hat Besuch.«

»Er ist krank, die Kondolenzbesuche strengen ihn an. Wer ist dieses Mal gekommen?« Bartolomeo runzelte die Stirn.

»Der Untersuchungsrichter ist hier. Signor Dionisio Pignatelli.«

Der Prior und der Maler sahen beide gleichermaßen erstaunt zu dem Jungen hinüber. Seine Eminenz Kardinal Carafa hatte – zumindest schien dies nun wahrscheinlich – ein Anschreiben des Maestros erhalten und umgehend darauf reagiert. Er hatte einen seiner Handlanger ausgesandt. Hierher. Ins Haus der Siranis. Es war damit nun amtlich: Man wollte und konnte nicht zögern, in diesem Todesfall waren hartes Durchgreifen und eine schnelle Reaktion gefragt. Danach gierte des Volkes Seele. Und auch der Prior verspürte Erleichterung.

»Das ist nicht alles«, stammelte der Junge indessen.

»Was gibt es noch?« Bartolomeos Stimme klang verzerrt und ließ auf seine innere Anspannung schließen.

»Signor Pignatelli erwähnte gegenüber dem Maestro, dass Lucia von seinen Männern verhaftet worden ist.«

»Danke«, sagte der Maler nur, und der Junge ließ sie allein.

So saßen die beiden Männer beieinander, und ihr Gespräch war zum Erliegen gekommen. Picinardi war dennoch zufrieden. Die Giftmörderin war gefasst, was für eine großartige Nachricht! Was Bartolomeo durch den Kopf ging, konnte er nur erahnen. Wie grausam musste es sein, das Herz an eine Frau verloren zu haben, die mit großer Sicherheit zur Mörderin geworden war? Wie schmerzhaft würde der Weg der Erkenntnis für diesen Mann noch werden!

Just als er beschloss, sich zu verabschieden, erklang auf der Treppe ein gleichmäßiges Geräusch, ein Klopfen, das lauter wurde. Erschrocken versuchte der Prior, durch das kleine Fenster den Stand der Sonne zu erkennen – hatte er abermals die Zeit verloren? Konnte es sein, dass der Untersuchungsrichter sich bereits auf den Rückweg gemacht hatte? War dieser Besuch nur eine erste kurze Befragung gewesen? Eine, die aus Rücksicht auf den gesundheitlichen Zustand des Maestros zügig beendet worden war?

Mit Schwung wurde die Tür aufgestoßen und krachte gegen die Wand. Zuerst sah Picinardi den Gehstock des Maestros, dann ihn selbst. Er trug zerschlissene Pantoffeln und einen Hausmantel mit langen Ärmeln, der nachlässig gebunden um seinen hageren Körper hing. Das wellige, kinnlange Haar war mit Öl zurückgestrichen worden, die letzte Rasur lag einige Tage zurück. Er sah noch schlimmer aus als bei ihrer letzten Begegnung, fast verwahrlost. Doch er wusste offensichtlich, dass Picinardi zugegen war, denn er umarmte ihn kurz und setzte sich daraufhin auf den Stuhl, von dem sein Gast sich zuvor erhoben hatte. Mit seinen von Gicht gezeichneten Fingern umklammerte er den Gehstock.

»Die Weiber«, sagte er und kicherte, »sie wollen heute kommen.«

Der Maestro war betrunken, und das schon am Mittag. Ob er die Aussage in diesem Zustand gemacht hatte? Da der Prior nun schon stand, konnte er sich umwenden und Interesse an einer Gipsfigur heucheln, die auf dem Schrank stand.

»Du hattest Besuch, hörte ich?«, fragte Bartolomeo derweil und riss Picinardi damit aus seinen Betrachtungen.

»Weißt du, diese Weiber, sie waren eine Herzensangelegenheit meiner Tochter«, fuhr der Maestro fort, ganz so, als wäre er nicht angesprochen worden. »Elisabetta nannte sie immer ihre ›Schülerinnen‹. Ein alberner Begriff, finde ich.«

Vorsichtig wandte der Prior sich um und versuchte, das unangenehme Gefühl außer Acht zu lassen, dass der Vater eine Herzensangelegenheit seiner Tochter als Albernheit bezeichnete. Er war betrunken. Vor Schmerz außer sich. Gern hätte Picinardi mehr über die sogenannten »Weiber« erfahren, schließlich standen sie auf seiner Liste, doch dringlicher war, herauszufinden, was sich soeben im Piano nobile des Hauses mit dem Untersuchungsrichter zugetragen hatte.

»Sie sind ein lästiges Übel«, fuhr der Maestro mit schwerer Zunge fort. »Aber immerhin: Ich kann Gelder für ihre Ausbildung kassieren. Üppige Summen, verstehst du? Ihre Männer oder Väter zahlen, und solange sie nicht jeden Tag hierherkommen, lässt sich damit leben. Die eine oder andere erweist sich tatsächlich als geschickt und kann nützliche Hilfsdienste leisten. Nun gut, wer viel zahlt, darf auch mehr malen. So ist das. Habt ihr eigentlich Wein hier oben?«

Bartolomeos Gesicht ließ keine Regung erkennen. »Giovanni Andrea, komm, wir gehen nachschauen, ob Magd Anni uns Honigwasser anrührt«, sagte er geduldig. »Hier oben wird es bald zu heiß …«

Picinardi musterte abermals die Gichtknoten an den Händen des Freundes. Ob es einen Zusammenhang gab? Eine Strafe vielleicht? Warum zerfraß es ihm vor allem die Hände und Ellenbogen? Warum war er so verhältnismäßig gut zu Fuß? Begann die Gicht nicht immer an den Zehen? Warum verlor er nicht sein Gehör oder die Stimme? Den Geruchssinn? Es gab so viele Fähigkeiten seines Leibes, die er hätte entbehren können, aber die Arme und die Hände … Dann waren da seine Augen, sie taten weiterhin ihren Dienst. Auch sein Geist wollte nicht loslassen, um sich ins Reich des Vergessens zu flüchten, und führte ihm stattdessen tagtäglich sein Elend vor.

Unmerklich wandte der Prior den Kopf ab, und nun landete sein Blick auf den Händen des Eremiten. Schmale Hände mit langen Fingern. Die Hände eines Mannes in den Dreißigern. Normal und gerade dadurch schön. Die Hände eines Mannes, der die Menschen nicht ertrug.

Ebenfalls Elend, dieser Zustand, dachte Picinardi und folgte den beiden durch die Bottega zur Treppe. Während er an einer Vielzahl von Behältern mit Pinseln vorbeilief, fiel er ihm ins Auge. Ein breiter Pinsel mit hellen, fast fächerartig gespreizten Borsten. Den hatte sie in der Hand gehabt, damit habe ich sie malen sehen, durchfuhr es ihn, und ohne auch nur einen Wimpernschlag lang zu zögern, griff er zu. Ließ den Pinsel in seiner Manteltasche verschwinden. Spürte das feine Holz, die weichen Borsten. Tatsächlich bescherte ihm der erste Diebstahl seines Lebens, und mochte er noch so närrisch sein, ein zartes Glücksgefühl.

Von Gesprächen und Zweifeln

Für morgen, den 2. September, stehen die Aussagen von Petronio Barilli, Domenico Guizzardi, Angelino Riva und Anna Maria Donnini an. Die Magd ist vor Aufregung erkrankt und nicht zur Arbeit erschienen.

Namen von Männern, die der Prior nicht kannte, die Barbara Sirani aber als Bekannte der Familie beschrieben hatte. Welch glückliche Fügung, dass er ihr, just als er die Via Urbana 7 hatte verlassen wollen, noch in der Eingangshalle begegnet war. Ein langes Gespräch hatte sich daraus ergeben, von dem vieles wert war, notiert zu werden. Informationen, vor allem über den Maestro, die es nicht leichter machten, sich einer Trauerrede zu nähern.

Mit schwungvollen Bögen schrieb Picinardi die beiden Wörter auf das Blatt und zog die Linien nach:

oratio funebris

Was musste so eine Rede alles leisten! Neben Lob, Trost und Erbauung sollte auch die Belehrung durch kluge Gedanken nicht zu kurz kommen. Kurzum: Man erhoffte sich von ihm, Vergangenheit und Gegenwart zusammenzubringen und dabei hoffnungsvoll in die Zukunft zu weisen. Er schluckte schwer gegen den Druck in seinem Hals an. Von diesem Ziel war er weiter entfernt als vor zwei Tagen. Oder wie lange war es her, dass Giovanni Andrea Sirani ihn gebeten hatte, ihm diesen Wunsch zu erfüllen? Das Gesicht des Alten erschien vor seinen Augen. Ausflüchte halfen nicht, und so begann er zu schreiben:

Giovanni Andrea Sirani hat die Verantwortung für die Bottega vor fünf oder sechs Jahren, mit Ausbruch der Gicht, Elisabetta anvertraut. Es war an der Zeit, zumindest schien er das anzunehmen, sich auf andere Dinge zu konzentrieren, in allererster Linie auf Geldfragen, die Künstler seiner Meinung nach gern aus den Augen verlieren. Er kontrollierte alle Ausgaben, von Leinwänden über Pinsel bis hin zu den Pigmenten, und erfreute sich an jedem Bolognino, den er einsparen konnte. Insofern traf es ihn schwer, dass Elisabetta sich der Hausarbeit verweigerte, kurz nachdem er ihr die Leitung der Bottega übergeben hatte. Eine Weigerung, die sie damit begründete, dass sie die Einnahmen komplett abzugeben habe, es aber ebenjene waren, mit denen das Leben aller bestritten wurde. Sie forderte tatsächlich die gleichen Rechte ein, die einem Mann, der einer Bottega vorstand, zukamen: die Kleidung gereinigt und Essen vorgesetzt zu bekommen.

Für einen Moment sah der Prior in die Luft. Wie wäre es ihm ergangen anstelle des Maestros? Eine unangenehme Frage. Er setzte die Feder hastig auf das Papier, und sie hinterließ einen schwarzen Fleck. Verärgert nahm er ein Löschpapier zur Hand, um dann fortzufahren:

Obwohl ihr Vater lautstark reagierte, zumindest beschrieb Barbara Sirani es so, ging Elisabetta noch weiter. Sie forderte eine neue Magd, die Entlastung schaffen sollte. Ihrem Vater verschlug es die Sprache. Aus seiner Sicht gab es keinerlei Notwendigkeit, ein zweites Dienstmädchen im Hause aufzunehmen. Er hatte eine Frau, eine Schwester, drei Töchter und eine Magd, das waren genug Frauen, die sich um die anfallenden Arbeiten des Haushalts kümmern konnten. Doch Elisabetta ließ sich nicht beirren und setzte sich an diesem Tag durch. Wenig später kam Lucia Tolomelli ins Haus.

Das Mädchen war eine leibhaftige Erinnerung an den Moment der Schwäche des Vaters gegenüber der eigenen Tochter, erkannte der Prior, während er das Löschpapier zusammenknüllte. Ob der Maestro sich eine Mitschuld gab, weil er Lucia Tolomelli und damit aller Wahrscheinlichkeit nach die Mörderin ins Haus geholt hatte?

Lucia. Elisabetta. Lucia.

Eine tragische Konstellation, wie sich gezeigt hatte. Und ein Konflikt zwischen Vater und Tochter, über den Elisabetta ihm gegenüber nie ein Wort verloren hatte. Ebenso bemerkenswert war die Tatsache, dass Barbara in dem Gespräch eingeräumt hatte, keinen Grund erkennen zu können, warum Lucia Tolomelli ihre Schwester hätte vergiften wollen. Er musste noch mehr über diese Magd erfahren, beschloss er, warf das Löschpapier in den Korb neben seinem Tisch und eilte, einer Eingebung folgend, in die Küche. Mägde kannten einander sicherlich. Was lag da näher, als die eigene zu befragen?

Petronella fuhr erschrocken herum, und ihre Kinnlade sackte herab, als sie den Prior in der Küchentür stehen sah. »Signore, habt Ihr gerufen?«

»Nein. Aber eine Frage habe ich: Kennst du Lucia Tolomelli?«

Schüchtern nickte sie.

»Sehr gut, sehr gut! Woher?« Er zog das Mädchen an den Tisch, drückte sie auf den Hocker, goss ihr einen Becher mit Wasser voll und setzte sich ihr gegenüber.

»Signore, viele Mägde kennen sich. Vom Markt beispielsweise. Sie kam allerdings selten, meist war es Magd Anni, die ich getroffen habe.«

»Wie schätzt du sie ein? Ist sie fähig zu einem Giftmord?«

Petronella verschluckte sich an ihrem Wasser und starrte den Prior, als der Husten nachließ, mit tränenden Augen an. »Ich kenne sie nicht gut, ich weiß nur, was man sich erzählt.«

»Was denn?«

»Na, dass sie es war. Sie hatte die Gelegenheit.«

»Warum sollte sie es getan haben? Hat sie sich jemals abfällig über Elisabetta geäußert? War sie über irgendetwas verärgert?«

»Nein, nein. Es war eher das Gegenteil. Lucia hat Elisabetta Modell gesessen ...«

»Sie hat was? Eine Magd als Modell, bist du sicher? Wer hängt sich solche Gemälde an die Wand?«

»So war es aber, jedenfalls erzählte mir das Magd Anni einmal. Lucia war das Modell für einige Marienbilder, und Magd Anni war voller Neid.«

»Also, was glaubst du, fernab aller Gerüchte? Ist Lucia Tolomelli zu einem Mord fähig?«

Petronella schüttelte den Kopf. Dann nickte sie. »Entschuldigt, Signore, ich – ich weiß nicht, ob ich das sagen darf ...«

»Ich verspreche dir, deine Gedanken sind bei mir gut aufgehoben.«

»Jeder Mensch ist zu furchtbaren Taten fähig, wenn er sein eigenes Leben oder sein Kind verteidigen muss, die Eltern oder den Ehegatten. Versteht Ihr? Sie wäre das auch, aber ich glaube nicht, dass sie es war. Sie hatte nichts zu verteidigen, denn es gab nichts Bedrohliches in ihrem Leben. Sie hatte nur etwas zu verlieren. Denke ich.«

Picinardi widerstand dem Bedürfnis, die Hand seiner aufgewühlten Magd zu greifen, gleich einem Vater, der seine Tochter beruhigt. »Gut, du sagst, Magd Anni sei neidisch auf Lucia gewesen. Wäre es möglich, dass sie den Verdacht von sich auf ihre Rivalin lenken will?«

»Riva … was?«

»Auf die andere Magd.«

»Ja, es wäre möglich. Aber auch das glaube ich nicht.« Unsicher sah Petronella zum Teig, der auf dem Tisch lag. Sie wollte ihre Arbeit wiederaufnehmen und nicht über Tod und Tatmotive nachdenken.

Picinardi konnte es ihr nicht verdenken. »Mache weiter«, sagte er nur und nickte mit dem Kopf in Richtung des Teiges.

Drei. Inzwischen waren es drei Menschen, die kein Motiv erkennen konnten: Barbara Sirani, Bartolomeo Zanichelli und die Magd seines Hauses, fasste der Prior zusammen. All das Fragenstellen, es half nichts: Er musste sich selbst ein Bild von Lucia Tolomelli verschaffen. Dringend.

Juristen unter sich

Die Sonne brannte, obwohl es bereits später Nachmittag geworden war, und der Prior verfluchte den Spitzenkragen, der verschwitzt an seinem Hals klebte. Während er sich dem Palazzo d'Accursio näherte und am Kragen herumzerrte, betrachtete er die Statue von Papst Gregor XIII., die über dem Portal wachte. Sofort erinnerte er sich an das bekannteste Portrait des Heiligen Vaters, das ebenfalls eine Frau aus Bologna gemalt hatte.

Lavinia Fontana. Lange hatte er nicht mehr an sie gedacht, und es war kein Zufall, dass er sich ihrer nun erinnerte. Gut fünfzig Jahre lag der Tod der Malerin zurück. Auch sie war von ihrem Vater ausgebildet worden, doch im Gegensatz zu Elisabetta hatte sie geheiratet. Paolo Zappi.

Picinardi verlangsamte seinen Schritt und spürte ein leichtes Stechen in seiner linken Brust, wenn er an diesen Mann dachte, von dem er nicht mehr kannte als den Namen.

Lavinia und Paolo haben alles geteilt!, sagte eine Stimme in seinem Kopf. Warum hast du das nicht getan?

Weil meine Position nicht zulässt, dass ich heirate, entgegnete der Prior in stummer Zwiesprache.

Warum hast du nicht deine Stellung am Juristenkolleg aufgegeben und versucht, Elisabetta dem Griff des Maestros zu entreißen?, fragte die Stimme nun drängend.

Der Prior blieb stehen. Diese Frage hatte er sich nie gestellt. Er lebte für seine Berufung. Elisabetta hatte für die ihre gelebt. Zumindest war es ihm bisher stets so erschienen. Er hatte angenommen, dass sich ihnen, verankert in ihren jeweiligen Leben, kein Weg in eine gemeinsame Zukunft eröffnen würde.

Lavinia und Paolo.

Der Neid stach nicht mehr, er brannte.

Die Eintracht der beiden war bereits zu Lebzeiten allerorten beschworen worden. Elf Kinder hatten sie bekommen und acht davon wieder verloren. So viel geteiltes Leid. So viel geteiltes Glück. Drei Kinder hatten sie ins Leben begleiten können, und tatsächlich hatte Paolo seiner Frau in der Malerei mit Zuarbeiten zur Seite gestanden. Irgendwann waren beide nach Rom gegangen und auch dort verstorben.

Für einen Atemzug drängte sich dem Prior das Bild auf, wie er neben Elisabetta in einer Bottega stand. Wie sie gemeinsam den Aufbau eines Gemäldes besprachen, während zwei Kinder, die der Mutter wie aus dem Gesicht geschnitten waren, Unfug trieben. Unerträglich, ein unerträgliches Bild. So war es nicht, dachte er, sie hat nicht zu mir gehört. Er wischte sich den Schweiß von der Stirn und spürte dabei, wie bedeutsam dieser Gedanke für seine Rede war. Denn wenn man es genau nahm, hatte Elisabetta zu Bologna gehört, mehr als zahlreiche andere Künstler. Eben weil sie nicht wie Lavinia Fontana nach Rom gegangen war, wo das Herz der Künste schlug. Sie war hiergeblieben. Bei ihnen.

War die Feststellung, dass Elisabetta zu Bologna gehörte, richtig? Musste er die Frage nicht anders formulieren: Gehörte sie nicht vielmehr Bologna?

Wenn dem so war, dann würde seine Rede nicht nur über Elisabetta erzählen, sie würde darüber hinaus von einer ganzen Stadt berichten.

Steigerte er sich in etwas hinein? Oder erkannte er – auch Tage nach der Zusage – sozusagen Schritt für Schritt, auf was er sich tatsächlich eingelassen hatte? Er strich die Falten aus seinem Überrock, zog seinen Hut tiefer ins Gesicht und betrat das Tribunale Criminale del Torrone. Er war aufgebrochen, um den Untersuchungsrichter zu sprechen, alle anderen Überlegungen mussten warten.

Hier, in einem wuchtigen Turm, der seitlich des Palazzo d'Accursio seinen drohenden Schatten warf, saß also Lucia Tolomelli ein, während nur einige Stufen über dem Kerker der Untersuchungsrichter und seine Männer daran arbeiteten, Licht ins Dunkel dieses Mordes zu bringen.

Einer der Gerichtsdiener erkannte den Prior und ermöglichte ihm auch ohne Voranmeldung einen Termin bei Dionisio Pignatelli.

Der Richter war ein Mann mit blank polierter Glatze und Schlupflidern, die kaum erahnen ließen, wohin er blickte. Alles an ihm war spindeldürr, und so dürr wie er selbst war seine Bereitschaft, Besuch zu empfangen. Die bisherigen flüchtigen Begegnungen, bei denen sie einander mit Kopfnicken gegrüßt hatten, waren nicht ausreichend, ihn zu Vertraulichkeiten unter Kollegen zu ermuntern, bemerkte Picinardi umgehend. Denn ohne Umschweife kam der Untersuchungsrichter darauf zu sprechen, dass er wenig Zeit habe, weil er dem Prozess vorstehe, der derzeit im Zuge des Todes der Malerin Elisabetta Sirani geführt werde.

»Genau deshalb bin ich hier«, entgegnete der Prior. »Der

Vater, Maestro Sirani, den Ihr heute vernommen habt, bat mich, eine oratio funebris zu verfassen.«

»Und was habe ich damit zu tun?«

»Was hat der Maestro Euch erzählt? Würdet Ihr mir das mitteilen? Ich könnte Eure Unterstützung durchaus gebrauchen.«

»Was geht Euch das an? Und warum fragt Ihr ihn nicht direkt?«

Picinardi war überrascht über die unverhohlene Ablehnung, die ihm entgegenschlug. Kurz überlegte er, ob er den Richter aus Studienzeiten kannte. Da er sich nicht entsinnen konnte, versuchte er, freundlich zu lächeln und seine Stimme eine Nuance tiefer klingen zu lassen.

»Der gesundheitliche Zustand des Maestros ließ weitere Nachfragen heute nicht mehr zu. Vielleicht könnt Ihr nachvollziehen, dass es mein Anliegen ist, der Wahrheit so nahe wie möglich zu kommen, um diese Rede schreiben zu können.«

»Werter Kollege, diese Haltung ehrt Euch, ich habe hier jedoch ein Gericht zu leiten, das im Jahr durchschnittlich dreitausend Denunziationen nachgehen muss und um die dreihundert Prozesse führt. Wir haben hier alles, aber keine Zeit für Poetik. Nichts liegt mir ferner, als den Ermittlungen vorzugreifen oder meine Pflicht zur Verschwiegenheit zu verletzen. Wir werden ergründen, was in diesem Fall die Wahrheit ist, das Ergebnis werdet Ihr dann sicherlich erfahren.«

»Niemand redet von einem Bruch der Schweigepflicht. Einen kleinen Austausch unter Kollegen würde ich das nennen, einen fachlichen Diskurs. Und wenn es Euch an Zeit mangelt, dann möchte ich die Erlaubnis, Lucia Tolomelli selbst zu befragen.«

»Genau darum geht es. Ihr könnt gern dabei sein, wenn die Delinquentin oder die Zeugen vor Gericht gehört werden. Das werde ich nicht infrage stellen, Ihr seid, werter Prior, gern gesehen. Allerdings möchte ich hier keinen Kollegen an meiner Seite haben, der meint, eigene Untersuchungen anstellen zu müssen. Auch wenn Eure Beweggründe ehrenhaft sind, lasst mich meine Arbeit machen …«, er stockte und zupfte an seinem Kragen herum. »Wie auch immer, ich möchte nicht unhöflich erscheinen, doch ich habe Unterlagen durchzusehen. Deshalb möchte ich Euch bitten, jetzt zu gehen.«

Es war selten, dass dem Prior die Worte fehlten, aber in jenem Augenblick war ebendies der Fall. Einen Poeten mit zu viel Zeit machte der Untersuchungsrichter aus ihm, dem Leiter des Juristenkollegs. Einen Bittsteller, der sich wegen einer rührseligen Aufgabe daranmachte, die Arbeit des Gerichts zu stören. Kompetenz schien er ihm abzusprechen, komplett. Langsam nickte Picinardi und erhob sich.

»Gut, Signor Pignatelli, dann werde ich dem Maestro mitteilen, wie Ihr zu seinem Ansinnen steht. Ein wenig Unterstützung im Hinblick auf das Andenken der bedeutendsten Malerin Felsinas würde der Vater der Verstorbenen, davon gehe ich aus, begrüßen, sogar erwarten. Auch Senator Guidotti wird erstaunt sein, dass Ihr Euch dafür nicht die Zeit nehmen wollt …« Für einen Moment überlegte er, ob er ergänzend Leopoldo de' Medici und Kardinal Carafa anführen sollte, entschied sich dagegen und ließ den Untersuchungsrichter hinter seinem Schreibtisch zurück. Dass der noch seinen Abschiedsgruß vernommen hatte, bezweifelte er, aber es gab Momente, in denen es galt, sich zu entscheiden: ein Verhalten zu zeigen, das der Anstand gebot, oder eine klare Haltung zu bewahren.

Von der Kälte in der Haft

Es waren die Geister, die er gerufen hatte, zumindest schien es dem Prior so. Seine Drohungen hatten den Richter offensichtlich dazu gebracht, noch zu nächtlicher Stunde eine Zusammenfassung aufzusetzen und ihm am Morgen zukommen zu lassen. Doch das Ergebnis war erschütternd. Die Zeilen mussten eine Strafe des Schicksals dafür sein, dass er den Richter am Tag zuvor unter Druck gesetzt hatte.

Picinardi schaute auf das Schreiben. Mehrere dicht beschriebene Blätter, dazu eine Genehmigung, die Delinquentin aufzusuchen. Die Erlaubnis, ihr – der vermutlichen Giftmörderin – gegenüberzutreten. Unruhe breitete sich in ihm aus, und er fröstelte. Er zögerte, ging dann abermals die Aufzeichnungen durch. So grausam es war, er musste vorbereitet sein. Gut vorbereitet sein.

Verehrter Prior,
selbstverständlich will ich dem Wunsch eines Ehrenmannes Bolognas nicht im Wege stehen.
Die Befragungen dienen derzeit erst einmal dazu, die Einzelheiten des Tatablaufs nachvollziehen zu können.
Bisherig ermittelter Ablauf: Schon während des Porchetta-Fests, also am 24. August, äußerte sich die Verstorbene

zu wiederkehrenden Schmerzen im Unterleib. Ein paar Tage später verschlimmerten sich diese. Am Nachmittag des 27. August kam Elisabetta Sirani nachmittags zu ihrer Schwester Barbara Sirani ins Zimmer. Diese, an einem Fieber erkrankt, zeigte sich besorgt, denn Elisabetta Sirani äußerte sich wie folgt: »Schwester, mich schmerzt es so stark im Magen. Ich fühle, dass ich sterbe.« Sie setzte sich, wurde blass und sackte in sich zusammen.
Barbara Sirani rief nach ihrer Mutter, Margherita Sirani. Gemeinsam legten sie Elisabetta Sirani, die an kaltem Schweiß, Fieberschüben und Ohnmachtsanfällen litt, ins Bett.
Der Hausherr, Maestro Giovanni Andrea Sirani, Vater der Verstorbenen, lag nebenan im Zimmer, durch einen Gichtanfall schwer in seiner Bewegungsfähigkeit eingeschränkt. Die Frauen versuchten, ihn zu schonen, und so erfuhr er anfangs nichts vom gesundheitlichen Zustand seiner Tochter. Als er von ihrem Leiden vernahm, ließ er nach Dottor Gallerati schicken. Dieser war jedoch nicht zu erreichen, daher erschien Dottor Mattaselani. Der verordnete eine Magenreinigung, in deren Folge Elisabetta Sirani sich mehrfach erbrach. Am späteren Abend traf noch einmal Dottor Gallerati ein, der das bis dahin Erbrochene untersuchte, allerdings ohne Resultat. Nachts blieb der Zustand von Elisabetta Sirani unverändert: Fieber, kalter Schweiß und getrübtes Bewusstsein.
Erwähnenswert erscheint mir, dass sich in der Nacht Elisabetta Siranis Hände und Füße schwarz verfärbten. Hierin sehe ich die Grundlage für die Gerüchte, es könnte sich um eine Vergiftung handeln.

Am Freitagmorgen, dem 28. August, erschien wieder Dottor Gallerati. Er verordnete ein Elescoff-Gewürz, das lösend wirken sollte und das Elisabetta Sirani in einer Brühe verabreicht wurde. Es folgte eine weitere Magenreinigung durch eine Spülung mit Öl. Zusätzlich verabreichte er ein Bezoar-Gegengift mit Öl, das weiterhin als Hinweis gelten darf, dass bereits zu diesem Zeitpunkt seitens des Dottore eine Vergiftung angenommen wurde. Dieses seltene Gegengift war von der hochgeschätzten Familie de' Medici zur Verfügung gestellt worden, die man inzwischen informiert hatte und die sich ebenfalls außerordentlich besorgt zeigte. Tatsächlich erholte Elisabetta Sirani sich ein wenig, konnte für kurze Zeit sitzen und bekam Farbe im Gesicht.
Der Schwerpunkt der Befragungen liegt nun auf Lucia Tolomellis Forderung, das Arbeitsverhältnis aufzulösen, also wann und wie sie das Haus verlassen hat. Dinge, die ebenfalls durch Euch erfragt werden können. Interessant war Maestro Siranis Überraschung, dass Lucia Tolomelli verhaftet worden ist. Im Verlauf der Vernehmung begann der Befragte, sich damit auseinanderzusetzen, welche Gründe die Magd für diese Tat gehabt haben könnte. Festzuhalten bleibt: Er konnte keinen Grund benennen.

Darunter ein Kürzel, kein Gruß.

Wenn der Untersuchungsrichter geahnt hätte, welche Übelkeit diese Zeilen dem Prior auch beim zweiten Lesen verursachten, hätte er sich zu Recht geweigert, diesen Bericht zu schreiben. Picinardi faltete das Papier mit zitternden Händen zusammen. Dann sah er sich um.

Er saß im Tribunale Criminale del Torrone.

Doch dieses Mal im unteren Stockwerk.

Und wieder nahm er sie wahr: den grässlichen Geruch und die vollkommene Stille in diesem Furcht einflößenden Gemäuer. Es erfüllte ihn mit Abscheu, dass auch Frauen hier einsaßen. Nicht nur die eine, sondern gleich mehrere.

Welch grausame Welt sich eröffnete, wenn man im Turm die Stufen nicht hinauf-, sondern hinabging: Zellen, in denen Gefangene im Halbdunkel verharrten, auf Stroh hockten, das selten getauscht und meist von Ungeziefer aller Art bevölkert wurde. Der Gestank aus den Zellen mischte sich mit der Kälte modrig-feuchter Luft und legte sich auf die Seelen derer, die auf ihre Strafe warteten.

Alles in dieser dunklen Unterwelt hing vom Gefängniswärter ab. War er ein gütiger Mensch, erkannte er, wenn Delinquenten erkrankten, und ließ sie ins Armenkrankenhaus bringen. Wahrscheinlich gab er sogar Speisen und Medikamente weiter, die von Angehörigen am Portal des Gefängnisses abgegeben wurden. War er einer der hartgesottenen, gar boshaften Zeitgenossen, behielt er die Gaben für sich und achtete lediglich darauf, dass die Insassen in der Lage blieben, vernommen oder auch gefoltert zu werden. Ein Delinquent, dessen körperlicher oder seelischer Zustand sich in der Haft derart verschlechterte, dass er bei Befragungen nur noch unzusammenhängende Antworten gab oder – weit schlimmer – nicht mehr in der Lage war, allein zum Schafott zu wanken, war kein gutes Aushängeschild seiner Arbeit. So galt es, immer ein Gleichgewicht zu wahren: Die Verhafteten sollten vor Angst vergehen, ohne jedoch dem Wahnsinn anheimzufallen. Ärgerlich waren jene Fälle, in denen die Inhaftierten sich einem Urteil entzogen, indem sie Hand an sich legten, doch das hatte es in diesem Gefängnis eine Weile nicht mehr gegeben.

Kurzum: Picinardi hasste diese Unterwelt, denn hier roch es nach Angst und Krankheit, ja sogar nach Verwesung und Tod. Und genau das war es, was er Lucia Tolomelli gönnte. Diese Haltung war unsachlich und weit von einem »in dubio pro reo« entfernt, aber er konnte seine Wut nicht zügeln.

Der Wärter, ein ruhiger Mann namens Francesco del Monte, hatte ihn gebeten, im Besprechungsraum zu warten, und ihn dann in diesem dunklen Loch sich selbst überlassen, um die Delinquentin zu holen. Die Tatsache, dass der Wärter diesen Ort gänzlich ohne Spott mit einem derart freundlichen Wort belegte, ließ Picinardi annehmen, es mit einem verträglichen Zeitgenossen zu tun zu haben. Im Normalfall ein wünschenswerter Umstand, aber jetzt?

Dann – mitten hinein in die stolpernden Gedanken des Priors – wurde es vom Wärter hereingeführt: das Weib, von dem ganz Bologna behauptete, es habe Elisabetta Siranis Leben ein Ende bereitet, ein elendes dazu.

Schmal war sie, fast ein Mädchen noch. Sie roch streng, war schmutzig und hatte das fettige Haar in einem Zopf zusammengebunden. Noch hatte die Haft, die Picinardi durchaus als Teil einer körperlichen Strafe betrachtete, keine Spuren in ihrem Gesicht oder an ihrem Leib hinterlassen.

Der Prior war fast ein wenig enttäuscht. Sie sah so – gewöhnlich aus. Was hatte er erwartet? Ein Weib, dem ins Gesicht geschrieben stand, dass der Teufel seine Hand führte? Vermutlich hatte er genau dies erwartet oder zumindest etwas Böses, Feindseliges an ihr entdecken zu können, aber nicht dieses – Mittelmaß.

»Signorina Tolomelli, setzt Euch«, eröffnete Picinardi das Gespräch und wies auf einen Hocker. Er gab seiner Stimme einen unterkühlten Klang, um zu signalisieren, dass gewichtige Absichten ihn hierhergeführt hatten.

»Signore, der Gefängniswärter, Signor del Monte, hat gesagt, ich darf keinen Besuch empfangen. Wer seid Ihr, wenn ich fragen darf?«

»Der Untersuchungsrichter, der ehrwürdige Dionisio Pignatelli, hat mir eine Genehmigung erteilt, Euch aufzusuchen.«

»Seid Ihr der Armenanwalt?«

»Nein, Signorina, der bin ich wahrhaftig nicht, aber Ihr werdet einen gestellt bekommen. Meine Beweggründe, Euch aufzusuchen, sind gänzlich andere. Ich werde die oratio funebris – die Trauerrede – für Elisabetta Sirani schreiben, und ich möchte mir ein Bild von Euch verschaffen.«

Sie sprang auf.

Picinardi nahm zur Kenntnis, dass der Wärter darauf verzichtet hatte, ihr Ketten oder andere Fesseln anzulegen. Ob er ihn auffordern sollte, dies beim nächsten Mal zu tun? Damit das Mädchen mit jedem Schritt spürte, warum es an diesem Ort war?

»Ihr holt mich nicht aus dem Kerker raus?«

Der Prior stutzte. Er war nicht einmal annähernd auf den Gedanken gekommen, sein Erscheinen könnte diese Hoffnung bei dem Mädchen wecken. »Nein, natürlich nicht, das werde ich nicht.«

»Signore, seid Ihr nur hier, um mich … Ihr wisst doch, warum ich an diesem grässlichen Ort bin.« Tränen glänzten in den Augen der Magd.

»Warum, Signorina Tolomelli?«

»Niemand hat mir gesagt, weshalb ich verhaftet worden bin. Erst im Gefängnis erfuhr ich, warum ich hier bin. Von den anderen Frauen. Dann habe ich den Wärter gefragt, und er hat es mir bestätigt.«

»Könnt Ihr es mir mit Euren Worten erklären?« Picinardi ließ das Mädchen nicht aus den Augen und spürte seine fast schon schmerzhaft zusammengezogenen Brauen, während er jede ihrer Bewegungen verfolgte.

»Man verdächtigt mich, Elisabetta Sirani vergiftet zu haben.« Sie schlug die Hände vor das Gesicht. »Alle Welt hält mich für eine Mörderin.«

»Und seid Ihr das?«, fragte er lauernd.

Sie fuhr auf. »Nein, natürlich nicht. Sie war die beste und klügste Frau, die ich jemals kennengelernt habe. Selbst wenn ich sie nicht hätte leiden können, hätte ich sie nicht vergiftet. Ich bringe niemanden um.« Sie schwieg einen Atemzug lang. »Wird man mich foltern?«

»Wenn Ihr ein Geständnis macht, sicherlich nicht.«

»Ich kann nichts gestehen, also werden sie es tun. Sie brauchen eine Schuldige, und dann richten sie mich hin.«

»Signorina, es gibt derzeit lediglich Gerüchte, die Euch belasten.« Erstaunt lauschte der Prior seinen eigenen Worten. Ja, bisher waren es nur Gerüchte, die allerdings dafür gesorgt hatten, dass sie in diesem Gefängnisturm einsaß.

»Ich bin tot, ich bin so gut wie tot«, flüsterte das Mädchen und zerrte heftig an seinem Zopf herum, selbst Picinardi schmerzte dieser Anblick. Ihr Gesicht war aschfahl geworden.

Was hatte ihn hierhergetrieben?, fragte der Prior sich in

diesem Moment. Der Hass? Der Wille, der Mörderin in die Augen zu schauen? Er war doch, das stand außer Frage, nicht eine Sekunde ernsthaft davon ausgegangen, durch diese Begegnung weiterzukommen. Sie leugnete die Tat, was zu erwarten gewesen war, und eigentlich wollte er nicht, dass sie auch nur den kleinsten Beitrag zu seiner Trauerrede leistete. Was zum Henker wollte er hier? Er richtete sich auf und griff seinen Umhang. »Dann werde ich jetzt aufbrechen, ich habe, also ich muss …«

»Nein, Signore, bitte bleibt. Auch wenn Ihr mich nicht mitnehmt. Es tut so gut, zu reden, einen Menschen zu sehen. Die Welt außerhalb dieser Mauern ist noch da, Ihr seid der Beweis dafür.«

Picinardi zögerte. Sie, ausgerechnet sie wünschte sich seine Gesellschaft? Sollte er dem Mädchen reinen Wein einschenken? Dass er sie zu gern mit seinen eigenen Händen erwürgen würde? Dass er kaum Luft bekam in ihrer Gegenwart?

Er setzte sich, ohne zu wissen, weshalb. Vielleicht erschwerte Fassungslosigkeit das Gehen? Ja, so musste es sein.

»Warum schreibt Ihr eine Trauerrede? Sie ist doch schon beigesetzt, sagte zumindest del Monte.«

Ein geschickter Schachzug, befand der Prior. Sie griff sein Anliegen auf, um das Gespräch fortzuführen. »Ja, das ist sie.«

»Wo?«

»In der Basilika San Domenico. Senator Saulo Guidotti hat die familieneigene Gruft zur Verfügung gestellt.«

»Die Rosenkranzkapelle?«

»Ja, sie ist neben Guido Reni beigesetzt worden.«

Was tat er hier? Plauderte und ließ sich ausfragen? Sollte er noch ein wenig Gebäck von del Monte verlangen?

»Der Maler, bei dem der Maestro damals gelernt hat, ich weiß.« Ihr Blick wurde weich. »Die Rosenkranzkapelle, das ist ein schöner Ort, so schön wie die Basilika. Das ist gut, das passt.«

»Warum passt das? Wozu?«

»Na, zu Elisabetta, sie hat das verdient.«

Der Prior schwieg eine Weile und betrachtete die Magd abermals eingehend. Sie schien es ernst zu meinen. Ob man derart dreist lügen konnte? Ob sie derart dreist lügen konnte? Er war außerstande, dies zu beurteilen. »Ja, jedenfalls wird es in der Basilika demnächst eine Trauerfeier geben.«

»Eine große wenigstens?«

»Ja, eine wahrhaft große Gedenkfeier.« Wie sie in Bologna bisher nur Agostino Carracci, Domenichino und zuletzt Guido Reni zuteilgeworden war, ergänzte er in Gedanken. »Ich kann mich nicht erinnern, dass zuvor eine Frau in dieser Weise geehrt wurde.«

Für einen Moment war Picinardi unsicher, ob die Augen des Mädchens sich abermals mit Tränen füllten. Sie schlug die Lider nieder und starrte auf den Boden. »Das hat sie wirklich verdient«, sagte sie leise und zog geräuschvoll den Rotz hoch. Erste Tränen liefen über ihre Wangen. Sofort nahm sie den Ärmel des Kittels und fuhr sich über das Gesicht.

Erst jetzt begriff der Prior, dass niemand bisher geweint hatte. Nicht einmal er selbst. Die Erschütterung, Elisabetta verloren zu haben, schien alles zu betäuben. Wann würde er kommen, der große Zusammenbruch? Wann würde er endlich die Flut an Tränen, die in ihm beständig anstieg, aus sich herauslassen können?

»Ich war es wirklich nicht«, schluchzte das Mädchen nun auf, »ich habe sie nicht vergiftet. Die Frauen hier haben mich beschimpft und bespuckt. Es ist furchtbar … Sie war wunderbar, versteht Ihr? Ich würde mein Leben geben, damit sie …«

»Dann erklärt mir doch bitte einmal, wie das Gerücht entstanden ist, Ihr hättet ihr Gift gegeben, Signorina?«

»Das weiß ich nicht. Aber niemand glaubt mir.«

Das ist auch kein Wunder, dachte der Prior nur. »Könntet Ihr mir bitte mit Euren Worten erläutern, was sich zugetragen hat?«, fragte er stattdessen und ärgerte sich, weil er sich damit selbst die Gelegenheit nahm, endlich zu gehen. Diesen Aberwitz hier zu beenden.

»Da gibt es nicht viel zu erzählen. Zum Lorenzo-Fest habe ich gesagt, ich möchte gehen und …«

»Wann habt Ihr diesen Wunsch geäußert?«, unterbrach Picinardi die Magd erstaunt. Der Untersuchungsrichter hatte die Auflösung des Arbeitsverhältnisses in seinem Anschreiben erwähnt, aber kein Datum angeführt. Sie hatte am 10. August, also am Tag des Heiligen Laurentius, das Haus verlassen? Hatte er sich verhört?

»Zum Lorenzo-Fest. Der Heilige Laurentius ist ja auch der Schutzpatron der Wäscherinnen. Ich bin keine Wäscherin, das weiß ich. Aber ich hoffte, er würde mir ebenfalls gnädig sein, weil ich doch viel Wäsche waschen musste. Also nahm ich meinen Mut zusammen und sagte, dass ich gehen möchte.«

»Wusste Elisabetta Sirani davon?«

»Ja, und sie wollte es nicht. Zuerst. Aber sie hat mir zugehört, als ich ihr erklärte, warum ich gehen wollte. Sie verstand mich. Sie sah, unter welchem Druck ich stand. Je mehr Elisabetta mich in die Arbeit der Bottega einband, umso mehr Aufgaben halste die Signora mir auf. Nie habe ich es ihr recht machen können. Ich war nicht schnell, nicht ordentlich genug, ich habe heimlich Brot gegessen, mein Umgang sagte ihr nicht zu. Manchmal bin ich wochenlang nicht aus dem Haus gekommen, denn auf den Markt durfte immer nur Magd Anni. Nur selten wurde ich geschickt, und meist war es Elisabetta, die mir einen Auftrag gab, etwas abzuholen oder so. Damit ich mal vor die Tür komme.«

Wie ein Eindringling, ich komme mir vor wie ein Eindringling, dachte der Prior, den die wenigen Sätze der Magd unmittelbar in das Leben im Hause Sirani hineingeworfen hatten. Stets hatten Elisabetta und er die wenigen Momente, in denen sie zu zweit gewesen waren, genutzt, um das zu tun, was Liebende taten. Sich in die Arme zu schließen, sich einander ihrer Gefühle zu versichern. Sie hatten sich geküsst, geschwiegen, aneinander festgehalten, hatten den Moment gelebt. Dabei hatten sie den Alltag ausgeklammert. Natürlich hatten sie auch über besondere Momente ihrer Arbeit gesprochen, über außergewöhnliche Aufträge in der Bottega oder zukunftsweisende Diskurse und Entwicklungen in der Rechtsprechung. Doch die Widrigkeiten hatten sie herausgehalten, um den Augenblick nicht mit dem Profanen des Alltags zu belasten.

Da saß er nun und tauchte über die Schilderungen der Magd ab in Streitigkeiten einer Familie mit ihrer Magd.

Nichts hatte er davon erfahren, denn er hatte Elisabetta nach dem Lorenzo-Fest nur einmal zu Gesicht bekommen, in Begleitung ihrer Schwestern. Durch Zufall waren sie einander begegnet, als die drei Frauen einen Sonntagsspaziergang machten. Kein Ort, kein Augenblick, um zu erfahren, was den anderen beschäftigte oder gar belastete.

Das Mädchen schwieg kurz, zögerte und fuhr dann fort. »Elisabetta verstand mich. Ich war nach fast drei Jahren unentwegter Arbeit müde. Sie kannte diese Müdigkeit. Wenn alle um einen herum nur fordern und immer mehr wollen. Das Lorenzo-Fest ist die schlimmste Zeit für uns Mägde. Die Vorbereitungen machen viel Arbeit. Scharenweise Gäste erscheinen, und dann folgt auch noch das Porchetta-Fest! Ich hasse es, wenn sich ganz Felsina tagelang dem Fressen und Saufen widmet ...« Sie erschrak und schlug die Hände vor den Mund. »Verzeiht meine Worte! Ich mag es nicht, wenn gebratene Vögel, Obst oder manchmal auch Münzen ins Volk geworfen werden. Die Leute benehmen sich, als wären sie verrückt. Ganz schlimm ist es, wenn vom Balkon des Rathauses ganze Schweinebraten geschmissen werden. Es ist ekelhaft. Mancher kann ja nicht mal mehr seinen Namen aussprechen, so schwer ist die Zunge vom Wein. Selbst im Hause Sirani ging alles drunter und drüber, weil beständig Besuch kam. Mir war das zu viel. Jedenfalls habe ich das gesagt und bin gegangen.«

Müde? Elisabetta war müde gewesen? Sicherlich, er wusste, dass sie oft zu viel gearbeitet hatte, doch in seiner Gegenwart waren ihr Blick klar und ihre Wangen rosig gewesen.

»Ihr seid sicher, am 10. August das Haus verlassen zu haben?«, fragte Picinardi noch einmal nach. »Aber wie sollt

Ihr Elisabetta Sirani vergiftet haben, wenn Ihr nicht mehr im Haus zugegen wart?«

Das Schluchzen der Magd unterbrach das Gespräch erneut für einen Augenblick. Als sie sich wieder beruhigt hatte, sagte sie: »Bitte glaubt mir doch: Ich war es nicht! Mein Schwager und mein Vetter haben mich abgeholt. Fragt sie, beide werden es Euch bestätigen: Ich bin am 10. August gegangen.«

»Und wohin seid Ihr gegangen?«

Sie zögerte und wich seinem Blick aus. »Der Mann meiner Schwester hat mich ins Armenhaus gebracht.« Picinardis Augenbraue hob sich, und das Mädchen bemerkte es. »Meine Schwester ist krank. Sie und ihr Gatte haben selbst nicht viel, und ich wusste nicht, wohin. Das Armenhaus wird von der Kirche betreut, es ist dort nicht so schlimm, wie man annimmt. Ich habe versucht, mich nützlich zu machen.«

»Nützlich zu machen?«

»Ja, ich habe bei der Pflege der Kranken geholfen. Im Hause Sirani habe ich viel dazugelernt.«

Picinardi rieb sich das Gesicht. »Warum habt Ihr im Hause Sirani etwas zur Krankenpflege gelernt? Habt Ihr den Maestro versorgt?«

»Nein, dafür war Giacoma da, die Schwester des Maestros. Sie hat manchmal wochenweise im Haus gewohnt, um sich um ihren Bruder und ihre Schwägerin zu kümmern. Auch Elisabettas Schwestern, Barbara und Anna Maria, sind anfällig, immer wieder haben sie Fieber, Kopfweh und Unwohlsein. Nicht einmal Elisabetta blieb verschont, nur Antonio, der Bruder, war immer gesund, vielleicht weil er so selten zugegen war. Kennt Ihr Magd Anni? Selbst sie litt oft an Kopfweh.«

»Elisabetta Sirani, war sie am 10. August wohlauf? Ich meine, als Ihr das Haus verlassen habt?«

»Ja, wieder.« Picinardi wartete ab, und sie schien zu verstehen, dass die Antwort einer Ausführung bedurfte. »Elisabetta hatte die Tage zuvor schon immer wieder leichtes Bauchgrimmen verspürt, und nach dem Fest war sie sogar krank geworden. Mein Schwager erzählte mir davon. Der Dottore war da, er hat ihr Essigsirup gegeben, und dann ging es ihr besser. Sicher hat sie auf dem Fest etwas gegessen, das verdorben war. Aber damit habe ich nichts zu tun!«

»Gut, der Reihe nach. Ich möchte mehr über Elisabetta erfahren. Könnt Ihr mir von ihr erzählen?«

Ein Leuchten ging über das Gesicht des Mädchens. »Gern, Signore, sehr gern.«

»Nehmt Euch Zeit, ich möchte jedes Detail erfahren.«

»Sie konnte alles. Malen, als würde Gott den Pinsel führen, Menschen begeistern und anleiten. Sie war unglaublich. Wusstet Ihr, dass sie in diesem Sommer einen Auftrag von Kaiserin Eleonora erhalten hat?« Vor Freude klatschte die Magd in die Hände, und ihre Wangen schimmerten rosig, so sehr erfreute sie sich an dieser Erinnerung. »Sie wünschte ein Werk von Elisabetta. Wir alle waren außer uns vor Freude. Eine Aufregung war das! Obwohl Elisabetta noch andere Bilder malen musste, nahm sie gleich die ersten Skizzen in Angriff.«

Von diesem Auftrag hatte Elisabetta ihm erzählt, mit einer Begeisterung, die der des Mädchens ähnelte. In ganz Bologna hatte diese Nachricht die Runde gemacht und allerorten Eindruck hinterlassen.

Kaiserin Eleonore war eine Auftraggeberin, wie sie sich jeder Maler wünschte. Die Witwe von Kaiser Ferdinand III. lebte in Wien, und über die Alpen hinweg hatte Elisabettas Ruf sie ereilt. Die Kaiserin galt als eine Wahrerin der Tugend, Liebhaberin der Künste und war für die Gründung mehrerer Klöster verantwortlich. Irgendwann hatte Picinardi ein Gemälde gesehen, das sie zeigte, eine eher unscheinbare Frau mit schütterem Haaransatz, aber mit gütigem Blick. Dass mit Eleonore dauerhaft die italienische Lebensweise am Wiener Hof eingezogen war, registrierte man selbst in Bologna wohlwollend, obwohl die Kaiserin aus Mantua stammte.

»Ihr seid gegangen, obwohl Elisabetta einen derart gewichtigen Auftrag erhalten hat?«

Verständnislos sah die Magd den Prior an. »Natürlich. Diesen Wunsch hatte ich schon, lange bevor dieser Auftrag kam. Und wenn der Kaiserin das Bild gefiel, das hoffte der Maestro, könnten weitere Aufträge folgen. Was sollte ich machen? Darauf warten, bis es ruhiger wird? So etwas wäre, weil Elisabetta beständig gearbeitet hat, nie geschehen. Versteht Ihr? Es war nicht leicht für mich, aber ich habe es so entschieden …«

Der Prior nickte, tatsächlich entbehrten diese Gedanken nicht einer gewissen Logik.

»Als ich meine Arbeit im Hause Sirani begann«, fuhr sie fort, »war ich aufgeregt. Ich habe von meiner Mutter gelernt, der Hand, die mich füttert, zu folgen, solange das Miteinander sich alletag erträglich zeigt. Signora Margherita war von Anfang an sehr schwierig zu nehmen, aber die Arbeit war gut bezahlt, und der Maestro war anständig, da gibt es ganz andere. Die Bottega wiederum, sie war ein Vorhof des Himmels. Ich versuche, stets folgsam und bescheiden zu sein und meine Arbeiten zu erledigen, so schnell es geht. Ehrlich, züchtig und gottesfürchtig bin ich ohnehin, darauf hat meine Mutter Wert gelegt. Aber im Hause Sirani strengte ich mich doppelt an, denn ich wollte bleiben. Für immer, dachte ich, zumindest für sehr lange.«

Picinardi konnte erahnen, wie sehr das Leben an Elisabettas Seite den Horizont der Magd erweitert hatte, selbst seinen hatten die Begegnungen mit ihr nicht unberührt gelassen. Die Farben und die Geschichten zu all diesen Werken, ob gezeichnet, in Öl oder als Kupferstich festgehalten – danach konnte man süchtig werden. Ohne Frage. Wohlhabende und mitunter weitgereiste Gäste, zahlreiche Mitarbeiter, Schüler und Schülerinnen als auch Lieferanten aller Art gingen in der Via Urbana 7 ein und aus und bereicherten auf ihre Weise das Leben in diesem zweistöckigen Haus. Dass ein junges Mädchen alles gab, diesen Platz im »Vorhof des Himmels«, wie sie ihn nannte, zu halten, war naheliegend. An ihrer Stelle hätte er ebenfalls versucht, diese Situation beizubehalten.

»Maestro Sirani«, unterbrach das Mädchen seine Gedanken, »er war manchmal launisch, aber nie bösartig. Er war allerdings unüberhörbar, sodass ich ihm, wenn er einen schlechten Tag hatte, aus dem Weg gehen konnte. Da er selten mit uns sprach, sondern Rechenschaft von seiner Frau einforderte, konnten wir, die Mägde, es mit ihm aushalten. Tatsächlich gewöhnte ich mich schnell an die Menschen in diesem Haus, auch an Signora Margherita und Signora Giacoma. Sogar an die Bilder, die allenthalben herumhingen, selbst in meiner Kammer. Dort hingen aber nur Skizzen. Dafür sehr schöne. Von Maria und dem Jesuskinde. Bei Anna Maria und Barbara war es ein Gemälde, das ebenfalls Maria zeigte, bei Elisabetta hing das Bildnis einer Frau, die, wenn ich mich recht erinnere, Beatrice Cenci hieß. Es war so schön und bunt in diesem Haus, überall, selbst im hintersten Winkel.«

Beide schwiegen sie nun, und Picinardi versuchte, sich vorzustellen, wie die Magd geschäftig durch ebenjenes schöne und bunte Haus eilte. Obwohl sie ein Kehrblech und einen Besen in der Hand hatte, blieb sie immer wieder stehen, um die Bilder genauer zu betrachten. Darüber entstanden in ihr Fragen, die ihn erstaunten. Es waren einfache Fragen, die er trotzdem zu hören meinte: Warum lächelt die Figur? Und warum ist diese hier so ernst geraten? Da der Maestro seit Jahren mit Bildern handelte, nicht nur mit denen seiner eigenen Bottega, hatte die Magd Gelegenheit, die Werke der unterschiedlichsten Maler kennenzulernen. Ob sie wusste, dass im Hause Sirani Skizzen von Albrecht Dürer, Lodovico Carracci, Guido Reni und Michelangelo aufbewahrt wurden? Konnte sie den Wert dieser Werke einordnen?

Zum wiederholten Male musterte er sie. Ein ebenmäßiges Gesicht und Augen, die im Halbdämmer dieses Raumes nahezu schwarz wirkten. Ein Mädchen, wie es sie viele in den Gassen der Stadt gab. Eine natürliche und unaufdringliche Schönheit, die sich erst auf den zweiten Blick bemerkbar machte und die mit dem Alter verblühen würde.

»Elisabettas Bilder waren schön und manche auch so aufwühlend – manchmal musste ich mich regelrecht zur Ordnung rufen. Es stand mir nicht zu, Bilder anzuschauen und mir darüber die Gedanken zu zerstreuen, vielleicht noch vergesslich zu werden. Ich hatte zu fegen, die Wäsche auf der Leine vor dem Regen hereinzuholen, die Nachttöpfe zu leeren, die Böden zu wischen und was immer der Tag mit sich brachte. Das war wie immer, an die Arbeit mit Elisabetta konnte ich mich jedoch lange Zeit nicht gewöhnen. Allerdings blieben diese Momente anfangs selten. Sie verstand es, ihre Tage auszufüllen, sodass ich sie kaum zu Gesicht bekam. Aber mit einer der wichtigsten Frauen der Stadt, vielleicht ganz Italiens unter einem Dach zu leben, das hat mir gefallen. Ihr hin und wieder zu begegnen, die Kleider zu waschen, abends die Schüssel und den Wasserkrug für die morgendliche Wäsche hinzustellen oder das Bett frisch zu beziehen – das habe ich genossen. Es war etwas Besonderes.«

Der Prior ließ die Worte des Mädchens wirken. Aus ihren Beschreibungen sprach Zuneigung, ernsthafte Zuneigung. Sein Bild des Mädchens begann, in sich zusammenzufallen. Eine Feststellung, die ihm nicht behagte, denn alles war einfacher, wenn er sein Feindbild beibehalten konnte, die Grenzen klar abgesteckt blieben. Und – dieser Gedanke erschreckte ihn – sollte sie nicht die Täterin sein, wer kam dann infrage?

»Signore?«

»Entschuldigt, ich war in Gedanken. Ja, bitte?«

»Meint Ihr, Gott straft mich, weil ich Elisabetta im Stich gelassen habe?«

»Nein, Signorina Tolomelli, das macht er nicht, das glaube ich nicht.«

Wieder begann sie zu weinen, und der Prior ahnte, dass sie dieses Mal nicht um sich selbst weinte.

Die Schattenseiten der Arbeit eines Priors

Nach der Heimkehr zog sich der Prior in seine Bibliothek zurück, deren umfassender Bestand ihm schon oft ein Fenster in die Seele der Menschen gewesen war. Er lief vor den Regalen auf und ab, musterte die Buchrücken und scheute sich, sein Vorhaben zu beginnen. Es war zweifelsfrei: Er musste mehr über Giftmorde erfahren, aber er befürchtete, dass er mit der Lektüre seine Verzweiflung weiter schüren würde.

Alsbald suchte er dennoch Gutachten und Vorträge heraus, die sich mit Prozessen zu Giftmorden befassten, und nachdem er verschiedenste Texte gründlich studiert hatte, konnte sich Picinardi des befürchteten Entsetzens nicht erwehren. Wieder einmal zeigten sich die Schattenseiten seiner Arbeit: Die Verderbtheit zog sich durch die gesamte Menschheitsgeschichte, und ob diese immer nur eine Ausgeburt des Teufels war, das wagte er insgeheim zu bezweifeln. Sicherlich waren diese Erkenntnisse nicht neu für ihn, schon gar nicht in seiner Funktion als Jurist, die ihn immer wieder in die Abgründe des menschlichen Miteinanders blicken ließ. Aber nun stand all dies in konkreter Verbindung zu Elisabettas Tod und damit auch zu seinem Leben.

Und was gab es in der Menschheitsgeschichte für Abartigkeiten zu entdecken: In Frankreich und vor allem in Italien war mit der Renaissance die Verwendung von Giften wieder regelrecht in Mode gekommen. Nicht nur Papst Alexander VI. und sein Sohn Cesare, die aus dem Hause Borgia stammten, auch die Familien der Visconti, der Medici oder der Sforza wurden allesamt im Laufe der Jahre mit Giftmorden in Verbindung gebracht, gelegentlich als Opfer, des Öfteren als Täter.

Für eine Weile schien es dem Prior, als würde er sich mit jeder weiteren Einzelheit, die er zur Giftmischerei erfuhr, selbst vergiften. Sosehr er sich mühte, den kühlen Verstand des Juristen walten zu lassen, so sehr begehrte sein Leib auf. Alles schrie ihm entgegen, endlich mit dem Lesen aufzuhören.

Angewidert und mit schmerzendem Kopf starrte er auf die vor ihm liegenden Schriften. Das Geschäft des Giftmischens, hatte er derweil erfahren, war einträglich. Schon vor gut einhundertfünfzig Jahren konnte man Gifte bestellen und sich schicken lassen, in Venedig waren darüber hinaus Preislisten im Umlauf gewesen, denen entnommen werden konnte, was es kosten würde, unliebsame Mitmenschen loszuwerden. Wenn die Gerüchte stimmten, war vor allem der Papstmord mit hundert Dukaten außerordentlich günstig gewesen.

Beunruhigt erkannte der Prior die Vielfalt der Gifte, von denen er sich nur einen Bruchteil hatte merken können, wie Arsenik, Akonit, auch Wolfswurz genannt, Schierling, die Samen der Eibe, bekannt unter dem Namen Taxus, Quecksilber, Bilsenkraut und Tollkirsche. Auch Oleander, der in seinem Hof prächtige Blüten trieb, war in Gänze dazu geeignet, einen Menschen vom Diesseits ins Jenseits zu befördern. Einige Gifte wirkten umgehend und unübersehbar. Sie setzten ein deutliches Zeichen: Hier waren Täter am Werke, die vor nichts zurückschreckten. Andere Gifte entfalteten ihre Wirkung langsam und ließen die Opfer regelrecht dahinsiechen, sodass es selbst für einen Medico oft unmöglich zu erkennen war, ob bei einem Todesfall nachgeholfen geworden war.

Auch wenn Lucia Tolomelli fast zweieinhalb Wochen vor Elisabettas Tod das Haus verlassen hatte, wäre es ihr unter Umständen durchaus möglich gewesen, sie zu vergiften. Aber um sicherzugehen, musste er mehr über den gesundheitlichen Zustand von Elisabetta kurz vor ihrem Tod erfahren. Er hatte nichts vernommen vom Besuch eines Medico und etwaigen Behandlungen. Erst aus dem Bericht des Richters hatte er erfahren, dass Elisabetta ab dem 24. August erste Schmerzen verspürt hatte. Hätten sich nicht vorab schon andere Symptome zeigen müssen, wenn ihr über einen längeren Zeitraum Gift in niedrigerer Dosis verabreicht worden wäre?

»Die Vorbeugung gegen Gifte ist außerordentlich schwierig, weil jene, welche heimlich Derartiges geben, es so anstellen, dass sogar die Erfahrensten getäuscht werden.« Grässliche und doch treffende Worte eines griechischen Medico, vor mehr als 1500 Jahren aufgezeichnet, stellte der Prior fest und las weiter: »Die Bitterkeit nehmen sie dem Gifte, indem sie allerlei Süßes beimengen, den Geruch verdecken sie durch Düfte. Sie vermischen Gift mit Arzneien und anderen Heilmitteln, geben sie in Wein, Suppen, Honigwasser, Linsengerichte und nahezu jede andere erdenkliche Speise.«

Doch auch in Salben gemengt, auf Pflaster oder Kleidung aufgetragen, wie auf den Innenseiten der Handschuhe von Kaiser Otto III., die mit Arsenik bestäubt worden waren, kamen Gifte zum Einsatz. Der Fantasie, wie man diese tödlichen Gaben verabreichen konnte, schienen keine Grenzen gesetzt. Eine verabscheuungswürdige Form der Kreativität, wenn man so will, eröffnete sich dem Gelehrten.

Erschöpft von all den Wahrheiten, Halbwahrheiten, Unterstellungen, infamen Lügen und profunden Kenntnissen der Giftmischer hatte sich nach mehreren Stunden Lektüre sein Kenntnisstand bestätigt: In der Regel waren Männer die Opfer und selten Frauen. Sie traten in Giftmorden eher als Täterinnen auf.

Es kostete ihn seine letzten Kräfte, abzuwägen, inwiefern dieses Ergebnis nun auf Lucia Tolomelli übertragen werden konnte. War sie die Ausnahme, die es zu berücksichtigen galt? Die finanziellen Mittel, sich Arsenik oder andere Gifte zu besorgen, besaß sie wahrscheinlich nicht. War sie eine Handlangerin? War dieses weinende Mädchen, das anscheinend um Elisabetta trauerte und um das eigene Leben fürchtete, willens, sich zum Werkzeug machen zu lassen? War sie derart heimtückisch einzuschätzen?

Sein Bauch gab ihm seit dem Gespräch mit der Delinquentin keine eindeutige Antwort mehr, was ihn alarmierte.

Von einem malenden Weibe, das nur hört, was es zu vernehmen wünscht

Während der Prior in der Bibliothek über Schriften und Texten brütete, lauerte Ginevra Cantofoli, eines der malenden Weiber, wie der Maestro die Schülerinnen seiner ihm entrissenen Tochter genannt hatte, darauf, dass ihr Gatte endlich das Haus verließ. Diese verheiratete Frau, über die es sich lohnt, ebenfalls einige Worte zu verlieren, war bereits siebenundvierzig Jahre alt und Mutter zweier erwachsener Söhne. Sie hatte sich, als der Gatte ihr die Malerei genehmigte, sehr bewusst für das Haus der Siranis entschieden.

Natürlich war ihr als Frau keine große Wahl geblieben, aber sie hatte gewusst, dass die Bottega mit Elisabetta über eine ausgezeichnete Lehrmeisterin und über ausreichendes Studienmaterial verfügte. Tatsächlich war für angehende Maler – und in diesem Fall für die angehende Malerin – bei der Wahl des Lehrmeisters nicht nur der Ruf ausschlaggebend. Auch die Frage, ob der jeweilige Maestro Aufträge erhielt und Zeichnungen, Drucke und Gipsabgüsse besaß, war für das Erlernen der Malerei bedeutsam.

Mit der Hingabe der Spätberufenen hatte sich Ginevra Cantofoli also an ihre Ausbildung gemacht. Sie hatte zahllose Motive anhand von Elisabettas Kompositionsskizzen studiert und Übereinstimmungen im Bildaufbau der Entwürfe erkannt, die seinerzeit Guido Reni und Giovanni Andrea Sirani gefertigt hatten. Die Söhne hatten ihre Mutter auf Ausflüge begleitet, damit sie Landschaften auf dem Papier festhalten konnte. Gezielte Studien nach der Natur waren ebenso lehrreich wie das Kopieren von Gegenständen des eigenen Hausstandes, seien es Vasen, Krüge oder der gedeckte Tisch.

Ginevra Cantofoli hatte eine Begabung, das war nicht zu leugnen, und Elisabetta hatte diese gefördert. Neidlos. Die Jahre vergingen, und die Schülerin erlernte das Anrühren von Ölfarben, das Grundieren von Leinwänden oder das Auftragen von Lasuren. Sie kämpfte mit den Tücken der Perspektive und erfuhr, wie man eine Bildszene mit einem Chiaroscuro, dem Spiel mit Licht und Schatten, dramatisierte. Zusammen mit anderen Malerinnen diskutierte sie die Orientierung an der Renaissance, besonders an Michelangelo und Raffael.

Ihr Stil, der sich aus all ihrem Streben entwickelte, vereinte kraftvolles Pathos und zeitlose Idealität mit der Nähe zur Schönheit der Natur. Tatsächlich gelang es Ginevra, mit der sie durchdringenden Leidenschaft auch ihren Gatten und die Söhne anzustecken.

Sie gehörte letztlich zu jenen malenden Weibern, die – auch wenn der Maestro es nicht wahrhaben wollte – schon zu Lebzeiten Elisabetta Siranis eigene Aufträge erhielten. Es war eine Form der Erfüllung, von der Ginevra Cantofoli gut vierzig Jahre niemals zu träumen gewagt hatte. Bis sie sich aufmachte und diese zu leben begann.

Dieses Leben, für die Malerin ein Geschenk Gottes, fand nun durch den Tod der Lehrmeisterin ein jähes Ende. Umgehend fragte sich ihr Gatte, in was für einem Hause sein

Eheweib ein und aus ging. Vorsichthalber verbot er ihr, jemals wieder einen Fuß in die Via Urbana 7 zu setzen. Aus Sorge, wie er anmerkte, sie selbst könnte noch mit dem Gift in Berührung kommen, von dem niemand wusste, durch wen und wie es verabreicht worden war. Zudem fürchtete er um den über Jahrhunderte hinweg tadellosen Ruf seiner Familie, eine Tatsache, die er jedoch verschwieg. Tatsächlich hatte er vereinzelte Gerüchte vernommen, es hätte einen Streit zwischen seinem Weib und der Verstorbenen um einen Mann gegeben. Er wusste, wie haltlos dieses Geschwätz war, aber er wollte es nicht unnötig befeuern.

Allerdings gehörte Ginevra Cantofoli, was jetzt nicht überraschen dürfte, zu jenen Frauen Felsinas, die nur das hörten, was sie zu vernehmen wünschten. Und so wartete sie – brav ihre Hausarbeit verrichtend – ab, bis ihr Gemahl sich am späten Nachmittag des 2. September 1665 außer Haus begab, um einem Freund einen Besuch abzustatten.

Erst nachdem er außer Sichtweite war, legte sie ihren Umhang um, der zu warm für die Sonne des Spätnachmittags war, aber dazu taugte, ihr Haupt zu bedecken, und brach auf. Das erteilte Verbot hatte anscheinend doch eine Wirkung erzielt, denn vor dem Hause der Siranis zögerte sie und wagte es nicht, einen Fuß über die Schwelle zu setzen. So stand sie, schwitzend unter ihrem wollenen Umhang, in der Nachmittagssonne und entschied sich, dem Wunsch ihres Gatten Folge zu leisten. Zumindest ein wenig.

Von der Liebe und der Maßlosigkeit

So kam es, dass wenig später Ginevra Cantofoli in der Bibliothek des Priors saß und seinen musternden Blick ertrug, bis sie beschloss, das Wort zu ergreifen.

»Signor Picinardi, verzeiht mein unangekündigtes Erscheinen, aber wie ich hörte, befasst Ihr Euch mit den … dem tragischen Schicksalsschlag, der sich im Hause Sirani zugetragen hat.«

»Signora, entschuldigt bitte, wie sagtet Ihr, wäre Euer Name?«

»Ginevra Cantofoli. Ich war eine von Elisabetta Siranis Schülerinnen.«

Picinardi räusperte sich und besann sich darauf, zwei Bücher, die sich mit der Wirkung von Giften befassten, zu schließen, weil er das Weib nicht mit ekelhafter Lektüre verunsichern wollte. Dankbar war er ihr, wenn er ehrlich war, schließlich hatte sie ihn von seiner Aufgabe erlöst.

»Also, was führt Euch zu mir? Auch wenn ich vorweg, um auf Eure Frage eine Antwort zu geben, betonen möchte, dass Kardinal Carafa die eingeleiteten Untersuchungen verantwortet. Er hat diese an das Tribunale Criminale del Torrone übergeben.«

»Signor Bartolomeo Zanichelli, er erwähnte, Ihr würdet …«

»Ich bereite die Trauerrede für die Gedenkfeier vor, und insofern interessieren mich die Umstände, die zu Elisabettas Tod führten.«

Ginevra Cantofoli sank in sich zusammen. Die Enttäuschung war ihrem Gesicht anzusehen. »Ich hatte die Hoffnung, Ihr könntet mir weiterhelfen. Alle haben bei Gericht zu erscheinen, nur wir nicht.«

»Was meint Ihr damit?«

»Die Familie, alle möglichen Herren aus dem Umfeld der Familie, wie Angelino Riva, Petronio Barilli oder Domenico Guizzardi, selbst die Magd des Hauses, sie werden befragt. Aber nicht eine der Schülerinnen ist aufgefordert worden, sich zu äußern.«

»Und deshalb dachtet Ihr, Ihr erscheint selbst, um eine Aussage zu machen?«, fragte Picinardi.

»Ja, ich wagte nicht, das Gericht aufzusuchen, und Ihr seid doch ein Mann des Rechts. So, wie ich Euch verstehe, habe ich Eure Zeit leider umsonst in Anspruch genommen …«

»Einen Moment, bitte. Dank meines Amtes bin ich durchaus in der Lage zu beurteilen, inwiefern das, was Ihr auszusagen habt, für den Prozess von Bedeutung sein könnte.«

Erleichtert sah die Malerin den Prior an. »Lucia Tolomelli war es nicht.« Der Satz platzte regelrecht aus ihr heraus, so als hätte sie ihn zuvor nur mühselig zurückhalten können.

Picinardi nahm seine Feder in die Finger, um das Zittern seiner Hände zu verbergen, und wippte den Kiel auf und ab. Es war doch seltsam: Diese Frau erschien hier aus freien Stücken. Warum tat sie das?

Hatte sich der Untersuchungsrichter eigentlich schon mit der Frage befasst, dass auch die Schülerinnen ausreichend Gründe für einen Mord haben konnten, Neid zum Beispiel? Oder vielleicht Rache üben wollten, wenn Elisabetta Kritik an den Werken ihrer Schülerinnen geübt hatte? Da gab es einen Spielraum, der beträchtlich war.

»So«, sagte er irgendwann und dehnte die beiden Buchstaben derart, damit sein Erstaunen nicht zu überhören war, »Ihr seid gekommen, um die Delinquentin zu entlasten?«

»Ja, Elisabetta hätte sicherlich gewünscht, ich würde das machen. Sie hasste Ungerechtigkeit, und was hier geschieht, ist ungerecht. Überhastet wurde irgendwer festgenommen, um den Menschen in Felsina zu beweisen, dass hart durchgegriffen wird. Sich eine Magd vorzunehmen, die sich nicht einmal einen ordentlichen Anwalt leisten kann, ist einfach und bequem.«

Picinardi war überrascht. Die Malerin hatte offensichtlich eine deutliche Meinung, nahm kein Blatt vor den Mund und schien Elisabetta tatsächlich gut gekannt zu haben. »Meint Ihr nicht, Lucia Tolomelli wird einen fairen Prozess bekommen?«

»Das hoffe ich, aber mich ärgert diese Vorgehensweise trotzdem. Sie hat keinen Grund, sie war nicht einmal mehr im Haus, und trotzdem wird sie verhaftet. Aufgrund von Gewäsch, das von Tür zu Tür weitergereicht wird.«

»Findet Ihr es nicht auffällig, dass sie das Haus kurz vor dem … also, dass sie die Familie verließ?«

»Nein, ich möchte Signora Margherita nicht zu nahe treten. Ihr Schicksal, würde es mich mit einem meiner beiden Söhne ereilen, die nur wenige Jahre jünger sind als Elisabetta, es würde mich zerreißen. Im Umgang mit Lucia glich sie bisweilen allerdings einer Furie.«

»Könnt Ihr einen Beweis erbringen, dass Lucia Tolomelli nicht als Täterin infrage kommt?«

»Nein. Ich konnte es nur nicht weiter schweigend hinnehmen. Das Mädchen sitzt schließlich unschuldig in Haft, und Bartolomeo …« Sie stockte, und ihre Hände fuhren durch die Luft, als würden sie dort das passende Wort greifen wollen.

»Ja, was ist mit ihm?«

»Auch wenn er es nie jemandem gegenüber erwähnt hat, sind sich alle einig, dass er aufrechter ging und den schon leicht gekrümmten Malerrücken wieder streckte, just als Lucia ihre Arbeit im Haus begann. Er schlief weniger, nahm sich dann und wann den Bart ab und vergrub sich nicht mehr ununterbrochen in der Kammer zum Anreiben der Farben oder in der Kuriositätenkammer. Ihr versteht, was ich meine? Es war rührend, anzuschauen, wie dieses in sich gekehrte Mannsbild in der Gegenwart des Mädchens zugänglich wurde. Umso schlimmer trifft es ihn jetzt.«

Picinardi nickte. »Hatten die beiden ein Liebesverhältnis?«

»Nein, nein! Wie könnt Ihr so etwas fragen? Wie Ihr wisst, legt man im Hause der Siranis auf tugendhaftes Verhalten äußersten Wert. Auch wenn ich Bartolomeo gewünscht hätte, es wäre ihm gelungen, Lucias Herz zu erobern. Sie mag ihn sehr, da bin ich sicher. Lasst mich Euch eine Begebenheit berichten, dann versteht Ihr vielleicht, wie stark in der Bottega Arbeit und Leben miteinander verbunden waren. Ist es Euch recht, wenn ich ein wenig aushole?«

Es war dem Prior recht, mehr als recht, und so begann die Malerin zu erzählen.

»Es war im Oktober oder November des Jahres 1662, zu einer Zeit, in der die Dunkelheit zunahm und die Arbeit des Tages auf natürliche Weise begrenzte. In der Bottega saß Elisabetta über einem Wust Skizzen, die Stirn gekräuselt, und kaute auf dem Nagel des Zeigefingers herum. Ihre Füße ruhten auf einem Holztritt und waren in eine wärmende Decke gewickelt. Sie musterte die Skizzen.

Bartolomeo kam hinzu, nur mit einem Blick erfasste er, dass sich Elisabetta wieder einmal mit der Frage nach dem Licht befasste. Ihre nächtlichen Skizzen, die er hin und wieder zur Hand nahm, aber auch nur, wenn sie ihn nicht beobachtete, zeigten, dass sie sich abwandte. Von der Arbeit ihres Vaters. Es war unverkennbar: Mit aller Kraft um die Nachahmung der Natur bemüht, verfeinerte sie fortlaufend ihre Kunst, hinein bis ins kleinste Detail. Sie wollte noch anspruchsvollere Kompositionen ausführen, aber nicht mehr im Hinblick auf den Bildaufbau. Sie strebte eine verstärkte Farbigkeit an und experimentierte mit einer deutlicheren Helldunkelmalerei.

›Magst du die Magd? Du weißt schon, ich meine Lucia‹, fragte sie, bevor er etwas sagen konnte, und schraffierte dabei den Schatten einer Tempelsäule.

Gegen einen der Tische gelehnt, die Arme vor der Brust verschränkt, beobachtete Bartolomeo, wie sie den Entwurf beiseitelegte. Sie war eine gute Zuhörerin und aufmerksame Beobachterin, und er war sich darüber im Klaren, dass sie wusste, was sein Schweigen bedeutete. Es war keine Unhöflichkeit, sondern die Suche nach einer angemessenen

Antwort auf eine vielleicht unangemessene Frage. Er hatte mehrfach erlebt, mit welcher Leichtigkeit Elisabetta körperliche Regungen aller Art, selbst die zartesten, wie einen Wimpernschlag, ein Räuspern, ein leichtes Erröten oder eine fahrige Handbewegung, zu lesen verstand. Insofern zog er es nicht in Erwägung, seine Gefühle zu leugnen.

›Sie ist ein nettes Mädchen‹, sagte er nach einer Weile, überzeugt, dass dieses Eingeständnis ausreichend war.«

Ginevra Cantofoli beugte sich vor und sah den Prior eindringlich an. »Könnt Ihr Euch vorstellen, was geschah?«

Unwillig fand der Prior sich in seiner Bibliothek wieder. Für einen Augenblick war ihm Elisabetta so leibhaftig vor Augen erschienen, dass er meinte, selbst dabei gewesen zu sein. Wenn Ginevra Cantofoli derart lebendig malte, wie sie erzählte, wollte er sofort ein Gemälde bei ihr bestellen, dachte er, während er den Kopf schüttelte. »Bitte, fahrt fort«, sagte er nur und wollte zurück in die Bottega. Wollte Ginevras Brücke der Erinnerung noch einmal überqueren.

Die Malerin lächelte. »Gern. Gut zwei Wochen nach jenem Gespräch saßen Elisabetta und ich zusammen in der Bottega und arbeiteten an einem gemeinsamen Entwurf. Bartolomeo und David schleppten derweil einen der gusseisernen Öfen herein. Von ihnen gab es im Hause Sirani derer zwei, sündhaft teure Modelle aus dem deutschen Lande, mit biblischen Motiven verziert.

Der Gedanke an bullernde Wärme beflügelte offensichtlich Elisabettas Gemüt, denn sie bat Bartolomeo, am Mittag in der Kuriositätenkammer zu erscheinen. Der Vormittag flog so dahin, wir hatten schließlich alle Hände voll zu tun, und nach dem Essen betrat Bartolomeo die Kuriositätenkammer. Ihm lag die Bitte auf den Lippen, das Gespräch zu verschieben, als er Lucia entdeckte. Sie saß am Tisch, und ihre Hände lagen in Elisabettas.

›Komm bitte herein, ich bin dabei, mich dem Studium der Handzeichnungen zu widmen. Genau genommen beabsichtige ich, das Zeichnen ineinander verschlungener Hände aufzufrischen.‹ Elisabetta erhob sich und wies auf ihren Platz. ›Nimm bitte Lucias linke Hand, und lege deine beiden schützend darum.‹

Bartolomeo erkannte sofort, mit dem Hinweis, Lucia könne durchaus einen der Hand-Gipsabdrücke festhalten, würde er nicht weiterkommen, zu speziell war die von Elisabetta erdachte Haltung. Auf seine Frage, ob David sich dafür nicht Zeit nehmen könne, erwiderte sie lediglich, dass sich auf ihrem Bild Männer- und Frauenhände miteinander verschlingen müssten.

Bartolomeo gab klein bei, setzte sich und lächelte Lucia zu. Dann griff er ihre Hand. Klein war sie und kalt, erzählte er mir später einmal.

Mit prüfendem Blick ging Elisabetta nun vor dem Tisch auf und ab, schob die Hände noch ein wenig nach links, dann in die Mitte, schließlich hob sie Lucias rechte Hand an. Behutsam legte sie diese auf Bartolomeos rechten Handrücken, und erst dann begann sie zu zeichnen.«

Picinardi musste lächeln, vielleicht war es das erste Lächeln seit jenem verhängnisvollen Tag. Elisabetta hatte sich als Kupplerin versucht, eine Vorstellung, die ihn rührte. »Danke, das war sehr aufschlussreich«, sagte er und musste sich räuspern, »Ihr könnt wunderbar erzählen.«

»Ich habe zwei Kinder, da lernt man das Erzählen.«

»Was ist aus Bartolomeo und Lucia geworden? Ihr erwähntet, er konnte ihr Herz nicht für sich gewinnen?«

Ginevra zuckte die Schultern. »Ich weiß es nicht genau. Elisabetta brauchte auffällig lange für ihre Skizzen und wiederholte diese Sitzungen noch zweimal, aber ob Bartolomeo die Gunst der Stunde nutzte? Das ist eher unwahrscheinlich.«

Fast hätte der Prior aufgelacht: Elisabetta war zuweilen auf wunderbare Weise durchtrieben gewesen. In diesem Fall so offensichtlich, dass es zumindest für den Maler deutlich erkennbar gewesen sein musste, welches Ziel sie damit verfolgte. »Meint Ihr, Lucia Tolomelli ist sich der Zuneigung dieses Mannes bewusst?«

»Wahrscheinlich nicht. Denn sie traf sich wenig später mit einem Jungen, einem wirklich hübschen Jungen, der bei der Müllentsorgung oder etwas in der Art arbeitete. Beide waren sich eher freundschaftlich zugetan, davon bin ich überzeugt, weil er nie wieder erschien. Aber Bartolomeo fiel in sich zusammen. Es ist immer wieder seltsam, zu beobachten, wie wenig es den Menschen gelingt, das Verliebtsein zu verbergen. Die Kraft dieses Gefühls ist erkennbar für jeden Außenstehenden, und umso erstaunlicher ist es, dass derjenige, dem die Zuneigung gilt, sie oft nicht wahrnimmt.«

Picinardi sah zum Fenster hinaus. Ob er ebenfalls derart durchschaubar war? Ahnte Ginevra Cantofoli seine Gefühle? Wusste sie sogar davon? Hatte Elisabetta ihr vielleicht alles erzählt? War sie deshalb hier erschienen? Er musterte die Malerin, die den Blick über seine Bücher schweifen ließ. Als sie ihn wieder ansah, wandte er den Kopf ab.

»Helfen Euch meine Schilderungen weiter?«

Eine berechtigte Frage. Gern hätte er die Malerin aufgefordert, weiterzusprechen, Elisabetta für ihn noch einige Atemzüge lang auferstehen zu lassen. Aber relevant für eine Verhandlung war von ihrem Bericht bisher nichts.

»Das will der Richter nicht wissen, oder?«, fragte sie, als hätte er seine Gedanken laut ausgesprochen. »Was interessiert es ihn, wenn seine Delinquentin ein im wahrsten Sinne des Wortes liebenswerter Mensch ist, habe ich recht?«

Er nickte, auch wenn es ihm nicht leichtfiel, sie zu enttäuschen. »Würdet Ihr mir trotzdem ein wenig mehr erzählen? Es sind diese Details, die … Sie könnten helfen, mein Bild von Elisabetta zu vertiefen, was für die oratio funebris wichtig wäre.«

Ginevra erhob sich. »Wenn Ihr Zeit habt, dann begleitet mich doch bitte. Es gibt ein Bild, das solltet Ihr Euch in Ruhe anschauen. Selbst wenn Ihr es kennt, ist es mir wichtig, ein paar Worte darüber zu verlieren. Wenn Ihr es nicht kennt, werdet Ihr Elisabetta ein Stück besser einzuschätzen wissen.«

Selten, vielleicht noch nie hatte Picinardi sein Haus verlassen, um einer fremden Frau zu folgen. Doch heute machte er es und konnte seine Neugier nur schwerlich zügeln. Aber kaum liefen sie nebeneinander durch Bolognas Gassen, legte Ginevra den Umhang über die Schultern und zog ihn sich über den Kopf bis tief ins Gesicht hinein. So gesprächig sich die Malerin zuvor gezeigt hatte, so wortkarg blieb sie nun.

Als sie das Haus des Apothekers passierten, sagte sie lediglich: »Hier, beim Apotheker, bestellen wir häufig Farbpigmente. Der Krämer in der Querstraße verkauft seit Jahren Bindemittel, Harz und Terpentin. Er hat begriffen, was er mit diesen für ihn seltsamen Dingen an Geld verdienen kann.«

Sie hielten sich westlich, bis sie die Kirche San Girolamo della Certosa erreichten. Ginevras Blick blieb am Portal hängen und war doch vielmehr in die Vergangenheit gerichtet.

»Ich hoffe, Euch nicht zu langweilen, falls Ihr das eine oder andere schon wisst. Aber es gab Zeiten, in denen Ihr seltener zu Gast im Hause der Siranis wart, und deshalb würde ich gern ausführlicher erzählen.«

Sie weiß es, sie muss es wissen. Sie hat sehr wohl wahrgenommen, dass sich meine Besuche in den letzten Jahren häuften. Hastig ließ der Prior seine Hände in die Taschen des Mantels gleiten. Als er die Borsten des Pinsels berührte, der immer noch in der rechten Tasche steckte, befürchtete er darüber hinaus, sein Diebesgut könnte den Spaziergang über aus der Tasche geragt haben. Es war kraftraubend, Gefühle verbergen zu müssen. Behutsam schob er den Pinsel tiefer in die Tasche und spürte, wie die Borsten sich bogen.

»Sicherlich ist Euch bekannt, dass Elisabetta mit siebzehn Jahren einen Auftrag von der Pfarrgemeinde von Trasasso erhielt, aber davor bereits zwei Gemälde für zwei private Auftraggeber fertiggestellt hatte«, sagte Ginevra Cantofoli derweil und öffnete das Portal. »Im Jahr darauf folgten fünf Bilder, 1657 wurden es unglaubliche achtzehn Bilder, von denen zwei auch noch Kupferstiche waren. Den ersten großen Auftrag, der ihr Können coram publico zeigte, bekam sie ebenfalls in diesem Jahr, also mit gerade einmal neunzehn Jahren. Es war ›Die Taufe Christi‹. Sie war vor Freude derart außer sich, dass sie bereits bei der Ortsbegehung erste Ideen skizzierte.«

»Ja, daran erinnere ich mich, der Maestro erzählte davon. Sie fertigte später in unfassbarer Schnelligkeit einen Entwurf, der groß war. Genau genommen viel zu groß war für einen Entwurf.«

Ginevra lachte leise auf, genau in dem Moment, als sie das Bild erreichten, das in einer Nebenkapelle ausgestellt war. »Hoffentlich versteht Ihr es nicht falsch, wenn ich das nun sage, aber findet Ihr nicht auch, dass sie auf eine angenehme Art und Weise maßlos war?«

Ja, so herrlich maßlos und aus Überzeugung unangepasst, ergänzte der Prior in Gedanken.

»Jedenfalls präsentierte sie diese Zeichnung ihrem Förderer, Graf Malvasia, und dem Vater. Es war der Tag, an dem der Maestro seinen letzten Rest von Widerstand aufgab, Elisabetta auszubilden. Denn sie zeigte in dieser Arbeit, die ihre größte werden sollte, die Bandbreite ihres Könnens: ›Die Taufe Christi‹ vereint Stillleben mit Landschaft, verschiedene Tiere sind zu sehen, Menschenmengen und ein Portrait. Sie brachte diese Vielfalt in dem Gemälde unter, weil sie erkannte, dass dies ihre erste Möglichkeit war, allen zu zeigen, mit welcher Fertigkeit sie ihr Handwerk beherrschte. Insgesamt arbeitete sie zwei Jahre an diesem Werk.«

Picinardi betrachtete den auf einem Stein knienden Jesus. Daneben war Johannes der Täufer abgebildet, und über der Taufzeremonie schwebte die weiße Taube als Zeichen des Heiligen Geistes. Sogar Gott zeigte sich am Himmel, von Engeln umgeben. Männer, Frauen, Kinder und Tiere, auch sie alle waren anwesend, um die Taufe zu beobachten.

Zeuxis von Herakleia, durchfuhr es den Prior, der Griechen bester Maler, der sich einst rühmte, sein Bildnis der Helena sei schöner als Ledas Tochter selbst, hätte es nicht gewagt, mit Elisabetta in Wettstreit zu treten.

»Danke!«

»Wofür?«

»Dass Ihr mir dieses Bild zeigt. Ich kenne es durchaus, aber mit Euch darauf zu schauen, scheint meinen Blick zu schärfen.«

»Sie liebte die Figuren, die sie malte, jede einzelne. Deshalb gab sie jeder von ihnen ihren eigenen Stolz, bis in die Gesten hinein. Das ist ein außergewöhnlicher Sinn für Schönheit und für Grazie, wie ich meine. Schaut auf die Symmetrie der Körper, mit welcher Vortrefflichkeit sie die Formen wählte und diese ins Verhältnis zueinander setzte.« Die Augen der Malerin leuchteten, während sie auf das Gemälde zeigte. »Seht den Geist der Gesichtszüge und die Eleganz der Haartracht. Diese Ausdrucksstärke und mühelose Leichtigkeit, ich wünschte, es wäre auch mir gegeben, die Welt so wahrzunehmen und derart auf der Leinwand festzuhalten.«

Der Prior trat näher an das Bild heran und beugte sich vor. Ja, selbst die Pupillen der einzelnen Personen wirkten außerordentlich lebhaft. Wie hatte sie das nur gemacht?

»Signore, kennt Ihr Annibale Carraccis Werk genauer?«

Picinardi wiegte den Kopf hin und her. »Mir ist bekannt, dass er ein unglaublicher Maler war, und viele seiner Werke haben mich beeindruckt. Aber ich möchte nicht in Anspruch nehmen, jede seiner Arbeiten zu kennen. Warum fragt Ihr?«

Sie zeigte auf das Bild. »Seht Ihr den Jungen linker Hand? Er zieht seinen Strumpf aus. Die Art, wie er das macht, also wie Elisabetta es gemalt hat, ist angelehnt an eine Kreidezeichnung von Carracci. Dass Elisabetta dieses Motiv hier aufgenommen hat, ist eine Ehrerweisung an Carracci. Und die Figuren, so, wie sie nebeneinanderstehen, sind nicht zufällig platziert. Diese Anordnung erinnert wiederum an Guido Renis Bild vom Kindermord in Bethlehem.«

Bis eben glaubte ich, den Lobpreis Gottes verstanden zu haben, aber dass sich in nahezu jedem Detail eine weitere inhaltliche Ebene verbirgt, habe ich nicht erfasst, erkannte Picinardi und starrte auf das Bild. »Ich ahne, worauf Ihr hinauswollt.«

»Ja, es gibt weitere Anleihen aus den Werken anderer bedeutender Maler. Dieses Bild erfüllte die Vorgaben des Auftrages, aber darüber hinaus zeigt es jede Facette von Elisabettas Können. Denn sie wollte den Vergleich. Mit dem Können malender Männer. Er gelang ihr: Sie war eine der wenigen Malerinnen, die in die Accademia di San Luca aufgenommen wurden.«

»Davon wusste ich nichts. Darüber hat sie nie gesprochen.«

»Nein, sie hat nie viele Worte um ihre Werke und Erfolge gemacht. Aber die Art und Weise, in der sie ihre Gemälde erschuf, war oft eine andere, als mancher es vielleicht erwartet hätte. Ich erwähnte es ja, sie war auf eine angenehme Art maßlos.«

Vom Reisen in die Vergangenheit und dem damit verbundenen Schmerz

Der Gefängniswärter Francesco del Monte schob das Mädchen in den Besprechungsraum und nickte dem Prior nur kurz zu, weil nahezu beängstigendes Geschrei aus einer der Zellen offensichtlich sein sofortiges Eingreifen erforderte.

Doch auch Lucia Tolomellis Anblick erschien Picinardi heute ein wenig unheimlich: Sie blieb stumm, glotzte ihn regelrecht an, sprang plötzlich mit zwei großen Schritten auf ihn zu und fiel vor ihm auf die Knie, wobei sie seine Hände griff. Schweißnass und kalt lagen für einen Augenblick ihre Hände auf seinen, und entsetzt bemerkte der Prior auf ihrem Handrücken und um das Gelenk herum Pusteln und flächigen Grind. Er entzog ihr seine Hände und riss sie in die Höhe, während das Mädchen die ihren schloss, als würde sie ein Gebet beginnen.

»Bitte sagt, dass Ihr mich heute mitnehmt. Bitte!«

»Das kann und darf ich nicht, das erwähnte ich bereits klar und deutlich. Wenn Ihr Euch derart aufführt, gehe ich.«

»Entschuldigt mein Verhalten, bitte«, flehte sie, während sie sich auf den Hocker zurückzog und heftig am Kopf kratzte, »aber zwei Weiber streiten heute unentwegt, es ist kaum auszuhalten. Bitte bleibt. Aber helft mir, sagt mir, wann werde ich endlich vor Gericht gehört? Wann darf ich endlich etwas sagen?«

Tatsächlich, die Magd hat recht, dachte der Prior, während er noch ein Stück vom Tisch abrückte, der sie nun beide voneinander trennte.

Der Notar des Richters Pignatelli hatte ihn darüber informiert – oder war es Ginevra Cantofoli gewesen? –, welche Vernehmungen angesetzt worden waren. Es war auch gleich, wer von beiden es erwähnt hatte, denn eines war sicher: Der Name der Delinquentin war dabei nicht gefallen.

Noch einmal ging er in Gedanken die Termine durch: Am 1. September 1665 hatte Giovanni Andrea Sirani sich dem Richter gegenüber geäußert.

Am Tag darauf hatten Anna Maria Donnini, die andere Magd im Hause Sirani, sowie verschiedene Bekannte der Familie ausgesagt. Zudem waren am Freitag, dem 4. September, Margherita Sirani, Elisabettas Mutter, als auch Giacoma Sirani, die Schwester des Maestros, geladen worden. Inzwischen hätte man durchaus die Tatverdächtige anhören können. Welches Ziel verfolgte der Richter mit dieser Reihenfolge? Während Picinardi sich stirnrunzelnd erhob, seinen Umhang öffnete, ihn zusammenfaltete und über die Stuhllehne legte, suchte er eine Antwort.

»Ehrlich gesagt, das weiß ich nicht. Aber der Untersuchungsrichter Pignatelli und ich, wir kennen uns. Insofern werde ich ihn darauf ansprechen, denn das würde mich auch interessieren.« Zudem wird es Zeit, zu erfahren, was die bisherigen Aussagen ergeben haben, ergänzte er in Gedanken und nahm wieder Platz.

»Danke, Signore. Was führt Euch zu mir?«

»Elisabetta hat Euch gemalt. Ist das richtig?«

Das Mädchen nickte und sah auf die Wand zu ihrer Rechten, ganz so, als würde sie dort das Erlebte noch einmal verfolgen können.

»Wie kam es dazu? Es ist sicher nicht üblich, dass ein Maler die Magd des Hauses auf der Leinwand für die Ewigkeit festhält.«

Tatsächlich errötete sie. »Nein, das ist es sicherlich nicht. Aber Elisabetta hatte einen anderen Blick auf die Welt.«

Ginevra Cantofoli hatte etwas Ähnliches geäußert. Dass aber selbst eine Magd Elisabettas Blick wahrnahm, der von dem der Mehrheit der Menschen abwich, hatte er nicht vermutet. »Wollt Ihr mir diesen erklären?«

»Gern. Ich erinnere mich, wie ich die Schmutzwäsche aus den Schlafkammern einsammelte, da hörte ich Barbara und Elisabetta im oberen Stock streiten. Elisabetta forderte von ihrer Schwester, sie solle die ›Iconologia‹ von Cesare Ripa lesen.«

Picinardi war fassungslos: Dieses Mädchen kannte den Titel wie auch den Autor des Buches.

Sie sah es ihm an und ergänzte: »Lesen kann ich nicht, aber ich habe ein sehr gutes Gedächtnis. Elisabetta wusste das, und sie hat mir verschiedene Bücher gezeigt. Ich sollte sie ihr aus der Bibliothek in die Bottega bringen, wenn sie in eines hineinschauen musste. Bald kannte ich die Namen vieler Bücher, und in der Bibliothek der Siranis stehen immerhin rund achtzig Bücher. Jedenfalls wollte Barbara an dem Tag nichts mehr lesen. Sie hatte gerade die ›Metamorphosen‹ von Ovid fertig. Sie sagte: ›Ich will Malerei und nicht Literatur studieren!‹ Ihr könnt Euch das bestimmt nicht vorstellen, aber Elisabetta geriet außer sich vor Zorn, und sie konnte sehr streng sein. Sie war der Meinung, ein Maler muss die Geschichten über die Götter der Griechen und unseres Landes so gut kennen wie die der Bibel. ›Auf Augenhöhe‹, sagte sie immer, ›man muss den Auftraggebern auf Augenhöhe begegnen.‹«

Die Magd sah ihn kurz an und wirkte fast erstaunt, dass er ihr gegenübersaß. Aber der Prior war nicht minder erstaunt. Die ›Metamorphosen‹. Auch dieses Buch hatte sie mit einer Mühelosigkeit erwähnt, als wäre es die Zutat eines ihr vertrauten Brotrezeptes. Er konnte nicht umhin, festzustellen, dass dieses Mädchen klug war. Ausgesprochen klug. Ihre Sprache unterschied sich erheblich von der, die Petronella pflegte. Sein Austausch mit Mägden hielt sich in Grenzen, das musste er zugeben, aber dieses Mädchen war auffällig. Machte sie das verdächtig? War ein kluges Mädchen eine bessere Lügnerin? Warum unterstellte er einem klugen Mädchen eine höhere verbrecherische Gabe als einem, das weniger begabt war?

Aber er verstand mit einem Mal, warum Elisabetta nicht die andere Magd des Hauses, Anna Maria Donnini, jenes in mehrerer Hinsicht schwerfällige Mädchen, das sie seit Jahren kannte, enger an sich gebunden hatte, sondern diese fremde Magd, die im Hause erschienen war. Ebenjene, die – ganz wie sie selbst – ihren scharfen und schnellen Verstand zu nutzen wusste und dies – zumindest erweckte Lucia den Anschein – auch wollte.

Der Blick des Mädchens hing wieder an der Wand. »Elisabetta kam die Treppe herunter. Da stand ich also, denn bis zur Küche gekommen war ich nicht. Ich klemmte den

Korb fester unter meinen Arm und gab vor, just aus der Schlafkammer getreten zu sein. Schließlich sollte niemand denken, ich würde lauschen. Und als ich an ihr vorbeieilen wollte, sprach sie mich an. Das erste Mal. Sie bat mich, innezuhalten. Wisst Ihr, wie das für mich war? Elisabetta, die Berühmte. Die Kluge. Sie hatte mich angesprochen!«

Das Mädchen lächelte ein wenig und kreuzte die Arme, als wollte sie sich selbst umarmen im Moment dieser offensichtlich schönen Erinnerung.

»Habt Ihr jemals wahrgenommen, wie schön sie war? Ich fand sie außerordentlich einnehmend und liebreizend.«

Diese Frage glich einem Tritt. Mitten hinein in die Magengegend. Was sollte er darauf entgegen? Doch die Magd schien nicht ernsthaft eine Antwort zu erwarten.

»Sie hatte ein Gesicht, das ebenso schön war wie viele der Marienbilder, die sie malte und von denen es im Haus einige gab. Da stand ich nun und schaute aber keineswegs in ihr Gesicht, sondern auf die Wäsche im Korb.

›Komm doch bitte mal näher, hier ins Licht‹, sagte sie, und dann begann es: Sie betrachtete mich, legte ihre Finger unter mein Kinn und hob meinen Kopf in die Höhe. Sie drehte ihn zum Licht und schaute mich an wie der Käufer einen Gaul auf dem Markt. Kurz bevor er ihn mitnehmen möchte.«

Picinardi spürte, wie die Anspannung in seinem Leib sich löste. Er lächelte sogar ein wenig. Ja, das kannte er. Bei einem Spaziergang außerhalb Bolognas war Elisabetta stehen geblieben, hatte sein Gesicht zur Sonne gedreht und ihn betrachtet. »Deine Züge, ich möchte sie mir einprägen. Du bist schön wie die Statuen der alten Römer«, hatte sie gesagt.

Der Prior erschauerte wohlig, als er sich daran erinnerte, wie sie ihm damals die Fingerspitzen unters Kinn gelegt hatte.

»Elisabetta sagte freundliche Dinge über meine Haut«, drang Lucia Tolomellis Stimme überlaut in die Erinnerungen des Priors und holte ihn zurück in den Kerker. »Sie mochte es aber nicht, wie ich mein Haar band. Verwegen nannte sie es und bat mich, es anders zu tragen, wenn Kunden kommen würden. Sie wollte nicht, dass wir schöner sind als unsere Gäste und vor allem nicht als jene, die ein Bild kaufen wollen.«

Jetzt musste der Prior grinsen. Welch sinnloses Unterfangen, stellte er fest. Elisabetta war immer schöner gewesen als alle Frauen, die sie jemals portraitiert hatte.

»Was sie dann sagte, weiß ich heute noch im Wortlaut: ›Deine Gesichtszüge sind sehr ausgewogen. Albrecht Dürer, einer der besten Maler, die es je gab, hätte dich dafür geliebt. Sogar deine Ohrenform ist gelungen, das ist selten. Komm bitte heute Nachmittag zu mir in die Bottega hinauf. Wasche dir vorher die Haare, die hübschen Ohren und lege einen Turban an. Das unterstreicht die Züge deines schönen Gesichtes.‹

Magd Anni war sprachlos, als ich ihr davon berichtete, und Lehrling David war erbost. Signora Margherita tobte, konnte aber nichts dagegen unternehmen. So bin ich am Nachmittag hochgegangen in die Kuriositätenkammer. Kennt Ihr diesen Raum? Er liegt neben der Kammer, in der die Farben gerieben werden. Als ich ihn betrat, wusste ich kaum, wohin ich zuerst schauen sollte. Auf Elisabetta oder all die wundersamen Dinge, die dort aufbewahrt wurden. Kleider, Waffen, Figürchen aus Gips, es war unbeschreiblich. Und während ich auf einem Hocker saß und staunte, begann Elisabetta, Skizzen zu machen. Damals wusste ich nicht einmal, was das Wort bedeutete: Skizzen. Aber sie erklärte es mir, versteht Ihr? Ich habe so viel von Elisabetta gelernt. Es machte keinen Unterschied, wem sie etwas erklärte. Sie fand einfache Worte und goss ihr Wissen in jeden hinein, der wissen wollte. In die Malerinnen, den Lehrling, in die Schüler des Vaters, die sie ebenfalls ausbildete, und sogar in mich.«

Darüber habe ich nie nachgedacht, bemerkte Picinardi. Aber es war richtig beobachtet: Elisabetta wollte der Welt etwas geben, sie bereichern, indem sie ihr Wissen teilte. Sie brachte Licht ins Dunkel derer, die danach verlangten. Sie war ... hell und leuchtend wie die Sonne, ihr Licht gab anderen Kraft, zu wachsen. Er beobachtete Lucia Tolomelli, wie sie mit den Händen durch die Luft strich, als wollte sie die Bilder ihrer Erinnerung in den Raum hineinmalen. Sie für ihn sichtbar machen. Auch wenn sie gegen ihre Einsamkeit anredete, nahm sie ihn auf eine Reise mit, die ihn beglückte, den Schmerz für einen Moment zügelte und Elisabettas Leuchten noch einmal heraufbeschwor.

Ein schöner Gedanke, so befand der Prior, einer, den er in die Trauerrede aufnehmen wollte. In Gedanken notierte er:

Am höchsten Punkte ihres Ruhms stand diese Sonne, als sie unterging.

Das klang hölzern. »Zenit« wäre besser, beschloss er und setzte erneut an.

Im Zenit ihres Ruhms stand diese Sonne, als sie unterging, sie, deren Leuchten der ruhmreichsten Künstler Glanz verdunkelt hatte, ganz so, wie die Sonne in Äthiopien mit ihren Strahlen anderswo die Nacht herniedersinken lässt.

Äthiopien. Sollte er wirklich Äthiopien erwähnen? Es war die Wiege der Menschheit, selbstverständlich würde er es erwähnen. Elisabetta hätte es gefallen, beschloss er und spürte einen weiteren Gedanken, der nachdrängte.

Du bist untergegangen, o du schönste aller Sonnen, und scheinst doch weiter auch am Rand des Grabes und darüber hinaus. Du bist untergegangen, und ich bitte, zürne nicht, wenn ich, so, wie der Tau fällt mit der Sonne Untergang, mit Tränentau den Schmerz des Herzens lindern will und Ehr erweise deiner ruhmesvollen Asche.

Er musste sich auf die Magd konzentrieren, deswegen war er hier. Aber was sollte er machen, wenn diese Bilderflut über ihn hereinbrach, ihm Worte aufdrängte, die er nicht zu notieren wagte, weil er fürchtete, sonst in einem Meer der Tränen unterzugehen? Hier, im Kerker, in der Gegenwart des Mädchens. »Meer der Tränen«, durchfuhr es ihn. Das wollte er ebenfalls aufnehmen.

Auf dass dein Andenken nicht untergehe im Meer der Tränen, erlaube mir zunächst, dem Schmerz die Tore zu verschließen und deinem Tode nun durch Lobpreis zu gedenken, denn ist es doch der Wille der Natur, dass dann der Schmerz gezügelt wird, wenn wir diejenigen für uns lebendig halten, welche des Todes Arm gefällt, indem wir ihre großen Taten erneut uns ins Gedächtnis rufen.

Das war es! Das wollte er der Welt entgegenrufen! So plötzlich die Bilderflut über ihn hereingebrochen war, so schnell verebbte sie nun. Still wurde es in ihm. Er atmete tief durch und fühlte sich erschöpft. Was war das gewesen? Wurde er langsam verrückt?

»Signore, geht es Euch gut? Ihr seid so blass.«

»Ja, mein Kind. Also, nein. Fahrt bitte fort. Ich bin ein wenig müde, aber ich – es ist alles gut. Wieder gut.« Mühselig richtete der Prior sich auf, zog den Schoß seines Knöpfrocks zurecht und fragte sich, ob er eben Lucia Tolomelli als »mein Kind« bezeichnet hatte?

Auch das Mädchen schien kurzzeitig verwirrt und tat doch, was er ihr gesagt hatte.

»Sie, also Elisabetta, begann, während sie malte, ein Gespräch mit mir. Heute weiß ich, dass ein Maler gut beraten ist, wenn er mit dem Modell, das vor ihm sitzt, ein wenig plaudert. Wenn man sich wohlfühlt, werden nämlich die Gesichtszüge weicher und der Blick klarer. Erstaunlich, oder? Als sie mich nach meinem Lieblingsthema fragte, war ich erschrocken. Ich hatte keines, und wer wollte schon wissen, was ich gern mochte?

Sie.

Sie wollte das wissen. Die Schwestern, also Barbara und Anna Maria, oder auch die Schülerin Ginevra Cantofoli – sie sind wunderbare Frauen. Aber ich bin sicher, sie würden das nicht machen.«

Ja, so war sie gewesen. Picinardi seufzte. Immer hatte es sie interessiert, was andere dachten und fühlten. Aber wo war sie dabei geblieben? Wie schnell hatte sie jedes Gespräch, das sich um sie drehte, wieder auf andere Themen gelenkt.

»Jedenfalls spürte sie meine Unruhe und erzählte eine Geschichte, die nach Paris führte, oder war es Amsterdam? Jedenfalls lebte in einer dieser beiden Städte einst ein Maler, der eine Dame erwartete, die er malen sollte. Ein Portrait, das ihr Gatte bestellt hatte. Nun war die Dame aber anscheinend sehr aufgeregt, noch schlimmer, als ich es war, würde ich sagen. Denn ihre Atmung ging ganz flach, und ihre Haut war bleich. Grässlich sah sie aus, abgekämpft und verängstigt. So konnte der Maler sein Werk nicht beginnen. Er bat ihren Begleiter, ein Lied anzustimmen und den Takt zu klatschen. Erahnt Ihr, was er vorhatte?«

Der Prior hatte keine Vorstellung und schüttelte pflichtschuldigst den Kopf.

»Er fasste die Hand der Dame und tanzte mit ihr durch die Bottega, bis ihre Haut rosig war und ihre Augen glänzten, bis sie lachte und mit ihm plauderte. Elisabetta beendete diese Geschichte mit der Frage, ob ich mit ihr tanzen möchte, bevor wir anfangen. Ich musste lachen und fühlte mich wohl, auch ohne einen Tanz. Dann erklärte sie mir, dass sie eine Madonna malen will. Eine mit Kind.«

Picinardis Erschöpfung wich nicht, er wollte gehen und blieb dennoch, aus Sorge, eine der wundervollen Begebenheiten zu verpassen, die das Mädchen vor ihm ausbreitete. Das Reisen in die Vergangenheit drohte, ihn zu zerreißen. Vor ihm saß eine Magd, die mit den Händen rang, deren Augen sich immer wieder mit Tränen füllten und deren Stimme allenthalben zitterte, während sie sprach. Ihre Zuneigung war mit jedem Wort zu spüren.

Es war eine seltsame Erkenntnis, dass die Trauer die Menschen dazu brachte, Monologe zu führen. Auch wenn sie allesamt vorgaben, mit ihm zu sprechen, fielen sie tief in ihre Erinnerungen hinab und ahnten nicht, dass er mit ihnen fiel. Hinein in Elisabettas Leben, in Geschichten, die ihm verborgen geblieben waren. Eine Elisabetta, die als Kupplerin auftrat, die mit ihrer Magd durch die Bottega tanzen wollte und die andere mit ihrem Wissen beschenkte. Mit jedem

Wort wurde sie schöner, noch schöner, und der Schmerz des Verlustes bohrte sich immer tiefer in ihn hinein. Wie lange würde er das noch ertragen?

Lucia setzte sich aufrecht hin und schaute ihn direkt an. »Könnt Ihr Euch mein Entsetzen vorstellen? Ich sollte als Vorbild dienen für Maria, für die Mutter Jesu Christi.« Hastig bekreuzigte sich die Magd. »Elisabetta legte mir ein samtenes Kissen auf den Schoß und ein rotes Tuch um die Schultern, dann trat sie einen Schritt zurück. Ein rosenfarbener Stoff, so unfassbar schön wie die glänzende Ziernaht, die um die Kissenkante verlief, und die goldenen Quasten an den Ecken des Kissens. Dann zupfte sie hier, zupfte da und tauschte das rote gegen ein blaues Tuch. Zudem griff sie zwei weitere Tücher, eines davon mit Blüten und Perlen bestickt. Sie band mir einen anderen Turban um, einen sandfarbenen mit goldenem Glanz. Während sie wickelte, dachte ich, verrückter könnte mein Leben nicht werden. Aber es wurde noch abenteuerlicher: Wenige Sitzungen später war eine Nachbarin zugegen, die mir ihren Säugling auf den Schoß setzte. Der süße Fratz, proper und gut gelaunt, sollte das Jesuskind darstellen. Er war nur in ein leichtes Tuch gehüllt und pinkelte mich voll, während ich ihn auf dem Schoß hielt.«

Lucia lächelte und strich mit den Händen den Kittel über ihrem Schoß glatt, ganz so, als würde sie das Kind und den nassen Stoff noch immer spüren.

»Erst im Jahre darauf, im Sommer, bekam ich das Bild zu Gesicht. Ich habe geweint. Ich weiß nicht, wie lange ich geweint habe, als ich verstanden habe, wie Elisabetta mich gesehen hat. Da saß keine plumpe Magd mit Händen, die vom Arbeiten wund gescheuert sind. Da saß eine junge Frau, ganz weich und zart. Das war ich, und es war trotzdem die Mutter Gottes, Maria, die Vollkommene. Sie sah so menschlich aus, so liebevoll. Die Art, wie sie auf ihren Sohn schaute … Selbst Lehrling David war beeindruckt, obwohl ich die Maria war. Er hat mir irgendwann einen Schemel vor das Bild gestellt und ein Tuch gereicht, an dem eingetrocknete Farbreste klebten. Alle haben ihre Arbeit wieder aufgenommen, nur ich saß da und weinte noch.« Das Mädchen verbarg das Gesicht in den Händen.

Picinardi legte in Gedanken seine Trauerrede beiseite und holte seine Notizen zum Tode Elisabettas hervor. Dort ergänzte er:

Elisabetta hat tatsächlich ihre Magd gemalt. Und ich verstehe nicht mehr, weshalb es mich jemals verwundert hat.

Vom Regen

Als Picinardi am Nachmittag des 5. September wieder den Vorplatz des Tribunale Criminale del Torrone betrat, zeigte sich der Zufall gütig mit dem abgrundtief erschöpften Mann. Denn es begann zu regnen.

Dieser Regen beeinflusste die Entscheidung des ehrwürdigen Grafen Carlo Cesare Malvasia, der eine Verwandte besucht hatte und sich just zu diesem Zeitpunkt auf den Weg nach Hause machte. Sein erstes Ansinnen, das Angenehme mit dem Nützlichen zu verbinden und ein paar Schritte zu laufen, verwarf er aufgrund des erwähnten Regens und bestieg stattdessen seinen Wagen.

Diese Fahrt durch die Gassen Felsinas bietet sich für einen weiteren Exkurs an. Denn jener Graf Malvasia war nicht nur einer der herausragenden Kanonisten seiner Zeit und in kirchlichen Rechtsfragen ähnlich beschlagen wie Prior Picinardi im weltlichen Recht, er war auch ein Vertrauter der Familie Sirani. Beide, Maestro Sirani und Graf Malvasia, waren sich erstmalig beim Maler Guido Reni begegnet, zu einer Zeit, die längst vergangen und nicht viel mehr als eine vage Erinnerung in den Köpfen alternder Männer war.

Während Malvasia aus einer adeligen Familie stammte, lagen die Wurzeln des Malers Guido Reni in einer Musikerfamilie. Diese Tatsache ist insofern erwähnenswert, weil jener Guido Reni sich weigerte – und das von Kindesbeinen an –, sich für Musik zu begeistern. Mit nur neun Jahren hatte er seine Ausbildung zum Maler bei Denys Calvaert in Bologna begonnen, einem Virtuosen der Leinwand, der in jener längst vergangenen Zeit hochgelobt und vielgepriesen gewesen war ob seines Könnens. Es war für die Seele des Sohnes aus einem Musikerhause eine Wohltat gewesen, bei diesem Maler in Ausbildung zu gehen und tatsächlich schnell Ruhm mit seiner Kunst zu erlangen. Mit zunehmendem Erfolg hatte Guido Reni geglaubt, und das voller Inbrunst, seinen Auftraggebern auf Augenhöhe begegnen zu können. Er war überzeugt gewesen, der Musikerfamilie entwachsen zu sein, und hatte irgendwann begonnen, hartnäckig seine Wurzeln zu leugnen.

Graf Malvasia wiederum war schon damals ein Gelehrter des Rechts gewesen. Ein Mann, der zudem mit der Kunst europaweit handelte, mit sicherem Auge die Perlen herauspickte und diese in einer beeindruckenden Sammlung vereinte.

Darüber hinaus war er ein Mann des Anstandes und wesentlich jünger als der Maler, und so hatte er Reni stets in dem Glauben gelassen, der Adel würde ihn als seinesgleichen ansehen. Immer wieder waren die Männer aufeinandergetroffen und hatten gewinnbringende Geschäfte miteinander gemacht. Dass es Reni nie gelungen war, sein Geld zusammenzuhalten, ist eine Randnotiz, die insofern von Interesse ist, da kein nennenswertes Erbe überblieb, als er im Sommer 1642 verstarb. Allerdings gab es auch niemanden, dem er etwas hätte hinterlassen können, keine Familie, keine Geliebte, nicht einmal einen Freund aus Kindheitstagen. Reni hatte sich zu einem einsamen Sonderling entwickelt, einem Misanthropen, könnte man sagen, wenn man ihm übel nachreden wollte.

Giovanni Andrea Sirani war 1635, vielleicht auch ein wenig früher oder später, zu Guido Renis Assistenten avanciert und dies bis zu dessen Tode geblieben. Beide waren leidlich miteinander zurechtgekommen, trotzdem hatte Reni ihm seine Zeichnungen vermacht, eben einen Teil jener verbliebenen Reste, die sich eines gewissen Wertes erfreuten.

Maestro Sirani hatte sich seinerzeit auf eigene Beine stellen müssen, und dabei blieben ihm nicht nur Renis Skizzen, sondern auch die Freundschaft zu Graf Malvasia erhalten. Hatte Reni damals seinen Handel mit dem Grafen betrieben, übernahm Sirani nun die Aufgabe, ihm immer wieder erbauliche und beeindruckende Gemälde für den florierenden Kunsthandel zur Verfügung zu stellen. Er hatte alsbald seine eigene Bottega eröffnet, und auch ihm war, wie zuvor seinem Lehrmeister, das Glück beschieden gewesen, beträchtlichen Ruhm zu erlangen.

So war Graf Malvasia seit Jahrzehnten aus vielfältigen Gründen ein gern gesehener Gast im Hause Sirani, und er war es auch, der die Gabe erkannt hatte.

Die des Mädchens. Der ältesten Tochter.

Nach dem Tode der Elisabetta Sirani kochten sie wieder auf, die alten Geschichten. Sicher hatte der Maestro darauf gehofft – wahrscheinlich war er sogar davon ausgegangen –, sein Sohn Antonio würde einmal die Bottega übernehmen. Dass sein Sohn und sein ehemaliger Lehrmeister Guido Reni eine Gemeinsamkeit hatten, nahm er nicht zur Kenntnis. Dass die Ablehnung der Kunst nicht die Laune eines Kindes oder Heranwachsenden war, sondern dauerhaft sein würde, begriff der Vater erst sehr viel später. Antonio stand der Malerei gleichgültig gegenüber, und er trug kein Fünkchen Begabung in sich. Alle Versuche, erzwungen oder freiwillig, endeten mit Ergebnissen, die bezeugten, dass dieses Kind nicht das Licht der Welt erblickt hatte, um des Vaters Lebenswerk zu übernehmen. Der Junge hasste von Kindesbeinen an die pastöse Konsistenz der frisch angerührten Pigmente und verabscheute deren Geruch. Ihm fehlte der Blick für Farbharmonien, er besaß kein Gefühl für Formen – es war schlichtweg eine Katastrophe mit ihm. Der Maestro war also geschlagen mit einem Sohn, der ihm nichts nützte. Den Ehrgeiz, mit dem Reni sich der Malerei zugewandt hatte, hatte der Maestro stets verstanden. Dass sein Sohn sich mit der gleichen Tatkraft der Medizin und Philosophie widmete, blieb ihm unbegreiflich.

Die Entdeckung des Könnens der Elisabetta Sirani wurde gern ausgeschmückt, mit Dialogen und Geschrei angereichert, mal mit Tränen versehen, mal nicht, aber tatsächlich hat sich diese Geschichte, wenn man all dieses Beiwerk abzieht, wie folgt zugetragen.

Der Graf beobachtete über die Jahre hinweg, wie die Schwester des unbegabten Kindes sich hin und wieder Kohle oder auch Kreide aus der Werkstatt des Vaters stahl und damit zeichnete. Auf Holzbalken, auf Steine im hintersten Winkel des Hofes, verdeckt im Schatten des Schuppens oder auf einen Schnipsel Papier, sobald ihr einer in die Finger fiel.

Malvasia wusste, sein Freund Maestro Sirani nahm die Bildung seiner ältesten Tochter ernst. Er würde sie sicher auch der jüngeren Schwester Barbara angedeihen lassen, wenn sie alt genug wäre. Und so unterrichtete er Elisabetta im Lesen und Schreiben, in der Mathematik, in der Musik, sogar in der Philosophie und Geschichte, aber die Kunst ließ er bei dem Mädchen außen vor.

Es war im Jahr 1648, als Malvasia wieder einmal zu Besuch kam. Dieses Mal brachte er mehrere Bögen Papier als auch Rötel- und Kohlestifte mit. Er bat die Mutter, Elisabetta ins Piano nobile zu holen, wo er mit dem Maestro saß. Als das Mädchen eintrat, breitete er die Malutensilien vor ihr aus, um sie im Anschluss aufzufordern, ein Bild ihrer Wahl zu malen.

Begeistert von den feinen Stiften und der Gelegenheit, einen Papierbogen nach ihrem Wunsch zum Zeichnen zu nutzen, vergaß Elisabetta den Vater. In sich und ihr Schaffen versunken, bemerkte sie weder seinen kritischen Blick noch die verschränkten Arme oder die zusammengezogenen Augenbrauen. Sie biss sich auf die Lippen, starrte immer wieder auf das Bild und maß vor den beiden Männern mit den Fingern Abstände aus, damit die Gliedmaßen der Menschen, die sie skizzierte, in ihren Größenverhältnissen zueinander stimmig waren.

Das Mädchen zeichnete und zeichnete.

Die Männer schwiegen, und die Mutter stand im Türrahmen, unschlüssig, ob sie zugegen bleiben sollte oder ob sie das Zimmer zu verlassen hatte.

Nach über einer Stunde lehnte Elisabetta sich zurück, legte den Kopf schräg, musterte ihr Bild und sah dann die Männer an. Sie strahlte Malvasia mit dem Charme junger Mädchen an, die ein Ziel verfolgen – schließlich bestand die Möglichkeit, dass er ihr sowohl weitere Bögen Papier aus dem Stapel, den er mitgebracht hatte, als auch einen der Stifte überlassen würde.

Was der Graf auch tat. Er lobte die Zeichnung und dankte dem Mädchen für seine Mühen, das sich mit seligem Lächeln verabschiedete.

Zurück blieben der Maestro und Graf Malvasia. Sie schauten auf das Bild.

»Wusstest du davon?«, fragte irgendwann der Graf in die Stille hinein.

»Nein.«

»Warum nicht?«

Ein Schulterzucken war die Antwort, noch immer schaute der Maestro nicht auf. »Woher weißt du davon?«, fragte er stattdessen.

»Wenn man wollte, war es bemerkbar.«

»Ich habe ihr verboten zu zeichnen. Sie soll kein Material verschwenden.«

»Das kannst du kaum Verschwendung nennen. Hast du ihr die Theorien aus Dürers ›Vier Bücher von menschlicher Proportion‹ erklärt?«

»Natürlich erkläre ich ihr keine Schriften zur Proportionslehre. Sie ist ein Kind. Du kennst die Schriften, sie sind kompliziert. Und was soll ein Mädchen mit solchen Dingen anfangen?«

»Dann hat sie deine Arbeiten gut beobachtet und von sich aus die Existenz der Proportionen bemerkt.«

»Und was willst du damit sagen?«

»Sie ist außergewöhnlich. Außergewöhnlich gut. Wahrscheinlich auch enorm klug. Es wäre ratsam, dass du sie ausbildest.«

»Ich? Warum sollte ich das machen?« Der Maestro griff die Zeichnung, betrachtete sie kurz, schüttelte den Kopf und legte sie so auf den Tisch zurück, dass die Rückseite des Papierbogens nun oben lag.

Der Graf bemerkte es und zog erstaunt die linke Augenbraue in die Höhe. »Du würdest mich sonst verärgern«, sagte er.

»Das kann ich ertragen.«

»Mein Weg würde dann sicherlich seltener in dieses Haus führen, denn so benimmt sich kein Freund dem anderen gegenüber.«

»Du willst mir ernsthaft drohen?«

»Nenn es, wie du möchtest.«

»Du willst mir drohen, keine Bilder meiner Bottega mehr zu kaufen?«

»Durchaus.«

»Benimmt sich so ein Freund dem anderen gegenüber?«

»Diese Forderung ist ein Freundschaftsdienst, glaube es mir. Du siehst nicht ihre Gabe, sondern nur die Tatsache, dass sie zur Frau heranwachsen wird.«

»Genauso ist es. Sie wird heiraten, Kinder bekommen, und ich habe Geld und Mühen verschwendet, damit sie …«

»Zäumen wir das Pferd von hinten auf: Ich verspreche, dir zu helfen, sollten ihre Bilder nicht verkauft werden, weil sie eine Frau ist. Aber ich habe keine Zweifel. Artemisia Gentileschi, Lavinia Fontana oder auch Judith Leyster sind in meinen Augen Beispiele, wie erfolgreich Frauen sein können, wenn man ihnen den Freiraum gewährt, ihr Talent zu nutzen. Meist gelingt es ihnen sogar, Kunst und Familie unter einen Hut zu bringen.«

Der Maestro lehnte sich zurück und schloss die Augen. »Warum nur bist du so ein Frauenfreund, warum?«

»Ich bin kein Frauenfreund, sondern ein Kunstliebhaber«, soll der Graf erwidert und damit dieses Gespräch beendet haben.

Der Maestro hatte Elisabetta an dem Abend die Stifte nicht weggenommen, weil er damit beschäftigt gewesen war, sich zu besaufen. Am nächsten Tag hatte er tatsächlich damit begonnen, seine zehnjährige Tochter in die Kunst der Malerei einzuweisen.

Um aber nun den Kreis zu schließen: Der Kunstliebhaber Graf Malvasia bestieg Jahre später, am 5. September 1665, in Bologna die Kutsche, um dem Regen, der eingesetzt hatte, zu entkommen. Der Wagen war kaum drei Ecken weit gefahren, da bemerkte er Prior Picinardi, der unter einer der Arkaden entlanghastete. Er ließ den Wagen anhalten und bot an, ihn ein Stück des Weges mitzunehmen.

So saßen mit einem Mal die beiden Männer zusammen, der Kanonist und der Legist, die einander schätzten und das Diskutieren liebten, sich aber nie über anderes ausgetauscht hatten als über Texte der Juristerei.

Sie saßen in der Enge der Kutsche zusammen, während der Regen auf das Verdeck prasselte, und erst nach einer Reihe von Atemzügen erkannte der Prior, welchen Gefallen der Zufall ihm erwiesen hatte. Graf Malvasia, der Entdecker und Förderer von Elisabetta Sirani, saß ihm gegenüber. Warum hatte er ihn in seiner Liste bisher nicht aufgeführt?, fragte er sich. Ginevra Cantofoli hatte ihn doch erwähnt. Erstaunt bemerkte er, wie das Hirn das Erkennen von logischen Zusammenhängen verweigerte, wenn das Herz litt.

Umgehend berichtete er dem Grafen von der Bitte, die Maestro Sirani an ihn herangetragen hatte. Dabei verzichtete er darauf, sein Entsetzen über die vor ihm liegende Aufgabe auch nur anzudeuten, vielmehr versuchte er, den Eindruck zu vermitteln, dieser Aufgabe gewachsen zu sein. Eine unnötige Bemühung, denn niemand, nicht einmal der Graf, der sich darauf verstand, Menschen in ihrer Gänze zu erfassen, hätte im Ansatz erahnt, dass der Prior mit seinem Schicksal und der ihm gestellten Aufgabe haderte.

So schwieg Malvasia, nichts von alledem ahnend, bis er fragte: »Mögt Ihr mitkommen? Vor gut zwei Monaten habe ich eines von Elisabettas Werken erworben. Die Umwege, die es brauchte, bis mir dieser Kauf glückte, wären jetzt umständlich zu erläutern und sicherlich in den Einzelheiten unnütz für Euch. Aber wenn Ihr mögt, zeige ich es Euch.«

»Sehr gern«, erwiderte der Prior und ließ sich, während der Wagen durch die engen Gassen rollte, die Geschichte der Entdeckung von Elisabettas Talent berichten. Er kannte sie bereits, aber es war aufschlussreich, sie von Malvasia selbst zu hören, der sich offensichtlich gern daran erinnerte. Dennoch verwunderte es ihn, dass der Graf die Ohrfeigen nicht erwähnte. Er überlegte, ob es sinnvoll wäre, diesen Teil der Vergangenheit zu ergänzen.

Dass Elisabetta davongeeilt war, in Gedanken bereits in ihrer Kammer, um weiterzuzeichnen. Doch im Halbdunkel des Flures hatte die Mutter sie bereits erwartet und die Hand erhoben. Eine Ohrfeige rechts, eine links. Das war der Moment gewesen, in dem sich, zumindest vermutete der

Prior es, Elisabettas Wille erstmalig Bahn gebrochen hatte. Er sah sie vor sich, Mutter und Tochter, wie sie sich im Flur des Hauses gegenüberstanden.

»Du hast es doch gesagt! Du hast gesagt, ich bin auserkoren«, schrie Elisabetta der Mutter empört entgegen und hielt sich die Wange.

»Aber doch nicht für die Malerei«, antwortete die Mutter und versuchte, der Tochter die Stifte aus der Hand zu winden.

»Lass das, ich laufe zum Grafen und sage ihm, du willst mir die Stifte wegnehmen.«

»Dann muss das eben dein Vater machen, sobald der Graf das Haus verlässt.«

»Ja, aber bis dahin kann ich malen!«, entgegnete Elisabetta und lief davon.

Kurz sah der Prior aus dem Wagen, auf die regennassen Häuser, die vorbeizogen, und erinnerte sich an den Abend, an dem ihm Elisabetta davon berichtet hatte. Es war einer der wenigen Momente gewesen, in denen er sie traurig erlebt hatte. Doch anstatt darauf einzugehen, hatte er versucht, sie aufzumuntern. Wie konnte so vieles von dem, was er früher getan hatte, ihm heute so falsch vorkommen?

Erleichtert drängte er den Gedanken beiseite, als der Wagen zum Stehen kam. Ohne ein weiteres Wort zu verlieren, folgte der Prior dem Grafen in den Palazzo, hinauf in das Magazzino. Ein riesiges Zimmer, in dem Malvasia die Bilder aufbewahrte, von denen er nicht wusste, ob er sie veräußern oder in seine Sammlung aufnehmen sollte. Es waren Dutzende.

Malvasia wies dem Prior einen Platz am Fenster zu, ließ

ihm einen Wein bringen und begann, die zahlreichen, mit Tuch verhängten Leinwände durchzusehen.

»Eigentlich sind diese Madonnen-Darstellungen nicht mein Sammlungsschwerpunkt, bei diesem Gemälde werde ich jedoch eine Ausnahme machen. Es sind allerdings eher rührselige Beweggründe, das muss ich zugeben«, erklärte er. »Bitte versteht mich nicht falsch, Elisabetta beherrschte die Malerei meisterlich, doch mir liegen Historienbilder mehr.«

Als er eines der Werke auf eine Staffelei stellte und das Tuch abnahm, sog der Prior die Luft ein. Ein schwarzer Hintergrund rahmte die Darstellung der Jungfrau Maria, auf deren Schoß das Jesuskind saß. Was dem Prior jedoch die Sprache verschlug, war das Gesicht der Maria. Dort saß Magd Lucia Tolomelli, weich und weiblich, in Öl festgehalten.

Eine Frau, deren Bildnis glücklich machte. Ihr Blick war auf das Kind gerichtet, ein liebevoller Moment, in dem es nichts und niemanden gab, der diese Nähe zu stören vermochte. Picinardi spürte eine Gänsehaut, die seinen Rücken hinablief. Von einem Augenblick auf den anderen war Elisabetta in diesem Zimmer für ihn anwesend. Hier, direkt bei ihm. Und Lucia, auch sie schien sich zu ihnen gesellt zu haben, denn alles, was sie versucht hatte, gestenreich zu verbildlichen, lag nun vor ihm: Maria trug ebenjenen Turban, von dem die Magd gesprochen hatte. Eine Kopfbedeckung, die Elisabetta ihr bei jeder Sitzung um den Kopf gelegt hatte. Es war eine schlichte Tragweise, wie die Landbevölkerung sie bevorzugte. Picinardi glaubte, darin Elisabettas künstlerische Haltung wahrnehmen zu können: das Besondere auch im Einfachen anzunehmen. Er sah förmlich, wie der Säugling sich wand, meinte, ihn glucksen zu hören. Der rechte Arm des Kindes reckte sich in die Höhe, die kleine Hand umschloss einen aus Rosen geflochtenen Blütenkranz. Es wirkte, als wollte Jesus seine Mutter krönen, denn diese neigte den Kopf dem Kranze entgegen, ganz so, als wollte sie ihn in Empfang nehmen.

Hastig packte der Prior seinen Weinkelch und leerte ihn mit einem Schluck. Dann beugte er sich abermals vor und widmete sich den Details. Er wusste, dass der Graf die Irritation seines Gastes erkannte und ihm die Zeit gab, wofür auch immer er sie sich zu nehmen gedachte. Marias Kleidung war einfach gehalten, aber die Farben, vor allem das Rot, Weiß und Blau, setzten mit den hellen Blüten und den dezenten Goldelementen einen Kontrast zur Schlichtheit der Komposition und dem Hintergrund-Dunkel.

»Es ist unfassbar«, sagte er nach einer Weile. »Heute habe ich Lucia Tolomelli im Kerker aufgesucht. Sie war das Modell dieser Maria, und ich forderte sie auf, mir von den Sitzungen zu erzählen, was sie ausführlich tat. Und nun, kaum zwei Stunden später, steht dieses Gemälde vor mir.« Ganz so, als wäre es ein Gruß von Elisabetta. Ein Versuch, mir zu helfen, ihre Arbeit und ihr Verhältnis zu Lucia Tolomelli besser zu verstehen, fügte er in Gedanken hinzu und klammerte sich am leeren Weinglas fest.

»Ihr seid Lucia Tolomelli begegnet? Wie interessant! Was habt Ihr für einen Eindruck von ihr?«

Picinardi wiegte den Kopf. »Ein junges Mädchen, sehr klar, klug und stark. Eine Giftmörderin hätte ich mir anders vorgestellt.«

»Was sagt sie?«

»Sie hat am 10. August ihre Arbeit als Magd der Familie Sirani aufgegeben und das Haus verlassen. Angeblich wegen ständiger Differenzen mit Signora Sirani, derer sie überdrüssig war. Fakt ist, sie war seit achtzehn Tagen nicht mehr zugegen, als Elisabetta … als sie verstarb.«

Der Graf erhob sich. Er war von hochgewachsener Statur mit silbergrau gewelltem Haar, das im Nacken auf dem üppigen Spitzenkragen auflag. Der Farbton seiner Haare wurde von der Seidenjacke aufgenommen, die eine Nuance heller gehalten war als die weit geschnittene Hose, die in den schwarz glänzenden Stulpen der Stiefel verschwand. Der Prior war selbst erstaunt, wie sehr er mit einem Mal auf diese Details achtete, auf den Glanz der Seide, die Schattenwürfe der Falten, die sich mit der Bewegung veränderten, als der Mann, die Arme vor dem Brustkorb verschränkt, vor ihm nun durch das Magazzino schritt. Es war erkennbar, dass er mit der Bewegung seine Gedanken zu sortieren versuchte.

»Das ist erstaunlich«, sagte er und zupfte sich an der Lippe. »Was sagt das Mädchen, wie es Elisabetta an jenem 10. August gesundheitlich ging?«

»Zu diesem Zeitpunkt hatte sie bereits Schmerzen, immer wieder einmal. Auch zuvor schon. Sie wurde nach dem Lorenzo-Fest behandelt und erholte sich. Bis es ihr wieder schlechter ging. Habt Ihr davon gewusst? Mir gegenüber hat nie jemand erwähnt, dass Elisabetta gesundheitliche Schwierigkeiten hatte.«

»Nein, das wusste ich auch nicht. Aber die Auskunft der Magd Tolomelli ist aufschlussreich. Denn Magd Donnini hat heute eine Aussage gemacht, in der sie genau das Gegenteil behauptet.«

»Wie bitte? Woher wisst Ihr, was die andere Magd ausgesagt hat?«

Der Graf lächelte, und es war ein bescheidendes Lächeln. »Der Untersuchungsrichter und ich stehen in engem Kontakt. Er weist seine Notare an, jedes Protokoll abzuschreiben und mir zukommen zu lassen. Soll ich wiederum eine Abschrift für Euch erstellen lassen?«

»Wenn es keine Umstände macht, selbstverständlich könnte ich mich selbst darum bemühen …«

»Nein, das ist nicht nötig. Ich veranlasse es gern, weil ich weiß, dass Ihr mit der gleichen Besorgnis wie ich auf die Familie Sirani blickt.«

»Danke, das wäre sehr entgegenkommend! Mich interessieren aber vornehmlich jene Befragten, die nicht zur Familie gehören. Insofern müssten nicht von allen Aussagen Abschriften vorgenommen werden.«

Der Graf nickte nur, hielt inne, und beide Männer schauten gleichzeitig wieder auf das Gemälde.

»Ihr versteht Euch auf Kunst«, sagte der Prior dabei, ohne den Blick von der Maria und ihrem Kinde zu nehmen. »Meine Kenntnisse sind durchaus als armselig zu bezeichnen, deshalb habe ich eine Frage: Ginevra Cantofoli, eine der Schülerinnen, erwähnte, Elisabetta habe sich in der Malerei weiterentwickelt. Aus welcher Phase stammt dieses Bild, könnt Ihr mir dies erklären?«

»Ja, dieses Bild ist eines derer, die für mich sehr gut die Veränderung in Elisabettas Schaffen erkennen lassen. Sie folgte erst stark dem Werk ihres Vaters, und auch die Nähe zu Guido Renis Werken war spürbar, sie hatte sich vom Vater auf die Tochter übertragen. Aber nun – ich bin mir sicher, dass das Jahr 1663 hier den Wendepunkt bildete – zeigte sie ein verstärktes Interesse am Licht, also an der Helldunkel-Malerei. Mit Licht und Schatten kann ein Maler alles beeinflussen: eine Szene warm und stimmungsvoll gestalten oder mit wenigen Schattierungen abweisend und beängstigend wirken lassen. Ein gekonnt gesetzter Lichteinfall schafft eine Räumlichkeit, die einen glauben lässt, direkt vor Ort dabei zu sein, die Figuren anfassen zu können, den Stoff rascheln zu hören, derart plastisch wirkt er. Eine Dunkelheit des Hintergrundes lenkt den Blick des Betrachters auf die wesentlichen Bildinhalte. Das Bildnis der Maria ist ein wunderbares Beispiel hierfür. Elisabettas Entwicklung führte jedenfalls dazu, dass die Farben, die sie in der Ölmalerei verwendete, kräftiger wurden. Auf diese Weise erscheinen die dargestellten Personen noch lebendiger.«

»Ja!« Mehr fiel Picinardi dazu nicht ein. Lebendig, das waren Elisabettas Bilder, und diese Lebendigkeit war einer der Gründe, warum er ihre Gemälde in seinem Palazzo nicht mehr anzuschauen wagte, es vielmehr nicht mehr ertrug, sie anzuschauen.

»Kurzum: Dieses sogenannte Chiaroscuro ist Dramatik. Pure Emotion. Mit dem Pinsel auf die Leinwand übertragen. Caravaggio und Rubens perfektionierten diese Malweise. Sie entschieden sich gegen das Sfumato, also das Verrauchte und Nebulöse. Leonardo da Vinci beherrschte das Sfumato vortrefflich. Er tauchte die Hintergründe oft in einen Nebel und gab den Bildern damit eine besondere Weichheit.«

»Ihr meint, Elisabetta beherrschte diese Art zu malen, ebenjene dramatische Gestaltung ebenfalls?«, fragte der Prior, obwohl er sich selbst die Antwort darauf hätte geben können. Er hatte Augen im Kopf, die sehr gut sehen konnten, und er hatte ein Herz, das noch besser fühlen konnte.

»Es wird immer wieder darüber gesprochen, die Kunstfertigkeit von Elisabettas Bildern würde schwanken, was ich bei der Anzahl an Werken, die sie in ihrem allzu kurzen Leben schuf, nicht verwunderlich finde. Trotz dieser Tatsache würde ich mich dazu hinreißen lassen, sie als die Meisterin des Lichtes und der Dunkelheit zu bezeichnen. In meinen Augen hat sie die Höhen einer Meisterschaft erreicht, wie sie beim weiblichen Geschlecht niemals zuvor gesehen ward.«

Abermals wusste Picinardi nichts zu erwidern. Er wusste nur, dass diese Marien-Darstellung ihn zutiefst berührte. Er konnte indessen erahnen, wie sehr das Bild die Magd bewegt haben musste. War eine solche Regung eine Eitelkeit der Magd? Nein, das war Ehrfurcht vor dem Können der Malerin, dachte der Prior, dem der hastig getrunkene Wein inzwischen die Glieder schwer machte. Er beneidete Lucia fast ein wenig darum, derart hinreißend für die Ewigkeit in Öl gestrichen worden zu sein. Warum, fragte er sich, warum bin ich nie auf den Gedanken gekommen, mich selbst von Elisabetta malen zu lassen?

Er ahnte, es war an der Zeit, nach Hause zu gehen, zu schlafen und den kommenden Tag am Schreibtisch zu verbringen, um alles festzuhalten, was in den letzten Tagen auf ihn eingestürmt war.

»Nun habe ich eine Frage an Euch«, sagte der Graf in die Stille hinein, »eine Frage, die sich an Euren juristischen Sachverstand richtet.«

»Da erwartet Euch nicht zu viel«, erwiderte der Prior und hob das Rotweinglas grinsend in die Höhe.

»Ist Lucia Tolomelli Eures Erachtens die Täterin?«

Umgehend wurde der Prior ernst. Die angenehme Wirkung des Rotweins, die Glieder schwer und die Gedanken lahm werden zu lassen, verschwand mit einem Schlag. »Das kann ich derzeit nicht beantworten, aber ich denke, es gibt Grund für berechtigte Zweifel, dass sie die Täterin ist.« Picinardi bemerkte den zweifelnden Blick des Grafen und war selbst erstaunt über seine Antwort.

»Aber wer ist es dann?«

Mit der Frage hatte der Prior gerechnet. Es war eine gute Frage, eine, die bisher offenblieb. Die er aber klären würde.

Von der schöpferischen Kraft des Neides

Elisabetta. Beim Aufstehen. Beim Essen. Beim Waschen. In seinen Träumen. In der Vorlesung. In den Gassen. Auf seiner Haut. Zwischen den Seiten seiner Bücher. Überall Elisabetta. Was hätte sie hierzu gesagt, was hätte sie davon gehalten? Wie hätte sie entschieden? Was hätte sie sich gewünscht? Hätte sie auf diese oder jene Frage eine Antwort gewusst? Vielleicht gelacht? Ihn in die Arme geschlossen, damit er ihre Wärme spüren konnte?

Es gab kaum einen Moment des Tages, an dem der Prior sich nicht durch Kleinigkeiten erinnert fühlte, nahezu alles in einen Zusammenhang mit Elisabetta brachte oder abwog, wie sie in unterschiedlichen Situationen reagiert hätte. Und dieser Zustand erschöpfte ihn zunehmend, so sehr, dass er sich am Morgen des 6. September den Tag herbeiwünschte, an dem er aufwachen und an dem erst sein zweiter Gedanke ihr gelten würde.

Nachdem er ein wenig gegessen hatte, Brot mit Elisabettas Lieblingswurst, begab er sich in den Garten, um unter dem Apfelbaum Platz zu nehmen. Der September zeigte sich von seiner goldenen Seite, und Picinardi spürte die Wärme, den leichten Wind und den Geruch der reifen Früchte in den Zweigen über sich, die darauf warteten, geerntet zu werden. Reglos saß er auf der hölzernen Bank und konnte nichts von alledem genießen, vielmehr ließ er der Welt ihren Lauf, während er versuchte, in sich hineinzuhören. Doch es blieb still. Leere erzeugte keine Töne und noch weniger Worte.

Wie von selbst erhob er sich nach einer Weile und betrat das Gästezimmer. Dort hing das erste Bild, das er von Elisabetta erworben hatte. Es war kein Gemälde, vielmehr der perfekt ausgearbeitete Entwurf eines Bildes, den er den Siranis regelrecht abgerungen hatte, weil beide, Vater und Tochter, nicht hatten verstehen wollen, dass ebenjene erste Gestaltung, dieser Moment der Entwicklung eines Gemäldes ihn entzückt hatte.

Auch wenn der Prior in den letzten Tagen vermieden hatte, die kraftvollen Striche der Skizze, die angedeuteten Farbverläufe und die sorgfältig ausgearbeiteten Faltenwürfe des Kleides zu betrachten, zog er sich nun einen Stuhl heran, stellte ihn mitten in das Zimmer und betrachtete Porcia, die dabei war, sich selbst am Oberschenkel zu verwunden. Elisabetta hatte das Gemälde letztes Jahr für den Seidenhändler Simone Tassi gemalt, einen ausgewiesenen Sammler, der bereits eines der Bilder von Maestro Sirani sein Eigen nannte. Das Gemälde des Vaters hatte Semiramis gezeigt, und Elisabettas Porcia war in der Sammlung neben jener assyrischen Königin platziert worden.

Der Prior lehnte sich zurück. Der andere Blick, dachte er. Lucia Tolomelli und auch Ginevra Cantofoli hatten ihn erwähnt. Was war an dieser Darstellung anders, was an diesem Bild machte es zu einem von Elisabetta?

Er erinnerte sich, vor Jahren ein Gemälde von Porcia gesehen zu haben, auf dem sie vor einer Schale glühender Kohlen gezeigt wurde, kurz bevor sie ihrem Leben ein Ende setzte, indem sie diese verschlang. Den Blick gen Himmel gewandt, die Kohlenzange in den Händen, so hatte Guido Reni sie einst gemalt.

Sicherlich hatte Elisabetta dieses Gemälde gekannt, aus Renis Skizzen, aber sie hatte einen anderen Moment gewählt: Die junge Römerin hielt einen Dolch, mit dem sie sich am Oberschenkel verletzte. Auch dies war keine gefällige Darstellung einer Frau, schließlich diente diese Verletzung ihrer selbst dazu, ihrem Mann Brutus zu zeigen, dass sie stark sei. Stark genug sei, Teil seiner Verschwörung gegen Julius Cäsar zu werden.

Der Prior legte den Kopf schräg. Guido Renis Porcia, die ihrem Leben ein Ende setzen wollte, hatte ihn entsetzt, vor allem die Verzweiflung, die aus der bevorstehenden Tat sprach. Alles ist bereits verloren, das war die Aussage jenes Werkes gewesen. Doch bei Elisabetta stand Porcia noch inmitten des Lebens und forderte ihre Aufgabe ein, ohne Angst, sich gegen den Schwiegervater zu erheben.

Der Prior stutzte. Hatte Lucia Tolomelli nicht letzthin Beatrice Cenci erwähnt? Die sich durch einen gemeinschaftlichen Mord am eigenen Vater der Hinrichtung ausgeliefert hatte? Er meinte, das Bild einst gesehen zu haben, vor vielen Jahren. Ein hübsches Mädchen, dessen Anblick nicht erahnen ließ, welches Schicksal sie erlitten hatte. Elisabetta hatte sich also mit Porcia und Beatrice Cenci zwei starken Frauen gewidmet, die bereit gewesen waren, sich nicht kampflos in ihr Schicksal zu fügen. Die eine half, dem Leben eines Tyrannen ein Ende zu setzen, die andere befreite sich von einem Vater, der sie misshandelt hatte.

Was waren das für Bilder?, fragte der Prior sich. Warum

hatte er – wie auch schon beim Bild der Taufe Christi – nie die Botschaften hinterfragt, sondern sich nur von der Kunstfertigkeit, der Lebendigkeit der Figuren und der Farbenpracht beeindrucken lassen?

Er schob den Stuhl zur Wand und stieg auf die Sitzfläche. Direkt nach dem Kauf hatte er die Skizze auf Leinwand befestigen und rahmen lassen. Mit den Fingerspitzen fuhr er über das Papier und die Farben, bei denen es sich vermutlich in erster Linie um Tusche handelte. Dann fasste er vorsichtig den Rahmen und hob das Bild vom Haken, trug es in sein Studierzimmer und stellte es vor eines der Bücherregale.

Er setzte sich an seinen Schreibtisch. Ja, so hatte er Porcia in seiner Nähe. Nun galt es, die beiden anderen Werke, eine Darstellung des Heiligen Antonius und einen Verkündigungsengel, ins Studierzimmer zu bringen. Schon während der Prior es dachte, wusste er, heute würde es ihm dafür an Kraft mangeln. Stattdessen griff er die Feder und schrieb:

Engelhaft!

Sogleich strich er das Wort wieder durch, denn er begriff, dass es noch schlimmer war. Elisabetta erschien ihm, je länger er sich mit ihr befasste, heilig, außergewöhnlich, fast göttlich, und der Schmerz in ihm wurde nahezu teuflisch. Er war dabei, sich im Dunkel der Einsamkeit zu verlieren.

Welchem Ziel folgte er derzeit? Die Trauerrede zu schreiben? Oder Gewissheit zu erlangen, was mit Elisabetta geschehen war? Hatte er überhaupt eines dieser beiden Ziele vor Augen? Der Prior stützte die Ellbogen auf den Tisch, legte den Kopf in seine Hände und schloss die Augen.

Das Bild der Mutter Gottes mit dem Jesuskind. Er sah es vor sich und wollte es haben. Ob eine Möglichkeit bestand, es dem Grafen abzukaufen? Kurz zögerte er. Wollte er sich wirklich die Magd in seinen Palazzo hängen, die im Verdacht stand, Elisabetta vergiftet zu haben? Aber war die Tatsache, dass Elisabetta das Mädchen gemalt hatte, nicht ein Hinweis auf die gegenseitige Zuneigung der beiden gewesen? Stundenlang hatten sie zusammengesessen, geplaudert, geschwiegen, einander betrachtet.

Er seufzte. Mit welcher Selbstverständlichkeit er davon ausgegangen war, Zeit zu haben. Noch viele Jahre, in denen er selbst hätte Modell sitzen können, in denen er jeden Moment ihrer Gesellschaft ausgekostet und die bittere Süße der Sehnsucht genossen hätte. Bis er irgendwann auf den Gedanken gekommen wäre, alles daranzusetzen, diese begnadete Malerin zu der Frau an seiner Seite zu machen. Lucia Tolomelli, sie war in Öl gemalt, durch Elisabettas Hand. Er wusste nicht, wie sie ihn dargestellt hätte.

Tief Luft holend, beugte er sich vor und notierte:

Es weine nun der Neid, der deine Kunst nicht mehr mit seinen Pfeilen treffen kann. Weinen mögen die Parzen, welche den dünnen Faden deines Erdenlebens dir durchschnitten und dich damit unsterblich machten, lebt doch der ewig, der in Ehren stirbt.

Lange blieb er sitzen. Diese Zeilen waren gut. Und sie waren, so erbärmlich es sein mochte, aus seinem Neid geboren.

Von Freundinnen

Die Magd lächelte zaghaft, als del Monte sie hereinführte. Das Haar war noch strähniger und wirrer, die Haut noch stärker von Flöhen zerstochen, und ihre Versuche, mit dem Handrücken die schmutzigen Wangen zu säubern, verschlimmerten den Anblick nur.

»Signorina, behandelt man Euch weiterhin gut?«, fragte Picinardi, um etwas zur Begrüßung zu sagen, und war erleichtert, dass die Magd nicht wieder vor ihm auf die Knie ging.

Sie nickte energisch, und er war beeindruckt. Wahrhaftig, sie erschien ihm klein, fast zart und war doch so zäh. Die Umstände der Haft setzten ihr derweil zwar körperlich zu, schienen aber ihr Gemüt bisher nicht zu überschatten.

»War der Armenanwalt inzwischen hier?«, fragte er, während er sich zurücklehnte.

»Ja, Signore, das war er.«

»Was hat er gesagt?«

»Er hat mir Fragen gestellt. Meinen Namen, wie lange ich bei den Siranis tätig war und so, dann ist er wieder gegangen.«

»Viel ist das nicht. Aber macht Euch keine Gedanken, es sieht gut aus für Euch.« Das Aufleuchten in den Augen des Mädchens rührte den Prior und löste seine Zunge abermals. »Es haben inzwischen einige Befragungen stattgefunden.«

Kurz ließ er sich die Lektüre der Aussagen, die ihn am Tag zuvor erreicht hatten, durch den Kopf gehen. Die drei Männer, deren Namen er bisher nicht hatte einordnen können, waren vor sechs Tagen gehört worden. Domenico Guizzardi war, wie er den Aufzeichnungen hatte entnehmen können, ein Priester und Freund der Familie. Er hatte Elisabetta einige Tage vor ihrem Tod bei einem Besuch im Hause der Familie angetroffen und den Eindruck gehabt, es gehe ihr gut. Angelino Riva lebte in der Nachbarschaft, er war Zimmermann und hatte die Aufgabe übernommen, Elisabettas Bahre zu bauen. Petronio Barilli war ein direkter Nachbar der Familie Sirani. Er hatte Elisabetta am Abend vor ihrem Ableben gesehen, auf ihn hatte sie ebenfalls normal gewirkt. Er beschrieb, wie sehr ihn der Anblick der Leiche erschüttert habe, da Elisabetta kaum noch zu erkennen gewesen sei.

Auch die rechte Hand des Maestros, Bartolomeo Zanichelli, und zwei Schüler der Bottega waren bereits befragt worden. Marco Antonio Donzelli hatte seine Ausbildung bereits beendet, und Giulio Benzi gehörte zu denen, die sich derzeit noch in der Bottega zur Ausbildung befanden. Tatsächlich hatte Ginevra Cantofoli recht behalten: Das Gericht bemühte sogar einen ehemaligen Schüler, also einen Mann, der vermutlich nicht einmal mehr in direktem Kontakt zum Hause Sirani stand, aber die Schülerinnen der Verstorbenen wurden nicht geladen.

»Was alle Aussagen verbindet«, fuhr der Prior fort, »ist die Tatsache, dass keiner der Männer vor Elisabettas Tod besondere Krankheitsanzeichen bemerkt hat. Zudem sehen sie keinen Grund für einen Mord durch Eure Hand. Sie haben angegeben, sie hätten nur Gerüchte vernommen, Ihr wäret an dem Tod schuld. Das bedeutet, es gibt noch immer keinen handfesten Hinweis darauf, dass Ihr Gift verabreicht haben könntet. Marco Antonio Donzelli – ich weiß nicht, ob Ihr ihn kennt, ein früherer Schüler des Maestros – hat sogar ausgesagt, Elisabetta sei immer wieder einmal krank gewesen und habe dann meist über Schmerzen im Unterleib geklagt. Er hat diese Beobachtung mit der Vermutung ergänzt, diese Anfälligkeit sei vom Vater vererbt worden, der ja bekanntermaßen an der Gicht erkrankt ist. Diese Aussage kommt Euch ebenfalls zugute, sie unterstreicht, dass Elisabetta durchaus gesundheitliche Höhen und Tiefen hatte.«

Hatte Lucia Tolomelli bisher stocksteif vor ihm gesessen, war sie es nun, die sich zurücklehnte, bis ihr Rücken an der Wand Halt fand. Sie schloss kurz die Augen, atmete einmal tief ein und dann wieder aus. Picinardi war dankbar, dass für das Mädchen ein Hocker zur Verfügung stand. Es war schlimm genug, wenn die Magd vor ihm auf die Knie fiel – dass sie vor Schwäche in die Knie ging, wollte er gern allen Beteiligten ersparen.

»Am Montag hat Euer Vetter Domenico Casarini sich der Befragung gestellt. Er berichtete ausführlich von Euren Tätigkeiten und betonte, wie selten Ihr das Haus verlassen konntet.«

»Ja, Signore, es ist, wie ich es Euch sagte: Wenn ich in der Bottega zur Hand ging, war es für Signora Sirani, als würde ich nichts machen. Meine sonstigen Aufgaben musste ich zusätzlich ausführen.«

»Er sagte auch, Ihr hättet die Brotsuppe nur serviert, aber nicht gekocht.«

»Ja, so war es.«

»Über diese Brotsuppe haben wir bisher nicht gesprochen. Erst über die Aussagen habe ich erfahren, welch gewichtige Rolle ihr zukommt. Anna Maria Donnini erwähnt sie.«

Nun saß Lucia Tolomelli wieder kerzengerade. »Was hat Anni gesagt?«

»Oh, sie war sehr ausführlich in ihren Beschreibungen. Sie erzählte vom 10. August, an dem Ihr mit Giacoma Sirani in der Küche zugegen wart. Anscheinend wurde eine Brotsuppe gekocht, und dann hättet Ihr diese nachgewürzt. Donnini gab an, Euch gefragt zu haben, was Ihr der Suppe hinzugefügt habt. ›Nichts!‹, habt Ihr entgegnet und ein Briefchen mit einem rötlich braunen Pulver in Eurem Ausschnitt verschwinden lassen.«

Die Gesichtsfarbe des Mädchens war inzwischen rosig, und an ihrem Hals wechselten sich helle mit dunkelroten Flecken ab. »Das stimmt nicht! Ich sollte die Suppe nachpfeffern, auf ihren Wunsch hin, und den Pfeffer hole ich wohl kaum aus meinem Ausschnitt. Annis Bitte an mich, noch einmal nachzuwürzen, kann Signora Giacoma bestätigen, sie war dabei.« Die Magd verschränkte die Arme vor der Brust. »Ich fasse es nicht, was Anni da erzählt. Vielleicht sollte man ihr mal auf die Finger schauen!«

»Sie berichtete, von der Suppe gekostet zu haben. Aber nur drei Löffel, um sie abzuschmecken«, fuhr der Prior fort und ließ das Mädchen nicht einen Atemzug lang aus den Augen. »Am Tag darauf bekam sie Schmerzen im Bauch, so stark, dass sie ins Ospedale della Morte gebracht wurde. Sie meint, sich bis heute nicht erholt zu haben.«

»Sie war ständig krank, das kann Euch jeder bestätigen. Dafür kann ich nichts«, entgegnete Lucia und zitterte inzwischen am ganzen Leib. »Sie bringt mich an den Galgen mit dieser Lüge.«

Picinardi war sicher, dass sie im Falle einer Verurteilung nicht am Galgen enden, sondern vermutlich geköpft würde, was er ihr aber erst einmal verschwieg.

»Signore, wie kommt Ihr auf den Gedanken, es könnte für mich gut aussehen? Es steht weit schlimmer um mich, als ich befürchtet habe.«

»Bisher haben alle Befragten kein Wort ausgesagt, das Euch belastet, sie mussten sogar einräumen, ihr Wissen ausschließlich der Gerüchteküche Bolognas zu verdanken. Es gibt demnach nur diese eine Aussage von Anna Maria Donnini. Sie ist nicht gerade von Vorteil für Euch, aber ich bin überzeugt, dass das Gericht sich weiter damit befassen wird. Es fehlt schlichtweg ein Grund. Es gibt nur Gerüchte und eine Magd, die beobachtet, wie angeblich heimlich ein Pulver in eine Suppe gerührt wird. Eine Suppe, von der sie dann noch isst, das ist nicht sonderlich beeindruckend. Jedes Jahr geht das Gericht dreitausend Denunziationen nach, das sind ungefähr acht Beschuldigungen am Tag. Es ist seine Aufgabe, hier die Spreu vom Weizen zu trennen. Den Gedanken, der anderen Magd ebenfalls auf die Finger zu schauen, wie Ihr es nanntet, wird das Gericht sicherlich schon gehabt haben.«

»Warum macht Anni das? Wir waren Freundinnen, dachte ich zumindest.«

Es war an der Zeit, das Mädchen auf andere Gedanken zu bringen, und so griff der Prior das von der Magd angeführte Thema nur zu gern auf. »Freundschaft, das ist ein gutes Stichwort. Könntet Ihr mir bitte die beste Freundin von Elisabetta benennen?«

»Ihre Freundin?« Tatsächlich ließ das Zittern, das den Leib der Magd erfasst hatte, nach.

»Ja, sie wird doch sicherlich eine Freundin gehabt haben. Ich gehe davon aus, dass es Ginevra Cantofoli war, aber vielleicht hatte sie noch zu einer der anderen Schülerinnen ein vertrautes Verhältnis.«

»Nein, das hatte sie nicht, zu keiner der Schülerinnen. Und Ginevra war keine richtige Freundin, damit meine ich eine, der man alles erzählt. Die beiden waren Malerinnen, das haben sie miteinander geteilt.«

»Ja, wer war es dann?«

»Niemand. Sie hatte keine Freundin.«

Picinardi hob die Augenbrauen. Das Mädchen musste irren. Das konnte nicht sein. Jeder hatte Elisabetta geliebt, bewundert, ihre Nähe gesucht.

»Signore, glaubt mir das ruhig«, sagte Lucia Tolomelli. »Dafür hatte sie keine Zeit. Versteht Ihr? Die Menschen um sie herum, sie wollten immer irgendetwas von ihr. Sie wollten von ihr lernen, gute Maler zu werden. Andere wollten Bilder kaufen. Ihr Vater wollte Geld. Da war niemand, der nichts wollte, der nur da war, einfach so, wie es bei Freundinnen sein sollte.«

»Aber sie begegnete zahlreichen Menschen, täglich. Mit wem sprach sie, wenn es ihr nicht gutging? Oder auch über die schönen Dinge des Lebens, wie die Liebe zum Beispiel?«

Nun winkte die Magd ab. »Für die Liebe hatte sie erst recht keine Zeit. Darauf hat der Maestro streng geachtet.« Sie beugte sich vor und senkte die Stimme. »Es gab einmal einen gut aussehenden Maler, der als Aushilfe eingestellt wurde, und der war wohl sehr nett zu ihr. Zack, war er auch wieder weg.«

Betroffen schwieg der Prior. Er wusste nichts von einem gut aussehenden Maler, aber das war auszuhalten. Dass er mit seiner Einschätzung, Elisabettas Schülerinnen müssten zugleich ihre Freundinnen gewesen sein, so falsch gelegen hatte, beschämte ihn allerdings. Er wollte nicht glauben, was er von Lucia Tolomelli vernahm, aber nichts an ihrem Gesicht, nichts an ihrer Körperhaltung ließ einen Zweifel zu. Sie blickte ihn direkt an, erkannte offensichtlich seine Verwirrung und nickte.

»So war es. Irgendein Maler sagte mal: ›Meine Kunst ist mein Weib, und sie hat mich immer gequält. Meine Kinder sind die Werke, die ich hinterlasse. Sollten sie auch nicht viel taugen, so werden sie doch eine Weile leben.‹ Diesen Spruch hat sie hin und wieder benutzt, und dabei hat sie ihn verändert. Sie hat die Kunst natürlich als ihren Gatten bezeichnet. Ich glaube trotzdem, sie hätte gern Kinder gehabt. Mit den Kleinen war sie immer entzückend, wenn welche ins Haus kamen, um gemalt zu werden.«

»Da gab es einen Musiklehrer, dem sie drei Bilder geschenkt hat. Was war mit ihm?«, versuchte der Prior es abermals. Er konnte sich nicht erinnern, dass sie irgendwem mehr Bilder geschenkt hatte.

Lucia verschränkte wieder die Arme vor der Brust. »Ich kenne keinen Musiklehrer.«

Der Prior konnte ein Lächeln nicht unterdrücken. Das Mädchen war eine lausige Lügnerin, und es war fast vergnüglich, sie in ihrem Bemühen, ein unbeteiligtes Gesicht zu machen, zu beobachten.

»Ich weiß, dass es ihn gibt. Er heißt Ernesto.«

»Darüber darf ich nichts sagen, ich habe es versprochen.«

»Bei mir ist dieses Geheimnis gut aufbewahrt. Glaubt mir.«

Sie wiegte den Kopf und musterte den Prior, als müsste sie seine Vertrauenswürdigkeit überprüfen. »Sie hat Harfe gespielt und heimlich Unterricht genommen. Das wusste kaum jemand, aber ich habe sie einmal dorthin begleitet und in der Halle gewartet. Ich habe ihn gesehen, er ist sehr nett, ein älterer Herr mit einem Weib, einigen Kindern und noch mehr Enkeln. Sie mochte ihn sehr, aber wegen der Musik. Die tat ihr gut.«

Der nächste Schlag!, dachte Picinardi und rang um Fassung. Wieder ein Bruchstück von Elisabettas Leben, das er nicht gekannt hatte. Sicher hatte er gewusst, dass sie Harfe spielte, davon hatte sie mehrfach gesprochen. Musik hatte schließlich zu ihrer Ausbildung gehört. Auch den Unterricht hatte sie erwähnt, dass er jedoch heimlich stattfand, hatte sie verschwiegen.

»Ihr meint, sie hatte nur die Musik zur Erbauung?«

Wieder nickte Lucia und beugte sich vor. »Die Bilder waren eine Bezahlung an den Musiklehrer, versteht Ihr? Sie hatte sie ihm vor Jahren geschenkt, und der Signore hatte Elisabetta lieb gewonnen in all der Zeit. Da sich, zumindest seitdem ich im Hause war, ohnehin nur noch selten Gelegenheit ergab, ihn aufzusuchen, weigerte er sich, weitere Bilder anzunehmen, nicht einmal die kleinen«, flüsterte sie. Erschrocken zuckte sie zurück. »Ihr wisst doch von den kleinen Bildern, oder?«

Nun war es der Prior, der nickte, wenn auch nur schwach. »Warum ist sie heimlich zum Musikunterricht gegangen?«, fragte er, obwohl er die Antwort erahnte.

Die Magd zuckte mit den Schultern. »Sie hat das nie gesagt, aber in den Augen des Vaters wäre das doch bestimmt eine Verschwendung gewesen. Von Geld und Zeit, oder? Deshalb schrieb sie die Gedichte nachts, da konnte niemand sich dran stoßen, wie sie ihre Zeit nutzte.«

Der Prior rieb sich die Schläfen. Er war hierhergekommen, um die Fragen zur Brotsuppe und dem Pfeffer zu klären und um Namen von weiteren Freudinnen zu erfahren. Doch dieses Gespräch nahm eine Wendung nach der anderen, und jede trug ihn weiter fort von seinem Vorhaben. Stattdessen vertiefte sich sein Eindruck, so gut wie nichts von Elisabetta gewusst zu haben.

»Mir gegenüber erwähnte sie einmal«, nahm er den Gesprächsfaden wieder auf und bemerkte selbst, wie angestrengt er dabei klang, »hin und wieder Gedichte zu schreiben. Sonntags oder an langen Winterabenden. Wollt Ihr mir jetzt sagen, sie arbeitete unentwegt und dichtete nachts noch?«

»Signore, habe ich Euch verärgert?«

»Nein, fahrt fort.«

»Ihr glaubt mir nicht.«

Er schnaubte auf. Was sollte er ihr sagen? Dass er ihr sehr wohl glaubte, aber dafür allmählich den Glauben an seine eigene Wahrnehmung verlor? »Lasst Euch nicht abhalten, es ist sehr viel, was mir in den letzten Tagen zugetragen wurde, und nicht alles davon ist erfreulich. Das hat nichts mit Euch zu tun.«

»Ihr glaubt mir?« Die Stimme des Mädchens war brüchig geworden, und erstmalig empfand er Mitleid mit Lucia Tolomelli. Er erschien hier, befragte sie und bestrafte sie mit der Enttäuschung über seine Unzulänglichkeit.

»Ja, ich glaube Euch.«

»Also gut, sie hat hin und wieder gedichtet, wenn sie nicht schlafen konnte. Wenn die Arbeit zu viel wurde, fand sie keine Ruhe, und dann saß sie nachts auf ihrem Bett und dichtete. Also, so habe ich das erlebt. Ich glaube, die Gedichte hat sie nur Beatrice Cenci vorgelesen. Habt Ihr welche zu lesen bekommen?«

Der Prior runzelte die Stirn. »Nein, sie hatte zugesagt, mir welche zu zeigen, aber dazu kam es nicht. Also nicht mehr. Aber was hat das mit Beatrice Cenci zu tun?«

»Über ihrem Bett hing ein Portrait von ihr. Das sagte ich bereits, oder? Es war Elisabettas liebstes Bild, sie hat es nach einem Werk von Reni gemalt. Vor knapp zehn Jahren.«

»Wisst Ihr eigentlich, wer Beatrice Cenci war?«

»Nein, ich kenne nur das Bild. Sie muss wunderschön gewesen sein. Wer war sie denn?«

Der Prior schüttelte den Kopf. »Da bin ich nicht sicher, ich verwechsele sie wahrscheinlich.«

Die Magd gab sich mit dieser Ausflucht zufrieden, und das Gespräch verstummte. Der Prior war erschöpft, und Lucia Tolomelli dachte derweil konzentriert nach, zumindest ließen ihre leicht geschürzten Lippen darauf schließen. »Ich habe nie darüber nachgedacht, aber Eure Fragen …

Meint Ihr nicht auch, sie war einsam? Vielleicht sogar sehr einsam?«

Der Prior nickte. Ja, so konnte man das durchaus bezeichnen.

Vom Fehlen der Demut

Im Gerichtssaal herrschte absolute Stille. Umso lauter erschien Picinardi der schwere Atem von Maestro Sirani, der sich in Begleitung des Grafen Malvasia hierhergequält und den gichtgeplagten Körper hörbar an die eigenen Grenzen getrieben hatte. Die Hände des Alten lagen über dem Griff seines Gehstocks. Zwei Gichtknoten, beide an den Zeigefingern, sprangen hervor. Ein neuer Schub, schlimmer als der zuvor. Wie ließ sich so viel Schmerz ertragen?

Dennoch war es dem Prior unangenehm gewesen, dem Freund zu begegnen, denn er fühlte sich schuldig. Für die sich verdichtende Annahme, dass Lucia Tolomelli vermutlich nichts mit dem Tod seiner Tochter zu schaffen hatte. Zudem spürte er eine innere Distanz zu dem Alten, die sich beständig vergrößerte. Anscheinend war er als Vater mit Elisabetta unnachgiebig gewesen und hatte unentwegt gefordert. Die Freuden des Lebens hatten kaum noch Platz gefunden, so viel Arbeit hatte er ihr aufgeladen. Barbara, die Schwester von Elisabetta, hatte davon berichtet und die Magd ebenfalls. Bisher war er davon ausgegangen, Elisabetta habe aus eigenem Antrieb so hart gearbeitet. Eine Sicht, die einfach und bequem gewesen war, weil sie den Gedanken beinhaltet hatte, Elisabetta würde Erfüllung in ihrem Tagewerk finden.

Kein Wort hatte der Prior zu den sich ineinander verschlingenden Gedanken verloren, als der Maestro und er sich vor dem Palazzo d'Accursio begegnet waren und später nebeneinander im Gerichtssaal Platz genommen hatten. Zu vage waren seine Überlegungen, und wenn er ehrlich war, fürchtete er sich davor, sie als Wahrheit anzunehmen. Denn sie würden nicht nur abermals die Zulänglichkeit seiner Wahrnehmung infrage stellen, sondern sie bargen auch die Gefahr, dass er wütend werden könnte. Wütend auf sich selbst und auf Maestro Sirani, den Mann, den sein eigener Vater außerordentlich geschätzt hatte. Hatte sich der Maestro in den letzten Jahren derart geändert, oder war Irren vielleicht erblich?

Wie auch immer, Picinardis Gedanken waren durchaus unerfreulich, als er im Gerichtssaal saß und beobachtete, wie Dottor Gallerati den Saal betrat. Ein stämmiger Mann mit edler Perücke, in einem schwarzen, reich bestickten Knöpfrock, unter dem das weiche Seidenhemd mit breiten Manschetten und ausladendem Spitzenkragen hervorschaute. Gallerati lief mit dem sicheren Gang eines Mannes, der alles, was er in seinem Leben begann, mit Erfolg beendete. Eine für den Prior unerträgliche Haltung, denn Demut war diesem Mann fremd. Aber nicht mehr und auch nicht weniger hätte er sich von Gallerati gewünscht, heute und an diesem Ort.

Mit sonorer Stimme beantwortete der Dottore die Fragen des Untersuchungsrichters und band bisweilen den beisitzenden Richter mit direkter Ansprache in seine Ausführungen ein, während die Notare eifrig alles notierten. Er berichtete ausführlich von Elisabettas Gesundheitszustand zur

Zeit des Lorenzo-Festes, doch insgesamt kam dabei nicht mehr zutage als das, was Giovanni Andrea Sirani bereits zu Protokoll gegeben hatte.

Je mehr die Aussage sich dem 28. August, dem Todestag von Elisabetta, näherte, umso mehr verspürte der Prior das Bedürfnis, Maestro Sirani aus dem Saal zu bringen, um dem Alten und auch sich selbst die sachliche Auflistung der Einzelheiten von Elisabettas Tod durch den Dottore zu ersparen. Aber er wagte es nicht, die Vernehmung zu stören, und sah zum Fenster hinüber. Weiße Wolken, leicht zerfasert, auf blassem Blau.

»Ihr seid bei der Leichenöffnung dabei gewesen?«, fragte der Untersuchungsrichter derweil.

Picinardi zuckte zusammen. Es hatte eine Leichenöffnung gegeben? Warum hatte das bisher niemand erwähnt? Er beugte sich vor und fixierte Graf Malvasia, der jedoch auf seine Handschuhe blickte und auffällig bleich wirkte. Aus den Unterlagen der Befragungen wusste der Prior, dass die Familie Sirani, als sie den Priester zur letzten Salbung gerufen hatte, auch nach dem Grafen hatte schicken lassen. Demnach war ihm der grauenvolle Anblick der Toten vermutlich nicht erspart geblieben. Der Prior verstand, warum der Graf ihn, als Gast seines Hauses, verschont und Elisabettas Sterben in seiner Erzählung ausgespart hatte. Sich vielmehr der Kunst und der Erinnerung an Elisabettas Fähigkeiten gewidmet hatte, ebenjenen Themen, die einer oratio funebris zuträglich waren. Doch wie hatte er, von Jurist zu Jurist, eine Leichenöffnung verschweigen können?

Kein Mensch, wirklich keiner, wünschte, solche Ungeheuerlichkeiten erzählt zu bekommen, das war dem Prior verständlich. Aber an diesem Ort, hier im Gericht, solche Grausamkeiten von diesem gefühllosen Dottore zu erfahren, beschwor eine Bilderflut in ihm herauf, die ihm einen Würgereiz verursachte. Elisabetta. Das Messer. Ein tiefer Schnitt durch blutlos nackte Haut. Männerblicke. Eingeweide. Wühlende Finger, metallene Zangen. Hastig holte er sein Taschentuch hervor, presste es vor den Mund und bemühte sich, flacher zu atmen.

Seine Gedanken flogen zu dem Bericht, den ihm der Untersuchungsrichter vor gut einer Woche hatte zukommen lassen. Auch er hatte darin kein Wort über die Leichenöffnung verloren, und es war unwahrscheinlich, dass er zu diesem Zeitpunkt keine Kenntnis darüber besessen hatte. Empört musterte der Prior den Mann, der nur wenige Schritte von ihm entfernt saß, dem Dottore lauschte und sich just in diesem Moment eine Falte aus seinem Talar strich.

»Ja, bei der Öffnung war ich dabei, zusammen mit den besten Dottori der Stadt«, antwortete Gallerati selbstgefällig. »Es waren die Signori Dottori Fabbri, Guicciardini, Mattaselani, Ferrari, Oretti, Bartoloni und Bottoni.«

»Wo hat die Leichenöffnung stattgefunden?«

»In der Küche.«

Abermals rang der Prior nach Luft und ließ das Taschentuch sinken. Ohne darüber nachzudenken, fasste er die Hand des Maestros und sah ihn an. Sie hatten seit jenem Tag zweimal zusammengesessen, und er hatte nichts von alledem gewusst. Hatte der Alte nicht sogar erwähnt, dass niemand erahnen würde, was die Familie durchgemacht habe?

Maestro Sirani legte nun seine andere Hand auf die des

Priors und erwiderte den Druck. Seine Unterlippe zitterte. Tatsächlich vergaß Picinardi für einen Augenblick all seine Vorbehalte gegen den Maestro, die er mit in den Gerichtssaal hineingetragen hatte.

»Was habt Ihr dabei beobachtet?«

Die Stimme des Richters, so dünn wie der Mann selbst, drang dennoch in diesen kleinen Moment tiefster Verbundenheit der beiden Männer und sprengte ihn auseinander.

»Erst einmal habe ich ihre bläuliche Hautfarbe und eine stark vergrößerte Nase bemerkt. Wir öffneten den Körper und fanden ein Loch im Magen, das so groß war, dass eine Kichererbse hindurchgerutscht war. Das Loch war am Rand schwarz durch eine Entzündung, das angrenzende Gewebe war löchrig. Die Eingeweide waren ebenfalls entzündet.«

Nochmals hob der Prior sein Taschentuch vor den Mund, schloss die Augen und überließ seine Hand dem Maestro, der sich inzwischen – und das mit erstaunlicher Kraft – daran festklammerte.

»Zu welchem Schluss seid Ihr gekommen?«

»Da alles verätzt war, ist es nur folgerichtig, auf die Verabreichung einer giftigen und ätzenden Substanz zu schließen.«

»Was geschah dann?«

»Die Leiche wurde zugenäht und eingekleidet. Die Familie betete ein Ave Maria, und eine halbe Stunde später wurde Elisabetta Sirani von der Via Urbana in die Basilika San Domenico gebracht. Am nächsten Tag wurde sie eingesargt und in der Kapelle des ehrwürdigen Senators Saulo Guidotti beerdigt.«

Der Prior öffnete die Augen, gerade noch rechtzeitig, um zu erleben, wie Dottor Gallerati sich zufrieden umsah.

»Dottor Fabbri, der morgen geladen ist, seine Aussage zu machen, wird dies gern bestätigen«, fügte er hinzu. Es stand außer Zweifel: Er war überzeugt, sich als glaubwürdiger Zeuge, sogar als Gutachter präsentiert zu haben.

Der Untersuchungsrichter schien gleichermaßen zufrieden zu sein, er war inzwischen dabei, abschließende Worte zu sprechen.

Picinardi hatte Schwierigkeiten, ihm zu folgen, denn das Rauschen in seinen Ohren hatte wieder eingesetzt, dieses Mal ohne den summenden Vorlauf, dafür umso unerträglicher. Und übel war ihm obendrein.

Übel vor Gram, dass Elisabettas Totenruhe einen derart entsetzlichen Anfang genommen hatte. Dass man ihren Leib aufgeschlitzt hatte.

Übel vor Fassungslosigkeit, weil die Gerüchteküche recht behalten hatte. Gift war die Todesursache. Aber warum hatte Richter Pignatelli den Dottore nicht gefragt, um welches Gift es sich gehandelt haben könnte? Wie es verabreicht worden sei? Ob es dauerhaft oder in einer einzigen großen Dosis zugeführt worden sei? Und wenn es eine große Dosis gewesen wäre, wie lange diese gebraucht hätte, ihre zerstörerische Wirkung zu entfalten? Weshalb hatte er nicht die gesundheitlichen Beschwerden von Magd Anna Maria Donnini in seine Fragen mit einbezogen? Es war so vieles offengeblieben.

Niemand hatte Lucia Tolomelli erwähnt und sich der Frage gewidmet, ob sie ein Gift hätte verabreichen können, das erst zweieinhalb Wochen nach ihrem Weggang tödlich wirken würde. Eine Giftgabe, die angeblich Elisabettas Inneres verätzt, von der sie sich aber wieder erholt hatte, um dann, unvermittelt, daran zu sterben.

Was war das hier? Eine Farce oder ein Gerichtsprozess?

So saß er, unfähig, sich zu rühren, und sah zu, wie Maestro Sirani sich erhob, als die Gerichtsdiener die Türen zum Saal wieder öffneten. Er schwankte vor Erschöpfung und hing am Arm des Grafen Malvasia. Sie beide wollten, wie auch er selbst, diesen Ort und das soeben Gehörte rasch hinter sich lassen.

Von lichtloser Zeit

Häufig kann man beobachten, wie die Angehörigen eines Verstorbenen anfänglich zusammenrücken, Halt und Wärme aneinander suchen, die sie der Kälte des Abschieds entgegensetzen können. Aber meist folgt nach dieser Phase des Miteinanders ein Rückzug. Ein Weg, der die Trauernden in die Vereinzelung führt, und genau das geschah, als wäre ein Zeichen gegeben worden nach der Aussage des Dottore. Man hatte eine Antwort, vielmehr eine Gewissheit, zudem gab es eine Delinquentin, die in Haft saß. Der Gerechtigkeit Genüge zu tun, stand nichts mehr im Wege. Nun wollte ein jeder allein sein mit sich und seinem Schmerz.

Hätte man Picinardi rückblickend darum gebeten, die auf die Aussage folgenden Tage zu beschreiben, wäre das zentrale Motiv sicherlich ein Gefühl der Lähmung gewesen. Die Gerüchteküche hatte stets verkündet, dass

a) Gift verabreicht und

b) diese Tat von Lucia Tolomelli ausgeführt worden war.

Wenn Punkt a) nun nachweislich zutraf, war es nach Volkes Meinung nur eine Frage der Zeit, wann Punkt b) bewiesen werden konnte. Kein Rauch ohne Feuer, so einfach war das.

Die Aussage des Dottor Fabbri hatte der Prior sich erspart, denn es war abzusehen gewesen, dass nur bestätigende, aber keine ergänzenden Details vorgetragen werden würden. Die Abschrift des Gerichtsprotokolls hatte diese Vermutung bestätigt.

Nach der Lektüre dieses Protokolls hatte er Lucia Tolomelli noch einen kraftlosen Besuch abgestattet, einen Versuch gewagt, ihr zu erklären, wie überaus deutlich die Aussage der Dottori gewesen war. Die Magd hatte schnell geschlussfolgert, welche Konsequenzen daraus für sie erwachsen würden, und sich von seinem hohlen Geschwätz, man würde den offenen Fragen nachgehen, nicht täuschen lassen. Nach wenigen Minuten hatte sie darum gebeten, in ihre Zelle zurückkehren zu dürfen, und Picinardi glaubte, tatsächlich Sorgenfalten auf del Montes Stirn bemerkt zu haben, als dieser sie abgeführt hatte.

Tagelang haderte der Prior mit sich und seinen Überlegungen. Es gab anscheinend nur zwei Menschen, die Zweifel hegten, dass Lucia Tolomelli die Täterin war: Bartolomeo Zanichelli, die rechte Hand des Maestros, aber er war befangen, denn er ließ sein Herz sprechen und nicht seinen Verstand. Dann war da noch die Malerin Ginevra Cantofoli, ihr konnte man eventuell mütterliche Gefühle zugutehalten und damit die Trübung ihres Blicks erklären.

Aber wie stand es um ihn, den Leiter des Juristenkollegs? Seit der Vernehmung des Dottor Gallerati war er regelrecht überzeugt, dass Lucia Tolomelli eben nicht die Täterin war. Es war widersinnig, aber nicht zu leugnen. Begann seine Fähigkeit, Fakten mit Logik und Sachlichkeit zu betrachten, unter all dem Elend und Schmerz derart zu leiden, dass er selbst seine fachlichen Fähigkeiten infrage stellen musste?

Diese Selbstzweifel brachten das sprichwörtliche Fass

zum Überlaufen. Der Prior gab sich geschlagen. Es kam zu jenem bereits erwähnten Gefühl, das einer Lähmung glich. Weder Leib noch Verstand wollten sich regen und reduzierten ihre Tätigkeiten – man muss es so deutlich formulieren – für mehrere Tage aufs Essen, Scheißen, Saufen und Schlafen, hin und wieder unterbrochen durch unruhiges Umherirren, vorzugsweise in den Gassen Felsinas.

Er hatte es weiterhin nicht fertiggebracht, die beiden anderen Bilder in sein Studierzimmer zu holen, und verhängte die Skizze der Porcia sogar mit einem Tuch, weil er es nicht über sich brachte, sie wieder an ihren angestammten Platz zu tragen. Gezwungenermaßen, schlichtweg weil es seine Aufgaben an der Universität erforderten, begann er nach einiger Zeit, seiner Arbeit wieder nachzugehen, auch wenn er unsicher war, ob er die Aufgaben weiter in dem Maße erfüllte, wie es zu erwarten war. Trotzdem waren es jene Tätigkeiten, die ihm alsbald einen kleinen, nahezu winzigen Fluchtort boten. Zumindest in den gewohnten Bahnen schienen sein Verstand und sein Urteilsvermögen noch zu funktionieren, und es war überfällig, beide wieder zu beanspruchen. Es war wie eine Rückkehr nach Hause, als er seine Bücher, einer Familie gleich, um sich herum versammelte. Regelrechte Büchertürme aufstapelte und hinter ihnen verschwand.

Während er wieder Gesetzestexte mit Kommentaren versah, Vorlesungen vorbereitete und an neuen Gutachten schrieb, verdrängte er alles andere für eine Weile. Lucia Tolomelli saß weiterhin im Kerker und wartete auf ein Urteil, das nicht erfolgte – er wollte und konnte nicht darüber nachdenken, denn damit verbunden wären die mühsam beiseitegedrängten Selbstzweifel gewesen. Eines aber blieb über die Zeit unverändert: die Gedanken an Elisabetta. Überall und jederzeit, sie waren ein Los, dem er nicht zu entkommen vermochte, sosehr er seinem Herz und seiner Seele ein klein wenig Ruhe gewünscht hätte.

Aber es gab – und das mag nicht überraschen – ein weiteres Thema, das dem Prior auf der Seele lag: die oratio funebris. Die Vorbereitungen für die Trauerfeier liefen in den einzelnen Gewerken auf Hochtouren. Er hatte vernommen, dass ein Entwurf für ein castrum doloris, ein prunkvolles Trauerlager, erarbeitet wurde. Zwei Schneiderinnen nähten an Vorhängen, die in der Basilika großflächig angebracht werden sollten, und Bartolomeo malte sicherlich noch immer an seinem Bild von Elisabetta. Sie alle trugen ihren Teil zum großen Abschied bei – nur er selbst, er hatte bisher nicht mehr als winzige Bruchstücke seiner Rede und kam nicht voran. Sobald er begann, Worte niederzuschreiben, lag ihm die Feder derart schwer in der Hand, dass er sie wieder ablegte. Entsetzt, wie sehr seine Wahrnehmung sich bis in die kleinsten Dinge verschob.

Als er dann aus Bolognas Gazzetta erfuhr, dass der König der Welt, Philip IV., in Madrid den letzten Atemzug getan hatte, gesellte sich zu der allumfassenden Trauer, den Zweifeln an seiner fachlichen Kompetenz, zu den Bemühungen, seinen Aufgaben als Prior halbwegs gerecht zu werden, und der nicht zu ertragenden Ehre, die oratio funebris zu schreiben, noch ein Hauch Schwermut über die unergründlichen Bahnen, die das Schicksal derzeit allenthalben einschlug. Es waren zweifelsfrei düstere Zeiten, in denen sie lebten.

Die Vorboten dieser lichtlosen Zeit hatten sich schon seit

Langem am Himmel angekündigt. Beständig wurde die Welt ärmer, da von den für die Menschen bedeutsamen Lichtern eines nach dem anderen erlosch. Wann war aus Mars' Tatkraft der unbedingte Wille des Eroberers geworden? Wann war nicht mehr von ihm übergeblieben als das Fratzengesicht des Kriegstreibers? Wann hatte Venus sich abgewandt und sowohl die Harmonie als auch das Gleichgewicht der Kräfte sich selbst überlassen? Wann hatte Merkur sich aus der Gemeinschaft entfernt und zu schweigen begonnen?

Es war ein Dienstag, ein Nachmittag dazu, als Picinardi sich zu seiner Bettstatt schleppte und von Francesca die Kissen richten ließ. Währenddessen schickte er Petronella, ihm einige Bögen Papier zu bringen, die Feder und ein Tablett. Dann bat er beide Frauen, die Vorhänge der Bettstatt zu schließen und ihn allein zu lassen.

Eine Weile suchte er nach der richtigen Sitzhaltung und sortierte seine Schreibutensilien so, dass das Tintenfass nicht umgehend zu stürzen drohte, bis er endlich, auf das Papier starrend, die Bilder der letzten Wochen an sich vorbeiziehen ließ.

Bald begann er zu schreiben:

Es waren einst glückliche Zeiten, als die Schöpfung noch jung war, damals, als noch nicht das Gold die Geschicke der Herrscher und Reiche bestimmte, als Mars mit seinem kriegerischen Rufe noch nicht zum Kampfe trieb, als Venus' Pfeile die Paläste noch nicht zum Hort der Liederlichkeit und Merkurs Saitenklänge die Händler auf den Märkten noch nicht zu Dieben gemacht hatten.

Der Prior legte den Kopf schräg und las von dieser Sehnsucht nach den glücklichen Zeiten, die ihn, so schwarz auf weiß in Worte gefasst, zu überschwemmen drohte. Die Kluft zu jenen Tagen, in denen Liebe und Harmonie noch bestanden hatten, wurde mit jedem Atemzug größer und mit ihr die elende, die feindselige Seite des Lebens.

> *Doch eines Tages zeigten sich erste unheilvolle Vorboten unseres von Eisen starrenden Jahrhunderts, welches die Erde mit all ihren Herrlichkeiten zum feindseligen Orte machen sollte, jene Erde, deren Kindheit ein Schauspiel der Unschuld gewesen war. Zwar öffnete Aurora der Sonne weiterhin die leuchtenden Pforten des Morgenlandes, und wie zu Anbeginn verwandelte sie die Wiesen in ein Blumenmeer, doch begleitete ein Gefühl drohenden Unglücks ihre tägliche Bahn, auf der sie den Strahlen des goldenen Planeten vorauseilte.*

Schaudernd hielt Picinardi inne und sah, was er geschrieben hatte, ohne auch nur eines dieser Worte selbst gewählt zu haben. Also galt es zu fragen: Wer verfasste diese Zeilen? Doch schon drängte die Feder, wieder ins Fass gehalten und aufs Papier gesetzt zu werden.

> *Nie zuvor war die göttliche Sonne aus ihrer Wiege, dem fruchtbaren Ganges, emporgestiegen, ohne der Erde mit ihrem Schein Heiterkeit und Frohsinn zu schenken, doch nun verging kein Tag, an dem ihr güldener Wagen auf seiner luftigen Bahn uns nicht tränenreiche Geschicke enthüllt hätte.*

Ja, ja, so ist es!, dachte der Prior und fühlte, wie das Herz in seinem Brustkorb hämmerte. Die Liste dieser tränenreichen Geschicke der Menschheitsgeschichte, sie gehört hierher, sie war so lang, so voller Kriege und blutverschmiert. Hör nicht auf, fahr fort! Schnell, schneller!, trieb er sich an.

Und hatte auch der Himmel mit dem Licht seiner Sterne stets wie Argus über uns gewacht, so strebte nun selbst er danach, unseren Frieden zu stören, in diesem Eisernen Zeitalter, das auf die Bronzene Zeit folgte, da im Zeichen eines übelwollenden Saturn schicksalhafte Omen aufzogen.

Es war ihm ein Rätsel, wie er diesen Text jemals mit Elisabettas Tod verbinden sollte, aber er ahnte, es würde sich ein Weg finden. Er suchte ein Tuch, um sich zu schnäuzen, fand keines und nutzte den Ärmel seines Seidenhemdes. Eine Träne trat über die Wimpern und lief langsam die Wange hinab.

Und wahrhaftig, was waren jene Kometen, welche vor wenigen Monden in der dritten Sphäre der Lüfte erschienen sind, wenn nicht feurige Furien, Flammennester auf Adlerschwingen, Waffenschwestern des bronzenen Himmels, der Erde feindlich gesinnt, und Vorboten von Königsbegräbnissen, verwüsteten Provinzen und kriegerischem Treiben in unserem Europa?

Er konnte nicht mehr lesen, was er schrieb, so drängten die Tränen aus ihm heraus. Doch es war ihm gleich. Auch wenn er später keines der Worte mehr würde entziffern können, das Wasser, das seine Seele zu ertränken drohte, musste geweint werden.

Noch immer weinen die Wasser des Iberos um Philipp den Vierten, den mächtigsten Herrscher des Universums, mit einem Reich so groß, dass nur die Bahn der Sonne es begrenzen konnte. Es weinen die Wasser des Inns um Sigismund, Kaiser der Deutschen, welcher den großen Römern ebenbürtig war. Es weinen die Wasser des Renos bei Felsina, an dessen edlen Ufern ich noch immer jene Niederlage der Natur beklage, den Tod Elisabetta Siranis, dieser ruhmreichsten unter den Frauen, dieses Wunders der Künste, des Juwels Italiens, der Sonne Europas.

Picinardi legte die Feder ab und sank, schluchzend wie ein kleines Kind, in die Kissen seiner Bettstatt zurück.

Von der Schönheit Felsinas im Herbst

Nicht weniger erbärmlich ging es Bartolomeo, der rechten Hand des Maestro Sirani, den Elisabettas Tod dreifach traf. Zuallererst war ihm die Schwester im Geiste genommen worden, zumindest empfand es der Maler so. Sie hatte das positive Gegenstück seiner selbst gebildet, war das Licht gewesen, zurückgeblieben war er, das Dunkel. Niemand würde jemals die Gründe ihres Todes aufklären können, davon war er überzeugt. Es blieb nichts, als sich ins Gebet zu versenken und Gottes Willen anzunehmen. Mit der Vermutung, seine Arbeit in der Bottega könnte sich demnächst erübrigen, kam er gedanklich durchaus zurecht. Verheerend wie Elisabettas Verlust war der dritte Schlag des Schicksals, der ihn um Lucias Gesellschaft gebracht hatte. Wie sollte er mit dem umgehen, was ihr derzeit widerfuhr? Wenn sich die Dinge weiterhin so entwickelten, wie sie es unterdessen taten, würde sie hingerichtet werden. Sie würde ihm durch des Henkers Hand genommen, für immer.

Ähnlich, wie sich Picinardi hinter seinen Büchern verschanzte, um wenigstens den Halt des Alltags zu spüren, trieb es den Maler täglich in die Bottega. Jeden Morgen unternahm er den Versuch, sich seiner Aufgabe zu stellen und Elisabettas Bild zu malen. Jeden Tag scheiterte er daran, denn noch immer rang er mit grundlegenden Fragen: Sollte er ein Portrait malen? Um ihrem anmutigen Gesicht so viel Raum zu geben, dass ein jeder, ganz gleich, wo er in der Basilika Platz finden würde, es im Detail erkennen konnte? Oder sollte er vielleicht eine Halbfigur entstehen lassen, um diese schmalen Hände, die Unglaubliches geschaffen hatten, zu zeigen? Es waren müßige Überlegungen, die sich zerfaserten, bis sie ihm gänzlich entglitten. Aber selbst das war besser zu ertragen, als um Elisabettas Kleid zu bitten, das die Familie gern auf dem Trauerbild sehen würde.

An jenem Dienstagnachmittag, an dem der Prior in seinem Bett schrieb und weinte und litt, beschloss Bartolomeo, die Arbeit in der Bottega für diesen Tag zu beenden. Am Morgen hatte er wieder Barbara angetroffen, die das Haus nicht mehr verließ, weil sie das Mitleid allerorten nicht ertrug. Inzwischen vernachlässigte sie ihre Körperpflege und hockte Tag um Tag mit knotigem Haar, in ihren Morgenmantel gehüllt, vor einer Leinwand, damit befasst, ein Werk zu schaffen, das Elisabetta zeigte. Der siebte Anlauf seit ihrem Tod, wenn er richtig mitgezählt hatte. Auch an diesem Morgen hatte es keine Abweichung vom Tagesablauf gegeben.

Mit geröteten Augen hatte sie nur gegrüßt, und Bartolomeo war in seiner Kammer verschwunden. Erst als sie die Bottega verlassen hatte – was sie meist gegen Mittag tat, um den Rest des Tages auf dem Bett neben ihrer immer wieder von Schwächeanfällen gepeinigten Schwester Anna Maria zu liegen –, war er vor die Leinwand getreten. Eine Leinwand, die bisher lediglich grundiert war.

Er wusste nicht, wie viele Bilder für Trauerfeiern er in seinem Leben gemalt hatte, aber dass Elisabetta 1664 dreißig solcher Werke geschaffen hatte, das wusste er. Inzwischen konnte er das taccuino di lavoro auswendig. Das Blättern in den Seiten der Aufzeichnungen erlöste ihn dann und wann vom Starren auf die nackte Leinwand oder die Farbanordnung auf der Palette: Am Daumenloch das Bleiweiß, der größte Farbklecks, da es, wenn man denn malte, am meisten Verwendung fand. Anfangs hatte Bartolomeo daneben Vermillion platziert, ein ansprechendes Zinnoberrot, das er, mit Bleiweiß aufgehellt, für Elisabettas Lippen hatte verwenden wollen. Daraufhin hatte er einige Tage lang Elisabettas Lieblingsfarbe, ein sattes Indigoblau, gewählt. Es hatte neben seinem Daumen geschimmert, links davon das Gelb, dem ein Wechsel in die Rot- und Brauntöne gefolgt war, dann ein Grünton, um beim Schwarz zu enden. Die frei bleibende Fläche in der Mitte der Palette, wo er die Farben miteinander mischte, war sauber geblieben. Tag um Tag.

Hätte man Bartolomeo darum gebeten, die Tage nach der Aussage der Dottori zu beschreiben, wäre das zentrale Motiv sicherlich die Dunkelheit gewesen. Und so setzte er von da an neben das Daumenloch seiner Farbpalette weder einen strahlenden Bleiweißton noch Vermillionrot oder Indigoblau, sondern Schwarz. Das matteste und dunkelste, das ihm zur Verfügung stand.

An jenem Dienstag aber rührte er die Palette erst gar nicht an, legte die Leinwand beiseite und holte die Muscheln hervor, in denen die Tusche gelagert wurde. Er griff einen Skizzenblock mit papiernen Bögen und begann zu malen. Mit einzelnen lasierenden Schichten ließ er eine Ansicht Felsinas entstehen. So schön und farbenprächtig, wie sich die Stadt in ihrem Herbstgewand präsentierte, wenn man von den Hügeln vor den Stadttoren einen Blick zurückwarf.

Sobald er fertig war, holte er sich in der Küche bei Giacoma, der Schwester des Maestros, frisches Brot und drei Feigen. Sie fragte nicht nach, warum er seit geraumer Zeit zwei- bis dreimal pro Woche mit kleinem Proviant das Haus verließ, und er dachte nicht daran, sich zu erklären. Er war sicher, dass sie es ohnehin erahnte und genau aus diesem Grunde schwieg.

Er machte sich auf den Weg. Am Neptunbrunnen setzte er sich für einen Moment auf die Stufen. Öffnete das Tuch, mit dem das Brot und die Feigen eingeschlagen waren, faltete das Bild säuberlich zusammen und legte es dazu. Vielleicht würde diese kleine Tuschezeichnung ein wenig Licht in die Unterwelt Felsinas bringen, Lucia ein wenig Wärme schenken. Vielleicht würde sie verstehen, wie sehr er darauf hoffte, irgendwann mit ihr wieder diesen Anblick zu erleben, auch wenn er selbst nicht wusste, woher er diese Hoffnung nahm.

Erst als alles gut verschnürt war, ging er zum Tribunale Criminale del Torrone hinüber. Wie bei jedem seiner Besuche zuvor nahm Francesco del Monte das Päckchen entgegen und öffnete es nicht. Der Maler zweifelte nicht daran, dass es Lucia erreichen würde. Francesco und er kannten sich seit ihrer Kindheit, schon als Jungen waren sie gemeinsam durch die Gassen gejagt. Und manchmal meinte Bartolomeo, dass auch er darum wusste, dass Lucia keine Giftmörderin war. Es waren die Worte, die del Monte wählte, wenn er darüber sprach, wie es Lucia in der Haft erging. Mitfühlend klang er, wenn er beteuerte, Lucia sei tapfer. Ein kleiner Lichtblick, immerhin.

Von einem Gerüst, das keinen Halt gibt

Picinardi spürte die Blicke der Studenten, während er den Innenhof des Palazzo dell' Archiginnasio durchquerte. Jedem musste es inzwischen aufgefallen sein, dass er, der Prior des Juristenkollegs, in den letzten Wochen nur noch physisch anwesend war, wenn er denn überhaupt erschien. Niemand hatte es gewagt, ihn auf seine häufige Abwesenheit oder gar den Schal und das Pflaster anzusprechen, die er nach der Schlägerei getragen hatte. Er wollte nicht wissen, was die Gerüchteküche inzwischen aus diesem vermeintlichen Übergriff gemacht hatte. Wahrscheinlich einen feigen, infamen Anschlag eines Studenten, dem in einer Prüfung Unrecht geschehen war. Dem Prior war es gleich.

Er hielt den Blick gesenkt, denn sosehr er die Pracht des Palazzo dell' Archiginnasio liebte – die Bogengänge, die Wappen, jedes einzelne Fresko der Wände –, so wenig ertrug er den Anblick seit jenem Tag, der sein Leben in zwei Hälften hatte zerfallen lassen. Auch hier sah er überall Elisabetta. War es nicht ein Hohn, dass ausgerechnet Kunst und Recht sich dieses Gebäude teilten? Dass sich das vereinte, was außerhalb dieser Mauern nicht zusammengefunden hatte? Nicht hatte zusammenfinden dürfen? Immer wieder einmal war Elisabetta bei dem einen oder anderen Künstlerzirkel als hochgeschätzter Gast dabei gewesen. Jedes dieser Treffen war ihnen beiden ein willkommener Anlass gewesen, sich zufällig im Anschluss zu begegnen, ein paar Schritte durch die Bogengänge und über den Innenhof zu schlendern. Wie oft hätte er sie gern in die hinteren Winkel dieses Prachtbaus geführt, um sie zu küssen. Leicht, zart und heimlich. Stattdessen war er neben ihr gelaufen und hatte ihre Begeisterung genossen, wenn sie Fresken erklärte, die Wappen begutachtete oder die Themen des Gesprächszirkels zusammenfasste. Bisher hatte er immer angenommen, sie hätte es nicht gewagt, ihm in die verschwiegenen Ecken des Gebäudes zu folgen, weil ihre Angst vor Entdeckung größer gewesen war als die Sehnsucht nach Nähe. Doch heute war er dessen nicht mehr sicher. Vielleicht hatte sie sich gerade das gewünscht, darauf gewartet, und er hatte abermals eine Chance vertan, in der Annahme, die Zeit wäre auf seiner Seite.

Zwei Schuhe mit ausladenden Laschen erschienen in seinem Blickfeld, und Picinardi bremste abrupt, um nicht in den Mann hineinzurennen, der vor ihm im Gang stand. Eindeutig ein Künstler – die Art, wie er seinen Mantel trug, der breitkrempige Hut, der nachlässig auf den dunklen Locken saß, die papierne Rolle unter dem Arm, all das zeugte davon.

»Signore, verzeiht, dass ich Euch regelrecht auflauere, aber Maestro Sirani schickt mich.«

Der Prior musterte den Mann und erinnerte sich, ihm im Hause der Siranis begegnet zu sein. Matteo Borboni, ebenfalls ein Maler und zudem ein überaus geistreicher Zeitgenosse, der vor Jahren einen brillanten Stadtplan von Bologna gezeichnet hatte.

»Ja, bitte, was kann ich für Euch tun? Einen Augenblick Zeit habe ich noch, bis die Prüfung beginnt.«

Borbonis Leib schien vor Tatkraft und Schaffenswillen zu beben, und ohne zu zögern, rollte er im Gang seine Zeichnung aus. »Ich wurde vom Maestro gebeten, das castrum doloris, den ›traurigen Schauplatz‹, wie ich es nenne, zu entwerfen. Er wollte, dass ich es Euch zeige.«

Der Prior schluckte. »Das – wir sollten nicht hier ...«

»Warum denn nicht?«, fragte Borboni nur. »In kürzester Zeit wird ganz Bologna dieses traurige Holzgerüst kennen. Aber folgt mir«, er schob sich an zwei Studenten vorbei, die ihnen entgegenkamen, und legte die Zeichnung auf einen Mauervorsprung.

Zögernd trat Picinardi näher. Von einem Holzgerüst konnte hier keine Rede sein, denn der Anblick war überwältigend. Für einen Moment verschwamm das Bild vor seinen Augen, und er vermutete, dass es Elisabetta begeistert hätte, wenn es bei diesem Entwurf nicht um das castrum doloris ihrer Trauerfeier gegangen wäre.

Borboni schwieg. Er ließ die Zeichnung wirken und gab dem Prior Zeit, sie im Detail zu studieren.

Dieses Kunstwerk in Form eines Tempiettos, eines hölzernen Tempels im Kleinformat, bestand aus acht korinthischen Säulen mit feinen Schnitzereien, darüber wölbte sich eine Kuppel, auf deren Spitze eine Laterne thronte. Gut zwölf Fuß hoch ragte der Tempel empor, und unter seiner Kuppel saß Elisabetta malend vor einer Staffelei.

»Eine Effigie«, flüsterte der Prior und hörte kaum sein eigenes Wort über dem donnernden Pulsschlag, der in seinen Ohren dröhnte. »Ihr wollt sie in Lebensgröße in die Basilika setzen. Woraus wollt Ihr sie herstellen?«

»Aus Wachs, vielleicht auch aus Marmo finto, denke ich.

Wir werden uns für ein Material entscheiden, damit die Textur im gesamten Werk stimmig ist.«

Weit oben zwischen den Säulen hingen sternförmige Tabletts, die Kerzen trugen. Die zum Podest führende Treppe wurde von Sirenen flankiert. Eine gelungene Anspielung auf den Familiennamen, bemerkte Picinardi. Auf den Podest-Seiten entdeckte er Inschriften und beugte sich vor, um sie zu entziffern.

»›Velox non tarda‹ – hiermit sind zwei Dinge gemeint«, sagte Borboni eilfertig, »einerseits die Schnelligkeit, mit der sie ihre Kunst erschuf, und leider auch die Schnelligkeit, mit der des Todes Sense sie fällte. Daneben habe ich, falls es nicht zu erkennen ist, ›dolor non gaudium‹ gesetzt.«

»Schmerz, nicht Freude?« Picinardi sah seinen Gast zweifelnd an.

»Auch Ihr wisst, was die Bibel dazu sagt, aber ich möchte jetzt nicht Einzelheiten mit Euch diskutieren. Mein persönlicher Eindruck war, ihr Leben würde tatsächlich aus viel Last und Mühen bestehen. Sie war ernsthaft für eine junge Frau und trug viel Verantwortung. Hätte man mir mit siebzehn Jahren derartige Aufträge übergeben und später eine Bottega aufgehalst, ich hätte Druck empfunden. Und Druck wird irgendwann zu Schmerz.«

Der Prior sah den Maler erstaunt an. Das waren Thesen, die – das musste er inzwischen zugeben – berechtigt waren, aber bisher noch von niemandem in dieser Deutlichkeit formuliert worden waren. »Was sagt Maestro Sirani zu den Sinnsprüchen?«

Borboni zuckte mit den Schultern und sah einer Gruppe junger Studenten in edlen Wämsen nach, die lautstark diskutierend an ihnen vorbeigingen. »Er hat sie gelesen und nicht weiter nachgefragt. Jeder kann sie deuten, wie er möchte. Der Maestro kennt meine Haltung, ich gehöre nicht zu denen, die es schätzen, Frauen derart zu überfordern. Trotzdem hat er mich gebeten, das castrum doloris zu entwerfen, denn auch wenn er und ich unterschiedlicher Meinung sind, teilen wir das Leid um Elisabetta. Darin sind wir eins.«

»›Singuli dormient, singuli iudicabuntur‹«, las der Prior nun.

»Ja, so ist es doch. Auch wenn die Einzelnen, ebenjene herausragenden Persönlichkeiten, im Tode ruhen, wir, die zurückbleiben, werden unser Urteil zu fällen wissen und sie preisen.«

Eine sehr freie Auslegung, wie Picinardi fand, aber durchaus zulässig. Zumindest hier blieb Borboni zurückhaltender mit seinen Meinungsäußerungen.

»Ihr habt keine Ahnung, wie lange ich nach diesen Worten gesucht habe«, der Maler klopfte ihm auf die Schulter. »Deshalb beneide ich Euch nicht um die Aufgabe, die Ihr geschultert habt.«

Für einen Moment sah der Prior sich selbst, wie er den Arm hob, die Faust ballte und sie inmitten des lebhaften Gesichtes seines Gegenübers niederkrachen ließ. Für diesen so treffenden Satz und um den Neid zu bezwingen, der ihn packte, wenn er sah, wie weit der Maler mit seiner Aufgabe, Elisabettas Trauerfeier einen würdigen Rahmen zu verleihen, bereits gekommen war. Doch nicht nur das: Sein Werk war auch noch zum Niederknien schön.

»Die Seiten werde ich mit Sinnbildern in Chiaroscuro bemalen«, erklärte Borboni derweil. »Ich denke da an ein

Einhorn, das im Schoß einer Frau eingeschlafen ist. Dieses Mariensymbol, ich glaube, es hätte ihr gefallen.«

Der Prior nickte. »In der Tat, ich bin überwältigt«, presste er hervor. »Beeindruckender kann man dieses castrum doloris nicht gestalten. Es ist eine Ehre, wenn man bedenkt, dass vor nicht allzu langer Zeit diese Form der Würdigung ausschließlich Kardinalsbegräbnissen vorbehalten war.«

»Nicht ganz«, sagte Borboni und schüttelte den Kopf, wobei die breite Krempe seines Hutes heftig wippte. »Auch Kaiser, Könige oder eben deren Frauen erhielten diese Ehre. Und war Elisabetta Sirani nicht so etwas wie die Königin Felsinas? Die Königin der Malerei?«

Für diese Aussage hätte der Prior Borboni nun gern umarmt. Es überraschte ihn, dass die Sprache dieses Malers, der ein Baum von einem Mann war, derart zarte Blüten trug.

»Dann gibt es noch einen Phönix und einen Adler, der sich aus einem Fluss erhebt. Diese Anspielung auf die Auferstehung gibt mir, wenn ich ehrlich sein darf, selbst Kraft.« Hier verlor nun Borbonis Stimme ihre Festigkeit, und der Prior spürte, wie sich sein Magen zusammenzog. Noch einer. Noch einer, der litt, während er sein Bestes gab, Elisabetta einen unvergesslichen Abschied zu bereiten.

»Es ist wundervoll. Jeder, der es erblickt, wird seinen Lebtag nicht vergessen, wie Elisabetta dort malend in Lebensgröße saß.« Abermals beugte der Prior sich über den Entwurf. »Wie lange wird das castrum doloris stehen bleiben?«

»Drei Tage.«

Ich werde nicht nur hitzköpfig und überspannt, ich werde auch noch seltsam. Denn nach drei Tagen komme ich und hole mir die Effigie, fügte der Prior in Gedanken hinzu und sah sich in seinem Studierzimmer vor der Wachsfigur sitzen. »Wie ertragt Ihr das? Diese Arbeiten, diese Bauwerke, sie sind so vergänglich, so ephemer. Wochenlange Arbeit für drei Tage«, sagte er, ohne den Blick von Elisabetta zu nehmen.

»Wie Ihr schon anmerktet: Es wird überdauern, in den Erinnerungen der Menschen, vielleicht in den Zeichnungen, die überbleiben. Ich würde es nicht ertragen, so ein castrum doloris zu erbauen, wenn es nicht vergänglich wäre. Irgendwann muss es weichen, wie die Trauer, die dem Leben wieder Platz machen muss.«

Der Prior nickte und dachte, dass sein Gegenüber ein weitaus klügerer Mann war als er selbst.

Von Orangerot zu Schlammigbraun

Wie es der Oktober mit sich bringt, nahmen die Sonnenstunden des Tages ab, die Dunkelheit und der Regen dafür zu. Der wärmende orangerote Ton, der die Ansicht Felsinas aus der Ferne prägte, ging über in ein schlammiges Herbstbraun. Die Kälte der Nächte sorgte dafür, dass die Menschen mehr Zeit zu Hause verbrachten, sich früher zu Bett begaben und, wenn es ihre Tätigkeit erlaubte, erst mit dem später einsetzenden Morgengrauen ihr Tagewerk begannen. Das Leben in Bologna verlangsamte sich, und auch der Prior blieb von diesem Wechsel der Jahreszeiten nicht unberührt, genau genommen kam dieser Abgesang auf den Sommer seiner nicht nachlassenden Verzweiflung entgegen.

Als ihn Mitte Oktober jedoch Graf Malvasia in seinem Studierzimmer aufsuchte, ahnte er, die Tage der Zurückgezogenheit würden ein Ende haben. Und er sollte recht behalten.

»Die Trauerfeier ist nun für den 14. November festgesetzt worden«, verkündete der Graf, noch bevor er die Tür geschlossen hatte.

Ein Monat, durchfuhr es den Prior. Nur noch.

Er sah sich in der Basilika stehen, die Effigie hinter sich, vor ihm dicht gedrängt die Trauergäste, und auf dem Papier stand kaum ein Wort.

Wertvolle Zeit hatte er vertan. Sicherlich, es hatte dringender Bedarf bestanden, seinen Verpflichtungen als Prior wieder nachzukommen, aber er musste zugeben, dass es ratsam gewesen wäre, nicht nur in seinem uferlosen Schmerz zu treiben, sondern auch gelegentlich am Text zu arbeiten. Auch wenn bereits Bruchstücke seiner Rede standen, wich er der Suche nach passenden Worten für sein Juwel immer wieder aus. Zu übermächtig war die Erinnerung an jenes wild blühende Ufer der Vergangenheit, das nicht mehr erreichbar war. Das andere, das der Zukunft, auf dessen steinig-sandigem Grund ein Weiterleben ohne Schmerz zu erhoffen war, konnte er bisher nicht ausmachen.

»Ich sehe, dieses Datum erschreckt Euch. Wie kommt Ihr mit der Rede voran?«, fragte der Graf indessen.

Eine sehr direkte Frage, befand Picinardi. Ob dieser Besuch der Kontrolle diente? Unentschlossen, welche Antwort sinnvoll wäre, wiegte er dann doch den Kopf, um zumindest anzudeuten, dass er nicht zufrieden war.

Malvasia nickte wissend. »Habt Ihr konkrete Fragen, oder darf ich Euch noch ein wenig mehr erzählen? Das letzte Mal sprachen wir, wenn ich mich recht erinnere, über das Malen an sich. Aber erzählte ich, wie hart auf dem Markt des Kunsthandels gekämpft wird? Sozusagen im Hintergrund?«

Der Prior schüttelte den Kopf und erwägte, darauf zu verweisen, dass diese Details für eine Trauerrede nicht bedeutsam seien, aber der Graf sprach weiter.

»Sicherlich werdet Ihr so besser erfassen können, was den Arbeitsalltag dieser Malerin bestimmte. Ihr wisst, die Kunst, sie ist meine Muse, meine Leidenschaft, aber sie hat – wie alles – zwei Seiten. Es ist ein Geschäft wie jedes andere auch.

Es muss eine Nachfrage geben, denn es geht ums Verkaufen.«

Dann begann er zu erzählen, wobei er den Schwerpunkt, ganz Geschäftsmann, erst einmal auf die Auftragshonorare legte. Picinardi erfuhr, dass Maler auf sehr unterschiedliche Weise vergütet wurden, manche von ihnen nahmen Festpreise für die Hauptfiguren eines Bildes. Einer von Elisabettas Kollegen, Il Guercino, hatte seinem Auftraggeber, der ihm 80 anstelle der geforderten 125 Dukaten pro Figur zahlen wollte, vorgeschlagen, dementsprechend von jeder Figur auch nur die Hälfte zu malen.

Kurz presste der Prior die Fingerspitzen auf seine Nasenwurzel und schloss die Augen. Zu gern hätte er wieder geweint, aber er bemühte sich, in den Monolog des Grafen zurückzufinden, der gerade davon erzählte, dass in der Welt der Kunst unentwegt verhandelt werde.

»Aber es hat auch Ausnahmen gegeben«, sagte er, »vereinzelte Kunstliebhaber, die einen vom Maler festgelegten Preis zahlten – ohne Schacherei und Gefeilsche. In manchen Fällen wurde kein Preis vereinbart und dem Maler lediglich eine großzügige Entlohnung in Aussicht gestellt. Andere Künstler verschenkten die Bilder und nahmen im Gegenzug Ehrengaben entgegen.«

Ein unberechenbares Leben war das der Künstler, in mehrfacher Hinsicht sogar, dachte Picinardi und sah das Kreuz mit den Diamanten im Hause Sirani vor sich.

Es war, als hätte der Graf seine Gedanken gelesen. »Prinz Cosimo III. de' Medici soll Leopoldos Portrait gesehen haben«, erklärte Malvasia, »und daraufhin hat er Elisabetta in der Bottega besucht.«

»Ich erinnere mich daran. Bei dieser Begegnung malte sie das Bildnis einer Madonna für ihn so schnell, dass er es an dem Tag mitnehmen konnte«, führte Picinardi den Bericht des Grafen weiter. »Die Farbe war noch feucht, und er ließ sich trotzdem nicht davon abhalten, es, einem Heiligtum gleich, eigenhändig die Stiege hinab zum Wagen zu tragen.«

Malvasia schwieg.

Mit einem Mal meinte Picinardi, die Last zu spüren, die auf Elisabettas Schultern gelegen hatte. Velox non tarda. Borboni wusste, warum er diesen Gedanken auf der Seitenwand des Tempiettos festgehalten hatte.

»Über Agenten wurden Elisabettas Werke verkauft. Einer von ihnen war der Agent der Medici, und über ihren Agenten – Graf Annibale Ranuzzi betätigte sich gern als solcher – wurden Bilder bis nach Bayern und Schweden vermittelt. Auch Mitglieder der Familie Gonzaga aus Mantua gehörten zu den Käufern, so ist es nicht überraschend, dass selbst Kaiserin Eleonora unter ihren Auftraggebern war.«

Einmal mehr nickte der Prior pflichtschuldigst und wünschte sich hinauf in sein Schlafgemach, in seine Bettstatt, zwischen seine Kissen und tief unter die schwere Decke, wo die inzwischen so vertraute Einsamkeit ihn bereits erwartete. Eine erstaunliche Feststellung. Die Einsamkeit ließ sich momentan besser ertragen als ein Graf, der – auch wenn er ein bewundernswerter Mann war – hin und wieder zu viele Worte machte.

Die Tür öffnete sich, und Francesca trat ein. Sie lächelte entschuldigend und balancierte ein Tablett mit Wein und kleinem Gebäck, das sie den Männern servierte. Beide sahen ihr zu, wie sie die Gläser füllte und die Teller auf den

Tisch stellte, um daraufhin wortlos das Zimmer zu verlassen.

»Wir hinterfragen die Teilung der Aufgaben nie«, brach Malvasia das Schweigen. »Sie ist von Gott gegeben. Schon in der Bibel steht geschrieben, Eva wurde aus einer Rippe Adams geschaffen.«

Der Prior runzelte, über den abrupten Themenwechsel irritiert, die Stirn. Worauf wollte der Graf hinaus?

»Elisabetta hat sich dem nicht gefügt. Und ich habe den Grundstein dafür gelegt.«

»Was meint Ihr damit?«

»Ist ihr früher Tod eine Strafe Gottes? Aber warum hat er dann nicht mich gestraft?«

Das Gebäckstück in Picinardis Hand blieb in der Luft hängen, so sehr überraschte ihn die plötzliche Erkenntnis, dass auch der Graf derart haderte. Sich mit dem Gedanken der Schuld quälte.

»Ihr könnt mir glauben, die Männer der Bottega reagierten«, der Graf zögerte, »beschreiben wir es freundlich, sehr seltsam, als Elisabetta die Leitung übernahm. Man überhörte, vergaß oder diskutierte ihre Anweisungen, führte die Arbeiten langsam oder abgeändert aus, warf sich – so, dass sie es bemerken musste – abschätzige Blicke zu. Damals hat mich das empört, aber heute denke ich, es war sogar verständlich. Unbeholfen und plump, aber ich frage mich, ob diese Männer nicht christlicher gehandelt haben als ich.«

»Nein!« Picinardi richtete sich auf. Auch er hatte von dieser Zeit gehört, und noch heute packte ihn die Wut, wenn er daran dachte. »Ihr wisst, es war, wie eigentlich immer, ein schlechter Zeitpunkt für lange Auseinandersetzungen, denn

Leopoldo de' Medici hatte sich angekündigt. Er kam, wenn ich mich recht entsinne, höchstpersönlich in die Via Urbana und bat Elisabetta darum, für ihn das Bild ›Allegorie der Gerechtigkeit, der Nächstenliebe und der Klugheit‹ zu malen. Es ist jenes Bild, für das sie zum Dank für ihre außergewöhnliche Leistung das diamantene Kreuz von ihm erhielt. Wäre das geschehen, wenn Gott Eure und auch ihre Entscheidung verdammt hätte? Es war viel mehr als eine Entscheidung, es war eine Berufung, und wer hat ihr diese mitgegeben?«

Tatsächlich zog Graf Malvasia ein Taschentuch hervor und tupfte sich mit dem Spitzenrand seine Augenwinkel. »Verzeiht, aber manchmal fällt es sogar mir schwer, zu entscheiden, was richtig oder falsch ist.«

»Erinnert Euch daran, wie Maestro Sirani damals reagiert hat. Er nahm das diamantene Kreuz und trug es durch die Werkstatt, an jedem einzelnen Maler vorbei. Wortlos, um ihnen zu zeigen, welche Wertschätzung seiner Tochter entgegengebracht wurde.«

»Ja, und?«

»Die Kraft, die in dieser Handlung liegt, sie zeigt, dass er letztendlich Eure Einschätzung teilte. Es hätte ihm, auch wenn die Folgen unangenehm gewesen wären, freigestanden, sich gegen die Ausbildung seiner Tochter und damit auch gegen Euch zu erheben. Euer Blick auf Elisabetta war richtig. Der einzig richtige, und ich denke, wir müssen aufhören zu hadern. Denn wir belasten ihr Andenken mit unserer Schuld, die nahezu jeder, mit dem ich spreche, in der einen oder anderen Weise zu fühlen vermeint.«

Dem Grafen stand der Mund offen, das Taschentuch lag

zerknüllt in seinen Händen. »So viel habe ich Euch selten reden hören. Meint Ihr das ernst?«

»Ja!«, sagte Picinardi, durchaus selbst von seinem ungestümen Ausbruch überrascht. Seine Wangen und Ohren glühten, so hatte er sich in Rage geredet.

Nachdem der Graf sich mit Anbruch des Abends verabschiedet hatte, saß er noch lange brütend im Garten. Er fröstelte und brauchte dennoch die Kühle der hereinbrechenden Nacht, das Geräusch des Laubes, das im Wind über die steinerne Terrasse tanzte.

Irgendwann erschien Francesca, legte ihm müde eine wollene Decke über die Knie und schob sie ein wenig ungelenk unter seine Oberschenkel. Damit er nicht fror.

Der Prior spürte den sanften Druck ihrer Hände, das Gewicht der Decke, und mit einem Mal konnte er es deutlich sehen. Von außen, fast so, als wäre er außerhalb dieses Augenblicks: Da saß ein Mann von neununddreißig Jahren, der in den letzten Wochen um gut zwanzig Jahre gealtert war. Kraftlos war er geworden, so sehr, dass diese alte Frau meinte, ihn, einem Greis gleich, versorgen zu müssen. Ein entsetzliches Bild, wie er fand.

Von Kreisen, die sich schließen

Die Dinge mussten sich ändern, das hatte Picinardi verstanden. Eine Wolldecke, unter seine Oberschenkel geschoben, hatte den Ausschlag gegeben. Aber waren es nicht häufig im Leben ebenjene Banalitäten, die Veränderungen anschoben und Entwicklungen herbeiführten? Die spöttisch erhobene Augenbraue eines Freundes, das mitleidige Lächeln eines Verwandten, ein Halbsatz aus Kindermund?

Nach einer Nacht, in der er sich unablässig von einer Seite auf die andere geworfen hatte, erhob er sich am Morgen, abermals mit schmerzendem Kreuz und der bitteren Erkenntnis, dass er zu den einzigen drei Menschen in Bologna zählte, die Lucia Tolomellis Haft infrage stellten. Es war seine Pflicht, sich dieser Herausforderung anzunehmen. In dubio pro reo, so hieß es doch, im Zweifel für den Angeklagten. Wer sollte dies durchsetzen, wenn nicht er? Vielleicht Ginevra Cantofoli, die Mutter zweier Söhne, die sich anschickten, sie in Bälde zur Großmutter zu machen? Oder Bartolomeo Zanichelli, der Leiter einer Bottega, die nicht mehr existent war? Der Mann, der die Menschen mied und derzeit immenses Leid ertragen musste?

Ihm, Giovanni Luigi Picinardi, kam diese Aufgabe zu, sozusagen ex officio, von Amtes wegen.

Und was war geschehen?

Eingeknickt war er, hatte sich von der Meinung der Mehrheit beeinflussen lassen, hatte angenommen, nichts dagegen unternehmen zu können, wenn der Richter und des Volkes Stimme das Urteil im Vorfeld gefällt hatten. Anstatt sich zu erheben und eine Antwort zu finden, hatte er sich vom Leid an die Hand nehmen und in die Einsamkeit führen lassen.

Er lief in den Garten hinaus, wo er am Abend die Decke auf der Bank hatte liegen lassen, faltete sie zusammen und trug sie in sein Studierzimmer. Dort drapierte er sie gut sichtbar über den Stuhl, der seinem Schreibtisch am nächsten stand, und betrachtete zufrieden sein Werk. Dieser wollene Haufen sollte ihm eine Mahnung sein. Eine weiche Mahnung, sich nicht wieder von wärmender Lethargie einwickeln zu lassen. Die Vorwürfe, Dinge versäumt zu haben, hintanzustellen, um Platz zu schaffen für eine Trauerrede, die Erinnerungen weckte, liebevolle, von Selbstvorwürfen unverstellte Erinnerungen, denn nur diese wärmten Leib und Seele.

Dann sah er zu dem Schränkchen neben der Tür. Dort lag noch immer, wieder fein säuberlich in ein Tuch eingeschlagen, Elisabettas Marienbild. Francesca hatte es nicht grundlos hier liegen lassen, da war der Prior sicher. Ob es ihm beim Schreiben seiner Rede behilflich sein sollte oder ob dieses alte Weib mehr ahnte, als ihm lieb war, ließ er dabei außer Acht.

Behutsam wickelte er das Bild aus und betrachtete noch einmal das milde Lächeln der Mutter Gottes. Auf seinem Schreibtisch stapelte er einige Bücher und lehnte das Bild dagegen. Francesca würde nichts dagegen haben, beschloss er.

Umgehend griff er seine Feder, denn heute wusste er, was er aufzuschreiben hatte. Er musste schreiben, regelrecht anschreiben gegen die Wut, den tränengetrübten Blick, er musste jene Elisabetta erretten, die sie gewesen war, bevor die Trauer ihr Bild gänzlich verzerrte. Er musste sich an die Menschen dieser Stadt wenden, sie aufrütteln, ihnen verständlich machen, dass diese Künstlerin, auch wenn sie zu den Schutzgöttern emporgestiegen war, ein Teil von ihnen blieb. Dass sie in ihrer aller Erinnerung weiterlebte. Ohne zu zögern, setzte er die Feder auf den Bogen.

Elisabetta ist emporgestiegen zu den Schutzgöttern Felsinas und hat nun teil am unsterblichen Ruhm, da doch der Name jener Stadt ruhmreich im Buch der Ewigkeit geschrieben steht. Felsina, jene Stadt, gegründet einst in fast vergessener Zeit, von großen Männern, die uns doch als Vorbild heut noch leuchten. Felsina, jene Stadt, welche ihr edles Haupt niemals dem Joch der Invasoren beugte und ihre Würde an die Barbaren nie verlor. Felsina, jene Stadt, die, von Mars heimgesucht, die Feinde blutig niederschlug und Alarichs, des Gotenkönigs, Heer vertrieb, dem selbst die Mauern Roms, von Grausen und Verwunderung gepackt, nicht standgehalten hatten.

Felsina, die zu Recht den Titel Alma mater studiorum trägt, welchen Theodosius der Zweite ihr und keiner andern einst zuerkannt. Stadt, die für ihre milde Luft, für ihr wohltuendes Klima, für ihre weite Ausdehnung, für ihre fruchtbaren Felder, für ihre lieblichen Hügel, für die Großartigkeit ihrer Bauwerke, für die Größe ihres Volkes, für die Schönheit ihrer Malkunst, für die Lebhaftigkeit ihrer Geister, für das Wissen ihrer Gelehrten, für den ehrwürdigen Berufs-

stand der Juristen, für die Vielzahl an Studenten aus fremden Ländern, für die Pracht ihrer Edelleute, für die Anmut und die Freigebigkeit ihrer Ritter, für die Schönheit und den Frohsinn ihrer Damen zu Recht bekannt ist als Zentrum der Fröhlichkeit, Garten der Herrlichkeiten, Palast der Flora, Thron des Frühlings, Rückzugsort der Diana, Herberge des Glücks, Wirkstätte des Apollo, Schule der Maler, Feld des Mars, Tempel der Grazien, Hort der Liebe, Venus unter den Städten. Diese und unendlich viele andere Vorzüge der Heimat Elisabettas, welche mit Leichtigkeit ich nennen könnte, sind Grund genug, den Neid der Menschen zu entzünden, die selbst ewigen Ruhm erstreben.

Der Prior hielt inne. Das war ein gefühltes Schreiben, dachte er, wenn es so etwas gab. Nichts Denkendes war dabei gewesen, kein kunstvolles Drechseln einzelner Worte, nur die Emotion hatte die Feder geführt. Mit ihr hatte er den Mut, die Kraft und die Schönheit Felsinas beschworen und damit auch Elisabetta gemeint. Er war sicher, ein jeder würde verstehen, dass sie in ihrer Einzigartigkeit weiterhin immer zu ihnen gehören würde.

Das erste Mal seit Wochen verspürte Picinardi Kraft in sich. Es war nicht zu leugnen, das Schreiben hatte ihn gestärkt, und so verließ er zufrieden den Palazzo. Er wusste, wohin sein Weg ihn führen würde. An einen Ort, den er bisher gemieden hatte.

Hier war es.

Vor wenigen Wochen hatte er auf der Piazza San Domenico gestanden, nur wenige Schritte von dem Ort entfernt, an dem Elisabetta ihre letzte Ruhestätte gefunden hatte. In jener Nacht hatte er gehofft, fremde Männer würden ihm seinen Schmerz mit harter Faust austreiben, und wenn es sich nebenbei ergab, auch gern seinem Dasein ein Ende bereiten. Diese Nacht schien eine Ewigkeit zurückzuliegen, ein Tiefpunkt seines Lebens, von dem er weiterhin annahm, dass er befremdlich, aber gleichermaßen verständlich war.

Er richtete seinen Blick auf die wuchtige Fassade der Basilika San Domenico und fröstelte. Doch er zögerte nicht. Den Pinsel, der sich noch immer in seiner Manteltasche befand, hielt er mit der Rechten umklammert, während er mit der Linken das Portal langsam öffnete.

Sie ist bei dir, sie wird dir die Kraft geben. Du musst es tun, du kannst nicht am Tag der Trauerfeier erstmalig die Basilika betreten. Vertraue ihr, sprach er sich Mut zu. Versuche, die Basilika mit Elisabettas Augen zu sehen, ihre Vollkommenheit und Schönheit wahrzunehmen.

Über dem Altar der Rosenkranzkapelle wölbte sich eine Deckenmalerei mit der Himmelfahrt Marias. Die Jungfrau, die Elisabetta – das war für ihn zweifelsfrei – als Kind erschienen war und deren Leben sich wie ein roter Faden durch ihr künstlerisches Schaffen gezogen hatte, wachte nun über ihrer Grabstätte. Margherita hat recht gehabt, sie war eine Auserkorene, dachte er nur und schaute auf eine Engelsfigur, die Michelangelo gestaltet hatte. Eines seiner vortrefflich gelungenen »Kinder«, wie der Maler einst seine Werke genannt hatte. Picinardi atmete tief ein. Seltsam, wie die Kreise sich an diesem Ort schlossen.

Eine Weile ließ er den Ort auf sich wirken, bis er bemerkte, dass er ihn nicht wirklich mit Elisabetta in Verbindung bringen konnte. Es überstieg seine Vorstellungskraft, zu verstehen, dass ihr Leib in jener Gruft ruhte. Sie war woanders. In ihm, in jedem seiner Gedanken, in ganz Felsina, aber nicht dort, unter jener Steinplatte.

Ein Grabstein fehlte bisher. Bisher war der Maler Guido Reni durch die Inschrift NOBILES DE GUIDOTTI – SIBI ET SUIS auf der Gruftplatte in die Senatorenfamilie eingeschlossen worden, aber Picinardi war sicher, dass Elisabetta einen Grabstein erhalten würde. Einen, auf dem auch Guido Reni Erwähnung finden würde.

Er schlug ein Kreuz auf Stirn und Brust und verließ erhobenen Hauptes die Basilika. Er wusste, was zu tun war.

Brüder im Geiste

Picinardi eilte durch die Gassen, und als er in die Via Urbana abbog, erinnerte er sich einer weiteren Geschichte, die in der Gerüchteküche gern serviert wurde und die sich zugetragen hatte, als er in Rom bei einer Tagung gewesen war. Kurz hielt er inne, um die Häuserfluchten rechter und linker Hand zu betrachten. Dann sah er sie, inmitten der Gasse sitzen. Mit ihrer Staffelei, umringt von Menschen. Eine direkte Antwort auf das Gewäsch, Elisabetta würde nicht selbst malen.

Wutentbrannt über diese Unterstellung und entschlossen, ihr entgegenzutreten, hatte sie vor Jahren einen Tag der offenen Tür veranstaltet, zu dem halb Bologna erschienen war. Bei bestem Wetter hatte sie die Staffelei gepackt und mitten in der Via Urbana aufgestellt. Wie ein Lauffeuer war die Nachricht durch die Gassen geeilt und hatte auch jene erreicht, die nicht schon vorab von den Schülerinnen eingeladen worden waren. Und so waren sie herbeigeströmt, die Menschen der Stadt, um sie zu sehen. Das Weib mit dem Bart, den man in Zöpfe flocht, das tobte und brüllte und nicht malen, sondern nur als Aushängeschild eines Malers herhalten konnte.

Was musste es für eine Begegnung gewesen sein? Was mussten all jene gedacht haben, als sie Elisabetta erblickten? Eine anmutige junge Frau mit seidenweicher Haut, haselnussbraunem Haar, das im Lichte fast golden glänzte? Leise war es wohl gewesen, denn das Staunen war ein Vorgang, der keiner Worte bedurfte. Niemand vermochte zu erklären, was sich vor aller Augen abspielte. Ein Pinsel in Frauenhand, und die Geschwindigkeit, mit der aus unförmigen Schattierungen Menschen entstanden, aus unbestimmten Flecken im Hintergrund ein Tempel, war wohl mitreißend gewesen.

Und wer mit dem Staunen abgeschlossen hatte, konnte sich im Anschluss noch durch das Haus der Siranis führen lassen, vorbei an unzähligen Gemälden, deren Farbigkeit einen Kontrast zu den schlichten Möbeln bildete, die enge Treppe hinauf bis in die Bottega und dort einen Eindruck erhaschen, wie anders diese Welt war als alles, was die meisten der Besucher bisher gesehen hatten.

An diesem Tag war er entstanden, der bewundernde Vergleich, dass Elisabetta Sirani male wie ein Mann. Nun war man sich einig, dass sie tatsächlich ein Wunderkind sei, ein schönes dazu. Nach diesem Erlebnis, da war Picinardi sicher, waren die Menschen dieser Stadt mit stolzgeschwellter Brust nach Hause gegangen. Binnen eines Nachmittags war aus einer jungen Frau, über die man so allerlei gemunkelt hatte, eine von ihnen geworden.

Sie war es, von der man lobend sprach, wenn man sich der Vorzüge der Heimat versicherte, die allein ausreichten, den Neid der Menschen allerorten zu entzünden. Sie krönte jede Erzählung, war zum Juwel der Stadt geworden.

War ihre Accademia del Disegno anfangs belächelt oder gar als Kampfansage an die Männerwelt verstanden worden – dieses lächerliche Beschäftigungsversuch für die Edelfrauen der Stadt –, so war es seit jenem Tag zum Zeichen des

Fortschritts und der Freiheit umgedeutet worden, ja sogar der Achtung, die man dem schönen Geschlecht in Felsina entgegenbrachte.

Elisabetta Sirani war es, die immer wieder illustre Gäste empfing, woraufhin sich ganze Menschentrauben in der Via Urbana drängten, um einen Blick auf Edelmänner und Edelfrauen zu erhaschen. Und während die hochherrschaftlichen Gäste samt Gefolge im Hause verweilten, stand das Volk vor dem Haus und versuchte zu ermessen, wie es war, dort oben, unter dem Dach. Wie es war, dieses unbegreifliche Leben einer Frau, von der man inzwischen in ganz Europa sprach.

Der Prior nickte. Ja, sein Text, den er am Morgen geschrieben hatte, war passend. Er hatte jeden einzelnen Bewohner Felsinas mit auf diese letzte Reise der Erinnerung genommen. Vorsichtig schritt er die Via Urbana ab und glaubte, sich an der Menschentraube, die Elisabetta umgab, vorbeischieben zu müssen, so leibhaftig stand seine Vision in der Gasse. Kurz schaute er auf seine Schöne, wie sie konzentriert malte und dennoch freundlich antwortete, wenn irgendwer wagte, sie mit einer Frage zu unterbrechen. Du fehlst mir, dachte er und klopfte an die Tür.

Zu seiner Überraschung öffnete ihm Giacoma, die Schwester des Maestros.

»Signore, kommt herein«, sagte sie nur und trat beiseite.

»Gern, aber ich wollte Euch nicht stören. Ich möchte lediglich Magd Anna Maria Donnini sprechen. Wäre das möglich?«

»Nein!« Das Gesicht der Alten verzog sich. »Sie arbeitet nicht mehr hier.«

»Oh! Wisst Ihr, wo sie wohnt?«

»Nein, sie lebt irgendwo in der Nachbarschaft, aber Bartolomeo wird Euch weiterhelfen können. Den Maestro möchte ich nicht stören, er ruht sich aus.«

Picinardi bedankte sich, eilte die Treppe hinauf und öffnete die Tür. Die Bottega war zu einem Ort geworden, an dem die Zeit allmählich stehen blieb. Er eilte an dem Stuhl vorbei, an dessen Lehne sich das Geflecht löste. Noch immer ragten die Weidenruten ins Nichts, der nachlässig auf die Sitzfläche geworfene Stoff schimmerte nicht mehr und wirkte nur noch staubig. Vereinzelte Leinwände schienen zu fehlen, auch die Leiter war verschwunden. Doch sehr viel mehr verändert hatte sich nicht.

Hinter einer der Trennwände sah Bartolomeo hervor und winkte den Prior zu sich. »Wie findet Ihr es?«, fragte er zur Begrüßung und wies mit dem Pinsel auf das Bild.

Der Prior legte beide Hände vor den Mund und konnte nicht verbergen, dass seine Augen sich mit Tränen füllten.

»Vielen, vielen Dank!«, sagte der Maler und erhob sich, um seinem Gast einen Stuhl herbeizuschaffen.

»Wofür?« Picinardi sank auf die Stuhlkante, ohne Elisabettas Bild aus den Augen zu lassen. Sie wirkte derart lebensnah, als würde sie gleich mit den Wimpern schlagen, den Mund öffnen und reden. Mit ihm reden.

»Mein Dank gilt Euren Tränen. Tränen sind glänzende Perlen des Gefühls. Und Gefühle zu erwecken, ganz gleich, ob es Trauer, Liebe, Wut, Erheiterung oder was auch immer für eine Regung ist, das ist das schönste Ergebnis künstlerischer Arbeit.«

Ein Farbfleck an der Wand. Ungefähr daumennagelgroß, daneben kleinere Spritzer. Grasgrün, ein wenig grell vielleicht, aber immerhin ein Ruhepunkt für den überreizten Blick, dachte Picinardi. Ob Elisabetta diesen Klecks hinterlassen hatte? Wenn ja, würde er ihn abschaben oder aus der Wand stemmen und in seinem Studierzimmer aufbewahren. Er grinste ein wenig, als er sich selbst an seinem Schreibtisch sah, damit befasst, ein Stück Putz mit Farbrest zu begutachten. Trauer machte verrückt, zumindest ihn, das war zweifelsfrei.

»Gerade habe ich Elisabettas Grab besucht, mir in der Via Urbana vorgestellt, wie sie damals in der Gasse sitzend malte, und nun das. Es ist ein wenig viel für einen Tag.«

Der Maler nickte, und Picinardi spürte es. Dieser Mann wusste darum, er wusste um alles. Um die Tiefe seiner Gefühle für Elisabetta, um die Verzweiflung, die Einsamkeit. Er brauchte nichts zu leugnen. Sie waren im Verlust, den sie erlitten hatten, Brüder im Geiste geworden.

»Mein Dank gilt Euch für dieses wunderbare Portrait.«

»Wenn Ihr mögt, würde ich Euch gern etwas zeigen«, sagte Bartolomeo nach einer Weile.

Müde sah der Prior auf, und der Maler grinste. »Gut, wartet hier.« Er eilte davon, und Picinardi sah sich um, beugte sich vor, um hinter die Trennwand neben sich zu schauen. Entsetzt riss er die Augen auf. Überall Elisabetta. Bild neben Bild, in unterschiedlichen Größen, mit Kohle skizziert, in Öl oder mit Tusche gemalt.

»Sie sind von Barbara«, hörte er Bartolomeo hinter sich sagen.

»Es tut mir leid, ich hätte nicht so neugierig sein dürfen.«

»Sie malt und malt und malt. Von diesen Bildern wird sie sich nicht trennen wollen, deshalb habe ich das für Euch.«

Erstaunt sah Picinardi auf die Papierrolle.

»Einer der Schüler des Maestros hat das Portrait einst gemalt, ich habe es auf meiner Suche nach Bildnissen von Elisabetta entdeckt. Es ist die schönste der Skizzen, wie ich meine«, sagte Bartolomeo, während er den Bogen aufrollte. »Ich möchte sie Euch schenken, ich denke, es gibt wenige Menschen, bei denen sie in derart guten Händen wäre.«

Der Prior verbarg das Gesicht in seinen Händen und wagte es nicht, auf das Bild zu schauen. Für einen Moment spürte er Bartolomeos Hand auf seiner Schulter.

»Ich gehe uns einen Rotwein holen«, sagte der nur und legte das Bild auf einem Tisch ab.

Als die Tür der Bottega sich schloss, rollte Picinardi das Papier auf und fuhr mit dem Finger jede Linie von Elisabettas Gesicht nach.

Vom Wachs, das aus den Flügeln tropft

Mit rotweinschwerem Kopf warf der Prior seinen Mantel nachlässig auf den Boden und legte das Bild von Elisabetta auf seinen Tisch. Mit dem Tintenfass und Büchern beschwerte er die Ecken, dann suchte er die Notizen, die er im September begonnen hatte. Auch wenn er seine eigentliche Frage, wo Anna Maria Donnini wohnte, vergessen hatte zu stellen, musste er sich Notizen machen. Er schob Bücherstapel um Bücherstapel beiseite, setzte sich auf seinen Stuhl und starrte auf die untere Lade seines Tisches. Hatte er die Unterlagen dort hineingelegt?

Das konnte nicht sein.

Er beugte sich vor, zog ein wenig, dann noch ein Stück, sah Aufzeichnungen zu einem Gutachten und schob sie beiseite. Darunter lagen die Abschriften der Gerichtsprotokolle und seine eigenen Notizen.

Sein Werkverzeichnis.

Tatsächlich, sie lagen verborgen im Dunkel, im letzten Winkel seines Tisches. Ihm wurde heiß. Hastig sah er sich um, riss dann die Blätter hervor und warf sie vor sich auf die Tischplatte. Es wäre jetzt ein wenig dick aufgetragen, wenn man behaupten wollte, der Prior hätte sich in diesem Moment selbst verabscheut, aber es kam dieser Gefühlsregung doch sehr nahe. Ein Zustand, der sich nicht besserte, als er feststellte, dass er sich nicht einmal erinnern konnte, was er als letztes Ergebnis seiner Befragungen aufgeschrieben hatte. Er ging die Blätter durch, und der letzte Eintrag lautete:

Die Schülerinnen befragen! Alle!!!

Hätte er einen seiner Studenten bei solchen Nachlässigkeiten erwischt, er hätte ihm die Leviten gelesen. Der Prior seufzte und wusste, er würde sie nicht mehr befragen, er würde es nicht aushalten, weitere Reisen in die Vergangenheit mitzumachen. Immerhin war er mit der Rede vorangekommen. Doch das durfte ihn nicht abhalten, niederzuschreiben, was Bartolomeo ihm heute mit vom Wein gelöster Zunge berichtet hatte. Beeindruckt hatte ihn ein Zitat von Paracelsus: »Wenn ein Ding auf den Eigennutz gerichtet wird, werden die Künste und auch das Werk gefälscht. Die Kunst und die Werke müssen aus der Liebe entspringen, sonst ist nichts Vollkommenes da.«

Wenn der Medico, der auch Philosoph gewesen war und damit sicherlich die Menschen kannte, recht behalten sollte, würde die Trauerrede ein fulminantes Werk, denn außer seiner Liebe war ihm nichts mehr vom Glück vergangener Zeiten geblieben. Picinardi hatte das Gefühl, die Bitterkeit seines Gedankens auf der Zunge nachschmecken zu können.

Gespräch mit Bartolomeo Zanichelli

notierte er dann.

Die Begegnungen mit Malvasia wurden für Elisabetta in den letzten beiden Lebensjahren zur Belastung, berichtet Bartolomeo Zanichelli, der Assistent des Maestros. Elisabetta selbst bezeichnete diese Treffen als schmerzhaft. Dabei ist unumstritten, dass es wenige Menschen gab, denen gegenüber sie dankbarer war.

Verärgert ließ er die Feder sinken. Selbst die Gerichtsprotokolle besaßen mehr Herz. Irgendwer hatte ihm erzählt, dass Boccaccio für seine Novellensammlung »Il Decamerone« Lebensläufe für einige seiner Figuren angelegt und erdacht hatte. Sie zuvor niedergeschrieben hatte, um so einen Perspektivwechsel zu vollziehen.

Einen Perspektivwechsel. Der Versuch, sich der Figur einer Erzählung zu nähern. Ob das auch für leibhaftige Menschen funktionierte? Was würde geschehen, wenn er Elisabettas Werdegang nachzeichnete und dabei die Bemerkungen der Menschen berücksichtigte, mit denen er gesprochen hatte? Würde er ihr so noch ein Stück näherkommen? Er zögerte.

Sollte irgendwer entdecken, was er hier tat, würde man seinen Geisteszustand sicherlich anzweifeln.

Ja, das würde man.

Aber einen Versuch war es wert.

Mein Name ist Elisabetta.

Umgehend strich er den Satz wieder durch, nahm das Papier, zerriss es in kleine Schnipsel und ließ sie in den Korb unter seinem Tisch fallen, dankbar, dass keine der Frauen in seinem Hause lesen konnte. Zu absurd erschien Picinardi sein Vorhaben. War es der Rotwein, der ihn zu solch einem Experiment führte? Ob Boccaccio jemals betrunken geschrieben hatte? War es überhaupt Boccaccio gewesen, der diesem seltsamen Ansatz gefolgt war? Abermals setzte er die Feder auf einen Bogen Papier:

Versuch eines Perspektivwechsels

Schon besser. Sollte irgendwer in seiner Abwesenheit die Zeilen auffinden, würde man sie einordnen können.

Zur Vorbereitung der oratio funebris von Elisabetta Sirani.

Basierend auf dem Gespräch mit Bartolomeo Zanichelli.

Das war gut, sehr gut sogar. Kurz sah er auf das Bildnis von Elisabetta. Sie nickte. Eindeutig, dachte der Prior nur und fuhr fort.

Der Tag, an dem Graf Malvasia meinem Vater verdeutlichte, ich könne malen, war eine Zeitenwende in meinem Leben. Malvasia, er hat alles verändert. Wäre er nicht gewesen, wäre ich heute sicherlich verheiratet, hätte Kinder und würde davon träumen, malen zu dürfen. Und nun sitze ich manchmal hier und träume davon, Kinder zu haben, einem Haushalt vorzustehen und mich um nicht mehr, aber auch nicht weniger kümmern zu müssen. Stattdessen stehe ich einer Bottega vor und versorge nicht meine Kinder, sondern alle anderen Angehörigen.

Ich bin es, die sie füttert.

Die Annahme, das Malen mache mich glücklich, ist nicht gänzlich falsch. Das hat es auch, aber es ist wie so oft: Anfangs macht man es aus Liebe, später für Geld. In meinem Fall für viel Geld. Denn mehr Geld braucht mehr Geld.

Die Tage, nachdem Malvasia mir also die Stifte geschenkt hatte, sie glichen einem Fieber. Ich malte, sobald morgens die ersten Strahlen am Horizont erschienen, trank und aß nur, wenn es sich nicht vermeiden ließ, und blieb über meinen Papieren hocken, meinen eigenen Papieren, bis die Augen schmerzten und die Dunkelheit ein Zeichnen unmöglich machte. Jedes Eckchen dieser Blätter habe ich damals ausgefüllt. Ich besitze sie noch heute, wohlverwahrt, und sie erinnern mich an diese Tage. Es war unglaublich, denn zuvor hatte ich mir die Gelegenheiten zu zeichnen zusam-

mengestohlen. Und mit einem Mal durfte ich malen, und niemand konnte mich daran hindern, denn Malvasia mit seinen gütigen Augen und seiner unerbittlichen Strenge wachte über meine Ausbildung.

Die Stifte, sie schienen eine Verlängerung meiner Hände zu sein, neue Finger, zusätzlich dazugekommen, und sie führten ein Eigenleben. Ich versank in diese Tätigkeit, nur noch Hand und Auge, es war, als würde mein Verstand sich ausschalten und jedes Werk aus meinem Inneren entstehen. Als würde ich jedes Motiv aus den Tiefen meiner selbst hervorholen. Malvasia spürte dieses Feuer, davon bin ich überzeugt. Er wusste, es würde sich lohnen, meine Ausbildung zu fördern, und deshalb drängte er darauf, dass ich neben dem Zeichenunterricht auch alsbald an die Staffelei herangeführt und im Arbeiten mit dem Pinsel unterwiesen wurde.

Jeder nimmt nun ob der Außergewöhnlichkeit meines Schicksals an, ich müsste glücklich sein, dem Stolz und der Eitelkeit anheimfallen. Sicher, es gab eine Zeit, in der war ich stolz, vielleicht auch auf dem Wege in die Eitelkeit. Ich fing an, meine Bilder immer stärker zu planen, nahm immer mehr Aufträge an. Die Werkstatt wurde größer. Erfolgreicher. Bartolomeo und ich, wir waren zu zweit mit all der Arbeit und mit der Ausbildung der Schüler, denn Vaters Krankheitsschübe wurden häufiger und bösartiger in ihren Auswirkungen. Immer häufiger wurden Maler dazugeholt, anfangs nur tageweise, später länger. Und es brauchte immer mehr Geld, um all das am Laufen zu halten. Dafür brauchte es noch mehr Aufträge. Alles wurde mehr, das Geld, der Erfolg, die Arbeit.

Für die anderen bin ich die einzige Frau weit und breit, die Männer und auch Frauen ausbildet. Ähnliches haben nur wenige Frauen erreicht. Das weiß ich. Nur manchmal glaube ich, dass ich in alledem verloren gegangen bin. Das Fieber, die Leidenschaft, das Wollen – es ist weg. Nein, nicht gänzlich. Wenn ich etwas mache, dann will ich es gut machen, aber auch nur, um all den Männern und Frauen, die sich jahrelang das Maul über mich zerrissen haben, keine Gelegenheit zu geben, meine Arbeit infrage zu stellen. Es gibt bei der Erstellung von Auftragsarbeiten so wenig Ansporn. Doch dann sind da noch Bilder – wie Porcia sich selbst verwundet, Timoclea den Hauptmann von Alexander dem Großen in den Brunnen stürzt –, bei denen ist es anders.
Das liebste Bild ist mir das von Beatrice Cenci. Es zu malen mit den Gedanken, die mich leiteten, war eine Sünde. Trotzdem hat es meine Seele von der Wut befreit, zumindest eine Weile. Die meisten sehen eine hübsche Frau mit einem weißen Turban, weicher Haut und Augen, so unschuldig wie die eines Kindes. Selbst Vater scheint sie nicht zu kennen, er hat das Bild nicht verstanden, und das ist auch besser so. Es ist erstaunlich, ich bin im Laufe meines Schaffens selbst zu einem Bildnis geworden, zu einem, das sich aus der Summe der Vorstellungen speist, die sich andere von mir machen. Alle meinen beständig, zu wissen, wie es mir geht und was das Beste für mich ist. Vater. Die Agenten. Auch Malvasia. Und ich weiß, sie sehen nichts von mir.
Ich verzichte auf nahezu alles, um die Bottega zu führen, die Arbeiten zu planen. Die Musik, ihr widme ich mich heimlich, und für das Dichten bleiben schlaflose Stunden über.

Wie ist der Name meiner besten Freundin?
Ich habe keine. Einfach, weil ich keine Zeit habe. Für eine Freundin müsste ich mir Zeit nehmen und sie ihr schenken, denn Freundschaft besteht aus geschenkter Zeit. Die Menschen, die mir nahestehen, sind in einer Abhängigkeit von mir. Mein Leben besteht aus Abhängigkeiten in alle Richtungen. Denn auch ich bin abhängig. Von meinem Vater, der fordert. Ich soll malen wie ein Mann, soll denken wie ein Mann, die Leistungen eines Mannes erbringen, aber ich erhalte nicht einmal den Lohn einer Frau. Das Schlimmste ist jedoch der Verzicht auf Liebe. Mein Vater hat eine Frau und Kinder an seiner Seite. Wer wird an meiner Seite sein, wenn ich in seinem Alter bin?
Wer vermag zu sehen, was die Malerei aus mir gemacht hat? Sie hat etwas aus mir gemacht, das kaum ein Mensch sein will. Ich habe eine Aufgabe, mehr nicht. Und auf der Straße bleiben die Menschen stehen und starren mich an, als wäre ich eine Erscheinung. Es ist absurd. Geht weiter, möchte ich ihnen entgegenrufen, stattdessen lächele ich freundlich.
Inzwischen schmerzt es mich, wenn ich Malvasia treffe. Es fällt mir immer schwerer, ihm in die Augen zu blicken, denn was soll er in den meinen lesen? Die Dankbarkeit ist der Frage gewichen, ob er geahnt hat, welchen Preis ich dafür zahlen werde, meinen Traum leben zu dürfen.
Ich bin zu einem Ikarus geworden. Ich habe vom Vater die Flügel angeschnallt bekommen, flog auf, spürte die Wärme der Sonne, die Leichtigkeit im Flug, den Wind unter den Flügeln.
Und dann?
Ikarus handelte aus Leichtsinn. Er flog zu hoch hinaus, und

der Traum wurde mit jedem Tropfen, der aus seinen wächsernen Flügeln schmolz, zur tödlichen Falle. Es gab keine Chance für ihn, dem Fehler, den er gemacht hatte, zu entkommen. Manchmal frage ich mich, wie es ihm im Moment der Erkenntnis ergangen sein muss. Der Unterschied zwischen Ikarus und mir ist, dass er, als er mehr wollte, übermütig wurde. Bei mir war es kein Leichtsinn, aber ich wollte hoch hinaus. Ich habe, kaum dass ich die Flügel umgeschnallt bekam, alles daran gesetzt, immer höher und immer weiter zu kommen. Ich bin selbst schuld. Jetzt bin ich oben, und das Wachs meiner Flügel schmilzt nicht. Es ist heiß hier und einsam.

Und Beatrice Cenci. Ihr Bildnis ist mir eine treue Begleiterin. Es ist, als würde sie mir zuflüstern, mich immer wieder gegen den Vater zu stellen. Er hat mich nie geschlagen, aber er hat mir trotzdem vieles genommen.

Picinardi setzte die Feder ab und blickte entsetzt in den Abgrund, der sich vor ihm eröffnete. Er konnte nicht mehr denken, wollte nicht denken. Waren diese Erkenntnisse das Ergebnis, wenn man die Wahrheit suchte? Er sprang auf und machte sich auf die Suche nach Francesca, nach Petronella, nach irgendeinem Menschen.

Diese Einsamkeit und sein rasendes Herz ertrug er nicht.

Vom Malen

»Entschuldigt, dass ich unangemeldet erscheine«, sagte der Prior und schloss die Tür zur Bottega. »Aber heute Nacht hatte ich eine Eingebung, über die ich gern mit Euch sprechen möchte.«

Bartolomeo sah über Picinardis Kleidung hinweg, die sich von der üblichen darin unterschied, dass sie eindeutig ihre besten Jahre hinter sich hatte. »Gut, dass Ihr vorbeikommt, sonst hätte ich Euch heute noch aufgesucht. Ich befürchte, meine Erzählungen waren gestern sehr … sagen wir, gefärbt, in finsteren Tönen. Dafür wollte ich mich entschuldigen. Auch mit dem Bild – ich wollte Euch nicht zu nahe treten.«

Der Prior lehnte sich gegen einen Tisch und verschränkte die Arme vor der Brust. »Tatsächlich waren meine Aufzeichnungen nach unserem Gespräch leidvoll, aber ich habe das Gefühl, Elisabetta nach und nach in ihrer Gänze zu erfassen. Ich fürchte«, er zögerte, »wir haben einander nur die guten Seiten, die Stärken und Vorzüge unserer selbst präsentiert, die traurigen, die einsamen Momente oder auch jene, die wütend machen – wir hatten keine Gelegenheit, sie zu leben.« Er räusperte sich und strich mit zitternder Hand über den Spitzenkragen, der zu eng saß. »Insofern bin ich Euch dankbar für die Nähe, die gestern entstand. Es ist gut, einen

Menschen zu haben, demgegenüber ich nichts zu leugnen brauche.«

»Wenn Ihr wüsstet, wie gut ich Euch verstehe«, flüsterte Bartolomeo, während er eine Leinwand auf eine Staffelei stellte.

Nicht ein einziges Mal habe ich ihn gefragt, wie es ihm ergeht, dachte der Prior und wusste dennoch nicht, wie er ein Gespräch über Lucia Tolomelli beginnen sollte. Er rieb sich das Gesicht und drückte den Rücken durch. »Ich bin nicht hier, um Euch abermals mein Leid zu klagen«, sagte er, darum bemüht, entschlossen zu klingen.

Tatsächlich wandte der Maler sich ihm wieder zu, sichtlich erleichtert, dass sein Gast ein neues Thema anschnitt.

»Ihr habt erwähnt«, fuhr Picinardi fort, »dass die Malerei in Elisabetta nicht mehr den Enthusiasmus entfachte, den sie anfänglich gehabt hatte.«

»Ist das nicht mit allem im Leben so, das wir täglich um uns haben? Selbst das Eheweib, das eigene Kind, der vertrauteste Freund kann zur Anstrengung werden, und manchmal geht darüber das verloren, was verbindet oder begeistert. Zumindest glaube ich das zu beobachten. Im besten Fall aber gibt es immer wieder diese Augenblicke, in denen die Liebe, die Leidenschaft und die Begeisterung erneut zutage treten. Und so ist es auch in der Arbeit, selbst wenn sie eine Berufung ist. Wie gesagt, gestern habe ich mich einseitig geäußert, was aber nicht bedeutet, dass die Dinge, die ich sagte, nicht stimmen. Es waren verschobene Wertigkeiten.«

»Also gab es einen Rest von Leidenschaft für die Malerei in Elisabetta?«

»Natürlich«, Bartolomeo lächelte ein wenig. »Die Malerei ist fordernd, oft enttäuschend, aber wenn sie ihre Magie entfaltet, kommt man nie wieder von ihr los. Sie ist eine Sucht, der sich nur wenige, die ihr einmal erlegen sind, wieder entziehen können.«

Picinardi nickte heftig und spürte, dass sein Puls schneller ging. »Genau darum geht es mir. Deshalb bin ich heute hier. Bitte haltet mich nicht für verrückt, aber ich will sie spüren, diese Magie, selbst wenn sie zur Sucht werden sollte.«

»Ach, deshalb der Aufzug«, sagte Bartolomeo und sah nachdenklich durch die Bottega. »Ja, ein nachvollziehbarer Schritt, ein sehr guter sogar. Es gibt kaum etwas, das dich ihrem Leben näher bringen wird.«

Kurz stutzte der Prior ob der vertraulichen Anrede und erkannte, wie recht der Maler hatte. Die Zeit der Förmlichkeiten war längst vorbei. »Hast du Zeit dafür? Würdest du das machen?«

»Ja sicher, und so, wie du aussiehst, möchtest du gleich beginnen.«

»Ich will nicht, ich muss!«, sagte der Prior und hob entschuldigend die Hände in die Höhe.

»Nun gut, dann fangen wir ganz allgemein an. Ich hoffe, du weißt, dass sich in der edlen Kunst der Malerei einst selbst große Herrscher übten, welche sonst Schwert und Zepter in den Händen hielten?«

»Nein, das weiß ich nicht.«

»Herrscher wie Cäsar, Augustus, Tiberius, Franz der Erste, König von Frankreich, und Philipp der Zweite, der König von Österreich, sie alle malten.«

»Gut, du hast mich beeindruckt«, gab der Prior aufrichtig zu.

»Mir geht es nicht darum, dich zu beeindrucken, mir geht es um die Tradition, um die Wertschätzung der Malerei, die im täglichen Schaffen hin und wieder in den Hintergrund gerät. Wir in Italien haben bedeutende Maler hervorgebracht, sei es Leonardo da Vinci, Michelangelo, Raffael oder auch Tizian. Künstlerscharen aus aller Welt kommen zu Studienreisen hierher, eben weil aus unserem Land viele der Meister stammen«, fuhr er fort. »Aber Elisabetta versuchte nicht, die Welt zu bereisen, sie versuchte, die Welt ins Haus zu holen, in diese Bottega. Komm, ich zeige dir den Ort, in dem der Gedanke, die Welt zu uns zu holen, am deutlichsten zu erkennen ist.« Bartolomeo lief zur Kuriositätenkammer und öffnete die Tür. »Du kennst die Kammer sicherlich, aber betrachte sie jetzt bitte mit dem Blick eines Lehrlings.«

»Wo ist eigentlich Lehrling David? Ich habe ihn lange nicht gesehen.«

Der Maler öffnete einen Schrank und nahm mehrere Stapel Papier heraus. »Der Maestro hat ihn nach Florenz vermittelt, ein Kollege der Accademia di San Luca hat ihm dabei geholfen.«

»Elisabetta war auch Mitglied dieser Accademia, oder?«

»Ja, sie ist eine der wenigen Frauen in diesem Kreis gewesen. Es hat sie allerdings nicht sonderlich geschert«, sagte Bartolomeo und schob zahlreiche Zeichnungen, einem Fächer gleich, auseinander. »Das hier sind einige der Skizzen, die der Bottega zur Verfügung stehen. Sie bilden eine der Grundlagen unserer Arbeit.«

Ohne auch nur einen Bogen anzurühren, stand der Prior am Tisch. »Welchem Zweck dient die Accademia eigentlich?«

»Diese Vereinigung unterstützt die Künstler, teilweise auch mit Geld, kümmert sich um die Vergabe von Verträgen und organisiert unter anderem Ausstellungen. Man diskutiert und widmet sich der Ausbildung. So, wie wir uns jetzt deiner zuwenden.« Kurz hielt Bartolomeo inne und sah ihn mitfühlend an. »Giovanni Luigi, du weichst ununterbrochen aus. Meinst du, dass du das schaffst? Ich habe Sorge, es wird nicht leicht für dich, diesen Weg zu gehen.«

»Was meinst du damit?«

»Wir wühlen damit alles auf, über mehrere Tage, denn ich kann nicht in ein, zwei Stunden vermitteln, wofür Lehrlinge mitunter Jahre brauchen.«

Picinardi schluckte und zerrte an seinem Kragen, bis eine der Nähte krachend nachgab. »Ich sage es dir, wenn es mir zu viel wird, und ich werde versuchen, jetzt beim Thema zu bleiben.« Behutsam nahm er eines der Papiere in die Hand und ließ sich nach und nach die Stiche und Skizzen anderer Künstler erläutern.

Wenig später holte der Maler einen zweiten Stapel aus dem Schrank, zahllose Skizzen von Reni und dem Maestro.

Der Prior spürte ein unangenehmes Ziehen in der Magengegend. »Giacoma hat mich heute hereingebeten. Auch gestern habe ich sonst niemanden von der Familie gesehen. Wie ergeht es ihnen? Ich habe mich lange nicht blicken lassen.«

Das Gesicht des Malers verzog sich. »Die Frauen und Antonio, sie sind vor zwei Tagen zu einer Verwandten von Margherita gereist, was ich sehr begrüße. Es wird ihnen guttun, denke ich, einige Tage an einem anderen Ort zu weilen, an dem nicht alles unentwegt an Elisabetta erinnert.«

»Antonio? Seit wann ist er da?

»Schon eine Weile. Hast du ihn noch nicht getroffen?«

»Nein, anscheinend ist mir da mal wieder etwas entgangen, ich habe von seiner Ankunft nichts mitbekommen.« Er grinste kläglich. »Und der Maestro?«

»Er ist nicht mitgereist. Er hat Ende September ein Anschreiben an Leopoldo de' Medici gerichtet, weshalb es mit dem Prozess nicht vorangeht. Nun wartet er auf eine Antwort, und aus diesem Grund meinte er, in Bologna bleiben zu müssen.«

Der Prozess stockte, und niemand hatte eine Erklärung, warum es nicht voranging. Unruhe machte sich im Prior breit, als er an Lucia Tolomelli dachte. Es schien Ewigkeiten zurückzuliegen, dass er sie aufgesucht hatte. Erst hatte er sie mit Fragen bedrängt, Hoffnungen auf einen möglichen Freispruch in ihr geweckt, und nun blieb er fern. Er beobachtete Bartolomeo. Ihn betraf dieser Stillstand des Prozesses ebenfalls, auch er harrte unter Umständen aus, die unerträglich waren.

Der Maler sah derweil auf eine Zeichnung des Maestros, einen kopflosen Männerleib mit wohlgeformten Proportionen. »Die Zeit der Kondolenzbesuche ist vorbei«, sagte er. »Jeder, der in Bologna etwas auf sich hält, hat seine Schuldigkeit getan. Niemand will sich dieses Elend freiwillig zumuten, und unter dem Deckmantel der Rücksichtnahme bleiben nun alle diesem Haus fern.« Sein Blick wurde trüb, schien sich nach innen zu richten. »Der Maestro und Margherita, sie leiden jeder für sich. Der Tod entzweit auf vielfache Weise.« Dann schüttelte er den Kopf und erhob sich abrupt, um nochmals zum Schrank zu gehen. »Was rede ich hier? So werden wir uns nie der Magie der Malerei nähern können.«

Picinardi ahnte, was folgen würde, und musste schlucken, als Bartolomeo einen dritten Stapel Papierbögen auf den Tisch legte.

»Ich habe dich gewarnt«, sagte er und breitete einige von Elisabettas Arbeiten aus. Daraufhin legte er zwei Bücher mit ledernem Einband dazu. »Diese Stiche und Skizzen hat sie ausgewählt und zusammennähen lassen. Es sind jene Arbeiten, die sie am meisten schätzte.«

Der Prior sah die feinen Linien eines Stiches, der Christus am Kreuz zeigte, darunter lugte ein Blatt hervor, auf dem eine ins Gebet versunkene Frau mit wenigen Strichen festgehalten war. Er atmete tief durch und ließ dann sein Gesicht in die Hände sinken. Bartolomeo hat recht, ich schaffe es nicht, durchfuhr es ihn. In diesem Augenblick sah er die wollene Decke vor sich, die er in sein Studierzimmer getragen hatte. »Oh, mein Gott, du hast eine gute Menschenkenntnis, Bartolomeo. Es ist unerträglich. Aber ich will das!« Langsam strich er über den vor ihm liegenden ledernen Einband und schlug das Buch auf. Seite um Seite betrachtete er die Skizzen und Drucke, in der Hoffnung, der überwiegende Teil würde sich in seine Erinnerung eingraben. Männerleiber, Frauengesichter, betende Hände, Kinder. In Gruppen, allein. Putten, Landschaften, Blüten, Tiere, Bildnisse zu Bibelthemen, den alten Griechen und Römern – es eröffnete sich ihm eine Welt, in deren Darstellung es an nichts zu fehlen schien.

Nachdem er das zweite Buch geschlossen hatte, wies Bartolomeo auf die Regale. Raritäten reihten sich dort aneinander, inzwischen verstaubt und mit Spinnweben überzogen. Gipsabgüsse, Skulpturen, Waffen, seltene Muscheln und Steine in unterschiedlichsten Formen und Farben. »All das hat sie so aufgestellt, ich bringe es nicht übers Herz, nur eines der Teile zu verrücken«, sagte der Maler und ging schwerfällig hinüber.

Auch den Prior kostete es Kraft, sich aufzurichten.

Bartolomeo begann, anhand eines Gipskopfes das plastische Malen zu erläutern, das dem Malen am Modell voranging. Mit jedem Satz, den der Mann sprach, schien die Schwermut von ihm abzufallen, konnte die Kunst die Trauer zumindest vorübergehend verdrängen. Er führte ihn zu einem weiteren Schrank, in dem Kleider, ein Harnisch, Tücher und Schleier darauf warteten, entdeckt zu werden. In einem Fach lagen Waffen, zwei Schirme, und auf dem Boden des Schrankes stand ein Paar ausgetretene Stiefel neben Kisten, in denen Helme und Schilde gelagert waren. Im Anschluss betrachteten sie den Korpus einer Violine, einer Laute und entstaubten zwei Flöten.

Beeindruckt war Picinardi von der Sammlung getrockneter Pflanzen und toten Getiers. Vor allem die farbenprächtigen und zarten Schmetterlinge, deren Schönheit er ausgiebig betrachtete, berührten ihn. Bevor sie die Kammer verließen, zeigte ihm Bartolomeo einen Schädel, der gut verborgen aufbewahrt wurde. Der Prior schauderte und tastete dann doch über die Schädeldecke. Noch nie hatte er Schmetterlinge derart intensiv wahrgenommen, noch nie einen Schädel angefasst. Er begann zu ahnen, was Bartolomeo damit gemeint hatte, mit jedem Ding, das in dieser Kammer lagerte, die Welt ins Haus holen zu wollen.

Sie wanderten durch die Depotkammer, in der vollendete Bilder aufbewahrt wurden und Leinwände, von denen einige bereits grundiert waren, andere wiederum auf ihren ersten Anstrich warteten. Auch Bilderrahmen lagerten hier, in nahezu jeder Größe und Gestalt. Von Ebenholz bis hin zu vergoldeten Rahmen war alles verfügbar.

In der Bottega blieb Bartolomeo vor einem Tischchen stehen, auf dem diverse Pinsel aus Bechern emporragten. »Unser Werkzeug«, sagte er und zog einen Pinsel hervor. »Dieser besteht beispielsweise aus dem Holz des Buchsbaums. Ein stabiler Stiel, auf den ein Federkiel geschoben wurde, der die Haare des Eichhörnchenschwanzes zusammenhält. Der gröbere Pinsel dort hinten ist aus Iltishaaren, manche werden sogar aus dem Fell des Fischotters gefertigt. Jeder dieser Pinsel hat besondere Eigenschaften. Feine Striche mit weichem Haar, grobe Aufträge mit stabilen Borsten. Die Kunst des Pinselbindens könnte man als eine Wissenschaft für sich betrachten.«

Für einen Moment wich der Prior dem Blick des Malers aus, denn er verspürte ein schlechtes Gewissen, einen dieser Pinsel entwendet zu haben, nicht ahnend, welche Bedeutung ihm vielleicht zukam. Er hoffte, eines der Modelle mit einfacher Ausstattung erwischt zu haben, und war dankbar, als der Maler ihn ablenkte, indem er ihn in die Kammer zum Anreiben der Farben führte.

»Das Herz der Malerei, zumindest in meinen Augen. Denn mit der Qualität der Farben steht und fällt jedes Werk. Ein Maler kann noch so begabt sein – wenn er keine guten Farben hat, wenn das Ocker beispielsweise sandig, das Bleiweiß mit zu viel Marmor vermischt ist, leidet jede noch so ausgefeilte Komposition«, sagte er und eröffnete dem Prior damit die Welt der Pigmente.

Sie begannen mit Bleiweiß. In seinem Ursprung war es meist muschelförmig, häufig kamen aber auch spiralförmige Bleistreifen zum Einsatz. Picinardi erfuhr, dass man diese Brocken oder Streifen mit Essig oder Urin übergoss und sie dann in einem abgeschlossenen Raum reagieren ließ. Das Blei zersetzte sich, wobei das Pigment entstand, ein Grundstoff, auf den viele Menschen jedoch mit Kopfschmerz und Übelkeit reagierten.

Bartolomeo zeigte dem Prior das flammende Rot des Vermillion, das helle Meeresblau des Azurits, das dunkle Blau des Ultramarins und das sonnige Gelb des Mastikots. Sie berührten die festen Vermillion- und Indigobrocken und hauchfeines Blattgold. Er hob ein Fläschchen pudriger Ockerpigmente in die Höhe und wies auf die Wasserfarben, die angerieben in Muschelschalen verkauft wurden. »Die Farben, sie sind eine Reise um die Welt. Viele von ihnen oder zumindest die Grundstoffe kommen aus aller Herren Länder.«

Inzwischen lag eine Begeisterung in Bartolomeos Stimme, die den Prior mitriss. Das Lapis Lazuli, das die Grundlage für Ultramarin bildete, führte ihn nach Asien. Die Schildlaus, die man für die Herstellung karminroter Farbe verwendete, brachte ihn in wenigen Atemzügen von Asien nach Amerika. Die ockerfarbenen Töne ließen ihn Italien und England bereisen, um dann im deutschen Lande anzukommen.

»Das wusste ich alles nicht«, stammelte er und starrte auf die Pigmente. Bisher hatte ihn stets die vordergründige Farbenpracht beeindruckt, doch nun ahnte er, welche Wege jedes dieser Pigmente hinter sich hatte. »Das muss ein Vermögen sein, das hier auf dem Tisch liegt, nehme ich an?«

Bartolomeo nickte nur.

»Du ahnst nicht, welche Summen die Malerei verschlingt. Aber nun komm, jetzt wollen wir beginnen.«

Gemeinsam gingen sie in die Bottega zurück, und der Maler stellte eine kleine Leinwand auf die Staffelei.

Der Prior beugte sich vor und kniff die Augen zusammen. Dieser Stoff wich erheblich von dem ab, was ihm als Bespannung geläufig war.

»Ja, das ist ein Hemd. Nimm es mir nicht übel, wenn ich dich erst später an eine richtige Leinwand setze. Du bist hier nicht viel mehr als ein Lehrling, und deshalb fängst du mit den gleichen Arbeitsbedingungen an wie sie.« Bartolomeo grinste. »Aber glaube mir: Um die Technik der Grundierung zu verstehen, ist das ausreichend.«

So kam es, dass der Prior die erste dünne Schicht Leim, die er zuvor mit Leinöl und weißer Kreide vermengt hatte, auftrug. Während er Strich um Strich setzte, erzählte Bartolomeo, dass dies eine alte Technik sei, die nur noch selten Anwendung finde, aber sich in ihrer Einfachheit gut für Anfänger eigne.

Als die Leinwand mit Leim überzogen war und zu trocknen begann, wurde der Prior an den Reibstein geführt, um die Farbe vorzubereiten, die er nutzen würde. Er zerstieß zuerst einen Farbbrocken Vermillion im Mörser und schüttete die groben Pigmente auf den Reibstein. Mit gleichmäßigen Bewegungen schob er daraufhin den Läufer, einen abgeflachten runden Stein, der gut in der Hand lag, über die Farbkörner, bis sie in kleinste Pigmente zerfielen. Bartolomeo fügte einen Schluck Wasser hinzu, dann rieb er weiter. Mit einem Schieflein wischte er die Masse zum Trocknen auf eine steinerne Platte. Nun hatten die Pigmente den Grad an Feinheit erreicht, der für die Malerei unabdingbar war.

»Jetzt muss nur ein Tröpfchen Öl dazugegeben werden, und fertig ist eine der Grundlagen deines Schaffens«, stellte Bartolomeo fest.

»Ich kann es kaum abwarten!« Der Prior fühlte sich wie ein kleiner Junge, vor dem ein Geschenk darauf wartete, aus seiner Verpackung befreit zu werden.

»Zur Malerei gehört Geduld. Wir werden jetzt nachschauen, ob die erste Leimschicht getrocknet ist. Wenn ja, darfst du eine weitere auftragen. Malen werden wir erst morgen.«

Die Enttäuschung in Picinardis Gesicht ließ den Maler laut auflachen. Er legte ihm die Hand auf die Schulter und führte ihn zur Staffelei zurück.

Vom Ultramarinblau des Lachens

Francesca und Petronella hielten in ihrer Arbeit überrascht inne, als der Prior wenig später in durchaus als verlottert zu bezeichnender Kleidung in der Küche stand, am Arm einen Korb trug, den sie noch nie gesehen hatten und in dem sich Gemüse befand. Ebenso seltsam wie sein Aufzug und die Mitbringsel nahm sich für die beiden Frauen sein weiteres Verhalten aus.

Er schob zwei Teller auf dem Tisch beiseite und griff in den Korb. »Rote Bete«, sagte er und hielt eine Knolle in die Höhe. »Ist euch schon aufgefallen, dass sie purpurfarben ist?« Er warf sie auf den Tisch, um sogleich Maronen danebenzulegen. »Dieses Braunrot der Schalen, ist es nicht wundervoll? Ein sattes Kölnerbraun, das in einen Umbraton übergeht.« Er griff eines der Messer und schnitt die Marone auf. »Innen ähnelt es dem Auripigment, vielleicht eine Nuance heller. Die Aubergine: Ihre Schale ist lampenschwarz, und diese Schattierung, wenn das Licht sich darauf spiegelt, ich weiß nicht, wie man sie benennen soll …«

Hätte der Prior sowohl Francesca als auch Petronella ein wenig mehr Aufmerksamkeit entgegengebracht, wären ihm vielleicht die Blicke aufgefallen, die beide Frauen miteinander wechselten. Während der von Petronella zu fragen schien, ob es sich um ein Fieber handeln könnte, war der von Francesca schlichtweg empört.

Sie stemmte die Arme in die Seiten. »Signore, was bedeutet das? Ihr lauft in Eurer ältesten Kleidung durch Felsina und kommt mit Gemüse nach Hause …«

»Ich war malen und dann in der Via delle Drapperie ein wenig einkaufen.« Nun erst schaute der Prior die beiden an, sein Blick hatte die Unschuld eines Kindes.

Francesca seufzte und strich sich mit dem Finger über die Nasenwurzel. »Malen! Ihr wart malen und einkaufen?« Inzwischen klang ihre Stimme durchaus so, als würde auch sie ein Fieber in Erwägung ziehen.

Petronella sah sich hastig um, griff den Wassereimer, hielt ihn wortlos in die Höhe und verließ die Küche.

Picinardi zog sich einen Hocker an den Tisch heran. »Setz dich bitte zu mir. Ich will es dir erklären.«

Francesca kam seiner Aufforderung nach und wählte den Platz, der so weit wie möglich von ihm entfernt war. »Geht es Euch gut?«

»So gut ging es mir lange nicht mehr. Halte mich nicht für verrückt, aber ich lasse mich bei Bartolomeo Zanichelli in die Malerei einweisen. Es ist anregend, geradezu aufregend.«

»Warum macht Ihr das? Braucht Ihr das, um die Rede zu schreiben?«

Picinardi hörte den Argwohn in ihrer Frage. »Ja, das brauche ich, um die Trauerrede zu schreiben.«

»Ist das nicht ein wenig viel Einsatz? Wenn Ihr an Gesetzen arbeitet, wie beispielsweise mit Diebesgesindel verfahren werden soll, beklaut Ihr doch auch nicht vorher die Menschen.«

Ein Seufzen entfuhr dem Prior. »Das Schreiben dieser Rede fällt mir schwer, Francesca. Da will ich nichts unversucht lassen«, entgegnete er.

»Das wusste ich nicht. Ich ging davon aus, es würde Euch gut von der Hand gehen.« Sie schob fünf der Maronen auf dem Tisch hin und her, bis sie eine Reihe bildeten. »Hilft es denn weiter? Das Malen, meine ich.«

»Ja, ich glaube schon. Bisher wusste ich darüber nicht viel.«

»Kölnerbraun. Ein eigenartiges Wort. Mögt Ihr mir ein wenig davon erzählen?«

»Vom Kölnerbraun?«, fragte Picinardi, erleichtert, dass Francesca wieder bei ihm war.

»Ja, es ist ein wahrhaft eigenartiges Wort. Gibt es davon noch mehr?«

»Sicherlich, aber ich habe schon mit nahezu all den wunderbaren Worten um mich geworfen, die ich bisher kennengelernt habe. Nach meinem nächsten Treffen mit Bartolomeo beeindrucke ich dich gern mit mehr.«

Francesca lachte auf, heute jedoch ohne einen der kehligen, dunklen Töne, und für einen Augenblick meinte Picinardi, ein klares Ultramarin herauszuhören, schön und kostbar wie der blaue Lapis Lazuli, aus dem es gewonnen wurde.

Von der blanken Leinwand

Am kommenden Morgen drückte Bartolomeo dem Prior ein Schabmesser und einen Bimsstein in die Hand und forderte ihn auf, die Oberfläche der Leinwand zu bearbeiten, bis sie glatt und eben war. Die Ungeduld im Gesicht seines Schülers war ihm auch am heutigen Tag gleich.

»Mache schon. Während du glättest, will ich dir noch ein wenig von Elisabettas Werken erzählen.«

Mit einer schwungvollen Bewegung ließ der Prior den Bimsstein über die Leimschicht fahren.

»Du sollst glätten und nicht schleifen. Malen ist nicht nur Geduld, es ist vor allem Gefühl.«

»Du weidest dich durchaus mit Freude an meiner Ungeduld.« Picinardi schüttelte ungläubig den Kopf.

»Ja, ein wenig. Aber damit du dich nicht langweilst: Du weißt ja, dass Elisabetta Historienbilder malte, was nur wenigen Frauen zugestanden wird.«

»Natürlich weiß ich das.«

»Wunderbar. Diese Bilder sind eine Verdichtung vergangener Ereignisse, die jeder erkennt. Es sind Heldendarstellungen. Wir überhöhen das Vergangene, und damit wollen wir den Betrachter berühren. Ihm eine Botschaft vermitteln.«

Für einen Moment ließ der Prior den Bimsstein ruhen und hörte Lucia Tolomellis Stimme in sich, die davon erzählte, wie Elisabetta ihre Schwester aufforderte, die Geschichten über die Götter der Griechen und des eigenen Landes so gut zu kennen wie die der Bibel. Er sah Bartolomeo aufmerksam an.

»Zumeist waren ihre Helden jedoch Frauen.«

»Auch das weiß ich«, unterbrach Picinardi und fühlte sich an Zeiten erinnert, in denen er seinem Hauslehrer gegenübergesessen hatte. »Cleopatra, Circe, Dalila oder auch Judith mit dem Haupt des Holofernes. Porcia fällt mir noch ein und Timoclea, die einen Hauptmann von Alexander dem Großen an den Beinen packt und ihn kopfüber in einen Brunnen stürzt.«

»Ja, und damit hat sie es sich nicht immer einfach gemacht. Anstatt Brutus oder Julius Cäsar zu zeigen oder Alexander den Großen, hat sie die Frauen an deren Seite hervorgehoben. Ihre Bilder waren brillant, und deshalb wurden sie verkauft. Aber es war durchaus ein Wagnis. Nehmen wir einmal die Darstellung von Judith mit dem Haupt des Holofernes. Elisabetta zeigt nicht die Enthauptung, wie es Caravaggio und Artemisia Gentileschi so wundervoll grausam und bewegend gemacht haben. Sie hat sich für den Moment des Triumphes entschieden: Judith zeigt den Menschen der belagerten Stadt Betulia das Haupt des Holofernes. Darüber hinaus hat sie das Bild so entworfen, dass man meint, Judith würde einen direkt anschauen, als wollte sie eine Meinung einfordern.«

Tatsächlich, dachte Picinardi. In Guido Renis Skizzen war ein Entwurf für ein Gemälde gewesen, in dem er sich ebenfalls der Judith gewidmet hatte. Bei ihm hatte sie gen Himmel geblickt, so als wollte sie Gottes Einverständnis für ihre Tat erbitten.

»Elisabettas Judith-Darstellung entstand für Andrea Cattalani, du weißt schon, der Mann, der die Bank sein Eigen nennt. Er hat fünfzehn Bilder vom Maestro erworben und sieben Bilder von Elisabetta, darunter das von Timoclea. Er kannte Elisabettas ungewöhnliche Auslegungen, aber viele der von ihr gemalten Frauen waren anderen Käufern nicht immer derart geläufig.«

»Sie war eben mutig«, flüsterte der Prior und bemerkte, wie der Bimsstein, den seine Hand umklammerte, inzwischen von allein über die Leinwand zu rasen schien.

»Ja, und du wirst jetzt wahrscheinlich auch deinen ganzen Mut brauchen.«

Erstaunt hielt Picinardi inne. »Wofür?«

»Es fällt nicht jedem leicht, eine Leinwand zu bemalen, die so mühselig vorbereitet wurde.«

»Ach das«, der Prior winkte ab, »das ist sicherlich vergleichbar mit dem leeren Bogen Papier, der darauf wartet, beschrieben zu werden. Da habe ich schon so oft glanzvoll versagt. Wenn mir dies jetzt wieder geschieht, halt mit der blanken Leinwand, kann mich das nicht erschüttern.«

Sie lachten. Miteinander. Es war ein Augenblick, den Picinardi gern ausgedehnt hätte, um die eingekehrte Leichtigkeit festzuhalten, bevor sie wieder verschwand.

Er beobachtete, wie Bartolomeo daraufhin Kohlestifte, Pinsel, Öl und Pigmente bereitstellte. Dann legte er eine Palette und zwei unförmige, zugebundene Säckchen und ein Messer dazu.

Die Schweineblasen, so sehen sie also aus, dachte der Prior und verspürte eine tiefe Zufriedenheit. Ja, langsam hatte er das Gefühl, einen ersten Einblick in Elisabettas Welt der Malerei zu erhalten. Da war er also, der Moment, dem er entgegenfiebert hatte: Die weiße Leinwand war fertig und wartete auf die Unterzeichnung des Bildes.

Bartolomeo forderte ihn auf, eine grobe Skizze aufzubringen, die erste Umrisse des Motivs festlegte. Der Prior hatte beschlossen, das Meer zu malen, es erschien ihm am einfachsten. Einen Strand, dann die Wasserfläche und schließlich den Horizont, der den Himmel begrenzte.

Mit schwarzer Kreide zog er unter Bartolomeos Anleitung Linien, die Wellenverläufe andeuteten, und begann, erste Schattierungen zu setzen. Er erfuhr, dass die ölhaltige Farbe diese Skizze wieder auflösen würde, und falls doch Schatten zurückblieben, wären sie bei diesem Motiv gut zu verdecken.

Bartolomeo stach eine der Schweineblasen an und drückte leuchtend blaues Azurit heraus. »Nun, wir haben gestern Vermillion angemischt, aber wir werden es kaum brauchen. Vielleicht hätte ich dich vorab fragen sollen, was du zu malen beabsichtigst, aber nahezu alle Menschen, die erstmalig an der Leinwand stehen, lassen sich von der Intensität dieses Farbtons verführen.«

Picinardi wollte mehr. Gierig blickte er auf die Palette, die ihm Bartolomeo nun endlich entgegenhielt. Bedächtig schob er seinen Daumen durch die Öffnung des dünnen Holztäfelchens und sah auf den blauen Farbklecks. Feierlich griff er den Pinsel und tupfte die Spitze in die Farbe, berührte dann mit dem Pinsel die weiße Leinwand und zog ihn nach rechts. Die feinen Haare des Eichhörnchenschwanzes hinterließen einen blau glänzenden Strich.

Konzentriert machte er sich nun daran, die Fläche in zwei Blautönen zu bemalen, die zur Grundlage seines Bildes wurden. Der dunklere Ton für das Meer, der hellere für den Himmel, zwei Farbtöne, die das Auge beruhigten. Eine Ruhe, die durch das gleichmäßige Streichen des Pinsels verstärkt wurde und vom Auge auf das Gemüt überging, dem Atem Gleichmaß verlieh und die Gedanken vertrieb, bis der Kopf wohltuend leer war. Der Prior lächelte glücklich und strich langsamer, um diesen kurzen inneren Frieden auszukosten.

»Die hellere Farbe für den Strand setzen wir morgen«, hörte er irgendwann Bartolomeo sagen, der die ganze Zeit über neben ihm ausgeharrt hatte. »Damit das Blau und Ocker sich nicht vermischen.«

Der Prior fuhr entsetzt herum, der Ruhe beraubt, den Kopf abermals voller Elend. »Wie? Das war es schon für heute?«, entfuhr es ihm.

»Ja, das ist die Basis deines Werkes, die nun Schritt für Schritt ausgearbeitet wird, indem wir Hell- und Dunkel-Nuancen anlegen. Wir werden verschiedene Farbschichten auftragen, vor allem im Bereich der Wolken, wir werden mit teils deckenden, teils transparenten Farbschichten arbeiten. Aber für heute sind wir fertig.«

Ungläubig starrte Picinardi den Mann vor sich an. Er wollte wohl wieder allein und ungestört sein, abermals zum Eremiten werden, oder wie war diese Feststellung zu verstehen? Und was war mit ihm? Wer gönnte ihm seine Ruhe, den kleinen Moment, um Luft zu bekommen?

»So ist das. Diesen vorbereitenden Schritt erledigen wir

meist zwischendrin und wenden uns dann wieder anderen Werken zu. In dieser Zeit kann der Auftrag trocknen. Diese Möglichkeit hast du nicht, da du nur an diesem einen Bild arbeitest. Der zweite Arbeitsschritt, der dem Setzen der Farbblöcke folgt, dient dem Ausarbeiten von Schatten. Daran schließt als dritter Arbeitsschritt das Setzen von Lichtreflexen oder hellen Partien an. Man setzt so wenig Farbschichten wie möglich. Zum Schluss kommt die Firnis, die zusätzlich Glanz und Tiefe verleiht und einen Schutz bildet. Wenn du dein Werk vollenden möchtest, kannst du gern jeden Tag herkommen, allerdings werden die Arbeitsschritte nur kurze Zeit in Anspruch nehmen, wie du siehst. Danach heißt es stets, Geduld zu haben.«

»Pack mir das Zeug ein! Dann nehme ich das alles mit«, forderte Picinardi empört und wies mit dem Pinsel auf die Leinwand.

»Gern, du bekommst von mir eine Grundausstattung zusammengestellt. Aber erst, wenn du ein Bild mit mir in allen Arbeitsschritten durchlaufen hast.«

»Das ist Erpressung!«

»Da sage noch mal einer, wir Maler könnten nichts als den Pinsel schwingen«, sagte Bartolomeo leichthin, nahm sich einen und begann, ihn zu reinigen.

»Hast du wenigstens einen Stift und ein Papier für mich?«

»In der Kammer, an meinem Tisch. Bediene dich. Will sich der eifrige Schüler Notizen machen?«

»Ja, so ungefähr.«

Mit großen Schritten hetzte der Prior in die Kammer, griff sich das Tintenfass, die Feder und nahm zwei Bögen an sich. Als er die Bottega wieder betrat, versuchte er, alles zu erfassen, was diesen Ort ausmachte. Die Staffeleien, die Bilder, das Licht, den Geruch. Elisabettas Anwesenheit, die hier noch immer spürbar war. Er schob auf einem Tisch die Pinsel und Krüge beiseite, legte die Schreibutensilien ab und zog sich einen Hocker heran. Diese Ruhe, diese Kraft der Farben, er hatte sie gespürt, und er würde sie wieder auskosten wollen. Sie vereinten all die Mosaiksteinchen, die er zusammengetragen hatte, zu einem Bild.

Er sah zu Bartolomeo. »Ich hoffe, ich kann noch einen Augenblick bleiben? Jetzt weiß ich, was ich zu sagen habe. Das muss aufs Papier.«

Der Maler nickte nur.

Blaue Farbe klebte an den Fingerspitzen des Priors. Er sah es, als er die Feder griff, und musste lächeln. Ja, das Malen half, dachte er und begann zu schreiben.

> *Wer wird jemals ganz erfassen können, mit welch lebhaftem Geist, welch herausragendem Gedächtnis, welch feinem Urteilsvermögen Elisabetta gesegnet war, wenn nicht derjenige, dem ihr Wirken genauestens bekannt ist? Mit Fleiß schuf sie ein großes Werk, Skulpturen und Kupferstiche von gar mannigfaltiger Gestalt, die davon zeugen, welch ein Wunderkind sie war.*

Er musste nicht denken, er musste nur das, was ihm in den letzten Wochen zugetragen worden war und was er hier, an seinem persönlichen Ort der Glückseligkeit, erfahren hatte, aufnehmen. Er hatte zugehört, sein eigenes Bild ergänzt, und Abgründe hatten sich ihm eröffnet. Er hatte die Magie des Malens gespürt, und nun würde er sich der Kraft der Farben und seiner Liebe als auch der Worte derer bedienen, die mit ihm den steinigen Weg des Abschieds gingen.

Höflich war sie beim Zuhören, zuvorkommend in ihren Antworten, außerordentlich einnehmend und liebreizend waren ihre Züge, all diese Gaben machten aus Elisabetta ein Ideal der Perfektion. Schon diese Vorzüge genügten, ewigen Ruhm ihr zu erwerben, doch strahlt ihr Glanz noch heller durch die Malkunst, ja, selbst ein Demosthenes fände für ihr Talent der Lobesworte nicht genug. Oh, wäre mir vergönnt, mit einem ihrer Pinsel die Leinwand meiner Worte zu bemalen, welche ich aus der Beschreibung ihrer Größe weben wollt', so ließe ich die Farben der Beredsamkeit noch länger leuchten hier im Dunkel dieser Trauerfeier. Die edle Kunst der Malerei, in der sich einst selbst große Herrscher übten, welche sonst Schwert und Zepter in den Händen hielten, wie Cäsar, Augustus, Tiberius, Franz der Erste, König von Frankreich, und Philipp der Zweite, König von Österreich, zog Elisabettas Genius am stärksten an, und da sie sich mit aller Kraft um Nachahmung der Natur bemühte, verfeinerte sie ihre Kunst derart, dass sie die Höhen einer Meisterschaft erreichte, wie sie beim weiblichen Geschlecht niemals zuvor gesehen ward.

Alexander, der große Makedonier, hätte das Portrait seines edlen Angesichts nur Elisabetta anvertraut, und selbst Zeuxis von Herakleia, welcher sich einst rühmte, sein Bildnis Helenas sei schöner als Ledas Tochter selbst, hätte es nicht gewagt, mit ihr in Wettstreit einzutreten. Wäre es diesen großen Männern bloß vergönnt gewesen, die Malerei Elisabettas zu betrachten, ihre Lebendigkeit, den Stolz der Gesten und der Blicke, den Sinn für Schönheit und für Grazie, die Symmetrie der Körper, die Vortrefflichkeit der Formen, den Geist der Gesichtszüge, die Eleganz der Haartracht, die

Lebhaftigkeit der Pupillen, den Liebreiz der Münder, die Ausdrucksstärke, die mühelose Leichtigkeit und die Anmut ohne Affektiertheit, all jene Eigenschaften, dank derer Elisabetta sich gottgleich hätte wähnen können, wäre ihr Glaube nicht so fest gewesen. Und ist kein höherer Grad an Perfektion erreichbar als jener, auf dem ein Maler nicht mehr nachahmt, sondern die anderen ihm nachzueifern suchen, so wird niemand bezweifeln, dass Elisabetta dort angekommen war, sie, die allein den Lehren der Natur vertraute, sie, deren Mühen Früchte trugen, die ihr Hochachtung und Nachahmer einbrachten.

Ja, sie waren alle zu Wort gekommen, befand der Prior und lehnte sich zurück.

»Darf ich hören, was du geschrieben hast?«

Erstaunt sah er sich um.

Die Bottega. Bartolomeo.

Für einen kurzen Augenblick hatte Picinardi Raum und Zeit verloren, und die Rückkehr in die Gegenwart gelang ihm nur schwerlich. Doch er beugte sich vor und begann zu lesen, selbst ein wenig erstaunt, welch Ergebnis sich aus der Feder auf das blanke Papier ergossen hatte. Als er endete, wagte er nicht aufzusehen.

»Ich verstehe, warum der Maestro dich gefragt hat«, sagte Bartolomeo nach einer Weile des Schweigens.

Nun blickte der Prior den Maler an, der blass geworden war.

»Du verstehst es, die passenden Worte zu finden, und deine Stimme, die Art, wie du den Text vorträgst … Es ist ergreifend.«

Erschöpft saßen die beiden zusammen, und dem Prior

war, als hätte er mit den Worten für Elisabetta jedes Fünkchen Kraft aus sich herausgeschrieben.

»Bevor du gehst, habe ich eine Frage an dich«, sagte Bartolomeo in die Stille hinein. »Wie geht es ihr? Also, Lucia?«

Picinardi sah entsetzt auf. »Du weißt, dass ich sie besucht habe?«

»Ja.«

»Von wem?«

»Del Monte. Wir haben als Kinder nebeneinander gewohnt.«

»Weiß er …«, der Prior zögerte, »… weiß der Maestro davon?«

»Nicht von mir. Das ist eure Sache. Bitte sage mir, was hast du für einen Eindruck, wie ergeht es ihr?«

Ermattet stützte der Prior die Ellenbogen auf den Tisch und fuhr sich durch das Haar. »Es tut mir so leid, ich wollte dich längst gefragt haben, wie es dir ergeht, aber ich habe es nicht gewagt, das Thema anzusprechen.«

»Warum?«

»Ich weiß es nicht, vielleicht weil ich ein Idiot bin?«

»Der Gedanke liegt tatsächlich nahe.« Der Maler versuchte zu lächeln, was ihm misslang. »Wie hast du es so schön ausgedrückt: ›Insofern bin ich Euch dankbar für die Nähe, die gestern entstand. Es ist gut, einen Menschen zu haben, demgegenüber ich nichts zu leugnen brauche.‹ Warum sollte es mir anders ergehen?«

»Bitte entschuldige mein Verhalten. Seit … seit Elisabetta nicht mehr bei uns ist, bin ich fortlaufend überfordert. Mache falsch, was nur falsch zu machen geht. Um nun deine Frage zu beantworten: Es geht Lucia den Umständen entsprechend. Sie ist gefasst, manchmal wirkt sie fast zäh auf mich. Und del Monte, in ihm hast du einen guten Freund. Er kümmert sich, zumindest ist das mein Eindruck.«

»Findest du es nicht seltsam, dass die beiden Dottori Mattaselani und Oretti nie befragt wurden?«

Erstaunt über den gedanklichen Sprung, wiegte der Prior den Kopf. »Warum? Gallerati und Fabbri haben doch die Meinung der Dottori dargelegt. Warum soll man sich dieses Ergebnis mehrfach anhören?«

»Bist du sicher, dass die beiden für alle gesprochen haben?«

»Es gibt für mich keinen Grund, anzunehmen, irgendeiner der Dottori würde eine andere Aussage tätigen.«

Bartolomeo wandte sich ab. »Dann solltest du vielleicht Dottor Mattaselani einen Besuch abstatten.«

Vom Aderlass

Die Einrichtung des Zimmers verstörte den Prior, nicht das Mobiliar, vielmehr die kleinen Details, die ungewöhnlich und durchaus abschreckend waren. Insgesamt ähnelte es auf den ersten Blick eher einer Apotheke als einem Studierzimmer, denn auf den Regalen standen Hunderte von Tiegeln und Flaschen in allen Größen. Wer genauer hinschaute, entdeckte darüber hinaus Messer, Nadeln, Zangen, Schaber und viele andere grauenvolle Gerätschaften, die Picinardi noch nie gesehen hatte. Sie lagerten neben Verbandszeug und Bücherstapeln, die ebenfalls bedrohliche Titel trugen wie »Über die anatomische Untersuchung« oder »Über den Nutzen der Körperteile«. An der Wand hing das Bild eines nackten Mannes, an dessen Körper verschiedene Stellen für den Aderlass vermerkt waren. Eingezeichnete Blutspuren zeigten an, dass Kopf, Arme, Beine, Hände und Füße sich dafür eigneten, die roten Tropfen im Schritt des Mannes ließen den Prior jedoch erschauern. Er riss seinen Blick los und betrachtete die enorm große Tasche, wie ein Medico sie stets mit sich trug, die griffbereit neben der Tür stand. Eine Liege war zur Hälfte hinter einem Raumteiler verborgen.

Dottor Mattaselani folgte Picinardis Blick. »Lasst Euch nicht verunsichern. Auch wenn einige der medizinischen

Geräte abenteuerlich wirken, können wir doch, wenn wir den Einfluss der Astrologie hinzunehmen, heutzutage gute Ergebnisse in der Behandlung Kranker erreichen.«

Für einen Moment überlegte der Prior, ob der Dottore in Schwarz gekleidet war, damit man nicht jeden Blutfleck auf seiner Kleidung bemerkte. Auch dieser Gedanke trug nicht dazu bei, dass er sich behaglicher fühlte. Er verlangte selten nach einem Medico, und er wusste auch, warum.

Es hatte drei Tage gedauert, bis sich die Gelegenheit ergeben hatte, dass der Prior den Dottore aufsuchen konnte. Verpflichtungen im Juristenkolleg hatten ihn abgehalten, aber nun saß er in diesem halbdunklen Kabinett der Widerwärtigkeiten, in dem es seltsam bitter nach Kräutern und ihm unbekannten Tinkturen roch. Er war unruhig, wie ein Hund, der die Witterung aufgenommen hatte, auch wenn er nicht ahnte, was für einer Spur er zu folgen hatte.

»Es ist schön, dass Ihr vorbeigekommen seid, Signor Picinardi«, fuhr der Dottore fort. »Bartolomeo Zanichelli hat angedeutet, dass mit einem Besuch von Euch zu rechnen sei. Ich sehe den Maler regelmäßig, wenn ich im Hause der Siranis bin, um den Maestro und seine Frau zu behandeln.«

»Danke, dass Ihr Euch die Zeit für ein Gespräch nehmt. Bartolomeo Zanichelli deutete an … Ich weiß nicht, was er damit sagen wollte, aber es klang so, als würdet Ihr Zweifel an der Aussage von Gallerati und Fabbri haben.«

»Um genau zu sein, habe ich Zweifel im Hinblick auf die Diagnose der beiden, und dementsprechend bewerte ich die Aussage vor Gericht.«

»Welche Zweifel habt Ihr denn?«

»Lasst mich ein wenig ausholen. Dieses Frühjahr war Elisabetta Sirani blass und schmal geworden, in meinen Augen litt sie zudem unter Schwankungen in ihrer Gemütslage. Dennoch ging sie, ohne Rücksicht auf sich zu nehmen, ihren Aufgaben nach. Sogar ihre gesellschaftlichen Verpflichtungen ließ sie schleifen, und auf diese hat sie immer Wert gelegt. Nicht, dass sie jemals viel Zeit dafür gehabt hätte, aber wenn sie sich außer Haus begab – das hat sie mir einmal erzählt –, genoss sie den Austausch mit anderen Künstlern.«

Picinardi unterdrückte ein Lächeln, aber der Gedanke an Elisabetta, die er einmal in einem Zirkel von Studenten erlebt hatte, die in eine Diskussion über die Zentralperspektive vertieft gewesen waren, wärmte ihn.

»Als ich wieder einmal Barbara untersuchte, die sich unwohl fühlte, erschien Elisabetta. Sie beklagte sich über Magenschmerzen«, hörte der Prior den Dottore erzählen. »Ich empfahl ihr Essigsirup, der zu wirken schien. Es bleibt festzuhalten, dass sie bereits im Frühjahr Schwierigkeiten mit dem Magen hatte.«

Ja, der Prior konnte sich erinnern, Elisabetta hatte eine Weile zarter gewirkt. »Sie erfreute sich laut der Zeugen bester Gesundheit«, erwiderte er und war gespannt, wie sein Gegenüber diese Beobachtungen in einen Zusammenhang mit seinen Ausführungen bringen würde.

»Ja, denn sie erholte sich, und ich glaube, dieses Bild ist es, das die Menschen im Kopf behalten wollten. Ich kann mir nicht vorstellen, dass so viele Menschen einhellig lügen – auch ich kenne die Aussagen. Dann aber kam jene Nacht, in der Elisabetta der Schwester eröffnete, ihr Magen schmerze so stark, dass sie davon ausgehe, sterben zu müssen. Sie begab sich freiwillig zu Bett, kalter Schweiß und Fieber wechselten sich mit Schwächeanfällen ab. Der Vater lag mit einem Gichtanfall nebenan im Bett. Als er vom Zustand seiner Tochter erfuhr, ließ er sofort nach Dottor Gallerati rufen. Da dieser nicht zu erreichen war, bat man mich um Hilfe, was durchaus üblich ist. Wir betreuen viele Kranke im Wechsel, hin und wieder, wenn es gewünscht wird, sogar gemeinsam. Als ich in der Via Urbana ankam, war es bereits später Abend. Es ist unbestreitbar, dass es ihr elend ging. Ich verordnete eine Magenreinigung, und sie erbrach sich, aber es war nur noch Galle. Ich konnte kein Blut oder anderes entdecken, was ich bei einer Vergiftung erwarten würde.«

Dottor Mattaselani goss seinem Gast und sich ein Glas Wasser ein, und als er wieder aufsah, hielt er erschrocken inne. »Signor Picinardi, geht es Euch nicht gut? Sind meine Beschreibungen zu ausführlich?«

Hastig griff der Prior sein Glas und nahm einen großen Schluck, doch seine Kehle schien trocken zu bleiben. »Durchaus, ich kannte Elisabetta Sirani gut. Aber fahrt fort, mit meinen Unpässlichkeiten ist niemandem geholfen. Ihr wollt sagen, sie wurde nicht vergiftet, sondern war schon zuvor erkrankt?«

»Genau das will ich. Als ich das Haus verließ, war ich sicher, sie hätte sich den Magen verdorben. Am Freitagmorgen übernahm wieder Dottor Gallerati die Behandlung, worüber ich dankbar war, denn aufgrund der Festlichkeiten der vorangegangen Tage hatte ich in der Nacht alle Hände voll zu tun. Ich sah Elisabetta erst wieder, als es zu spät war. Als ich von ihrem Tod erfuhr, machte ich mir elende Vorwürfe. Hätte ich die Anzeichen einer Vergiftung nicht erkannt, wäre das für mich ein Grund, meine Tätigkeit als Medico infrage zu stellen. Vielleicht könnt Ihr Euch meine Erleichterung vorstellen, als ich bei der Leichenöffnung das Geschwür bemerkte. Eine derartige Erkrankung bei einer Untersuchung zu diagnostizieren, ist uns noch nicht möglich. Sicherlich irgendwann einmal, aber momentan nicht. Das Schlimme an dieser Diagnose ist, dass Elisabetta gelitten hat. Und das nicht nur eine Nacht lang.«

Der Mann ist grausam, befand der Prior. Da sage ich ihm, wie es mir ergeht, und er macht ungerührt weiter. Auch wenn ich ihn gebeten habe, fortzufahren, könnte er durchaus ein wenig behutsamer sein mit den Beschreibungen. Mit schweißnassen Händen fuhr er sich über den Aufschlag seines Knöpfrocks und sah am Dottore vorbei. »Die Mutter erwähnte, Elisabettas Hände und Füße hätten sich in der Nacht schwarz verfärbt.«

»Diese Livores, auch Totenflecken genannt, treten schon eine halbe Stunde nach dem Tod auf. Sicherlich hat sich durch das Entsetzen die Wahrnehmung der Signora verschoben. Es waren die besten Dottori vor Ort. Wäre ein Gift verabreicht worden, käme vermutlich Arsenik infrage. Aber da haben wir ein Problem. Nehmen wir an, es wäre eine akute Arsenikvergiftung gewesen, dann ist die Frage, wie die Magd, die achtzehn Tage zuvor das Haus verließ, Elisabetta eine derartige Dosis hätte verabreichen können.«

»Irgendwer erwähnte, Elisabetta hätte die Suppe, die Lucia Tolomelli ihr servierte, beiseitegeschoben, weil sie seltsam schmeckte.«

»Ihr seid hartnäckig, ehrenwerter Prior. Dann war sie nicht gut gekocht, denn Arsenik ist geschmacksneutral, wenn überhaupt, hat es nur eine leichte Süße, die in einer Brotsuppe nicht auffallen würde.«

»Und wenn es nun Schäden sind, die durch eine dauerhafte Verabreichung entstanden?«

»Natürlich wäre es möglich, dass eine dauerhafte Verabreichung von Arsenik zum Tod führt. Allerdings wären dann wahrscheinlich weitere Veränderungen aufgetreten, wie Haarausfall. Zudem hätte Elisabetta den Gewichtsverlust des Frühjahres nicht ausgleichen können. Die Hautverfärbungen, die in Zusammenhang mit einer dauerhaften Arsenikvergiftung auftreten, sind erkennbar und auffällig. Gräuliche Flecken, manchmal punktförmig, oft mit Pusteln einhergehend, selbst die Fingernägel verändern sich. Nichts davon hat einer der Kollegen gesehen. Und ich auch nicht.«

»Was habt Ihr gesehen?«

»Wie es Gallerati beschrieben hat: entzündete Eingeweide, wie sie bei einem Magendurchbruch die Regel sind. Wir fanden ein Geschwür, das tatsächlich so groß war, dass eine Kichererbse hindurchgerutscht war. Die Schwarzfärbung des Gewebes samt der Verhärtung rund um den Durchbruch zeugt davon, dass das Geschwür schon eine Weile bestand.«

Inzwischen umklammerte der Prior die Stuhllehnen. Wenn der Dottore recht haben sollte, wäre Lucia Tolomelli tatsächlich unschuldig. Zudem würde die Frage, ob es überhaupt einen Täter gab, hinfällig. Das würde im Umkehrschluss aber auch bedeuten, dass Elisabetta ihm über Monate hinweg gesundheitliche Beschwerden verschwiegen hatte. Oder hatte sie diese nicht ernst genommen und deshalb nie erwähnt? Er schwitzte und wusste, es war an ihm, etwas zu erwidern. »Was ist mit der geschwollenen Nase?«, fragte er und hörte selbst, wie lahm er klang.

»Schwellungen können beim Sterben gleichermaßen auftreten wie bei einer Vergiftung. Auch bei Elisabetta war das der Fall, und bei der Nase fiel es am deutlichsten auf. Häufig wird berichtet, die Nase Verstorbener wirke blasser und spitzer. Das Sterben verändert den Menschen binnen kürzester Zeit stark, und gerade wenn junge Menschen sterben, die vorher gesund aussahen, ist dieser Prozess, insbesondere für Angehörige, umso entsetzlicher anzusehen.«

Ein grässliches Gespräch. Eine furchtbare Tätigkeit, die dieser Mann ausübte.

Der lächelte jedoch freundlich. »Manchmal, da können wir Leben retten, es ist nicht so schlimm, wie es erscheinen mag.«

Der Prior nahm an, dass er sich zu viele Jahre hinter seinen Büchern versteckt hatte und deshalb nur unzureichend in der Lage war, seine Gesichtszüge derart zu kontrollieren, dass nicht jedermann alles darin ablesen konnte. Er nickte schwach. »Warum habt Ihr Eure Beobachtungen nicht ausgesagt?«

»Weil ich nicht geladen worden bin.«

»Wie bitte?« Der Prior setzte sich abrupt auf, und die schwungvolle Bewegung löste das Entsetzen über die zuvor besprochenen medizinischen Erkenntnisse.

»Keiner der anderen Dottori ist befragt worden. Gallerati und Fabbri haben stellvertretend für uns alle gesprochen, dabei habe ich den Richter sogar darum gebeten, eine Aussage machen zu dürfen. Ihr seht es selbst, bisher ist nichts geschehen. Es waren noch andere Dottori zugegen. Ich weiß nicht bei jedem, wie er die Sachlage beurteilt, aber mir ist bekannt, dass Signor Oretti die Symptome gleichermaßen erklärt.«

»Unfassbar«, entfuhr es dem Prior, und erstmals seit langer Zeit gewann der Jurist in ihm die Oberhand. »Im Kerker sitzt demnach eine junge Frau, die niemandem etwas getan hat?«

»Vermutlich. Was bei allen Überlegungen ebenfalls nicht außer Acht gelassen werden darf: Elisabetta arbeitete mit Farben, die ebenfalls giftig waren. Auripigment enthält beispielsweise Arsenik. Ich habe mich nicht erkundigt, ob es im Hause verwendet wird, denn ich bin sicher, Elisabetta wäre verantwortungsvoll damit umgegangen. Das führe ich an, um Euch klarzumachen: Selbst wenn es eine Arsenikvergiftung gewesen sein sollte, ist mitnichten nachweisbar, dass die Magd die Täterin war.«

Von der Sehnsucht nach dem Meer

Die Haftzeit hatte inzwischen unübersehbare Spuren hinterlassen. Lucia Tolomelli war dürr geworden und kreidebleich, was sie noch jünger wirken ließ. Der Glanz in ihren Augen war erloschen, und ihre Miene blieb unbewegt, als sie in den Besprechungsraum geführt wurde.

Schweigend saßen sie einander gegenüber, und der Prior musterte das Mädchen eingehend. Sie war am 10. August gegangen. Hatte Elisabetta und die Familie verlassen. Die andere Magd erwähnte ein rotbraunes Pulver. Die Dottori diagnostizierten eine Vergiftung. Aber eben nicht einstimmig. Eine schwierige Lage.

»Warum geschieht nichts?«

Der Prior fuhr zusammen. »Entschuldigt, ich komme hierher und schweige Euch an. Meint Ihr den Prozess?«

»Ja. Wann werde ich hingerichtet? Und wie?«

»Aber ich versuchte Euch doch bereits zu erklären ... «

»Ich bin des Giftmordes angeklagt«, fiel das Mädchen ihm ins Wort. »Die Aussage der Dottori hat mein Schicksal besiegelt. Doch warum lässt man mich derart lange warten? Ist das eine zusätzliche Strafe?«

Der Prior sah sich selbst im Garten oder im Studierzimmer über seinen Büchern sitzen, durch die Gassen Felsinas laufen, an reichhaltig gedeckten Tischen speisen, vor der

Leinwand stehen, im Kolleg lange Dispute führen. Ein mehr oder weniger gewöhnlicher Ablauf seiner Tage, der in diesem Gemäuer, in Gegenwart des Mädchens, schmerzhaft wurde und Scham verursachte.

»Ich werde sterben.« Ihr Blick wurde noch dumpfer und richtete sich nach innen.

»Ich bin gekommen, um Euch mitzuteilen, dass ich mich persönlich für die Beschleunigung des Verfahrens einsetzen werde.«

»Ihr wart eine Ewigkeit nicht hier. Jetzt kommt Ihr und wollt Euch einsetzen. Für mich? Warum? Damit ich schneller sterbe?« Sie sprang auf und blickte sich noch einmal hastig zur Tür um, dann beugte sie sich vor. »Ich weiß es, ich weiß alles«, zischte sie, und die Spucketropfen flogen.

Der Prior lehnte sich entsetzt zurück und war sich im Unklaren darüber, ob sein Entsetzen der Tatsache galt, dass sie ihn in Gänze erkannt hatte, oder ob es vielmehr ihrem grauenvollen Anblick zuzuschreiben war, der mit der Nähe ihres Gesichtes noch einmal überdeutlich betont wurde. Er schaute ebenfalls zur Tür, doch hinter dem Gitter war niemand zu entdecken.

»Ihr habt sie heimlich geliebt! Nun erscheint Ihr hier und macht gute Miene zum bösen Spiel. Ich habe es verstanden: Ihr wollt meinen Tod, sinnt auf Rache. Habe ich recht? Mir könnt Ihr nichts vormachen! Wenn Ihr den Prozess vorantreiben wollt, dann doch nur, damit man mir schneller die Schlinge um den Hals legt.«

Schritte waren vor dem Besprechungsraum zu hören. Del Monte sah um die Ecke und schob die Gittertür ein Stück weit auf. »Gibt es Probleme?«

Lucia saß inzwischen wieder mit verschränkten Armen auf dem Hocker, hielt den Kopf gesenkt und die Augen geschlossen. Tränen drängten unter ihren Lidern hervor, blieben kurz in den Wimpern hängen, bis sie in schmalen Rinnsalen die Wangen herabliefen.

Der Prior schüttelte den Kopf und wusste selbst nicht, ob er damit Lucias Vorwurf entgegentreten wollte oder del Montes Frage zu beantworten versuchte. »Nein, Ihr irrt. Ich bin hier, weil es berechtigte Zweifel an Eurer Schuld gibt, und solange diese nicht aus dem Weg geräumt sind, ist Eure Hinrichtung ausgeschlossen. Die Einsamkeit verwirrt Eure Gedanken, bitte glaubt mir.«

Sie riss die Augen auf und schnaubte nur. »Ihr habt mir schon einmal Hoffnung gemacht. Darf ich bitte gehen?«

Picinardi sah zu, wie der Wärter sie abführte. Noch einen Moment blieb er sitzen und dachte an sein Bild, das unfertig in der Bottega stand. Was hätte er dafür gegeben, Felsina für eine Weile hinter sich zu lassen und ans Meer zu reisen. Selbst jetzt, im November, war ein Spaziergang am Wasser, auch wenn es grau und mit schweren Wellen an den Strand schlug, sicherlich eine Wohltat. Kurz meinte er, das Salz in der Luft zu schmecken, die Gischt zu spüren, Möwen schreien zu hören.

Als er den Kerker verließ, wirkte del Monte grimmig, während er das Portal hinter ihm schloss. Der Mann hatte recht, erkannte er. Es blieben noch viele Aufgaben zu erfüllen, bis er Elisabetta am Tag der Trauerfeier gegenübertreten konnte. Und die Zeit drängte.

Von der Unruhe

»Aber Ihr müsst Euch überlegen, was für Kleidung Ihr morgen anlegen wollt. Seit Tagen waschen und glätten wir jedes Wams, jedes Hemd, das infrage kommt. Und welche Schuhe wollt Ihr tragen?«, rief Francesca dem Prior hinterher.

Kurz blickte er sich um und warf seinen Mantel über die Schultern. Wild gestikulierend stand Francesca in der Tür, die Arme empört in die Höhe erhoben, und wartete auf eine Antwort. »Das klären wir morgen noch. Jetzt muss ich zur Basilika.«

»Morgen kommt der Barbier, wir haben keine Zeit mehr …«

Als der Prior sich weit genug von seinem Palazzo entfernt hatte, verlangsamte er den Schritt und atmete die kühle Morgenluft ein. Er war überzeugt, dass seine Rede gelungen war, aber die Unruhe seiner Haushälterin war kurz davor, auch ihn zu erfassen. Sich Wams, Hemd und Hose schneidern zu lassen, hatte er schon vor Wochen abgelehnt, was Francesca dazu veranlasst hatte, sich seine gesamte Garderobe vorzunehmen. Sicherlich war jeder einzelne Knopf poliert, jedes Bändchen geglättet. Er erreichte die Piazza San Domenico und hörte bereits die Orgel rauschen, abbrechen, noch einmal beginnen.

Als er das Portal öffnete und die Basilika betrat, war er überrascht, wie viele Menschen an den Vorbereitungen beteiligt waren. Zuerst entdeckte er Matteo Borboni in Gesellschaft zweier Handwerker. Die drei Männer standen vor dem Tempietto, der noch beeindruckender geworden war, als es die Zeichnung hatte vermuten lassen. Borboni wies auf eine der Säulen und redete auf die Männer ein. Die Effigie von Elisabetta war abgedeckt, wie auch die Staffelei vor dem castrum doloris, auf dem, der Größe nach zu urteilen, das von Bartolomeo geschaffene Portrait stand. Linker Hand waren drei Männer dabei, einen schweren schwarzen Stoff aufzuspannen, zwei andere bestückten die Kerzenhalter. Ginevra Cantofoli, drei Frauen im Gefolge, eilte an ihm vorbei, ohne ihn zu bemerken. Welcher Aufgabe sich die Frauen widmeten, konnte der Prior nicht einschätzen. Seitlich des Tempiettos standen sowohl der Maestro, die Geschwister von Elisabetta als auch Bartolomeo und Graf Malvasia.

Der Prior steuerte auf die Gruppe zu, und nach einer kurzen Begrüßung zog ihn der Maestro beiseite.

»Wir haben uns lange nicht gesehen, mein Guter. Auch wenn der Graf vermutet, du wirst kein Wort der Rede vor der Trauerfeier preisgeben, wollte ich es noch einmal versuchen. Darf ich sie hören?«

»Machst du dir Sorgen?«

»Nein, natürlich vertraue ich dir, aber …«

»Dann wirst du sie auch nicht zu hören bekommen«, fiel der Prior dem väterlichen Freund ins Wort. »Ich möchte, dass du dich morgen mit allen gemeinsam auf diese Reise der Erinnerung begibst.«

Der Alte seufzte. »Ihr Juristen, ihr bekommt auch alles abgewiegelt, oder?«

Kurz traf sich der Blick des Priors mit dem des Malers Bartolomeo. Ohne Worte versicherten sie einander, dass sich an ihrem jeweiligen Leid nichts verändert hatte. Dankbar nahm er zur Kenntnis, wie Barbara ihren Vater ansprach und ihn zu Matteo Borboni führte. Picinardi nutzte die Gelegenheit und ging zur Rosenkranzkapelle hinüber.

Elisabetta, ich habe gebraucht, um mich nach deinem plötzlichen Tod auch nur wieder halbwegs in meinem Leben zurechtzufinden, dachte er und spürte noch immer nichts, wenn er die steinerne Gruft betrachtete. Ich weiß nicht, ob du mich hörst, aber ich möchte dir versichern, dass ich die letzten Wochen genutzt habe. Morgen, am 14. November 1665, dem Tag, an dem dein geliebtes Felsina deiner in einer Trauerfeier gedenkt, werde ich dir in dieser Basilika gegenübertreten. Eine Rede habe ich vorbereitet, und ich habe meine Liebe, die Kraft meines Herzens und meinen gesamten Verstand aufgeboten, dir Ehre zu bereiten. Ergänzt habe ich dieses Werk um Gedichte und Epigramme, selbst ein Anagrammata Arithmetica ist meiner Feder entsprungen. Hoffentlich hast du Freude daran. Zahlreiche Ehrenbürger dieser Stadt haben ebenfalls Texte zur oratio funebris beigetragen, zauberhafte Huldigungen an dich, du Sonne Italiens.

Deine Magd, Lucia Tolomelli, ich habe sie nicht vergessen, auch wenn es vieler Anstöße von außen brauchte, bis ich verstand, dass sie zu Unrecht verhaftet worden ist. Erst letzte Woche habe ich den Untersuchungsrichter angeschrieben und mich erkundigt, wann der Prozess fortgeführt wird. Es kam keine Antwort, aber wir brauchen Ergebnisse und vor allem Gewissheit. Noch immer brodelt die Gerüchteküche. Es fällt mir schwer, in deiner Gegenwart nur daran zu denken, doch ich bin überzeugt, du bist bei uns und weißt um all die Lügen, die verbreitet werden. Obwohl Lucia Tolomelli in Haft sitzt, verdächtigte man zudem Ginevra Cantofoli und schreckte nicht einmal davor zurück, auch deinen Vater zu bezichtigen, die Tat ausgeführt zu haben. Ich bin dabei, ihnen allen entgegenzutreten. Dem überlasteten Richter und der gelangweilten Seele Felsinas, die immer wieder neue Schrecken gebiert. Einen Armenanwalt habe ich für Lucia engagiert. Er heißt Nicola de Lemis und ist ein fähiger Mann.

Mein geliebter Engel, bitte vertraue mir. Ich verspreche dir, alles daranzusetzen, dass wir unseren Frieden wiederfinden, auch wenn ich unsicher bin, inwieweit er ohne dich lebbar ist. Eines ist jedoch sicher: Das sich anbahnende Fehlurteil des Prozesses, ich werde es verhindern. Weil ich dich liebe. Mehr als mein eigenes Leben.

Kurz sah der Prior sich um. Niemand schien von ihm Notiz zu nehmen.

Ich werde nicht gebraucht, stellte er fest und spürte eine bleierne Müdigkeit, die sich in ihm ausbreitete. Leise und ohne ein Wort des Abschieds verließ er die Basilika.

Vom Abschied

Hätte man am 14. November des Jahres 1665 die Gelegenheit gehabt, gottgleich von oben auf Felsina herabzuschauen, wäre einem als Erstes aufgefallen, dass es ein lichtloser und kalter Tag war, so als hätte selbst Apostel Petrus den Versuch unternommen, der Trauer, die allenthalben über der Stadt lag, mit tief hängenden Wolken einen passenden Rahmen in düsteren Grautönen zu verleihen. Über allem schwebte der dröhnend-dumpfe Ton vom Schlagen der Glocken, alle anderen Geräusche, die das Leben der Menschen mit sich bringt, schienen an diesem Tag gedämpft. Stille hatte Einzug gehalten und Demut. Mit gesenkten Häuptern schritten die Trauernden durch die Gassen, der Piazza San Domenico entgegen, weit mehr, als das Gotteshaus würde fassen können. Unter ihnen war auch der ehrwürdige Prior, der nach einer nahezu schlaflosen Nacht mit leerem Kopf, in fast somnambuler Verfassung auf die Basilika zuging.

Sein Blick verengte sich, als er das Kirchenschiff betrat, und das Rauschen in seinen Ohren begann. Er umarmte zahlreiche Menschen, hörte sich mit gedämpfter Stimme sprechen und wusste dennoch nicht, was er sagte. Sein Kopf glich einer blank gewischten Tischplatte, ein Zustand, der sich nicht änderte, als die Orgel vom Beginn der Trauerfeier kündete. So stand er mit schlagendem Herzen, ließ den Dingen ihren Lauf und wartete. Wartete auf den Moment, für den er in den letzten Wochen das letzte Fünkchen Kraft aufgeboten hatte.

Irgendwann sah er Bartolomeos Handzeichen. Das Rauschen in seinen Ohren wurde umgehend zu einem Brüllen. Mit jedem Schritt spürte er den glatten, steinernen Boden unter sich, der wenigstens seinen zitternden Beinen festen Halt bot.

Bleibe ruhig!, beschwor er sich und starrte auf die Effigie. Elisabetta, meine Schöne, da bin ich und trete den schwersten Gang meines Lebens an, begrüßte er sie, während er sich dem castrum doloris näherte.

Noch einmal ließ der Prior den Blick über die Figur streichen, die ein Kleid trug, das er sehr gern an Elisabetta gesehen hatte. Blau schimmernde Seide mit weißen Ärmeln, über den Schultern ein roter Seidenschal, der jeweils von Broschen zusammengerafft wurde. Selbst die Perlenkette war der Figur angelegt worden. In der linken Hand hielt sie eine Palette, in der rechten einen Pinsel.

Bartolomeos Portrait stand auf einer Staffelei vor dem castrum doloris, daneben bemerkte er zwei Zeichnungen, die ihre Schwester Anna Maria gemalt hatte, es waren allegorische Darstellungen, die Elisabetta als Tugend und Poesie darstellten. Die Malerei war nicht abgebildet. Von Barbaras Bildern war keines zu sehen. Trauerarbeit hat viele Gesichter, erkannte er und tastete über seine Tasche. Er fühlte den Pinsel, den er in der kindlichen Hoffnung eingesteckt hatte, er würde ihm Kraft verleihen.

Tief einatmend wandte er sich um und legte den Text

auf ein Stehpult, das man eigens vor dem castrum doloris platziert hatte. Dann sah er auf, und ihm wurde schwindelig von dem Anblick: Überall brannten Kerzen und Fackeln, der flackernde Schein der Flammen ließ die Goldfäden des schwarzen Stoffes, mit dem die Basilika fast vollständig verhängt worden war, funkeln, als würde ein Goldregen über die Trauergäste herniedergehen.

Sein Blick jagte, getrieben vom rasenden Schlag seines Herzens, über Tafeln, die in der Basilika aufgehängt worden waren und verschiedene Motive zeigten, die deutlich gewählt waren, damit ein jeder sie zu lesen verstand: unter anderem drei abgeschnittene Rosen, eine von der Sense gemähte Lilie sowie ein mit Früchten beladener, aber gefällter Baum. Seine Augen begannen zu brennen. Hastig griff er nach den Papierbögen, die in seinen Händen zitterten, räusperte sich und hob an zu lesen. Schon nach wenigen Worten, noch in jenem Teil, der den ehrenwerten Gästen gewidmet war, brach ihm mehrfach die Stimme, kamen seine Worte ins Stocken, und das Rauschen in seinen Ohren wurde nahezu schmerzhaft. Erst als er jenen Teil der Rede erreichte, dem sein Herz gehörte, den er der Welt schenken wollte, damit sie sich ewig an Elisabetta Sirani erinnern konnte, beruhigte sich sein Herzschlag.

»Es waren einst glückliche Zeiten, als die Schöpfung noch jung war, damals, als noch nicht das Gold die Geschicke der Herrscher und Reiche bestimmte, als Mars mit seinem kriegerischen Rufe noch nicht zum Kampfe trieb, als Venus' Pfeile die Paläste noch nicht zum Hort der Liederlichkeit und Merkurs Saitenklänge die Händler auf den Märkten noch nicht zu Dieben gemacht hatten«, fuhr er fort und bemerkte, dass seine Stimme ihre Festigkeit gefunden hatte. »Doch eines Tages zeigten sich erste unheilvolle Vorboten unseres von Eisen starrenden Jahrhunderts, welches die Erde mit all ihren Herrlichkeiten zum feindseligen Orte machen sollte, jene Erde, deren Kindheit ein Schauspiel der Unschuld gewesen war.«

Einen Wimpernschlag lang glaubte er, aus sich herauszutreten und sich am Stehpult zu sehen, wie er just von Aurora berichtete, die der Sonne die Pforten des Morgenlandes öffnete und Wiesen in Blumenmeere verwandelte. Er sprach von den Zeichen des übelwollenden Saturns, von feurigen Furien und Flammennestern auf Adlerschwingen. Mit ihm weinten die Wasser des Renos bei Felsina, des Flusses, an dessen edlen Ufern er noch immer jene Niederlage der Natur beklagte, den Tod Elisabetta Siranis, der ruhmreichsten unter den Frauen, dieses Wunders der Künste, des Juwels Italiens, der Sonne Europas.

Obwohl er die Worte selbst zu Papier gebracht hatte, sie inzwischen auswendig konnte, erstaunte es ihn, wie schmerzhaft sie waren. Immer wieder waren. Wie konnte man sich derart quälen, und das nur mit Worten? Picinardi musste eine Pause setzen und wurde des haltlosen Schluchzens vieler Trauergäste gewahr. Es war ihm kein Trost, im Schmerz nicht allein zu sein, warum sollte es ihm durch das Leid anderer besser ergehen? Eine Lüge war diese Floskel, mehr nicht.

»Du bist untergegangen«, sagte er leise und wiederholte die Worte noch einmal lauter: »Du bist untergegangen, und ich bitte, zürne nicht, wenn ich, so, wie der Tau fällt mit der Sonne Untergang, mit Tränentau den Schmerz des Herzens lindern will und Ehr' erweise deiner ruhmesvollen

Asche. Auf dass dein Andenken nicht untergehe im Meer der Tränen, erlaube mir zunächst, dem Schmerz die Tore zu verschließen und deinem Tode nun durch Lobpreis zu gedenken, denn ist es doch der Wille der Natur, dass dann der Schmerz gezügelt wird, wenn wir diejenigen für uns lebendig halten, welche des Todes Arm gefällt, indem wir ihre großen Taten erneut uns ins Gedächtnis rufen.

Elisabetta ist emporgestiegen zu den Schutzgöttern Felsinas und hat nun teil am unsterblichen Ruhm, da doch der Name jener Stadt ruhmreich im Buch der Ewigkeit geschrieben steht.«

Er hatte sich aufgerichtet, sprach in freier Rede und beschwor Felsina, jene Stadt, gegründet einst in fast vergessener Zeit von großen Männern, die noch heute als Vorbild leuchteten, und ging dann dazu über, sowohl Elisabettas lebhaften Geist und ihre Schönheit als auch ihr Talent zu preisen. Er sah sie vor sich: in der Bottega, zu Tisch bei Feierlichkeiten, im Palazzo dell'Archiginnasio im Kreise von Studenten, bei heimlichen Spaziergängen. Sah, wie er sich vorbeugte und Elisabetta die Lider senkte, spürte ihre weichen Lippen auf den seinen und Finger, die zart an seinem Hals entlangfuhren. Er erzitterte und schloss die Augen.

Picinardi umklammerte das Stehpult. Riss die Augen auf. Sie waren hier, alle, noch immer, nur sie, sie war weg. Er blinzelte gegen die Tränen an und bemerkte mit dem zweiten Blick auf die Trauergemeinde die Taschentücher und zuckenden Schultern. Die Basilika war tatsächlich zu einem Meer der Tränen geworden, hier, mitten im Herzen Felsinas.

»Den Tod der großen Malerin will nun nicht weiter ich beweinen«, hob er abermals an. »Obschon sie in der Blüte ihrer Jahre von uns ging, nicht, weil ich keine Tränen hätte für das Ausmaß des Verlusts, nein, weil der Tod nicht überraschend kommt für den, der schon den Gipfel allen Ruhms erreicht hat: Und auserwählt ist schließlich jene Seele, die, wie Basilius sagte, den Körper, ihren Kerker, früh verlassen darf, da mit dem Tode unser Glück nicht endet, sondern die Zeit der Seligkeit beginnt. Es weine nun der Neid, der deine Kunst nicht mehr mit seinen Pfeilen treffen kann. Weinen mögen die Parzen, welche den dünnen Faden deines Erdenlebens dir durchschnitten und dich damit unsterblich machten, lebt doch der ewig, der in Ehren stirbt. Es weine auch der Tod beim Anblick deiner Siegespalme, die seiner Dürre trotzt und hier im Licht der Fackeln ruhmreich grünt, sodass ich deine Ruh' nicht weiter durch mein Reden stören und still vor deinem unsterblichen Namen niederknien will.«

Ohne darüber nachzudenken, nahm er die Hände vom Stehpult, trat einen Schritt zur Seite und drehte sich um. Sein Blick hielt sich einen Atemzug lang an der Effigie von Elisabetta fest, er bekreuzigte sich, beugte den Kopf und sank auf die Knie.

Für einen Augenblick herrschte Stille in der Basilika. Eine vollkommene Stille, in der kein Schluchzer und kein Schnäuzen zu vernehmen war.

Dann hörte er erste Hände klatschen, weitere folgten, bis es Hunderte waren, die eine Welle donnernden Applauses über ihn hinwegrollen ließen und die letzten Reste seiner so mühsam bewahrten Fassung mit sich rissen.

Er begann zu weinen.

Warum?, schrie es in ihm, immer und immer wieder. Warum?

Von der Ruhe nach dem Sturm

Der Wind zerrte am Mantel des Priors, zwang ihn, den Hut festzuhalten, und schob ihn schneller durch die Gassen, als es ihm recht war. Nirgends, nicht einmal hier, bei einem Spaziergang, gab es sie, die Ruhe nach dem Sturm. Inständig hatte er darauf gehofft, sich nach der Trauerfeier einige Tage zurückziehen zu können, aber er war schnell eines Besseren belehrt worden. Denn ganz Bologna sprach seit jenem 14. November über nichts anderes als die Trauerfeier, und im Mittelpunkt des Lobes stand seine Rede.

Maestro Sirani hatte ihn eigens deswegen am nächsten Morgen aufgesucht und unter Tränen gebeten, die Rede drucken zu lassen, um sie der Allgemeinheit zur Verfügung zu stellen. Er selbst wolle sie in die Welt hinausschicken, an Leopoldo de' Medici, an Kardinal Carafa, an ehemalige Käufer, am besten an jeden Ehrenmann der Stadt, ein jeder solle diese Zeilen vorliegen haben und sich mit den für die Ewigkeit geschaffenen Worten seiner Tochter erinnern, hatte er gesagt und sich daraufhin dem Wein gewidmet, bis der Prior den schwankenden Alten hatte nach Hause begleiten müssen.

Senator Guidotti und einige seiner Kollegen des Juristenkollegs hatten es sich nicht nehmen lassen, ihm mit huldvollen Briefen zu seiner poetischen Gabe zu gratulieren. Für den krönenden Abschluss hatte die Gazzetta Bolognas gesorgt. Vier Tage nach der Trauerfeier war die Ausgabe erschienen, in der man sich ausführlich dem tränenreichen Abschied gewidmet und vom donnernden Applaus nach der Trauerrede berichtet hatte.

Die Welle der Begeisterung und des Zuspruchs überraschte den Prior, aber er musste sich eingestehen, wie wohltuend sie war. Auch jetzt, während er durch die Gassen schritt, grüßten ihn immer wieder Passanten, zogen einige Herren sogar den Hut und verneigten sich ehrfürchtig.

Ja, diese Aufmerksamkeit, sie überdeckte, einem Pflaster gleich, die Schwermut und lenkte seine Gedanken zumindest für eine Weile auf profane Dinge wie den Druck der oratio funebris. Selbst Graf Malvasia war persönlich bei ihm erschienen, um sein Werk zu würdigen. Glücklicherweise war er in der Lage geblieben, den Palazzo wieder allein, ohne stützenden Arm, zu verlassen. Doch er war nicht gegangen, ohne ihm das Versprechen abzunehmen, schon vor dem Druck eine Abschrift der Rede zu erhalten.

Erstaunlich war für Picinardi, dass jene Aufmerksamkeit nicht nur angenehm war, sondern auch Kraft gab. Tatsächlich hatte er es, nachdem die Rede gehalten war, geschafft, die beiden anderen Bilder von Elisabetta von den Wänden zu nehmen und ins Studierzimmer zu tragen. Irgendwann würde er einen Handwerker bitten, sie anzubringen, aber momentan genügte es ihm, sie um sich zu wissen. Er hatte sogar den Pinsel in einen Becher auf den Tisch gestellt, dass die Borsten in die Luft aufragten, und dabei beschlossen, wenn die Zeiten ruhiger würden, sich tatsächlich eine

Grundausstattung für die Malerei zuzulegen. Doch derzeit wollte es nicht ruhiger werden.

Den Kopf gegen den Wind gesenkt, erreichte der Prior die Piazza Maggiore und blickte nur kurz zum Palazzo d'Accursio hinüber. Es dauerte eine Weile, bis er begriff, dass dort der Mensch auf den Stufen hockte, der ihm über all das erfahrene Elend der letzten drei Monate wichtig geworden war und dem er seit der Trauerfeier nicht mehr begegnet war: Bartolomeo.

Picinardi warf einen flüchtigen Blick auf seine Tasche. Die Abschrift seiner Rede konnte er später beim Grafen vorbeibringen, erst musste er den Maler von den Stufen loseisen, ihn aus dem Wind holen. Hockte er hier etwa, weil er auf diese Weise die Nähe zu Lucia suchte?

Wenige Schritte später blieb er vor Bartolomeo stehen, der auf den Boden starrte, ein armseliger Rest Mensch, wenn man ihn genauer betrachtete. »Bartolomeo, was machst du hier in der Kälte?«

»Ich sitze hier herum, bis ich mir eine Lungenentzündung hole. Oder etwas Vergleichbares.«

Der Prior legte seine Tasche auf den Boden und setzte sich darauf. »Das klappt nicht, ich habe Ähnliches versucht.«

»Ach? Was denn?« Bartolomeo sah ihn nun direkt an und klang neugierig.

»Ich habe irgendwelche Idioten beleidigt und gehofft, sie würden mir den Schmerz aus dem Leib prügeln, mich vielleicht auch entzweihauen. Wäre mir recht gewesen.« Er wies in Richtung Himmel. »Dort oben hat man anscheinend andere Pläne mit mir.«

Die Verzweiflung des Malers war mit einem Schlag verflogen, bemerkte der Prior zufrieden, denn tatsächlich lachte er auf. »War das dieser Überfall?«

»Ich habe nie, na ja fast nie, gesagt, es sei ein Überfall gewesen.«

»Ich fasse es nicht. Du bist also nicht nur ein Paragrafenreiter.«

»Doch, doch das bin. Schlimmer noch, ich bin ein poetischer Paragrafenreiter.«

»Ja, der bist du tatsächlich.«

»Du glaubst kaum, was sich seit der Trauerfeier zuträgt. Ich erhalte sowohl Briefe als auch Besuche von Menschen, die mir danken, und meine Haushälterin zeigt ihren Stolz, indem sie mich mit köstlichsten Süßspeisen nahezu mästet.«

»Das lässt sich aushalten, denke ich.«

»Wie ist es dir ergangen?«

Nun schwieg der Maler, seine Schultern sanken wieder herab, und abermals meinte Picinardi, die Situation von außen betrachten zu können: Da saßen zwei Männer in bitterer Kälte auf den Stufen des Palazzo d'Accursio. Bei dem einen Mann, der linker Hand saß, hatte Elisabettas Tod eine Wunde im Leben hinterlassen, die ewig bluten würde. Aber dieser Mann hatte ihr das Weggeleit in die Ewigkeit mit seinen Worten bereitet und damit einen letzten Liebesdienst erbringen dürfen. Dieser Mann, der in diesem Augenblick darum kämpfte, dass der Wind sich nicht seinen Hut aneignete, war es gewesen, der die Menschen einer Stadt in ihrer Trauer vereint hatte.

Dann war da noch der Mann rechter Hand, mit offenem Mantel, der just dabei war, wieder zu einem armseligen Rest

Mensch zusammenzufallen. Sein Leben hing am seidenen Faden. An jenem Faden, an dem auch Lucia Tolomellis Leben hing, und damit schwebte der Maler, der durch die Liebe an das Schicksal dieser Frau geknüpft war, haltlos durch die Zeit. Würde sie untergehen, würde es ihn vermutlich mitreißen.

Eine erschreckende Vorstellung, dachte der Prior und sah kurz zu der Stelle, an der er meinte, eben gestanden und auf die Situation geschaut zu haben. »Was machst du hier?«, fragte er noch einmal.

»Heute ist Sonntag, da gebe ich kein Essen für Lucia ab. Del Monte ist allein, und ich will ihn nicht stören. Deshalb gehe ich nur am Tribunale Criminale del Torrone vorbei und fühle mich ihr nah.«

Picinardi stützte den Kopf auf die Hände. Es war, wie er befürchtet hatte. Er kannte diese Verzweiflung, sie war grausam. Nicht weniger grausam war, dass der weitere Weg sich bereits abzeichnete: Würde das Gericht von Lucia Tolomelli kein Geständnis erhalten und sich entschließen, sie der Folter zu unterziehen, wäre eine Rückkehr in ihr Leben ausgeschlossen, selbst wenn sie die Tortur überstehen sollte. Der Scharfrichter fügte Schmerzen zu, die schier unvorstellbar waren. Er hinterließ Spuren beim Delinquenten, von denen viele in Form wulstiger Narben dauerhaft sichtbar blieben. Doch die unsichtbaren Spuren, ebenjene an der Seele, waren häufig verheerender. Zudem schien es wahrscheinlich, dass – ob nun mit Folter oder ohne – ein Schuldspruch erfolgen würde. Ihr Leben wäre verwirkt, das von Bartolomeo zerstört und sein eigenes Versprechen an Elisabetta nichts als eine leere Worthülse.

»Lucia, sie redet nicht mehr mit mir. Eigentlich habe ich einen Plan, denn ich habe ein Versprechen gegeben. Doch dafür muss sie mit mir reden«, sagte der Prior in den Wind hinein.

Bartolomeo riss den Kopf in die Höhe, seine Augen schienen aus den Augenhöhlen zu springen. »Du hast was?«

»Ich habe ein Versprechen gegeben.«

»Nein, ich meine den Plan. Was für einen Plan?«

»Komm mit, ich erkläre ihn dir auf dem Weg, und dann werden wir mal die Sonntagsruhe im Kerker stören!«

Del Montes Miene verfinsterte sich, als er beide Männer vor dem Portal stehen sah, und umgehend schüttelte er den Kopf.

»Ihr könnt mich beschuldigen, wenn es Ärger geben sollte«, sagte der Prior.

»Ich habe Anweisungen, niemanden zu ihr zu lassen. Eure Genehmigung war auch nur auf einen Besuch ausgestellt, schon im Hinblick darauf habe ich die Vorschriften sehr locker gehandhabt.«

Bartolomeo wandte sich ab, doch Picinardi packte ihn am Arm. »Ich habe etwas gutzumachen. Lucia Tolomelli ist unschuldig. Es hat gedauert, bis ich das verstanden und die Kraft gefunden habe, planvoll vorzugehen. Nun verweigert das Mädchen das Gespräch, denkt, ich wolle sie am Galgen baumeln sehen. Aber ihre Mitarbeit ist vonnöten.«

Der Wärter trat von einem Fuß auf den anderen und kniff die Brauen zusammen.

»Mir wird sie nicht zuhören, aber wenn ich diesen Mann, Euren Freund aus Kindertagen, mitbringe, wird sie meine Absichten verstehen. Es liegt in Eurer Hand. Heute ist Sonntag, Ihr seid allein, das weiß ich.«

Kopfschüttelnd trat der Mann beiseite. »Gut, ich werde im Zweifelsfall behaupten, Ihr hättet mich gezwungen.«

Die Hand des Priors lag noch immer auf Bartolomeos Arm, und er fühlte, wie dessen Leib zu zittern begann. Nur langsam folgte der Maler dem Prior und dem Wärter die Treppe hinab. Kurz sah del Monte zwischen den beiden Männern hin und her, öffnete den Mund, um etwas zu sagen, schüttelte doch nur den Kopf und verschwand in den Tiefen des Kerkers.

»Es wird dich erschrecken, in welchem Zustand sie ist, aber lass dir um Himmels willen nichts anmerken«, flüsterte Picinardi und schob Bartolomeo in den muffigen Besprechungsraum.

Wenige Atemzüge später kehrte del Monte zurück. Mit der rechten Hand umklammerte er Lucia Tolomellis Oberarm, mit der linken einen Hocker. Das Mädchen schaute zu Boden, als sie den Prior entdeckte, ihre Ablehnung war nicht zu übersehen. Erst als del Monte Bartolomeo den Hocker reichte, bemerkte sie, dass der Prior in Begleitung erschienen war. Wie angewurzelt blieb sie stehen, schlug die Hand vor den Mund und sackte in sich zusammen.

Bartolomeo sprang auf, wollte nach ihr greifen, doch del Monte packte zu. »Niemand fasst irgendwen an«, befahl er hastig und setzte Lucia Tolomelli auf den Hocker vor dem Tisch. »Und wenn irgendwer ein Wort über diese Begegnung verliert, sitze ich auf der Straße.« Er trat zurück, verließ dieses Mal den Besprechungsraum jedoch nicht, sondern harrte mit verschränkten Armen neben der Tür aus.

Mit immer noch offenem Mund starrte Lucia den Maler an, der nicht minder sprachlos ihren Blick erwiderte.

»Geht es dir gut?«, fragte Bartolomeo nach einer Weile,

leise, fast so, als sollten der Prior und del Monte nicht hören, dass er zu ihr sprach.

Sie nickte und biss sich auf die Lippen, ihre Nase krauste sich. »Du solltest mich so nicht sehen, das wollte ich nicht«, antwortete sie ebenso zaghaft.

»Du bist immer schön, und ich sehe deine Kraft, der Rest ist nur Schmutz, den kann man abwaschen.«

»Ich werde ihn nie wieder abwaschen können.«

»Oh doch«, mischte Picinardi sich in das Geflüster der beiden und erschrak selbst über die normale Lautstärke seiner Stimme. »Denn ich wollte Euch schon beim letzten Mal erklären, dass ich nun alle Register ziehen werde, um den Prozess voranzubringen.«

»Warum habt Ihr Bartolomeo mitgebracht?«, fragte sie nach einer Weile und fixierte nun den Prior.

»Weil Ihr inzwischen annehmt, ich wäre Euch nicht wohlgesinnt.«

»Warum ist es wichtig, was ich denke?«

»Wenn der Prozess aufgenommen wird, brauche ich Eure Hilfe.«

»Was hast du vor?«, fragte Bartolomeo und klang überrascht, auch del Monte musterte den Prior neugierig.

»Es gibt einen neuen Armenanwalt, der sich gerade in die Unterlagen einarbeitet, er wird demnächst hier erscheinen, Lucia. Zudem werde ich viele Briefe schreiben und einige meiner Kollegen ermuntern, es mir gleichzutun. Zu guter Letzt werde ich, wenn es sein muss, noch einmal meinen Freund, den Untersuchungsrichter Pignatelli besuchen.« Der Prior lächelte. »Und es wäre seltsam, wenn all dies zusammengenommen nichts bewirkt.«

»Ich befürchte, ich habe mich bei Eurem letzten Besuch furchtbar aufgeführt. Bitte verzeiht mir.«

»Da gibt es nichts zu verzeihen, ich würde es den Umständen zuschreiben. Es ist sogar verständlich. Kann ich auf Eure Zusammenarbeit zählen?«

»Natürlich. Was habe ich zu tun?« Lucia kratzte sich am Kopf, hielt erschrocken inne und legte ihre Hand beschämt in den Schoß.

»Das wird Euch der Anwalt erklären. Wichtig ist, dass Ihr mit ihm sprecht und Euch nicht verweigert, wenn Ihr mitbekommt, dass ich ihn engagiert habe.«

»Warum macht Ihr das?« Die Stimme des Mädchens wurde brüchig.

»Weil ich es jemandem versprochen habe«, erwiderte der Prior knapp.

»Du hast doch die Rede dabei«, sagte Bartolomeo. Dann sah er Lucia an. »Möchtest du sie hören?«

»Ich? Würdet Ihr sie mir wirklich vorlesen?«

Erstaunt sah der Prior auf die Tasche zu seinen Füßen, öffnete sie und holte die Abschrift für Graf Malvasia hervor. Er nickte zögerlich, bevor er begann, den Text zu lesen. Für Lucia Tolomelli und Bartolomeo Zanichelli, die sich mit Blicken aneinander festhielten, während sie sich weinend gegenübersaßen, und für einen Gefängnisaufseher, dessen miteinander ringende Hände verrieten, wie sehr auch ihn die Erinnerung an Elisabetta berührte.

Als der Prior, um seinen gepresst gehenden Atem zu beruhigen, kurz mit dem Lesen innehielt, ahnte er, warum Elisabetta sich darum bemüht hatte, die beiden zu verkuppeln, denn ihr Anblick war selbst in diesem Elend herzerwärmend. All das, was damals in der Via Urbana durch Bartolomeo unausgesprochen geblieben war und was Lucia bei sich vermutlich noch nicht wahrgenommen hatte, lag nun in seiner ganzen Schönheit offen vor ihnen, hier, inmitten dieser Unterwelt. Selbst für Picinardi, einen Außenstehenden, war diese Offenbarung unübersehbar. Seine eigene Liebe und ungelebten Träume, sie waren verloren. Aber war es nicht Elisabettas Wille gewesen, diese beiden Menschen glücklich zu sehen? Wenn er ehrlich war, ging es ihm längst um mehr als einen Freispruch des Mädchens. War das Elisabettas Vermächtnis, das er zu erfüllen versuchte?

Mehrfach blinzelnd sah er auf das Papier in seinen Händen, das er nicht still halten konnte, und fragte sich, wo er stehengeblieben war? Er räusperte sich, um den Knoten in seinem Hals loszuwerden, und versuchte, mit belegter Stimme weiterzulesen:

»Doch wer wird jemals ganz erfassen können, mit welch lebhaftem Geist, welch herausragendem Gedächtnis, welch feinem Urteilsvermögen Elisabetta gesegnet war … «

Fassungslos hielt der Prior inne. Dass genau jene Zeilen folgten, musste ein Zeichen sein. Sein Blick jagte durch die Zelle, über Bartolomeo und Lucia hinweg, und es hätte ihn nicht gewundert, Elisabetta zu entdecken. In einer der Ecken, neben der Gittertür, irgendwo. Sein Blick blieb auf del Monte hängen, und der nickte nur.

Vom Glück

Sein Brustkorb hob und senkte sich schwer, an den Schläfen war sein Haar schweißnass. Die Türklinke noch immer in der Hand starrte Bartolomeo den Prior an. »Sie werden sie freilassen«, keuchte er. »Sie werden sie freilassen!«, nun brüllte es der Maler fast, ging auf den Stuhl vor Picinardis Schreibtisch zu und sank darauf. »Vor knapp zwei Monaten haben wir sie besucht, und nun ist sie frei. Wie hast du das gemacht?«

»Überschätze mich nicht. Nur weil ich das Juristenkolleg leite, kann ich einem Richter nicht in seinen Prozess hineinreden. Ich kann nur appellieren, aber …«, er brach ab und schüttelte den Kopf. »Das hat Pignatelli nicht ernsthaft getan, das glaube ich nicht.«

»Doch, es stimmt, del Monte hat es gestern mitbekommen und mich eigens heute Morgen aufgesucht. Wie hast du das zustande gebracht? Erzähl mir nicht, du hättest damit nichts zu tun.«

»Ganz ernsthaft: Damit habe ich nicht gerechnet. Eine Aufnahme des Verfahrens, darauf habe ich gehofft, aber dass eine Freilassung erfolgt, das ist erstaunlich.«

»Was glaubst du, wie es mir ergeht? Ich zerspringe gleich vor Glück.« Bartolomeo grinste, und erst jetzt bemerkte er die Bilder. Er hob die Augenbrauen und ließ seinen Blick durch das Studierzimmer schweifen. Über die Bücherregale hinweg, die Fensterfront entlang bis zum Schreibtisch. Er sah den Pinsel und dann die Fußbank, die in der Ecke des Zimmers stand. Mit einem Mal begann er zu lachen, so sehr, dass er sich vorbeugen musste, um sich Halt suchend auf seinen Knien abzustützen.

»Du hast einen unserer Pinsel geklaut und diesen krummen Hocker aufbewahrt?« Plötzlich brach er ab. »Entschuldige, eigentlich ist es traurig. Wünsche dir aus der Bottega, was immer du begehrst, ich bringe es dir. Ich erfülle dir zum Dank jeden Wunsch.«

Der Prior schob die Bücher beiseite und wies auf Elisabettas Bild, das noch immer auf seinem Schreibtisch lag. Dicht bei ihm. »Danke, aber du hast mir schon einen großen Wunsch erfüllt.«

Sie schwiegen.

In Gedanken ging Picinardi derweil noch einmal seinen Besuch beim Untersuchungsrichter durch, den er Ende Dezember mit der Vermutung konfrontiert hatte, es würde wohl eine Art Formfehler im Verlauf des Prozesses geben. Er sah sich am Tisch des Richters sitzen und darüber reden, dass man von der Meinung zweier Dottori auf die der anderen sechs geschlossen habe. Dabei sei es nicht zu leugnen, dass die Schlussfolgerungen der Dottori Mattaselani und Oretti nicht von der Hand zu weisen und durchaus beachtenswert seien. Der Untersuchungsrichter hatte erwartungsgemäß auf den Verdacht reagiert, das Verfahren schlampig zu leiten. Er hatte den Prior hinauskomplimentiert, wie schon beim ersten Besuch.

»Um auf deine Frage zurückzukommen: Wie geplant

habe ich den Richter aufgesucht, aber das war erfolglos«, sagte er in die Stille hinein. »Vielleicht waren es die Briefe.«

»Welche Briefe?«

»Ich habe Graf Malvasia gebeten, jeweils ein Schreiben an den Richter und Leopoldo de' Medici zu richten. Dann habe ich noch einige Signori des Juristenkollegs dafür gewinnen können, schriftlich nachzufassen, warum der Prozess nicht vorangehe. Sie haben sich erkundigt, mit welcher Begründung die Delinquentin nun seit mehr als vier Monaten im Kerker einsitze.«

»Du bist ein Schlitzohr. Ich werde heute Nacht kein Auge zumachen können, das sage ich dir.«

»Ach, nicht ich bin das Schlitzohr, sondern Armenanwalt de Lemis. Er hat mir dazu geraten. Von solchen Finten bin ich als Gelehrter inzwischen längst zu weit entfernt. Du weißt aber, dass diese Freilassung noch kein Freispruch ist, oder?«

»Ja, aber ich könnte mit ihr fliehen, irgendwohin. Neu anfangen.«

Der Prior suchte das verborgene Lächeln in Bartolomeos Gesicht, ein Zucken der Mundwinkel und entdeckte weder das eine noch das andere. Er konnte es dem Maler nicht verdenken. »Sie werden Lucia Auflagen erteilen. Wenn sie das Armenhaus für ein oder zwei Stunden verlassen will, wird sie sich abmelden müssen. Sie werden in irgendeiner Form ein Auge darauf haben, dass sie nicht zu lange fernbleibt. Ihr würdet nicht weit genug kommen.«

»Ich dachte, du würdest mich jetzt anfahren und mir den Kopf zurechtrücken.«

»Das ist eure Entscheidung, ich werde ihr nicht im Weg

stehen, auch wenn ich selbstverständlich behaupten würde, von nichts gewusst zu haben. Ich kann dir nur anbieten, Lucia hier zu treffen. Wenn ich fordere, sie müsse regelmäßig in meinem Palazzo erscheinen, um Gespräche mit dem Armenanwalt zu führen, wird niemand etwas dagegen einwenden können.«

»Das würdest du auf dich nehmen? Die Mörderin von Elisabetta in dein Haus zu lassen? Du weißt, so werden die Menschen in Bologna es auslegen.«

»Wir müssen es ja nicht breittreten, aber ich denke, es werden sich Wege finden lassen.«

Bartolomeos Atem hatte sich beruhigt, doch seine Ohren und Wangen glühten dunkelrot, die Augen glänzten vom Fieber der Begeisterung.

»Höre auf dein Herz«, sagte Picinardi, der leiser sprach als zuvor, »denn ich will mir niemals von dir vorwerfen lassen, wenn es wider Erwarten ein böses Ende nehmen sollte, ich hätte dich abgehalten.«

Der Maler erhob sich feierlich und kam um den Tisch herum. Der Prior richtete sich auf, öffnete die Arme, und beide Männer umarmten einander.

Vom Preis, den man für Entscheidungen zahlt

Auch wenn der Prior selbst in der Nacht kaum ein Auge zugetan hatte und sich mit jeder Faser seines Herzens über die Freilassung an jenem denkwürdigen 22. Januar 1666 freute, brachte er es nicht über sich, das Armenhaus aufzusuchen. Einerseits nahm er an, dass er mit seiner Anwesenheit eine zu große Aufmerksamkeit auf die richterliche Entscheidung gelenkt hätte, anderseits – das hätte er aber nie zugegeben – fürchtete er sich vor den Krankheiten und dem Anblick des Elends im Armenhaus. Um nicht untätig zu bleiben, schickte er also stattdessen Magd Petronella zu Lucia. Er sandte ihr einen Korb Speisen und ein wenig Geld, damit – falls es ihr gestohlen wurde – keine größere Summe abhandenkam.

Nachdem Petronella zurückgekehrt war, erwartete er eine Meldung, wie es Lucia ergehe und ob Bartolomeo vor Ort gewesen sei. Als das Mädchen das Studierzimmer betrat, sah es abermals so aufgeregt aus wie damals, an jenem Sonntag, an dem er mit einer Fliege das Gespräch gesucht und an dem ihn der Maestro zu sich hatte rufen lassen. Dieses Mal, und das war ein eklatanter Unterschied, kündigte Petronella den Maestro höchstselbst an.

Erschrocken fuhr Picinardi aus seinem Stuhl auf und befahl dem Mädchen, Wein und eine Kleinigkeit zu essen zu bringen. Dann stürzte er hinaus, um seinen väterlichen Freund in der Eingangshalle willkommen zu heißen.

»Was führt dich hierher? Warum nimmst du den beschwerlichen Weg auf dich, du hättest nach mir schicken lassen können, das weißt du«, begrüßte er ihn, doch schon die Körperhaltung seines Gastes ließ ihn in Habachtstellung gehen.

Die Arme verschränkt, stand der Maestro in der Halle und lehnte den ihm angebotenen Arm mit einem Kopfschütteln ab. Erst als Picinardi die Tür des Studierzimmers hinter sich schloss, antwortete der Alte: »Du steckst also dahinter.«

»Du meinst die Freilassung der Lucia Tolomelli, nehme ich an?«

Seinen Stock umklammernd, blieb der Maestro bei der Tür stehen. »Warum fällst du mir so in den Rücken? Margherita weint seit Tagen wieder. Sie war … sie war schon auf dem Weg der Besserung, da gab es gelegentlich Momente … Wir redeten miteinander, nach all dem Schweigen. Wochenlang gab es keine Sekunde, in der sie sich nicht mit der Frage quälte, warum ihre Tochter vergiftet wurde. Die Gewissheit, diese elende Mörderin würde ihrer Strafe überführt, gab ihr hin und wieder Trost. Und nun? Nun kommst du, bringst einen anderen Armenanwalt ins Spiel und schreibst Briefe, ohne mir davon zu berichten, dass du den Prozess wiederaufnehmen lassen willst. Oder hast du direkt das Ziel verfolgt, das Mädchen freizubekommen? Sie läuft da draußen rum. Vielleicht sucht sie die Basilika auf und tritt vor Elisabettas Grab. Meine Eingeweide drehen sich um bei dem Gedanken. Mir fehlen die Worte vor Entsetzen, ich kann nicht formulieren, welche Abscheu ich empfinde …«

»Du hast recht«, entgegnete Picinardi und wagte nicht, sich zu setzen, »ich hätte dir erklären müssen, um was es mir geht. Ich hatte Angst, dir erklären zu müssen, was ich inzwischen erfahren und welche Schlüsse ich daraus gezogen habe. Ich fürchte mich noch immer davor, aber ich bin davon überzeugt, richtig zu handeln.«

Das Gesicht des Maestros hatte inzwischen den Farbton frisch grundierter Leinwand angenommen. »Hast du sie im Kerker besucht?«

»Ja mehrfach, aber möchtest du nicht hören, was ich …«

Abrupt drehte der Maestro sich zur Tür um und stieß fast mit Petronella zusammen, die just in diesem Moment den gewünschten Wein und getrocknete Feigen mit Käse brachte. Erschrocken wich sie in den Flur zurück. Der Maestro schien sie nicht zu bemerken. »Nichts will ich hören. Gar nichts. Ich kann mich kaum erinnern«, brüllte er, »wann mich das letzte Mal ein Mensch derart enttäuscht hat! Nicht einmal vor dem Grafen hast du haltgemacht, selbst ihn hast du zu deinem Werkzeug gemacht. Ihm kann ich das nachsehen, aber dir?« Dann verließ er das Studierzimmer.

Picinardi eilte ihm nach. »Wir haben eine Verpflichtung, wir müssen die Wahrheit herausfinden. Wir können nicht so tun, als wäre …« Er versuchte, seine Hand auf den Arm des Maestros zu legen, aber der schüttelte ihn ab und schlug mit seinem Gehstock nach ihm.

»Hör auf mit deinen kunstvoll gedrechselten Reden, ich verspreche dir, ich werde alles daransetzen, dieses Weib wieder in den Kerker zu bringen. Ich werde dafür sorgen, dass sie die einzig gerechte Strafe erhalten wird: Sie wird am Galgen baumeln.«

Als Picinardi das Klirren hinter sich hörte, brauchte er sich nicht umzuwenden. Er wusste auch so, dass Petronella das Tablett aus den Händen gefallen war. Vor ihm schlug der Maestro das Portal zu, die darauf einsetzende Stille war nicht weniger erschreckend als das vorangegangene Zerbersten des Geschirrs. Er seufzte und half dem Mädchen, die Scherben einzusammeln.

Vom Fehlen der Worte

Giovanni Luigi hatte Wort gehalten. Bartolomeos Blick ruhte auf dem Prior, der im Piano nobile seines Palazzos auf und ab ging. Tatsächlich wirkte er unruhig. Ob er das Angebot bereute? Ob er es inzwischen als Fehler ansah, Armenanwalt de Lemis in seinem Haus zu empfangen? In Begleitung der Magd Lucia Tolomelli, der meistgehassten Frau der Stadt?

Schritte waren auf der geschwungenen Treppe zu hören, und Bartolomeo schloss für einen Moment die Augen. Sobald er sie wieder öffnete, würde sie vor ihm stehen.

Er öffnete die Augen.

Lucia stand vor ihm. Sie war so schmal geworden, dass das Kleid an ihr hing wie ein Sack, knitterig und faltig, mit der Schürze notdürftig zusammengerafft. Er schluckte und beobachtete, wie sie sich auf den Stuhl setzte, den de Lemis ihr zuwies, erst dann sah sie auf, blickte zu ihm herüber und lächelte zaghaft. Sein Herz, das zuvor heftig geschlagen hatte, wurde leichter und schien übermütige Sprünge zu machen.

»So, da wir nun heute hier zusammengekommen sind, möchte ich die Gelegenheit nutzen, einige Dinge klarzustellen«, ergriff de Lemis das Wort, ohne einen Anflug von Verwunderung darüber zu zeigen, dass er, der Maler der Bottega Sirani, ebenfalls anwesend war.

»Signorina Tolomelli, Ihr könnt dankbar sein, so mächtige Fürsprecher zu haben, trotzdem müsst Ihr eines verstehen: Eure Freilassung ist kein Freispruch. Es ist ein dünnes Eis, auf dem Ihr Euch bewegt, die kleinste Zuwiderhandlung gegen die Auflagen wird sofort Konsequenzen haben. Der Prozess ist lediglich ausgesetzt und wird wiederaufgenommen, das hat mir der Richter mitgeteilt.«

Lucia war noch eine Spur blasser geworden. Sie nickte, und ihre Hände nestelten am Stoff ihres Kleides.

»In diesem Kleid könnt Ihr nicht vor Gericht erscheinen.«

»Ich habe kein anderes«, flüsterte sie, und ihre Unterlippe zitterte dabei.

Bisher hatte Giovanni Luigi, wenn man von der kurzen Begrüßung der beiden Gäste absah, geschwiegen. »Da hätte ich eine Idee«, sagte er nun, während er aufsprang und die Treppe hinabstürmte. »Fahrt fort«, rief er noch und war dann verschwunden.

Bartolomeo spürte, wie der Anwalt ihn musterte, und er befürchtete, der Mann könnte ihm bis tief in die Seele blicken. Erkennen, dass es im Hause Sirani längst keine Aufgaben mehr für ihn gab, auch wenn er immer wieder dort erschien. Ahnte der Anwalt, dass es ihm gleich war, wenn der Maestro ihn auf die Straße setzte, sollte er jemals von seiner Zuneigung für Lucia erfahren? Ahnte er, wie seine Abneigung gegen Pinsel und Farben sich verstärkte? Ja, sie war inzwischen zu einer Furcht vor winzig kleinen Pigmenten geworden. Lachhaft nahezu, doch sobald er den Pinsel griff, tauchten Bilder in ihm auf von anderen Malern, bei denen sich im Laufe ihrer Tätigkeit seltsamste Gebrechen gezeigt hatten. Gicht, Atemnot, Kopf- und Gliederschmerzen oder grindige Ausschläge. Wie erholsam nahmen sich da die Holzarbeiten aus, die er angefangen hatte, um nicht untätig herumzusitzen. Mit jeder Spur, die der Beitel nun Tag um Tag im Holz hinterließ, mit jedem Span, der zu Boden sank, erging es ihm besser. Kleine Schritte in eine Zukunft, die er sich nicht gewünscht hatte und in der er sich ausgesetzt fühlte.

Er hob den Kopf und erwiderte den Blick des Anwalts. Konnte er all das erkennen? Sollte er, auch das war ihm gleich. Vielleicht würde er in den Tiefen seines Schädels auch den unbändigen Wunsch entdecken, mit Lucia die Stadt zu verlassen. Weit weg zu gehen, dorthin, wo niemand sie beide kannte, und ein neues Leben zu beginnen. Geld habe ich, rief er de Lemis in Gedanken zu. Uns kannst du nicht aufhalten!

Giovanni Luigi riss ihn aus seinen Überlegungen, denn er kam die Stufen heraufgehastet, immer zwei auf einmal nehmend, ein Kleid über seinem Arm. »Hier«, keuchend blieb er stehen und hielt es Lucia entgegen. »Es gehört Petronella, sie trägt es sonntags. Ihr könnt es haben.«

»Ich kann ihr doch nicht das Kleid wegnehmen«, erwiderte sie entsetzt und rührte sich nicht.

Der Prior warf das Kleid auf ihren Schoß. »Sie bekommt ein neues Kleid, es war ohnehin ein wenig eng.«

»Gut! Nachdem die Kleiderfrage geklärt ist«, fuhr der Anwalt fort und schenkte Lucias Zögern keine Beachtung, »will ich Euch noch einige Verhaltensregeln mit auf den Weg geben. Auf den Richter wird erheblicher Druck ausgeübt, Eure Freilassung erregt die Gemüter.«

»Ja, Signore, ich verstehe.«

»Im Gericht habt Ihr, wenn es zu Eurer Befragung kommt, einige Dinge zu beachten. Ihr sprecht nur, wenn Ihr gefragt werdet. Dabei antwortet Ihr laut und deutlich, aber so kurz wie möglich. Und versucht unter keinen Umständen, Erklärungen für Dinge zu finden, die Ihr nicht erklären könnt.«

»Ja, Signore, ich verstehe«, erwiderte Lucia abermals, während ihre Hände unruhig über das Kleid auf ihrem Schoß strichen.

»Damit wird man versuchen, Widersprüche in Eurer Aussage zu finden. Also verlauft Euch nicht in dem, was Ihr sagt.«

»Ich verspreche es, Signore.«

»Gut. Viel kann ich nicht unternehmen. Ich darf keine eigenen Verhöre führen, mein Augenmerk wird stattdessen darauf liegen, Widersprüche in den Zeugenaussagen zu entdecken. Aber ich bin an Eurer Seite. Vergesst das nicht. So, dann würde ich gern noch allein mit dem Prior sprechen. Danach bringe ich Euch ins Armenhaus zurück.«

Giovanni Luigi, der noch immer neben Lucia stand und aufmerksam dem Gespräch gefolgt war, sah Bartolomeo an. »Ihr beiden könnt in den Garten gehen und dort warten«, sagte er. »Unter dem Apfelbaum steht eine Bank, die meine Haushälterin im Blick behalten wird.«

»Danke«, stammelte Lucia, als sie zur Treppe ging.

»Ja, für alles«, ergänzte Bartolomeo. Mehr wollte ihm nicht einfallen, denn der Gedanke, allein mit Lucia zu sein, machte ihn schwindelig. Für einen kleinen Moment mit ihr zusammen unter einem Apfelbaum sitzen.

Ohne sich anzusehen, gingen sie in den Garten, liefen hinaus in die Sonne und spürten die Wärme des Lichts, die für

Anfang Februar ungewöhnlich war. Bartolomeo wartete, bis Lucia sich gesetzt hatte, erst dann nahm er Platz.

Mir fehlen die Worte, dachte er, während sein Blick über ihr Gesicht strich. Die Haut erholte sich inzwischen, wirkte weniger fleckig, einige aufgekratzte Flohstiche am Übergang zum Hals waren am Abheilen und nicht mehr als hellrote Schatten auf elfenbeinfarbenem Untergrund. Ich wollte ihr so viel sagen, und jetzt? Er schluckte und schloss seine Hände, um nicht die ihren zu greifen.

Er fühlte auch ihren Blick über sein Gesicht gleiten. Leicht, sanft und liebevoll. Langsam schob sie, während sie ihn betrachtete, die Hand unter ihren Umhang und holte aus der Innentasche ein Papier. Es war zerknittert und gräulich, aber als sie es auseinanderfaltete, leuchteten ihm die Farben Felsinas entgegen.

»Du sollst wissen, wie viel es mir bedeutet.«

»Wollen wir weggehen?« Er erschrak selbst, aber die Frage war ihm ohne sein Zutun über die Lippen gesprungen.

»Wohin?«

»Weit weg. Ich habe Geld gespart, es würde für einen Anfang reichen. Vielleicht in Frankreich, dort werden immer Maler gebraucht. Jedenfalls so weit weg, dass uns niemand kennt.«

Lucia blickte in die knorrigen Äste des Baumes hinauf, als würde sie dort eine Antwort suchen. Dann sah sie ihn direkt an. »Das würdest du für mich auf dich nehmen?«

»Ich würde noch ganz andere Dinge auf mich nehmen, um dir zu helfen.«

Sie strich kurz über seine Hand. Die Berührung glich einem Feuersturm, der sich vom Handrücken ausbreitete, den Arm hinaufraste, im Kopf explodierte, um dann mit leichtem Flackern im Rest seines Leibes zu erlöschen.

»Was kann man mehr vom Leben wollen, als es an deiner Seite zu verbringen? Aber es würde in Europa keinen Ort geben, an dem wir Ruhe und Frieden finden könnten. Auch wenn man in Frankreich meinen Namen nicht kennt, hat jeder davon gehört, dass Italiens beste Malerin einem Meuchelmord zum Opfer fiel. Selbst wenn ich einen anderen Namen annehme, wissen wir beide, dass über kurz oder lang unser Geheimnis enttarnt wird. Mein Schicksal wird dann auch dich zerstören. Verstehst du?«

»Nein. Ja, aber …«

»Verstehst du, es ist die Liebe, die aus mir spricht. Sie verbietet mir, mit dir zu gehen. Du verdienst dieses Leben nicht.«

Hatte sie gerade von Liebe gesprochen? Bartolomeo war unfähig, sich zu rühren oder gar etwas zu erwidern.

Erschrocken rutschte Lucia ein wenig näher. »Bitte verstehe mich nicht falsch. Ich wollte dich nicht, ich will nicht …«

»Ich liebe dich auch, meine Schöne«, flüsterte er und sah aus den Augenwinkeln den Anwalt den Garten betreten. »Und ich würde auf Knien vor meinem Schicksal kriechen, ihm tagein und tagaus danken, wenn ich dieses Leben mit dir führen dürfte. Gib mir ein Zeichen, wenn du es dir anders überlegst, ich werde da sein!«

»So, dann wollen wir mal«, sagte de Lemis laut, während Lucia ihren Umhang über den Kopf hob und ihr Gesicht ins Dunkel des Stoffes verschwinden ließ.

Vom Apfelbaum und seinen Blüten

Der Prior ließ seinen Blick an der Fassade des Palazzo d'Accursio entlangwandern, dann schaute er auf den Anwalt an seiner Seite. »Gut acht Monate hat es bis zum heutigen Tag gebraucht. Was meint Ihr? Warum hat der Richter sich bei einem derart wichtigen Prozess so viel Zeit gelassen?«

Nicola de Lemis zuckte die Schultern, schaute auf seine Schuhe, die beim Gehen staubig geworden waren. »Wir werden es wohl nie erfahren«, sagte er, während er ein Tuch hervorholte und sie blank wischte. Als er sich aufrichtete, war sein Gesicht gerötet, was ihn bedrohlich wirken ließ.

»Aber wenn Ihr mich fragt, wurde erst einmal darauf gesetzt, Volkes Seele zu beruhigen. Stellt Euch vor, man wäre frühzeitig zu dem Schluss gekommen, die Magd ist nicht die Täterin. Man hätte zur Trauerfeier ohne eine Schuldige dagestanden. Das wäre schlecht gewesen.«

»Ähnliche Gedanken hatte ich auch schon.«

»Lasst uns reingehen.«

Während die Männer in den ersten Stock des Gebäudes hinaufgingen, versuchte der Prior, die Kraft in sich heraufzubeschwören, die er in den letzten Wochen verspürt hatte. Nahezu beschwingt war er nach Lucias Freilassung durchs

Leben geschritten, sich der Erfüllung seines Versprechens an Elisabetta einen Schritt näher fühlend. Seine Arbeit begann, ihn wieder zu interessieren, sogar eine Reise nach Rom zu einem Treffen verschiedener Legisten hatte er hinter sich gebracht.

Unterwegs hatte er damit angefangen, die Landschaften, die ihm begegnet waren, zu skizzieren. Stets hatte er dabei das Gefühl gehabt, sich mit Elisabetta über seine Arbeiten auszutauschen, die nicht mehr waren als Stümpereien, ihn aber dennoch mit Stolz erfüllten und die von ihr anregend und liebevoll beurteilt wurden. Von Skizze zu Skizze war es ihm besser gelungen, Proportionen ins Verhältnis zu setzen und perspektivischer zu arbeiten. Kaum war er nach Bologna zurückgekehrt, hatte er mit Bartolomeo sein Meeresbild beendet und ihn an das Versprechen erinnert, die Maler-Grundausstattung zusammenzustellen.

Sein Ankleidezimmer hatte er zur Bottega auserkoren, weil die Fenster zum Norden hinausgingen und günstige Lichtverhältnisse boten. Zweimal hatte er am Fenster gestanden und versucht, den Apfelbaum in seinem Garten abzubilden, während unter den grün austreibenden Zweigen Lucia und Bartolomeo gesessen hatten. Bei ihrem ersten Treffen hatten die beiden unsicher gewirkt, doch die weiteren Begegnungen, vier an der Zahl, waren zunehmend heiterer und gelöster verlaufen.

An dem Morgen, an dem sich die ersten Blütenknospen rosa-weiß leuchtend geöffnet hatten, war die Zeit der Leichtigkeit vorüber gewesen. Lucia war verhaftet worden. An einem Sonntag im April. Dem Sonntag vor elf Tagen.

Als der Prior den Gerichtssaal betrat, stellte er fest, dass weder der Graf noch der Maestro anwesend waren. Schnell hastete er auf de Lemis zu, der dabei war, seine Unterlagen aus seiner Tasche zu räumen, und tippte ihm auf die Schulter. »Verzeiht, aber eine letzte Frage habe ich: Wo sind der Graf und Vater Sirani?«, flüsterte er.

»Der Graf ist auf Reisen, dem Maestro geht es nicht gut, auch wenn ich durchaus vermuten würde, er will dem Mädchen nicht begegnen.«

»Danke«, sagte der Prior nickend. Das hatte er vermutet. Um sich die Zeit zu vertreiben, widmete er sich, wie so oft, wenn er sein erregtes Gemüt beruhigen wollte, einem Zahlenspiel und bildete die Quersumme des Datums des heutigen Tages. Aus dem 24. April 1666 wurde eine 9. Das neunte Gebot forderte dazu auf, nicht falsch gegen seinen Nächsten auszusagen. Was für ein Hinweis. Kurz zögerte er und rechnete noch einmal nach: 2+4+4+1+6+6+6=29. 2+9=11. 1+1=2. Gut, dass er nicht Kaufmann geworden war. Aber vielleicht war es kein Zufall, dass er sich verrechnet und den Tag zuerst dem neunten Gebot zugeordnet hatte? Er schob den Fehler auf die Unruhe in sich und dachte an das zweite Gebot, das dazu aufrief, den Namen Gottes nicht zu verunehren. Er seufzte, faltete die Hände und sandte ein »Vater unser, lass uns nicht allein« gen Himmel. Während er sich bekreuzigte, wurde Lucia hereingeführt.

Zufrieden lehnte Picinardi sich zurück. Das Mädchen hatte gewaschenes Haar, soweit dies anhand vereinzelter Strähnen zu erkennen war, die unter einer schneeweißen Haube hervorlugten, und trug das Kleid von Petronella. Festes Leinen, in einem dunklen Grünton. So angespannt Lucia in dem Gespräch mit de Lemis gewesen war, so ruhig wirkte sie nun. Ihr Blick suchte den von de Lemis, daraufhin den seinen, erst dann wandte sie sich dem Untersuchungsrichter Pignatelli zu.

»Warum, Lucia Tolomelli, wurdet Ihr verhaftet?«, begann der nach einigen Einleitungsfloskeln mit der Befragung. Erstaunt bemerkte der Prior, dass diese Frage nicht in Latein formuliert war, sondern in Italienisch.

»Aus demselben Grund wie beim ersten Mal, wegen Elisabetta Sirani«, antwortete Lucia in Dialekt. Es war dem Prior nie aufgefallen, aber vielleicht war es ein Hinweis, dann jedoch der einzige, auf ihre Aufregung.

»Wer war Elisabetta Sirani?«

»Die Malerin, die vergiftet wurde.«

Sehr gut, dachte Picinardi. Sie antwortet kurz und bündig, so, wie es der Anwalt verlangt hat.

»Woher wisst Ihr, dass sie vergiftet wurde?«

»Ich habe davon gehört. Bei der ersten Verhaftung wusste ich anfangs nicht, warum ich abgeführt wurde. Erst im Kerker habe ich erfahren, dass man glaubt, ich habe sie vergiftet.«

»Wie lange wart Ihr im Hause Sirani?«

»Zwei Jahre und knapp neun Monate.«

»Was hattet Ihr dort für Aufgaben?«

»Putzen, fegen, Staub wischen, die Tür öffnen, wenn Gäste kamen. Manchmal habe ich in der Küche geholfen, aber dort war meist Signora Giacoma zuständig.«

»Was habt Ihr verdient?«

»Vier Paoli pro Monat, das Essen und die Unterkunft waren frei.«

»Wurdet Ihr gut behandelt?«

»Ja. Auch wenn es hin und wieder Ärger mit Signora Margherita gab. Sie war eher misstrauisch.«

»Wie war Euer Verhältnis zu Elisabetta Sirani?«

Der Prior hielt die Luft an. Er kannte die Antwort, aber würde der Richter sich damit zufriedengeben?

»Gut, wir haben uns gut verstanden, es gab keine Probleme zwischen uns.«

»Kennt Ihr jemanden, der einen Grund gehabt hätte, Elisabetta Sirani zu vergiften? Vielleicht aus Neid?«

Gut, der Richter hatte ihre Antwort erst einmal hingenommen, aber was bezweckte er mit dieser Frage? Wollte er damit herleiten, dass niemand anderes als Täter infrage kam, wenn Lucia die Antwort verneinte? Oder wollte er sie als hinterhältig brandmarken, wenn sie auf andere verwies, die Grund und Gelegenheit gehabt hätten, Elisabetta zu vergiften?

»Nein, ich kenne niemanden, der dafür infrage käme.«

»Wo seid Ihr festgenommen worden?«

»In den Tagen vor der ersten Verhaftung habe ich meiner Schwester geholfen. Beim Nähen. Sie wohnt in der Via Maggiore. Aber ich habe im Armenhaus gelebt, und dort wurde ich verhaftet.«

»Wann habt Ihr am 10. August das Haus verlassen, vor oder nach dem Essen?«

»Nach dem Essen.«

»Wer hat die Brotsuppe gekocht?«

Die Brotsuppe. Nie wieder, da war der Prior sicher, würde er eine Brotsuppe genießen können, ohne an Elisabettas Tod zu denken. Auch wenn Francesca sie gern während der Fastenzeit kochte, würde er sie bitten, dieses Gericht nicht mehr auf den Tisch zu bringen.

»Giacoma Sirani hat sie gekocht. Ich habe die Suppe serviert.«

»Habt Ihr der Suppe etwas hinzugefügt?«

»Magd Anni, ich meine Anna Maria Donnini, bat mich, ein wenig Pfeffer in die Suppe zu geben. Sie haben beide, also Magd Anni und Signora Giacoma, gesehen, wie ich die Suppe nachgewürzt habe.«

»Habt Ihr in die Suppe noch etwas anderes eingerührt?«

»Nein.«

Bisher hatte der Richter seine Fragen eine nach der anderen auf Lucia niederprasseln lassen. Nun lehnte er sich zurück und schaute prüfend zu den beiden Notaren, die jedes Wort protokollierten. Dann musterte er Lucia eingehend, beugte sich wieder vor, um fortzufahren. »Wisst Ihr, wie es Anna Maria Donnini geht?«

»Nein, ich weiß es nicht.«

»Sie ist krank.«

»Ja, sie hatte immer Husten.«

Großartig, jubilierte es im Prior, genau das wollte der Untersuchungsrichter nicht hören. Aber wenn es der Wahrheit entsprach, war es eine wundervolle Antwort, so ernsthaft, dass man eine Provokation vermuten, aber nicht beweisen konnte.

»Warum seid Ihr ins Armenhaus gegangen?«

Verdammt, diese Frage war unangenehm. Zeigte sie doch, wie brüchig der Zusammenhalt in Lucias Familie war, was kein gutes Licht auf die Verwandten und damit auch auf Lucia warf. Der Prior zupfte an seinem Ohrläppchen herum, bemerkte es und ließ davon ab.

»Die Familie Sirani wollte nicht, dass ich am Abend allein

das Haus verlasse, deshalb holten mein Schwager und mein Vetter mich ab. Sie brachten mich ins Armenhaus. Warum, weiß ich nicht. Ich sollte dort wohnen. Ich wollte zu meiner Schwester, aber mein Schwager war dagegen. ›Nur für eine kurze Zeit‹, haben sie gesagt, ›bis du eine neue Arbeit hast.‹«

»Wie ging es der Familie gesundheitlich, als Ihr das Haus verlassen habt?«

»Alle waren sie gesund. Nun gut, Signora Margherita ging es nicht so gut, aber Elisabetta war wohlauf.«

»Warum habt Ihr die Familie verlassen?«

»Das Lorenzo-Fest, ich wollte das nicht mehr mitmachen. Elisabetta hatte mir zwar im Jahr zuvor zwanzig Bolognini für die zusätzliche Arbeit gegeben. Es kamen so viele Leute vorbei, es war unglaublich. Antonia Donnini, die Mutter von Magd Anni, sie hat uns geholfen, und wir haben es trotzdem kaum geschafft. Die beiden haben die Einkäufe gemacht. Sie haben Berge von Essen herbeigeschafft.«

»Wie war Euer Verhältnis zu den beiden?«

»Gut. Zu beiden.«

»Habt Ihr damit gerechnet, dass die Siranis Euch beobachten lassen?«

»Nein, damit habe ich nicht gerechnet.«

Das war selbst dem Prior neu. Lucia schien ebenfalls beunruhigt, denn ihr Blick suchte erstmals, seitdem sie die Fragen beantwortete, den von de Lemis. Der schüttelte nur sachte den Kopf.

»Was ist mit Elisabetta Sirani geschehen?«

»Sie ist tot.«

»Warum?«

»Ich weiß es nicht.«

»Wann wurdet Ihr erstmals verhaftet?«

Jetzt fängt er an. Jetzt wiederholt er alles. Nachdem er das Mädchen durch die Erkenntnis, beobachtet worden zu sein, verunsichert hat, geht er die Fragen abermals durch. In der Hoffnung, dass sie andere Antworten gibt, sich verheddert, über die offensichtlich gelegten Fallstricke stürzt. Picinardi schloss die Augen und atmete tief durch.

»Ich wurde kurz nach dem Tod von Elisabetta Sirani verhaftet.«

»Wann habt Ihr das Haus verlassen?«

»Am 10. August. Nach dem Essen. Ich habe noch mit Magd Anni gegessen. Signora Giacoma hatte, wie gesagt, die Brotsuppe gekocht.«

»Habt Ihr der Suppe etwas hinzugefügt?«

»Nein. Ja. Magd Anni bat mich, ein wenig nachzupfeffern, was ich getan habe.«

Nichts an Lucias Tonfall ließ erahnen, ob die Wiederholung der Fragen sie verunsicherte.

»Ich nahm den Pfeffer aus der Schublade«, fuhr sie fort, »wo die Teller sind. Beide Frauen waren dabei, sie haben es gesehen.«

»Was ist mit Anna Maria Donnini?«

»Ich weiß nicht, wovon Ihr sprecht, Signore.«

Der Prior atmete schwer aus und öffnete die Augen. Am liebsten wäre er aufgesprungen und hätte seine Empörung in den Saal gebrüllt. Auch wenn er nicht wusste, was er gern gebrüllt hätte, vielleicht: Das haben wir alles schon gehört! Ihr habt schon genug unserer Lebenszeit verschwendet, fahrt endlich fort!

»Anna Maria Donnini ist krank. Wusstet Ihr das?«

»Nein, aber sie war damals schon oft krank.«

»Sagt die Wahrheit!«, brüllte nun der Richter unvermittelt.

Nahezu alle Anwesenden im Gerichtssaal zuckten zusammen, vor allem Lucia. Ihre Hände zitterten sichtbar. »Ich habe wirklich keine Ahnung«, gab sie mit belegter Stimme zur Antwort.

»Gut, dann beenden wir die Befragung für heute«, sagte Pignatelli und donnerte mit der Faust auf den Richtertisch.

Abermals zuckte Lucia zusammen und sah wieder zu de Lemis. Was habe ich falsch gemacht?, schien ihr entsetzter Blick zu fragen.

Als man das Mädchen abführte, zurück in den Kerker, schnürte es dem Prior das Herz ab. Es war unfassbar. Auch Magd Anni kam als Täterin infrage, selbst die Schwester des Maestros – er wollte wahrhaftig niemandem übel nachreden – war in der Küche zugegen gewesen, in der Nähe dieser verdammten Brotsuppe. Warum sah das Gericht die Tatsachen nicht: Lucia hatte keinen Grund!

Andere Menschen hätten ebenfalls Gelegenheit gehabt, Elisabetta zu vergiften, aber auch bei ihnen waren keine Beweggründe erkennbar. Zudem kam eine Vergiftung durch Elisabettas Arbeit selbst infrage, aber diesem Aspekt war bisher nicht einmal im Ansatz Rechnung getragen worden. Zu guter Letzt gab es Dottori, die behaupteten, es wäre keine Vergiftung, sondern ein tragischer Todesfall mit natürlicher Ursache gewesen. Und wie verhielt es sich mit der Zeugin, die von dem Pulver sprach, das Lucia in die Suppe gerührt haben sollte? War sie ebenfalls so ausführlich vernommen worden? Mitnichten, ihr Leumund schien zweifelsfrei, denn sie hatte die Familie nicht verlassen. Konnte man verdächtigt werden, weil man eine Arbeit aufgab? Und zum Todeszeitpunkt gar nicht mehr zugegen war? In Bologna konnte man das anscheinend.

Das Rauschen in Picinardis Ohren setzte von einem Atemzug zum nächsten ein, und das mit seiner gesamten Wucht. Ihm wurde heiß, und ohne zu zögern, stürmte er los. Dieser Mann war eine Schande für den gesamten Berufsstand, er würde ihn noch einmal in seine Vorlesungen zitieren, um dessen Rechtskenntnisse aufzufrischen. Ja, er würde ihm die Leviten lesen, tobte er innerlich, während er an de Lemis vorbeihetzte und sich breitbeinig vor dem Richtertisch aufbaute.

»Werter Kollege, was hier geschieht, lässt Justitia vor Entsetzen die Waage aus der Hand gleiten. Noch einmal wiederhole ich meine Frage: Warum wurden die beiden Dottori, Signore Mattaselani und Signore Oretti, bisher nicht vorgeladen? Sie kommen zu anderen Ergebnissen der Leichenschau, und das sollte man sehr wohl ausführlich betrachten. Wenn das nicht in Kürze nachgeholt wird, werde ich alle, und damit meine ich wirklich ALLE, Register ziehen, um …«

Weiter kam er nicht, denn Nicola de Lemis erbarmte sich seiner und übernahm für ihn die Verantwortung. Er bat, dies mit ihm zu besprechen, und führte ihn aus dem Saal hinaus.

Kaum waren die beiden in einem der Seitenflure des Palazzos unter sich, lehnte der Prior sich gegen eine der kühlen und auf Hochglanz polierten Steinwände. »Oh verdammt, was habe ich getan? Laienhafter konnte ich mich nicht gebärden …«

»Ja, mit ein wenig Glück lässt Pignatelli Euch, den Leiter des Juristenkollegs, zur nächsten Befragung nicht mehr als Gast zu. Das wäre ein gefundenes Fressen für die Gerüchteküche …«, gab de Lemis zu und grinste.

»Was gibt es da zu grinsen?«

»Na ja, in gewisser Weise bin ich Euch ein wenig dankbar für diesen Auftritt, auch wenn ich ihn natürlich aufs Schärfste verurteile. Ihr habt den Richter noch einmal vor Zeugen mehr als deutlich auf die abweichende Diagnose der beiden Dottori aufmerksam gemacht.«

»Ja, und was ist daran dankenswert?«

»Der Richter hat mir«, fuhr de Lemis nun mit ernster Miene fort, »vor dem heutigen Prozessbeginn, mehr oder weniger zwischen Tür und Angel, seine weitere Vorgehensweise erläutert. Er plant, abermals Magd Anna Maria Donnini vorzuladen und daraufhin Lucia Tolomelli mit den Ergebnissen zu konfrontieren. Gegebenenfalls wird er beide Frauen in einem Gerichtssaal gegenüberstellen und gemeinsam befragen. Dies ist der letzte Schritt, den er zu unternehmen gedenkt. Insofern bin sogar ich, ein Anwalt, dankbar über diesen unseligen Hieb Eurerseits, denn sollte selbst die Gegenüberstellung nicht weiterführen, wird für Lucia Tolomelli die Folter angesetzt.«

Vom Drehen im Kreis

Einen Moment zögerte der Prior, bevor er mit mehreren Studenten den Palazzo dell' Archiginnasio verließ und auf die Piazza hinaustrat. Schon im Innenhof hatte die Hitze gestanden und in den seitlichen Arkadengängen festgehangen, doch hier, in der prallen Sonne, glich die Hitze einer Wand, in die man hineinlief und die einem den Atem raubte. Während er durch die Gassen Bolognas eilte, von Schatten zu Schatten huschte und ihm dennoch der Schweiß die Schläfen herabrann, fragte er sich, wie viele Wege er schon unternommen hatte, seitdem Giovanni Andrea Sirani mit seiner Bitte, eine Trauerrede zu schreiben, auf ihn zugekommen war.

Als er den Palazzo Malvasia erreichte, atmete er erleichtert auf, als er von einem Dienstmädchen in die kühle Eingangshalle eingelassen wurde. Kurz darauf kam der Graf die Treppe herab.

»Signor Picinardi, die Abschrift vom heutigen Prozesstag ist bisher nicht fertig, ich nehme an, diese führt Euch zu mir?«

»Sicherlich, ich bin Euch dankbar, dass Ihr diese Abschriften noch immer vornehmen lasst, aber ich hatte das Gefühl, wir haben uns lange nicht mehr gesehen.« Und ich wollte schon längst sichergehen, ob Ihr mir noch gewogen seid, nachdem der Maestro herausgefunden hat, dass ich Euch zu einem Schreiben an den Großherzog Leopoldo de' Medici und den Richter überredet habe, fügte er in Gedanken hinzu.

Doch der Graf schien friedlich, mit freundlichen Worten wies er das Mädchen an, Wasser und Früchte zu bringen, und führte den Prior zu einem schattigen Platz im Garten. »Ich habe Euch heute nicht im Gerichtssaal gesehen«, stellte er dabei leichthin fest.

»Leider war ich an der Universität unabkömmlich, aber so, wie es klingt, wart Ihr bei der Aussage von Anna Maria Donnini dabei?«

»Ja, ich sehe wenige Ergänzungen zu ihrer ersten Aussage. Dass wieder zwei Monate vergehen mussten, um diese Fragen zu wiederholen, scheint mir ein Hinweis zu sein, dass wir an den Strukturen des Gerichtes etwas ändern müssen. Dass ein Fall von solcher Bedeutung derart langsam bearbeitet wird, wirft kein gutes Licht auf unsere Justiz.«

Der Prior nickte. Ja, es erweckte den Eindruck, als hätte der Untersuchungsrichter alle Zeit der Welt. Schließlich war es nicht er, der zum zweiten Mal in seinem Leben im Kerker die Frühlingspracht verpasste und Todesängste litt. Immerhin schien er in diesem Jahr, zumindest seiner Logik folgend, einen Schritt weitergedacht zu haben, denn er hatte vorsichtshalber auch Magd Anna Maria Donnini verhaften lassen. Allerdings hatte er sie nach wenigen Tagen wieder freigelassen, die Gründe hierfür waren für Picinardi – wie vieles andere in diesem Prozess – unklar geblieben.

»Die Dottori, sind sie noch einmal geladen worden? Wurde dazu noch ein Wort verloren?«

»Nein. Der Richter hat sich noch einmal mit den in meinen Augen längst geklärten Fragen befasst. Er hat sich erkundigt, welche Aufgaben Anna Maria Donnini im Hause der Siranis ausgeführt habe. Sie berichtete, sie sei von klein auf im Hause der Siranis gewesen. Weil ihre Mutter dort schon gearbeitet habe, bis sie selbst alt genug gewesen sei, um die Aufgaben der Mutter zu übernehmen. Wusstet Ihr, dass Signora Margherita sie entlassen hat?«

»Ja, ich wollte mit der Magd sprechen, da war sie schon nicht mehr zugegen. Tatsächlich habe ich es nicht geschafft, sie bisher zu Gesicht zu bekommen.«

»Eine junge Frau. Kräftig und behäbig, dafür schnell aus der Ruhe zu bringen, würde ich sagen. Erstaunlich war die Frage des Richters, ob Elisabetta von sich aus das Gift genommen haben könnte. Ich war in Begleitung des Maestros zugegen und befürchtete, er würde vor Wut daran ersticken, dass der Richter die Frage prüfte, ob seine Tochter Hand an sich gelegt haben könnte. Und das Mädchen, Anna Maria Donnini, sie wurde vor Aufregung ganz blass ob dieser Vermutung. Aber es kam noch schlimmer. Der Richter griff die Gerüchte auf, der Maestro könnte der Täter gewesen sein. Sie wurden nicht vertieft, doch auf diesem Weg wurden sie wieder befeuert. In meinen Augen waren diese unsäglichen Annahmen nach der Trauerfeier verstummt.«

Die Magd des Grafen betrat den Garten und brachte Melone und Wasser hinaus. Dankbar griff der Prior zu. Vielleicht lässt sich Fassungslosigkeit mit Wasser hinwegspülen?, dachte er dabei. Dummheit leider nicht, steht zu vermuten.

»Donnini betonte, dass sie beide Freundinnen waren«, fuhr der Graf fort. »Kein böses Wort verlor sie über Tolomelli, hat sie sogar verteidigt, indem sie darauf verwies, sie habe nie ungerecht über eines der Mitglieder der Familie Sirani gesprochen. Sie scheint ihr nicht die Schuld für die Ereignisse zu geben, obwohl sie die Arbeit verloren hat und in Haft war.«

»Erstaunlich, warum erwähnt sie dann immer wieder dieses Pulver?«

»Ich weiß es nicht, das wurde natürlich ebenfalls aufgegriffen. Die Befragung wirkte planlos, es ging inhaltlich querbeet durch alle Themen. Ob Lucia Tolomelli einen Liebhaber gehabt habe, was nicht der Fall war; wer krank gewesen sei, als die Magd das Haus verließ; und wie es Elisabetta Sirani am 10. August gesundheitlich gegangen sei.«

»Wie ging es ihr?«

»Sie soll wohl leichte Beschwerden im Unterleib gehabt haben, aber diese lagen schon einen Monat zurück. Als Lucia Tolomelli das Haus verließ, war Elisabetta Sirani wohlauf. Kennt Ihr eigentlich einen Maler mit roten Haaren?«

Picinardi stutzte. Ein Maler mit roten Haaren? Er schüttelte den Kopf.

»Ich sage es ja: Alles wurde querbeet gefragt. Anna Maria Donnini kannte auch keinen, und was diese Frage bedeutete, erschloss sich ihr offensichtlich so wenig wie mir oder dem Maestro. Es wurde sogar nachgehakt, ob Lucia Tolomelli jemals einen Maler mit roten Haaren erwähnt habe, während sie im Hause der Siranis tätig war. Zu guter Letzt wurde noch der Gesundheitszustand von Anna Maria Donnini thematisiert.«

»Was hat sie darauf geantwortet?«

»Sie sprach von Bauchschmerzen, die begannen, als Lucia Tolomelli noch im Haus war, und die sich über fünfzehn Tage hinzogen. Diese Schmerzen tauchten wohl nach dem Verzehr der Brotsuppe auf. Familie Sirani schickte das Mädchen ins Krankenhaus, dort erhielt sie ein Öl, und ihr Zustand besserte sich.«

»Im Kreis, dieser Fall dreht sich im Kreis«, stellte Picinardi fest.

»Ja, so kann man das sagen. Ihr seid weiterhin davon überzeugt, es könnte ein natürlicher Tod gewesen sein?«

»Dottor Mattaselani war in seiner Annahme recht deutlich. Natürlich kann ich nichts ausschließen, aber ich bin mir sicher: Lucia Tolomelli hat nichts damit zu tun.«

»Stimmt es, dass Zanichelli und die Magd, Ihr wisst schon, einander zugetan sind?«

»Woher wisst Ihr davon?«

»Barbara Sirani, die Schwester von Elisabetta, sie deutete so etwas an.«

»Weiß der Maestro davon?«

»Da Zanichelli immer wieder in der Bottega erscheint, obwohl kaum noch gearbeitet wird, nehme ich es nicht an. Und stimmt sie, diese Geschichte?«

Was sollte er ihm sagen? Dass Bartolomeo litt, so wie er selbst? Dass sie ihren Schmerz fütterten, mal mehr, mal weniger, und wenn er die Oberhand gewann, er sich noch immer dunkel und satt über alles legte? Dass jetzt, da der erste Jahrestag von Elisabettas Tod sich näherte, viele überzeugt waren, es sei nun an der Zeit, die Trauer über das verlorene Leben aufzugeben? Dass Bartolomeos Schmerz eher Angst war und ihm der Abschied im schlimmsten Fall noch bevorstand?

»Er mag sie durchaus, aber von einer Liebesbeziehung weiß ich nichts«, sagte er, überzeugt davon, es würde annähernd der Wahrheit entsprechen. »Aber wie wird es nun weitergehen?«

»Es ist ein neuer Termin angesetzt. Für den 4. August Und ratet, wer erneut geladen wird?«

Von Fenstern, Haaren und elendem Herumstochern

Der Untersuchungsrichter bewies neuerdings ein sicheres Händchen, die Vernehmungen auf Tage zu legen, an denen das Wetter unerträglich war. So saß der Prior im Gerichtssaal, der die Hitze der vorangegangenen Tage gespeichert hatte, und folgte mit Schweißperlen auf Stirn und Oberlippe Lucias Vernehmung. Ein Prozesstag, der dabei war, so erbärmlich zu werden wie die Befragung von Anna Maria Donnini knapp eine Woche zuvor.

Abermals wurde die Abfolge der Geschehnisse aufgerollt: Wer wann gegangen, erkrankt und was in diese elende Brotsuppe gerührt worden war. Neu war für den Prior die Frage, wer Lucia an die Siranis empfohlen hatte. Sie entgegnete, ihr Vetter habe sie empfohlen, doch weiterführend war auch dieser Hinweis nicht. Wie war die Beziehung zu Giacoma Sirani, wie zu Magd Anni und zu Männern überhaupt? Wie hatte die Magd wann ihr Haar getragen, und wie hatte Elisabetta sich dazu verhalten? Es wurde sogar nachgehakt, wer im Haushalt welche Fenster zu welcher Zeit geöffnet und geschlossen hatte. Es war ein Herumstochern, elend, langwierig und offensichtlich immer noch planlos.

Wie gern hätte Picinardi ihnen allen dieses Schauspiel erspart: dem Mädchen, das abermals in Petronellas Kleid vor dem Richter stand, dem Maestro, der heute mit gekrümmtem Rücken vor ihm saß, und auch sich selbst. Je mehr man versuchte, die Umstände von Elisabettas Tod zu klären, desto weiter trieb alles von ihr weg. Nichts von dem Zauber, der sie ausgemacht hatte, konnte hier erhalten oder auch nur erahnt werden. Man sprach über Fenster und Haare – was sollte da noch kommen?, fragte er sich und versuchte, gegen seine Verzweiflung anzukämpfen.

»Wir möchten noch einmal auf den Pfeffer zu sprechen kommen«, sagte in diesem Moment der Untersuchungsrichter.

Sofort richtete Picinardi sich auf, und er tat recht daran.

»Anna Maria Donnini hat ein Pülverchen gesehen«, fuhr Pignatelli fort, »ein Pülverchen, das in ein Briefchen abgefüllt war, das Ihr dann in den Ausschnitt gesteckt habt.«

Lucia wurde blass und ähnelte eher einem verstockten Kinde als einer jungen Frau. »Sie irrt sich, Signore.«

»Sagt die Wahrheit!«, donnerte Pignatelli, und der Prior musste an sich halten, um nicht empört aufzuspringen.

»Es war so! Ich habe Pfeffer in die Brotsuppe getan«, entgegnete Lucia und klang flehentlich.

Mit einem Ruck erhob sich der Richter. »Dann beenden wir die Vernehmung jetzt, weil wir nicht weiterkommen«, brüllte er in den Saal. »Es wird eine Gegenüberstellung von Lucia Tolomelli und Anna Maria Donnini angeordnet, um herauszufinden, um was für ein Pulver es sich gehandelt hat. Der Termin wird in Kürze verkündet.«

Der Prior schluckte. Jetzt wurden die schweren Geschütze aufgefahren. Ob Lucia ahnte, was sie erwartete, wenn die Gegenüberstellung ohne Ergebnis blieb?

Sie wurde indessen abgeführt, und ihr verzweifelter Blick

suchte den des Anwaltes, der just in diesem Moment seine Tasche schloss. Was hätte Picinardi darum gegeben, ihren Blick auf sich zu lenken, um ihr anzuzeigen, dass sie ihr beiseitestanden, ganz gleich, was kommen würde.

Von der Schönheit der Erinnerungen, die auch eine Mortadella wecken kann

»Ihr macht das gut«, sagte Barbara und wies auf die schwarzen Striche, die das Flussufer des Renos darstellen sollten. Sie beugte sich noch ein wenig vor und betrachtete mit gerunzelter Stirn die Andeutung der Hügellandschaft im Hintergrund. »Ihr seid ein Universalgenie, scheint mir. Sicher in der Juristerei, in der Poetik und nun auch noch in der Malerei. Erstaunlich. Nein, sogar beneidenswert.«

Sie stemmte die Hände in die Seiten, trat neben die Staffelei und sah zu ihrer Schwester Anna Maria, zu Ginevra Cantofoli und zu Bartolomeo hinüber, die ebenfalls hinter Staffeleien saßen. »Mir hat es die Lust verdorben. Da sitzt so ein Anfänger und macht sich besser als ich. Darauf brauche ich erst einmal einen Wein, ein wenig Käse und saftige Trauben«, rief sie und lachte dabei. »Ihr auch?«

Tatsächlich spürte der Prior, wie er errötete und sich gleichermaßen an Barbaras leuchtenden Augen erfreute. Sie ähnelte ihrer Schwester, wenn sie glücklich war. Ein schöner Anblick.

Schnell sprang er von seinem Hocker auf und half Bartolomeo, die Decke im Schatten der Bäume auszubreiten, während die Frauen den Korb mit den Speisen öffneten. »Danke, dass du mich mitgenommen hast«, flüsterte er seinem Freund zu, während er mit Steinen die Ecken der Decke beschwerte.

»Es war Barbaras Idee. Sie wollte Anna Maria den ersten Todestag von Elisabetta leichter machen«, sagte Bartolomeo ebenso leise.

»Sie macht ihn nicht nur ihr damit einfacher.« Dankbar sah der Prior zu den Frauen, deren Wangen von der Sonne gerötet waren und denen der Wind an den Haarsträhnen zupfte, die unter den Hüten hervorschauten.

»Das sind Weintrauben von den Reben, die Elisabetta im Garten gesetzt hat«, sagte Barbara derweil und reichte ein Tuch mit mehreren Trauben weiter.

»Sie hat Wein angepflanzt?«, fragte der Prior erstaunt.

»Ja, und Kräuter und Bohnen«, ergänzte Anna Maria. Es war das erste Mal, dass sie von sich aus das Wort ergriff. Die Trauer, bemerkte der Prior, hatte im letzten Jahr aus dem Mädchen eine für ihr Alter zu ernst wirkende junge Frau werden lassen.

Hinter ihr stand Barbara, die den Kopf in den Nacken warf, die Hände gen Himmel streckte, als wollte sie Gott danken, und sich dann wieder über den Korb beugte, als wäre nichts geschehen.

Ginevra Cantofoli nahm ihr zwei Flaschen ab und reichte sie weiter. »Hier haben wir Elisabettas Lieblingswein, ihren Lieblingskäse, und natürlich darf eines nicht fehlen!«, rief sie und wies auf Barbara, die inzwischen eine Mortadella mit dicken Fettaugen und Pfeffer in die Luft hielt.

»Furchtbar, aber die musste heute mit dabei sein.« Barbara rümpfte die Nase, griff ein Messer, schnitt dicke Scheiben ab und reichte jedem eine.

»Haben wir auch Brot?«, fragte Anna Maria und sah zum Korb hinüber.

»Oje, das haben wir vergessen!«, entgegnete Ginevra. Einen Moment sahen alle auf die fettige Scheibe Wurst in ihren Händen, und dann fingen sie an zu lachen. Sie lachten, bis ihnen die Luft knapp wurde und sie nicht mehr wussten, weshalb sie lachten.

»Könnt ihr euch noch erinnern, wie Elisabetta eine Gräte verschluckt hat?«, fragte irgendwann Anna Maria.

Bartolomeo nickte. »Wir haben ihr Butter gegeben, dicke Stücke, die sie lutschen musste. Als die Gräte dann herauskam, hat sie geflucht wie ein … Mir fällt kein Vergleich ein, jedenfalls war es ordentlich.«

Wieder mussten sie lachen, und Anna Maria bekam Schluckauf, was ebenfalls für Erheiterung sorgte.

Picinardi saß schweigend daneben und sog den Augenblick in sich auf. Er wollte das Leuchten in den Gesichtern der anderen in sich aufbewahren, denn Elisabetta war schön, noch immer, sogar jetzt, in den Erinnerungen der anderen.

Nachdem sich Anna Marias Schluckauf gelegt hatte, sah sie in die Runde. »Ich möchte euch danken«, sagte sie feierlich, »denn ihr hattet es nicht leicht mit mir im vergangenen Jahr. Aber ich weiß, Elisabetta würde nicht wollen, dass ich mich nun ewig der Schwermut ergebe. Deshalb habe ich eine hübsche Idee: Heute Abend wollen wir mit den Eltern in die Basilika gehen. Jetzt malt jeder eine Sache, die er mit Elisabetta verbindet, die für ihn passend erscheint. Am Abend nehmen wir die Bilder mit und bringen sie ihr. Ein kleiner Gruß, damit sie weiß, dass wir uns langsam wieder den schönen Erinnerungen zuwenden. Was meint ihr?«

Anna Maria griff nach ihrem Beutel und zog einen Skizzenblock hervor.

»Das machen wir«, sagte Ginevra begeistert, ließ sich ein Blatt geben und richtete sich auf. »Ich weiß bereits, was ich male.«

»Signor Picinardi, gern nehme ich Euer Bild mit. Habt Ihr denn auch schon eine Idee, was Ihr zu Papier bringen wollt?«, fragte Anna Maria und sah ihn neugierig an.

Ein Herz. Mein Herz. Was sonst?, entgegnete er in Gedanken und schüttelte ratlos den Kopf. »Vielleicht eine Mortadella?«, fragte er, während er die fettglänzenden Finger vorstreckte.

Wieder brachen sie allesamt in Gelächter aus, und der Prior wünschte sich, dieser gemeinsame Moment würde nicht enden.

Von der Folter

Am 2. September trafen sie aufeinander: die beiden Mägde des Hauses Sirani. Anna Maria Donninis erste Aussage hatte auf den Tag genau vor einem Jahr stattgefunden, stellte der Prior fest, als er abermals im Gericht Platz nahm.

Wenig später wurde die Magd hereingeführt, sie war Mitte zwanzig, kräftig, mit rosigen Wangen. Sie trug ein einfaches blaues Leinenkleid, das sie bescheiden wirken ließ. Ihr Anblick wurde durch Lucia Tolomellis Erscheinen erhöht, denn die erneute Haft hatte ihrer Haut abermals einen Farbton verliehen, der an Kreide erinnerte. Umso bedrohlicher wirkten die Augenringe, und auch Petronellas Kleid konnte an diesem erbärmlichen Anblick nichts mehr ändern.

Als Untersuchungsrichter Pignatelli das Wort erheben wollte, ließ ein Gerichtsdiener noch Graf Malvasia in den Saal ein. Verärgert sah der Richter auf, runzelte die Stirn, und dies schien bereits ein Hinweis auf seine heutige Stimmung zu sein. Erst ließ er beide Mägde auf die Bibel schwören, um dann in den direkten Angriff zu gehen. Lucia wurde aufgefordert, ihre Aussage zu wiederholen, sie habe die Brotsuppe lediglich nachgewürzt. Mit erhobenen Augenbrauen sah der Richter im Anschluss auf das Mädchen herab.

»Anna Maria Donnini hat eine andere Aussage gemacht. Gesteht endlich die Wahrheit. Wir werden dies bei unserem Urteil berücksichtigen«, sagte er mit drohendem Unterton.

Lucia wich dem Blick der früheren Freundin aus. »Sie lügt.«

»Signorina Donnini. Würdet Ihr bitte noch einmal wiederholen, was Ihr uns beim letzten Mal erzählt habt?«

»Ich kann nicht, ich …« Das Mädchen wand sich, rang mit den Händen, und die rosigen Wangen wurden dunkelrot.

Der Prior beugte sich vor. Was geschah hier?

Auch der Richter schien irritiert. »Wie bitte? Ihr seid vor Gericht. Was habt Ihr gesehen?«

Nun war es Magd Anni, die den Kopf senkte und auf den Boden schaute.

»Sie hat rotes Pulver in die Brotsuppe gerührt«, sagte sie leise.

»Wie bitte? Sprecht lauter, damit die beisitzenden Richter, die Notare und ich Euch hören können.«

»Sie hat rotes Pulver in die Brotsuppe gerührt. Dann hat sie das restliche Pulver, es war in einem kleinen Briefchen aufbewahrt, in ihrem Ausschnitt verschwinden lassen. Mir wurde schlecht, nachdem ich von der Suppe gegessen hatte.«

»Habt Ihr dazu etwas zu sagen?«, wandte sich der Richter nun an Lucia.

»Ich habe kein rotes Pulver besessen, und ich habe nichts aus meinem Ausschnitt geholt. Ich verstehe nicht, warum sie von der Suppe gegessen hat, wenn sie das angeblich beobachtet hat. Ich habe auch noch nie davon gehört, dass Magd Anni überhaupt von der Suppe gegessen hat, die Signora Giacoma an dem Tag gekocht hat.« Verzweifelt sah Lucia das andere Mädchen an. »Wenn ich etwas Schlimmes getan habe, fällt es auch auf dich zurück. Wir waren beide in der Küche. Wenn du mich belastest, wirst du ebenso verdächtigt, verstehst du das nicht? Warum machst du das?«

»Ich will nicht mehr ins Gefängnis, bitte nicht«, flehte Magd Anni plötzlich und vergrub das Gesicht in ihren Händen.

Eine Weile blieb es still im Saal, und der Prior wagte kaum zu atmen, weil er fürchtete, auch nur ein Wort zu verpassen.

»Kann es sein«, ergriff nach einer Weile Armenanwalt de Lemis das Wort, »dass Ihr Euch vor Aufregung unwohl fühltet, als Ihr merktet, wie schlecht es Elisabetta ging? Kann das sein? Habt Ihr mit ihr mitgelitten?« Sein Tonfall war sanft, und tatsächlich sah Anna Maria Donnini wieder auf.

»Ich weiß nicht. Vielleicht.«

»Gab es nicht einen Medico, der Euch einige Wochen vor Elisabettas Tod untersucht hat?«

»Ja.«

»Was hat er Euch gesagt?«

»Das weiß ich nicht mehr so genau.«

»Dann helfe ich Euch, ich weiß es nämlich. Ihr hattet Bauchweh, und er stellte fest, Ihr wäret allenfalls verliebt, hättet aber keine Erkrankung des Unterleibes aufzuweisen. Ist es möglich, dass Ihr empfindlich seid und mit Problemen des Unterleibes zu kämpfen habt, sobald Ihr Euch aufregt?«

»Vielleicht.«

»›Vielleicht‹ sagt Ihr?«, mischte sich nun der Untersuchungsrichter in das Gespräch, und er klang sichtlich ungehalten dabei. »Kann es dann vielleicht auch sein, dass Ihr Euch irrt? Oder dass Ihr gemeinsam mit der Angeklagten die Tat durchgeführt habt? Kann es vielleicht auch sein, dass Ihr den Verdacht auf Lucia Tolomelli lenken wollt, um sie loszuwerden? Ihr seid hier vor Gericht, Ihr seid der Wahrheit verpflichtet! Für ein Vielleicht ist hier kein Platz!«

»Ich weiß es nicht, aber …«, entgegnete Anna Maria Donnini mit zitternder Stimme, doch der Richter fiel ihr ins Wort.

»Dann habe ich keine weiteren Fragen mehr. Anna Maria Donnini, Ihr seid entlassen. Lucia Tolomelli wird abgeführt!«

Damit beendete er zur Überraschung des Priors die Vernehmung. Mit einem Tuch verdeckte Anna Maria Donnini ihr Gesicht und wankte, gestützt vom Gerichtsdiener, davon.

War dies ein Teilsieg?, fragte Picinardi sich und steuerte auf Graf Malvasia zu, der an der Tür auf ihn wartete.

»Verzeiht, dass ich so spät kam«, sagte er und wiegte den Kopf. »Nur mit Mühe und Not hat mich der Gerichtsdiener noch eingelassen. Aber es war zeitig genug, diese interessante Begegnung zu erleben. Was haltet Ihr davon?«

»Die rechtlichen Mittel, die Delinquentin zur Aussage zu bewegen, erschöpfen sich zunehmend. Die Gegenüberstellung führte nicht zu einem Geständnis, und die Zeugin hat sich selbst demontiert. All das rückt, zumindest insofern die Vorschriften Anwendung finden, den Einsatz der Folter ein Stück, ein kleines Stück in die Ferne.«

»Meint Ihr?«

»Sicherlich. Denn zur Anwendung der Folter muss, das wisst Ihr auch, die Schuld der Angeklagten so gut wie bewiesen sein, und diesen Aspekt hat de Lemis heute hinreichend infrage gestellt.«

»Ich denke, es bleibt ein großer Spielraum für den Richter. Er könnte noch immer meinen, genügend Verdachtsgründe zu erkennen, und versuchen, die Folter einzuleiten.«

Ich will nichts von Folter hören, dachte Picinardi, während sie die Piazza überquerten und, ohne ein Wort darüber zu verlieren, den Weg zum Palazzo Malvasia einschlugen. Plötzlich, unter einem Arkadenbogen, an dem sich malerisch die Blätter der Weinranken rot-gelb färbten, sah er ihn in Gedanken vor sich, den Scharfrichter. Neben ihm stand Lucia Tolomelli. Die Hand des Mannes senkte sich auf die schmale Schulter des Mädchens, und mit sanftem Druck führte er sie an den Folterwerkzeugen entlang. Sie sah ihn an, öffnete den Mund, doch es kamen nur Laute ohne Sinn und Zusammenhang heraus. Die Hand wanderte von der Schulter, die zweite kam dazu, behaarte Arme versperrten den Blick darauf, wie Petronellas Kleid geöffnet und Lucia entkleidet wurde. Der Scharfrichter trat zurück, betrachtete den mageren Leib und schien zu überlegen, wie viel Kraft er für die Tortur brauchen würde. Mitleidig schüttelte er den Kopf und legte dem Mädchen die Daumenschrauben an, dann die Beinstöcke. Während er begann, die Eisenplatten der Daumenschrauben anzuziehen, schrie sie um ihr Leben. Als der Scharfrichter den Hammer hob, um ihn auf die Eisenplatten zu schlagen, blieb der Prior abrupt stehen.

»Nein!«, brüllte er, dass es unter der Arkade nur so schallte, fuhr mit der Hand in die Luft, als wollte er die Bilder von sich weisen. Sein Atem ging stoßweise, und der Stoff seines Hemdes klebte nass unter den Achseln.

Der Graf hielt inne und schien nicht im Mindesten erstaunt. »Es ist zu viel, zu viel für uns alle«, sagte er und lief dann weiter, ganz so, als würde er täglich mit Männern durch Bolognas Gassen spazieren, die Albträumen ausgeliefert waren.

Vom fünften Gebot

Der Herbst war hereingebrochen, schneller als erwartet, und er hatte, als wollte er den Sommer für seinen Hochmut strafen, unerbittliche Kälte mit sich gebracht. Doch der Prior hatte sich in den letzten Tagen an dem Gedanken gewärmt, dass Armenanwalt Nicola de Lemis ganze Arbeit geleistet hatte: Endlich war Dottor Mattaselani geladen worden, um seine Aussage zu machen. Nach mehr als einem Jahr nahm sich das Gericht die Zeit, seine Ergebnisse der Leichenöffnung anzuhören.

So unerträglich der Prior inzwischen die Verhandlungen im Gerichtssaal empfand, so sehr tat es ihm leid, dass Lucia die Aussage dieses Mannes nicht miterleben durfte. Während er sich umsah, bemerkte er den Maestro, der dieses Mal allein erschienen war und ihm abermals keine Beachtung schenkte. Wut stieg in ihm empor: Dort vorn saß der Mann, der Lucia Tolomelli am Galgen baumeln sehen wollte.

Um seine Gedanken im Zaum zu halten, bildete er abermals die Quersumme aus dem heutigen Datum. Der 30. Oktober 1666 wandelte sich in eine 5. Das fünfte Gebot: Du sollst nicht töten! Der Prior runzelte die Stirn. Wie treffend diese Zahlenspielereien waren.

Dann erschien auch schon der Richter und eröffnete den Prozesstag mit der Bitte an den Gerichtsdiener, den Zeugen

Dottor Mattaselani hereinzuführen. Als dieser endlich den Saal betrat, versuchte der Prior, ihn noch einmal so zu betrachten, als wäre er ihm nie begegnet. Der Dottore war von mittlerer Größe, mit einem kleinen Bauch, der von Sinnenfreuden zeugte, das Haar war schütter, die Haut eher fahl als rosig. Aber er war mit einer Ausstrahlung gesegnet, die ihresgleichen suchte. Sein wissend-gütiger Blick und die Eleganz seiner Bewegungen verliehen ihm eine Präsenz, die raumgreifend war. Ein guter Zeuge, zumindest für Armenanwalt de Lemis und damit für Lucia, befand der Prior zufrieden.

Ein jeder der Anwesenden folgte konzentriert der Aussage des Dottore, in der er zweifelsfrei feststellte, dass Elisabetta an den Folgen einer Entzündung des Bauchraums, entstanden durch das Loch in der Magenwand, gestorben war. Eine Vergiftung schloss er kategorisch aus. Um seine These zu untermauern, beschrieb er noch einmal seine Beobachtungen zu Arsenikvergiftungen, in jener Ausführlichkeit, die er im Gespräch mit dem Prior an den Tag gelegt hatte.

Der Untersuchungsrichter rieb sich schweigend über seine Glatze, nachdem der Dottore seine Aussage beendet hatte, und musterte ihn ebenfalls eingehend. »Habt Ihr Euch mit den anderen Dottori, die an der Leichenöffnung teilgenommen haben, über diese Diagnose abgesprochen?«

»Dottor Oretti und ich sind einer Meinung, mit den anderen Dottori habe ich mich nicht über den Fall beraten«, antwortete Mattaselani. »Sie haben andere Diagnosen gestellt. Bereits der erste Armenanwalt hat mich nach meiner Meinung befragt, sich aber der Mehrheitsmeinung angeschlossen.«

»Sind die Dottori Gallerati und Fabbri zuverlässig?«

»Eine ungeschickte Frage, denn die Dottori in Bologna sind gut ausgebildet. Jeder führt seine Arbeit auf die ihm beste Weise aus. Sie erledigen allesamt ihre Arbeit gewissenhaft, aber das schließt nicht aus, dass sich die Diagnosen in ein und demselben Fall unterscheiden können. Das war schon immer so, und das wird auch immer so bleiben. Meine Diagnose ist kein Grund, die Arbeit meiner Kollegen infrage zu stellen.«

Der Prior wagte kaum zu atmen, denn derart gemaßregelt wurde Pignatelli in seinem eigenen Gericht sicherlich selten. Es freute ihn, dass nicht er es gewesen war, der dem Mann endlich die Grenzen seiner Allherrlichkeit aufgezeigt hatte.

»Kann es sein«, ergriff Armenanwalt de Lemis das Wort und wandte sich dem Richter zu, »dass Magd Anna Maria Donnini einen Unschuldsbeweis brauchte und deshalb ins Krankenhaus ging? Kann es sein, dass sie Lucia Tolomelli belastete, weil sie von etwas ablenken wollte? Darauf haben wir keine Antworten. Es geht mir nicht darum, nun den Verdacht von einer Magd auf die andere umzulenken – ich möchte damit aufzeigen, wie viele Fragen offen sind und die Angeklagte Lucia Tolomelli weiterhin keinen Beweggrund für einen Giftmord hat. Sie ist eine rechtschaffene Frau, und das sollte wohlwollend zur Kenntnis genommen werden. Für den 29. November ist nun Dottor Oretti vorgeladen. Er wird die Aussage von Dottor Mattaselani bestätigen.«

Schwungvoll drehte sich de Lemis nun einem der Notare zu. »Insofern möchten wir das ehrenwerte Gericht bitten, noch einmal die Faktenlage gründlich zu prüfen, bevor weitere Schritte eingeleitet werden. Vermerkt das bitte.«

Wie geschickt er das Wort »Folter« vermeidet, bemerkte der Prior bewundernd und bekam nur am Rande mit, wie der Richter den heutigen Prozesstag beendete. Sofort hastete er auf den Armenanwalt zu und beugte sich dicht zu ihm vor. »Ihr seid großartig«, flüsterte er und beherrschte sich, dem Mann nicht auf die Schulter zu klopfen.

»Es bleibt abzuwarten, wie weit meine Fähigkeiten reichen. Ihr wisst, mein Einfluss ist begrenzt«, sagte de Lemis bescheiden.

»Ich werde jetzt Bartolomeo Zanichelli aufsuchen und ihm vom Ausgang der Zeugenaussage berichten. Es ist ein weiterer Teilsieg, dass Dottor Oretti noch gehört wird. Vielen Dank an Euch«, sagte Picinardi, nickte anerkennend und verließ den Saal.

Weit kam er nicht, denn inmitten des Flures stand, auf seinen Gehstock gestützt, der Maestro. Kaum machte er den Prior aus, rief er laut: »Wie kann so etwas sein? Verstehst du es? Sage es mir, du bist einer von ihnen, diesem Juristenpack, und zudem auf der Seite dieses Weibes.«

»Wie kann was sein? Was meinst du?«, fragte der Prior und blieb stehen. Er spürte den Graben, der sich zwischen ihnen eröffnet hatte, so deutlich wie nie zuvor. Doch jetzt, direkt vor dem Alten, blieb seine Wut aus, und Traurigkeit überkam ihn. Die Tränensäcke, die rot geäderten Augen, die zitternden Hände – der Mann war noch immer ein elender Anblick.

Warum glaubst du, ein unschuldig am Strick baumelndes oder sonstwie hingerichtetes Mädchen würde deine Tage wieder lebenswerter machen?, fragte er den Maestro in Gedanken.

»Wie können die Dottori so unterschiedlicher Ansicht sein? Du als Jurist musst mir das doch erklären können.«

Picinardi hielt ihm seinen Arm hin, über den Graben hinweg, und wartete gespannt, wie der Alte reagieren würde. Zwei, vielleicht drei Atemzüge lang stand er so, bis sich der rechte Arm seines Gegenübers vorschob und in den seinen einhakte. Gemeinsam ließen sie den Saal hinter sich, und er glaubte mit jedem Schritt, den sie sich entfernten, freier atmen zu können.

»Tatsächlich hat das Gericht lange Zeit angenommen, Lucia Tolomelli sei die Giftmörderin«, sagte er nach einer Weile. »Es wird inzwischen aber nur noch auf Zeit gespielt, glauben der Anwalt und ich. So hartherzig es klingt: Wir befürchten, das Gericht will lediglich vermeiden, eingestehen zu müssen, dass man nicht weiß, wer der Täter ist.«

»Dann müssen wir den Täter finden.« Der Maestro blieb stehen und sah ihn verzweifelt an.

»Du hast den Dottore gehört. Es war sehr wahrscheinlich eine natürliche Todesursache. Ein schwacher Magen oder etwas in der Art. Vielleicht haben die Farben – du weißt, einige sind giftig – den Krankheitsverlauf begünstigt. Wir werden es nie erfahren, zumindest gehe ich davon aus. Lucia Tolomelli hat deine Tochter verehrt und mitnichten vergiftet, in diesem Punkt bin ich sicher.«

»Du meinst, sie ist einfach so gestorben?«

»Ja, einfach so.«

»Und du meinst, es interessiert die Menschen weniger, wenn Elisabetta länger tot ist, was zu ihrem grauenvollen Ende geführt hat?«

»Vielleicht verhält es sich so. Als Elisabettas Trauerfeier

stattfand, war das Gericht sicherlich noch von Lucia Tolomellis Schuld überzeugt, aber inzwischen, denke ich, sind auch dem Richter und den beisitzenden Richtern Zweifel gekommen. Das bedeutet, sie können kein Ergebnis vorweisen. Das ist für ein Gericht eine Situation, die immer unangenehm ist, weil des Volkes Seele nach Rache giert.«

»Meine Seele auch, glaube es mir.«

»Ich weiß. Wenn ich es versöhnlicher formulieren wollte, würde ich sagen: Mit Elisabetta starb nicht nur etwas in uns, sondern auch in der Seele Felsinas. Jeder Bewohner der Stadt hat gelitten und wollte Antworten.«

»Noch einmal, ich verstehe es einfach nicht: Wer oder was hat Elisabetta dann umgebracht?«

»Ich weiß es nicht.«

»Die Malerei, meinst du?«

»Das könnte sein.«

»Ich glaube das nicht so recht.«

»Denke drüber nach.«

»Das mache ich, aber ich werde mich im Gegensatz zu dir noch einmal damit befassen, wer Gründe gehabt haben könnte, meinem Augenstern nach dem Leben zu trachten.«

»Mache das«, sagte der Prior, und er verstand mit einem Mal, wie schwer dem Maestro das Loslassen fiel. Sein Hass war ihm ein Gerüst, ein Halt, den er nicht so schnell aufgeben würde. Es blieb zu hoffen, dass er irgendwann nicht mehr Lucia Tolomelli und seinen Hass auf sie benötigte, um sein Leben zu ertragen.

»Barbara, meine Tochter, sie ist – es gibt da einen Mann«, sagte der Maestro, während der Prior das Portal des Palazzos öffnete.

»Das ist wunderbar«, sagte der und hielt ihm die Tür auf.

»Ja, vielleicht wäre das besser als die Malerei.«

»Lass sie entscheiden.«

»Ja, das wäre vermutlich das beste«, sagte der Alte und schritt hinaus, ins fahle Licht der Herbstsonne, die durch die Wolken gebrochen war.

Vom Schnee

Rückblickend konnte sich kaum jemand erinnern, an welchem Tag Lucia Tolomelli sich vom Gefängniswärter del Monte verabschiedet und das Tribunale Criminale del Torrone verlassen hatte. Aber sobald das Mädchen an jenen Tag im Dezember des Jahres 1666 zurückdachte, sah sie den Schnee. Es war der Tag gewesen, an dem erste kleine, zaghafte Flocken vom Himmel herabgesunken waren, im Licht der Sonne, die erstaunlicherweise trotzdem geschienen und jeder Flocke ein Glitzern entlockt hatte. Für einige Tage hatte sich diese weiße Pracht über Felsina und seine Umgebung gelegt und allem einen unwirklichen Glanz und Frieden verliehen.

Doch an jenem Tag floh Lucia nicht aus dem Kerker und stürzte sich in das Leben, das nun wieder vor ihr lag. Sie blieb im Portal stehen, dicht neben Francesco del Monte, mit heftig schlagendem Herzen. Einige Schritte von ihr entfernt wartete Bartolomeo. Einen Augenblick sah sie staunend dem Tanz des Winters zu und fragte sich, ob ihr Leben schon einmal vollkommener gewesen war.

Sie wandte sich del Monte zu. Er wusste, sie war aufgefordert worden, die Stadt hinter sich zu lassen, für immer. Niemals sollte sie wiederkehren und die Bewohner Bolognas daran erinnern, was sie mit ihren Gerüchten angerichtet hatten.

Lucia würde bei Verwandten von Bartolomeo unterkommen, auf einem Hof in der Nähe von Vignola. Ihrer eigenen Familie hatte sie nichts mehr zu sagen, denn niemand, wirklich niemand von ihnen war in den letzten anderthalb Jahren am Portal des Tribunale Criminale del Torrone erschienen, um sich nach ihr zu erkundigen. Auf jenem Hof in der Fremde wartete jede Menge Arbeit, vor allem auf den Feldern und in den Ställen. Dort würde sie vorerst bleiben, bis Bartolomeo die Bottega vollends aufgelöst hatte. Gemeinsam würden sie sparen und Pläne schmieden und im Sommer, vielleicht auch erst im Frühjahr darauf weggehen. Weit weg. Das hatte del Monte, einem Sprachrohr gleich, ihr ausgerichtet, von Bartolomeo, der alles in die Wege geleitet, nachdem Armenanwalt de Lemis die Freilassung angekündigt hatte.

So standen sie beieinander, das Mädchen und der Aufseher. Doch nun galt es, Abschied zu nehmen, das Kleid einer Freundin am Leib, den Beutel zu schultern und sowohl die Verzweiflung als auch die Wut im Kerker zurückzulassen.

Del Monte und Lucia sahen einander an, hoben die Hand zum letzten Gruß. Dann ging sie Bartolomeo entgegen.

Nicht freigesprochen, aber in die Freiheit entlassen.

Durfte sie Bartolomeo umarmen? Hier, vor aller Augen?, fragte sie sich, als sie ihn erreichte. Sie wagte es nicht und lächelte nur, senkte den Blick auf den Schnee, der ihr einen weißen Teppich zu Füßen legte. Ohne ein Wort zu verlieren, liefen sie los, eng nebeneinander, in Richtung Porta Galliera, ihrem neuen Leben entgegen.

Von der Rückkehr

»Das ist ja schön, dich zu sehen. Was führt dich hierher?«, fragte Bartolomeo, als der Prior die Bottega betrat.

»Ich habe dem Maestro einen Besuch abgestattet.« Erstaunt sah Picinardi sich um. »Die Leinwände – die meisten fehlen. Es sieht befremdlich aus«, sagte er, während er mit der Hand über seinen Mantel strich und die beiden Briefe ertastete, die in der Innentasche steckten.

»Die Schwestern haben noch vereinzelte Aufträge, aber es ist ruhig geworden. Erste Materialien sind bereits verkauft. Auch an Ginevra, für sie läuft es sehr gut.«

»Das freut mich. Wie ergeht es dem Maestro mit der Auflösung der Bottega?«

Der Maler zuckte die Schultern. »Er hat Schlimmeres erlebt, würde ich sagen. Malst du noch?«

»Ja, hin und wieder.«

»Nimm dir nachher Pinsel mit, wenn du magst.«

Sie schwiegen und sahen sich um.

Der Prior war sicher, dass sie beide nicht mehr die Bilder aus der Zeit, in der Elisabetta noch das Leben dieses Hauses geprägt hatte, in sich heraufbeschwören konnten. »Ich spüre sie hier nicht mehr«, stellte er fest und wusste nicht, ob er enttäuscht oder erleichtert sein sollte.

»Ich glaube, das ist ein gutes Zeichen. Du hast dein Versprechen gehalten. Und nun ist es Zeit: Langsam kehren wir wieder zurück in unsere Leben. Ob es uns gefällt oder nicht.«

»Ja, so wird es wohl sein.«

»Vor langer Zeit habe ich dich gebeten, einen Wunsch zu äußern und mir zu sagen, was ich dir aus der Bottega zum Dank schenken darf. Du hast mir nie eine Antwort darauf gegeben, deshalb habe ich etwas ausgesucht. Auch ich möchte zu meinem Wort stehen.«

Bevor der Prior etwas erwidern konnte, verschwand Bartolomeo in der Kammer zum Anreiben der Farben und kehrte mit einem Bild zurück. Als er es umdrehte, sagte er nur: »Das ist Elisabettas Lieblingsbild gewesen. Du sollst es haben.«

»Beatrice Cenci.« Mehr konnte der Prior nicht sagen. Sein Blick fuhr über das Portrait einer jungen Frau mit weichen, fast mädchenhaften Zügen. Sie saß mit dem Rücken zum Betrachter, den Kopf gewandt, blickte sie über ihre linke Schulter. Braune Augen, vermutlich ein Kölnerbraun, ein lieblicher Mund, gleichmäßige Brauen, helle Haut. Dunkle Strähnen schauten unter dem weißen, locker geschlungenen Turban hervor und fielen auf den Umhang, der um die Schultern des Mädchens lag, es regelrecht schützend zu umhüllen schien. »Für mich? Was sagt der Maestro?«

Bartolomeo lächelte ein wenig. »Sagen wir es so: Vor drei, vier Monaten hätte ich es nicht gewagt, ihn darauf anzusprechen. Aber er ist einverstanden.«

Der Prior sah den Alten, wie er sich kurz zuvor über die Briefe gebeugt und seine Unterschrift gesetzt hatte. »Wie ergeht es Lucia?«, fragte er, tastete abermals nach den Briefen und zog sie dieses Mal heraus.

»Sie erholt sich. Ich besuche sie regelmäßig.«

»Wie wird es bei euch weitergehen?«

»Wenn wir jetzt eines haben, dann ist es Zeit.« Hastig beugte Bartolomeo sich vor. »Oder willst du mir was sagen? Selbst wenn das Gericht sie der Stadt verwiesen hat, haben wir doch Zeit?«

»Ja, natürlich. Auch wenn die Entscheidung des Gerichtes nicht an die große Glocke gehängt wurde: Der Fall ist abgeschlossen. Eine halbseidene Entscheidung, aber eine gültige.«

Erleichtert seufzend fuhr sich Bartolomeo über die Stirn.

»Aber ich möchte dir etwas anderes sagen. Etwas Gutes«, schob der Prior sofort hinterher und hielt den Brief in die Höhe. »Der Maestro hat vorhin zwei Briefe geschrieben, in denen er einräumt, keinen Grund erkennen zu können, weshalb Lucia seine Tochter hätte vergiften sollen.«

»Was heißt das?« Der Blick des Malers wurde starr, er ging langsam in die Hocke, um dann auf die Knie zu sinken. »Was heißt das?«, fragte er noch einmal, und es war das erste Mal, dass der Prior ihn weinen sah.

»Ich habe eine Abschrift, die wird an das Gericht geleitet. Dieser Brief ist für Lucia. Sie darf zurückkehren. Ihr hättet jetzt wieder eine Wahl, wo ihr leben wollt. In der Ferne oder in Felsina.«

Der Kopf des Malers sank auf seine Brust, und er schluchzte auf.

Der Prior kniete sich neben ihn, öffnete die Hand seines Freundes und legte den Brief hinein. »Nun gehe zu ihr. Und wenn sie mag, hole sie nach Hause, hierher zu uns zurück.«

Von der Zukunft

Als der Prior die Via Urbana 7 verließ, wusste er, dies würde sein letzter Heimweg werden, der im Zusammenhang mit Elisabettas Tod, der Trauerrede und dem Versprechen stand, das er an ihrem Grab gegeben hatte. Er spürte das Bild unter seinem Arm. Es wurde auch für ihn Zeit, einen Plan zu fassen, wie es in Zukunft weitergehen sollte.

Vielleicht wäre es gut, ans Meer zu fahren, dachte er, um endlich Sand an den Füßen zu spüren, Salz in der Luft zu schmecken und Steine ins Wasser zu werfen.

Vielleicht würde er die Skizze einpacken, die Elisabetta zeigte. Das Bildnis von Beatrice Cenci und den Pinsel, den er geklaut hatte, auch das könnte er beides mitnehmen.

Sicherlich wäre es besser, Francesca seine Reisetasche packen zu lassen, beschloss er und lächelte. Nur auf eines wollte er nicht verzichten: auf seine Malutensilien. Das Meer, er würde es noch einmal malen, und er freute sich darauf.

ANHANG

Übersetzung der oratio funebris des
Giovanni Luigi Picinardi in gekürzter Form

Klage um eine große Malerin

Es waren einst glückliche Zeiten, als die Schöpfung noch jung war, damals, als noch nicht das Gold die Geschicke der Herrscher und Reiche bestimmte, als Mars mit seinem kriegerischen Rufe noch nicht zum Kampfe trieb, als Venus' Pfeile die Paläste noch nicht zum Hort der Liederlichkeit und Merkurs Saitenklänge die Händler auf den Märkten noch nicht zu Dieben gemacht hatten. Doch eines Tages zeigten sich erste unheilvolle Vorboten unseres von Eisen starrenden Jahrhunderts, welches die Erde mit all ihren Herrlichkeiten zum feindseligen Orte machen sollte, jene Erde, deren Kindheit ein Schauspiel der Unschuld gewesen war. Zwar öffnete Aurora der Sonne weiterhin die leuchtenden Pforten des Morgenlandes, und wie zu Anbeginn verwandelte sie die Wiesen in ein Blumenmeer, doch begleitete ein Gefühl drohenden Unglücks ihre tägliche Bahn, auf der sie den Strahlen des goldenen Planeten vorauseilte. Nie zuvor war die göttliche Sonne aus ihrer Wiege, dem fruchtbaren Ganges, emporgestiegen, ohne der Erde mit ihrem Schein Heiterkeit und Frohsinn zu schenken, doch nun verging kein Tag, an dem ihr güldener Wagen auf seiner luftigen Bahn uns nicht tränenreiche Geschicke enthüllt hätte. Und hatte auch der Himmel mit dem Licht seiner Sterne stets wie

Argus über uns gewacht, so strebte nun selbst er danach, unseren Frieden zu stören, in diesem Eisernen Zeitalter, das auf die Bronzene Zeit folgte, da im Zeichen eines übelwollenden Saturn schicksalhafte Omen aufzogen. Und wahrhaftig, was waren jene Kometen, welche vor wenigen Monden in der dritten Sphäre der Lüfte erschienen sind, wenn nicht feurige Furien, Flammennester auf Adlerschwingen, Waffenschwestern des bronzenen Himmels, der Erde feindlich gesinnt, und Vorboten von Königsbegräbnissen, verwüsteten Provinzen und kriegerischem Treiben in unserem Europa? Noch immer weinen die Wasser des Iberos um Philipp den Vierten, den mächtigsten Herrscher des Universums, mit einem Reich so groß, dass nur die Bahn der Sonne es begrenzen konnte. Es weinen die Wasser des Inns um Sigismund, Kaiser der Deutschen, welcher den großen Römern ebenbürtig war; es weinen die Wasser des Renos bei Felsina, an dessen edlen Ufern ich noch immer jene Niederlage der Natur beklage, den Tod Elisabetta Siranis, dieser ruhmreichsten unter den Frauen, dieses Wunders der Künste, des Juwels Italiens, der Sonne Europas.

Im Zenit ihres Ruhms stand diese Sonne, als sie unterging, sie, deren Leuchten der ruhmreichsten Künstler Glanz verdunkelt hatte, ganz so wie die Sonne in Äthiopien mit ihren Strahlen anderswo die Nacht herniedersinken lässt. Du bist untergegangen, o du schönste aller Sonnen, und scheinst doch weiter auch am Rand des Grabes und darüber hinaus. Du bist untergegangen, und ich bitte, zürne nicht, wenn ich so, wie der Tau fällt mit der Sonne Untergang, mit Tränentau den Schmerz des Herzens lindern will, und Ehr erweise deiner ruhmesvollen Asche. Auf dass dein Andenken nicht untergehe im Meer der Tränen, erlaube mir zunächst, dem Schmerz die Tore zu verschließen und deinem Tode nun durch Lobpreis zu gedenken, denn ist es doch der Wille der Natur, dass dann der Schmerz gezügelt wird, wenn wir diejenigen für uns lebendig halten, welche des Todes Arm gefällt, indem wir ihre großen Taten erneut uns ins Gedächtnis rufen.

Elisabetta ist emporgestiegen zu den Schutzgöttern Felsinas und hat nun teil am unsterblichen Ruhm, da doch der Name jener Stadt ruhmreich im Buch der Ewigkeit geschrieben steht. Felsina, jene Stadt, gegründet einst in fast vergessener Zeit von großen Männern, die uns doch als Vorbild heut noch leuchten. Felsina, jene Stadt, welche ihr edles Haupt niemals dem Joch der Invasoren beugte und ihre Würde an die Barbaren nie verlor. Felsina, jene Stadt, die, von Mars heimgesucht, die Feinde blutig niederschlug und Alarichs, des Gotenkönigs, Heer vertrieb, dem selbst die Mauern Roms, von Grausen und Verwunderung gepackt, nicht standgehalten hatten.

Felsina, die zu Recht den Titel Alma mater studiorum trägt, welchen Theodosius der Zweite ihr, und keiner andern, einst zuerkannt. Stadt, die für ihre milde Luft, für ihr wohltuendes Klima, für ihre weite Ausdehnung, für ihre fruchtbaren Felder, für ihre lieblichen Hügel, für die Großartigkeit ihrer Bauwerke, für die Größe ihres Volkes, für die Schönheit ihrer Malkunst, für die Lebhaftigkeit ihrer Geister, für das Wissen ihrer Gelehrten, für den ehrwürdigen Berufsstand der Juristen, für die Vielzahl an Studenten aus fremden Ländern, für die Pracht ihrer Edelleute, für die Anmut und die Freigebigkeit ihrer Ritter, für die Schönheit und den Frohsinn ihrer Damen zu Recht bekannt ist als Zentrum der Fröhlichkeit, Garten der Herrlichkeiten, Palast der Flora, Thron des Frühlings, Rückzugsort der Diana, Herberge des Glücks, Wirkstätte des Apollo, Schule der Maler, Feld des Mars, Tempel der Grazien, Hort der Liebe, Venus unter den Städten. Diese und unendlich viele andere Vorzüge der Heimat Elisabettas, welche mit Leichtigkeit ich nennen könnte, sind Grund genug, den Neid der Menschen zu entzünden, die selbst ewigen Ruhm erstreben.

Doch wer wird jemals ganz erfassen können, mit welch lebhaftem Geist, welch herausragendem Gedächtnis, welch feinem Urteilsvermögen Elisabetta gesegnet war, wenn nicht derjenige, dem ihr Wirken genauestens bekannt ist? Mit Fleiß schuf sie ein großes Werk, Skulpturen und Kupferstiche von gar mannigfaltiger Gestalt, die davon zeugen, welch ein Wunderkind sie war. Höflich war sie beim Zuhören, zuvorkommend in ihren Antworten, außerordentlich einnehmend und liebreizend waren ihre Züge, all diese Gaben machten aus Elisabetta ein Ideal der Perfektion. Schon diese Vorzüge genügten, ewigen Ruhm ihr zu erwerben, doch strahlt ihr Glanz noch heller durch die Malkunst, ja, selbst ein Demosthenes fände für ihr Talent der Lobesworte nicht genug. Oh, wäre mir vergönnt, mit einem ihrer Pinsel die Leinwand meiner Worte zu bemalen, welche ich aus der Beschreibung ihrer Größe weben wollt, so ließe ich die Farben der Beredsamkeit noch länger leuchten hier im Dunkel dieser Trauerfeier. Die edle Kunst der Malerei, in der sich einst selbst große Herrscher übten, welche sonst Schwert und Zepter in den Händen hielten, wie Cäsar, Augustus, Tiberius, Franz der Erste, König von Frankreich, und Philipp der Zweite, König von Österreich, zog Elisabettas Genius am stärksten an, und da sie sich mit aller Kraft um Nachahmung der Natur bemühte, verfeinerte sie ihre Kunst derart, dass sie die Höhen einer Meisterschaft erreichte, wie sie beim weiblichen Geschlecht niemals zuvor gesehen ward.

Alexander, der große Makedonier, hätte das Portrait seines edlen Angesichts nur Elisabetta anvertraut, und selbst Zeuxis von Herakleia, welcher sich einst rühmte, sein Bildnis Helenas sei schöner als die Tochter Ledas selbst, hätte es nicht gewagt, mit ihr in Wettstreit einzutreten. Wäre es diesen großen Männern bloß vergönnt gewesen, die Malerei ELISABETTAS zu betrachten, ihre Lebendigkeit, den Stolz der Gesten und der Blicke, den Sinn für Schönheit und für Grazie, die Symmetrie der Körper, die Vortrefflichkeit der Formen, den Geist der Gesichtszüge, die Eleganz der Haartracht, die Lebhaftigkeit der Pupillen, den Liebreiz der Münder, die Ausdrucksstärke, die mühelose Leichtigkeit und die Anmut ohne Affektiertheit, all jene Eigenschaften, dank derer Elisabetta sich gottgleich hätte wähnen können, wäre ihr Glaube nicht so fest gewesen. Und ist kein höherer Grad an Perfektion erreichbar als jener, auf dem ein Maler nicht mehr nachahmt, sondern die anderen ihm nachzueifern suchen, so wird niemand bezweifeln, dass Elisabetta dort angekommen war, sie, die allein den Lehren der Natur vertraute, sie, deren Mühen Früchte trugen, die ihr Hochachtung und Nachahmer einbrachten. Den Tod der großen Malerin will nun nicht weiter ich beweinen, obschon sie in der Blüte ihrer Jahre von uns ging, nicht, weil ich keine Tränen hätte für das Ausmaß des Verlusts, nein, weil der Tod nicht überraschend kommt für den, der schon den Gipfel allen Ruhms erreicht hat: Und auserwählt ist schließlich jene Seele, die, wie Basilius sagte, den Körper, ihren Kerker, früh verlassen darf, da mit dem Tode unser Glück nicht endet, sondern die Zeit der Seligkeit beginnt.

Es weine nun der Neid, der deine Kunst nicht mehr mit seinen Pfeilen treffen kann. Weinen mögen die Parzen, welche den dünnen Faden deines Erdenlebens dir durchschnitten und dich damit unsterblich machten, lebt doch der ewig, der in Ehren stirbt. Es weine auch der Tod beim Anblick deiner Siegespalme, die seiner Dürre trotzt und hier im Licht der Fackeln ruhmreich grünt, sodass ich deine Ruh nicht weiter durch mein Reden stören und still vor deinem unsterblichen Namen niederknien will.

Nachwort

Von Fiktion und Realität

Als ich bei Recherchen Elisabetta Sirani »entdeckte«, die als »Sonne Italiens« und »Juwel Europas« bezeichnet wurde, die weit über die Grenzen ihres Landes hinaus erfolgreich war, auf tragische Weise zu Tode kam und eine Art Staatsbegräbnis erhielt, schien es mir unbegreiflich, dass sie derart in Vergessenheit geraten war. Die wenigen Informationen, die heute noch vorliegen und eine »fromme Malerin, bescheiden und schön« beschwören, sie nahezu mythisieren und überhöhen, scheinen stark geprägt von Giovanni Luigi Picinardis Trauerrede.

Mich faszinierte das Leben dieser Frau sofort, da sie in vielerlei Hinsicht Grenzen ihrer Zeit erweiterte und überschritt – beispielsweise mit der Übernahme der Leitung der Bottega und erst recht mit der Gründung einer Akademie, die dem Zweck diente, Frauen in der Malerei auszubilden. Auch ihre Darstellung von Frauen in Historienbildern wich vom seinerzeit üblichen Rollenbild ab. Aber wie nähert man sich einer Frau, deren Leben in der Sekundärliteratur nur bruchstückhaft erkennbar ist und die in vielen Kunstlexika nicht einmal Erwähnung findet?

Die meisten Quellen beziehen sich entweder auf Elisabetta Siranis umfangreiches Werk oder auf den Gerichtsprozess, der ihrer Magd Lucia Tolomelli gemacht wurde. Häufig widersprechen sich die Quellen, und so habe ich entschieden, in vielerlei Hinsicht einzugreifen, also Fiktion und Realität zu verschmelzen, frei nach dem Motto: »So war es nicht, aber so hätte es gewesen sein können.« Für mich stand im Vordergrund, von Elisabetta Sirani zu erzählen, diese Malerin erst einmal wieder in Erinnerung zu rufen und nicht eine klassische Biographie zu schreiben – dieses Feld überlasse ich voller Respekt den Kunsthistorikern.

Die Fakten, die verfügbar waren, wurden in den Text eingearbeitet. Nahezu alle im Roman erwähnten Personen – von der Familie Sirani und ihren Freunden bis hin zum Richter und Gefängniswärter – hat es gegeben, auch wenn von vielen kaum mehr als der Name bekannt ist.

Zu Elisabetta Sirani

Viele Begebenheiten und Details im Roman entstammen der Sekundärliteratur, sei es beispielsweise die Marienerscheinung im Prolog, das Malen vor Publikum, der heimliche Musikunterricht, das nächtliche Verfassen von Lyrik, die Naturverbundenheit, die Entwicklungen in ihrem Schaffensprozess und die scheinbar schwankende Qualität der Werke, das Ausmaß des Ruhms, die Angaben zu ihrer Gesundheit und das Entsetzen in Italien über den grauenvollen Tod samt Obduktion. Sogar zur Trauerfeier gibt es einige Informationen und auch zur Wertschätzung, die Giovanni Luigi Picinardis Trauerrede erfuhr. Ob Leopoldo de' Medici der Malerin wirklich das diamantene Kreuz schenkte, ist in meinen Augen nicht klar belegt, aber es ist eine schöne Anekdote, die zum Umgang zwischen Künstlern und Förderern seinerzeit passt. Es sind keinerlei Hinweise erhalten, ob Elisabetta Sirani jemals eine Liebesbeziehung hatte. Ja, die im Roman beschriebene Liebe zwischen Giovanni Luigi Picinardi und der Malerin ist Fiktion, die sich mir aber bei der enormen Emotionalität der Trauerrede aufdrängte.

Über Jahrhunderte hielt sich der Verdacht, dass Elisabetta Sirani vergiftet worden wäre. Aus heutiger Sicht scheinen aber ein Magendurchbruch und eine Peritonitis, eine Bauchfellentzündung, als Todesursache glaubwürdiger. Tatsächlich gaben im Prozess die Ärzte erst einen Giftmord als Todesursache an, später wurde dann doch ein natürlicher Tod vermutet, angestoßen durch die Aussagen der beiden Ärzte Mattaselani und Oretti. Diese Änderung der Aussagen ist vermutlich einer der Gründe, weshalb man Lucia Tolomelli in die Freiheit entließ. Wenn man jedoch den Wissensstand der damaligen Medizin berücksichtigt, ist der Gedanke an einen Giftmord tatsächlich naheliegend, da die Veränderungen der Leiche direkt nach dem Tod stark den Symptomen einer akuten Arsenikvergiftung ähnelten.

Elisabetta Sirani ruht direkt neben Guido Reni, Bolognas berühmtestem Maler, der 1642 in der Rosenkranzkapelle der Basilika San Domenico beigesetzt wurde. Die beiden großen Künstler der Stadt sind seitdem im Tode vereint.

Zur Familie Sirani

Giovanni Andrea Sirani erkrankte tatsächlich an Gicht und gab die Leitung der Bottega an seine Tochter ab, deren Ausbildung er nur auf Drängen seines Freundes Graf Malvasia begonnen hatte. Der Vater litt sehr unter dem Tod seiner Tochter, verdächtigte die Magd und scheint eine treibende

Kraft gewesen zu sein, dass der Prozess gegen Lucia Tolomelli eröffnet wurde. Welche Gründe er dafür hatte, liegt nach meinem Ermessen im Dunkeln, denn die Magd hatte das Haus zweieinhalb Wochen vor dem Tod der Malerin verlassen. Der Gerüchteküche Bolognas zufolge galt der Vater zeitweilig ebenfalls als möglicher Täter, man unterstellte ihm Neid auf den Erfolg der Tochter. Insgesamt lässt sich festhalten, dass die Familie von Krankheiten aller Art gequält wurde.

Zu den Familienmitgliedern gibt es einige Angaben aus den Prozessakten, aber wie es ihnen nach Elisabettas Tod erging, wird in der Sekundärliteratur allenfalls angedeutet. Es scheint sicher, dass die Schwestern nur noch wenige eigene Arbeiten fertigten und die Bottega irgendwann schlossen.

Zu Giovanni Luigi Picinardi

Die Rede, die er zu Elisabetta Siranis Tod verfasst hat, überdauerte in der Tat die Jahrhunderte und ist heute noch verfügbar. Aber zu ihm selbst konnte ich nicht einmal ein Geburtsdatum finden. Mit einem Kirchenhistoriker habe ich lange darüber diskutiert, ob er als Prior einem Orden angehörte, was – die dürftigen Hinweise auf seine Person berücksichtigend – nicht wahrscheinlich ist. Dass er als Prior des Juristenkollegs nicht heiraten durfte, ist wiederum anzunehmen, da es sich um eine damals durchaus gängige Praxis handelte.

Zu Lucia Tolomelli

Man nimmt an, dass die Magd knapp drei Jahre im Hause der Siranis tätig war. Neben ihren Arbeiten im Haushalt empfing und bewirtete sie die Gäste. Die Modellsitzungen der beiden Frauen sind hingegen eine Fiktion meinerseits. Dafür sind wiederum Details belegt, welche Aufgaben Lucia erledigte, wie sie ihr Haar trug, dass sie einmal einen jungen Mann traf und selten außer Haus kam. Auch die Vorwürfe, die Elisabetta Siranis Mutter stets zu ihrer Arbeit machte, sind heute noch erhalten. Dass sich Elisabetta Sirani und Lucia Tolomelli aber gut verstanden haben, ist sehr wahrscheinlich.

Der Prozess gegen Lucia Tolomelli kreiste tatsächlich immer wieder um die Frage nach dem rotbraunen Pulver, das Magd Anna Maria Donnini gesehen zu haben glaubte. In einer Quelle heißt es, Lucia Tolomelli habe zugegeben, ein Pulver in die Suppe gerührt zu haben, und zwar Zimt. Da Zimt damals ein kostbares Gewürz war und sicherlich nicht so einfach in den Händen einer Magd gelandet und zudem aus einer Suppe herauszuschmecken gewesen wäre, habe ich mich auf die Quellenversion gestützt, in der Lucia Tolomelli angab, nur mit Pfeffer nachgewürzt zu haben.

Es wird kontrovers diskutiert, ob Folter gegen die Magd zum Einsatz kam – es ist aber nicht sehr wahrscheinlich. Nach dem Prozess, der ohne Verurteilung endete – zumindest scheint es heute kein Urteil oder ähnlich abschließende Unterlagen mehr zu geben –, wurde sie aus Bologna verbannt. Später wurde die Verbannung durch Elisabettas Vater wieder aufgehoben. Wann dies geschah, wird mit zwei unterschiedlichen Zeitpunkten angegeben – Januar 1667 oder Januar 1668. Ob Lucia Tolomelli jemals nach Bologna zurückkehrte, ist nicht bekannt.

Zu Ginevra Cantofoli
Sie war tatsächlich gut zwanzig Jahre älter als ihre Lehrmeisterin, Mutter von zwei Kindern und verheiratet. Ihr Mann, dessen Name nirgends Erwähnung findet, scheint die »späte Karriere« seiner Frau gefördert zu haben. Sie erhielt schon zu Elisabettas Lebzeiten erste eigene Aufträge und konnte sich auch langfristig als Malerin behaupten. Ginevra Cantofoli wurde ebenfalls als Täterin verdächtigt, die Gerüchteküche Bolognas unterstellte ihr einen Konflikt mit Elisabetta um einen Mann.

Zu Bartolomeo Zanichelli
Über diesen Mann ist fast nichts bekannt, allein die Schreibweise seines Namens weicht in der Sekundärliteratur mehrfach voneinander ab. Er gilt als Schüler und Assistent von Giovanni Andrea Sirani und wird auch in vereinzelten Quellen als Bildhauer geführt. Sicher ist, dass er das Totenbild von Elisabetta gemalt hat. Eine Beziehung zwischen ihm und Lucia Tolomelli ist nicht belegt.

Glossar

Anagrammata Arithmetica	Das Anagramm ist eine Art Rätselspiel, bei dem aus den Buchstaben eines Wortes ein neues Wort entsteht. Beim Anagrammata Arithmetica wird das Rätsel um Zahlenkombinationen ergänzt.
Arsenik	eine giftige Substanz, die durch eine Verbindung von Arsen mit Sauerstoff entsteht
Aurora	römische Göttin der Morgenröte
Bezoar	eine Verklumpung von verschluckten Haaren, wie sie beispielsweise bei Katzen vorkommt; Bezoare wurden lange Zeit im Volksglauben als ein Heilmittel betrachtet, das vor Vergiftungen schützen sollte.
Bolognino	eine in Bologna geprägte Münze, die seit dem Mittelalter im Umlauf war
Bottega	Bottega bedeutet im Italienischen »Geschäft« und wurde auch als Bezeichnung für das Künstleratelier genutzt.
Calvaert, Denys	flämischer Maler, 1540–1619, der schon in seiner Ausbildung nach Bologna ging
Carracci, Agostino	italienischer Maler, 1557–1602, Bruder von Annibale Carracci
Carracci, Annibale	italienischer Maler, 1560–1609, Bruder von Agostino Carracci
Carracci, Lodovico	italienischer Maler, 1555–1619, Vetter von Agostino und Annibale
Castrum doloris	ein Gerüst aus Holz, kunstvoll geschmückt,

	das in der Renaissance und im Barock als Ehrerweisung für hochgestellte Persönlichkeiten errichtet wurde anlässlich ihres Todes
Chiaroscuro	Helldunkelmalerei, die durch einen gezielten Einsatz von Licht und Dunkelheit Stimmungen erzeugte
Corpus iuris civilis	Bestand des zivilen Gesetzes, erste Zusammenstellung von Gesetzestexten in den Jahren 528 bis 534 n. Chr.
da Vinci, Leonardo	italienischer Maler, 1452–1519
Diana	römische Göttin der Jagd
Dürer, Albrecht	deutscher Maler, 1471–1528
Elescoff	Elixier ungeklärten Ursprungs mit angeblicher Heilwirkung
Elle	eine der ältesten Maßeinheiten, die sich auf die Länge eines Unterarms bezog, häufig für Stoffe genutzt
Epigramm	Inschrift, zumeist auf einem Grabstein
Firmament	veraltete Vorstellung, die davon ausgeht, Sonne, Mond, Sterne und andere Himmelskörper wären an einer Art Himmelszelt, das sich über der Erde wölbt, festgemacht
Fontana, Lavinia	italienische Malerin, 1552–1614
Gentileschi, Artemisia	italienische Malerin, 1593–1653
Il Guercino	Giovanni Francesco Barbieri, genannt »Il Guercino«, italienischer Maler, 1591–1666
Indigo	sehr dunkler Blauton, der aus der Indigopflanze oder Färberwaid hergestellt werden kann
Kanonist	Das kanonische Recht ist die Gesamtheit des Kirchenrechts der römisch-katholischen Kirche.
Kirchenstaat	das Staats- beziehungsweise das weltliche Herrschaftsgebiet des Papstes, das unter anderem durch viele Schenkungen entstand; Bologna und Umgebung gehörten erst ab dem 15. Jahrhundert dazu.

Krapplack	Krapplack wird aus der Wurzel der Färberröte, auch als Färberkrapp bekannt, gewonnen; es ist ein lichtechter Rotton in vielerlei Abstufungen.
Lapis Lazuli	Das Mineral, aus dem die Farbe Ultramarinblau gewonnen wurde, war teuer. Lapis Lazuli kam meist aus Afghanistan nach Europa. So entstand auch der Name: »azzurro ultramarine«, das Blau von jenseits des Meeres.
Legist	Jurist, der sich vorwiegend mit Römischen Recht befasste
Leyster, Judith	niederländische Malerin, 1609–1660
Lorenzo-Fest	Am 10. August wird dem Heiligen Laurentius von Rom gedacht, † 10. August 258.
Mastikot	gelbes Pigment, das auch »Bleigelb« genannt wurde
oratio funebris	Trauerrede auf einen Verstorbenen
Parzen	drei römische Schicksalsgöttinnen
Porchetta-Fest	Fest, das am 24. August in Bologna gefeiert wurde
Porphyr	vulkanisches Gestein, heute eher ein Begriff für das Gefügebild eines Steines, also die Anordnung von Gesteinsbestandteilen
Prior	eigentlich der Vorsteher eines Klosters; der Begriff wurde aber auch für die Leiter der Fakultäten verwendet, im Sinne von »Vorsitzender«.
Raffael	Raffaello Santi oder Sanzio, italienischer Maler und Baumeister, 1483–1520
Reibstein	ein flacher Stein mit feiner Oberfläche, der in der Farbherstellung zum Reiben von Pigmenten genutzt wird
Reni, Guido	italienischer Maler, 1575–1642
Sfumato	Hintergründe, häufig Landschaften, werden in eine Art Nebel gehüllt. Diese in der Ölmalerei angewandte Technik geht auf Leonardo da Vinci zurück.

Schüttgelb	gelbe Lackfarbe, die unter anderem aus Beerengelb und Kreide hergestellt wurde
Tempietto	Bauwerke, die, mit Säulen und Kuppel versehen, wie kleine Tempel wirken
Tenebrismus	eine Form der Helldunkelmalerei, die über den Einsatz von gerichtetem Licht mit besonders starken Kontrasten arbeitet
Tizian	eigentlich Tiziano Vecellio, italienischer Maler des 16. Jahrhunderts; sein Geburtsdatum scheint nicht gesichert, verstorben ist er 1576.
Ultramarin	Ultramarin bezeichnet erst einmal nur »über das Meer«; damit sind Pigmente gemeint, die damals über das Meer nach Europa transportiert wurden. Das bekannteste Pigment war dabei das Ultramarinblau.
Unze	eine Maßeinheit, die heute ungefähr mit 28 bis 31 Gramm berechnet wird
Vermillion	Pigment, auch als Zinnoberrot oder Chinesischrot bekannt
Zeuxis von Herakleia	griechischer Maler, lebte vermutlich Ende des 5. Jahrhunderts v. Chr.

Bildquellennachweis

Allegorie der Malerei (Selbstbildnis): akg images, Berlin
Die Taufe Christi: shutterstock
Madonna und Kind: © The National Museum of Women in the Arts, Washington, Gift of Wallace and Wilhelmina Holladay
Beatrice Cenci: Bridgeman Images, Berlin
Porcia verwundet sich selbst am Oberschenkel: Foto: Sotheby's
Judith mit dem Haupt des Holofernes: Bridgeman Images, Berlin
Entwurf des castrum doloris für Elisabetta Sirani: Künstlergrabmäler. Petersberg: Michael Imhof Verlag 2011

ELISABETTA
SIRANI·F·MDCLVIII·

Elisabetta Sirani: Die Taufe Christi

Elisabetta Sirani: Madonna mit Kind, 1663

Guido Reni: Beatrice Cenci

Das Portrait von Beatrice Cenci stammt wahrscheinlich von Guido Reni, es wird gelegentlich auch Elisabetta Sirani zugeschrieben. Wahrscheinlich kannte sie das Bild und fertigte eine Kopie. Die Angaben zur Entstehung sind unterschiedlich – sowohl bei Reni als auch bei Sirani.

Elisabetta Sirani: Porcia verwundet sich selbst am Oberschenkel, 1664

Elisabetta Sirani: Judith mit dem Haupt des Holofernes, ca. 1660

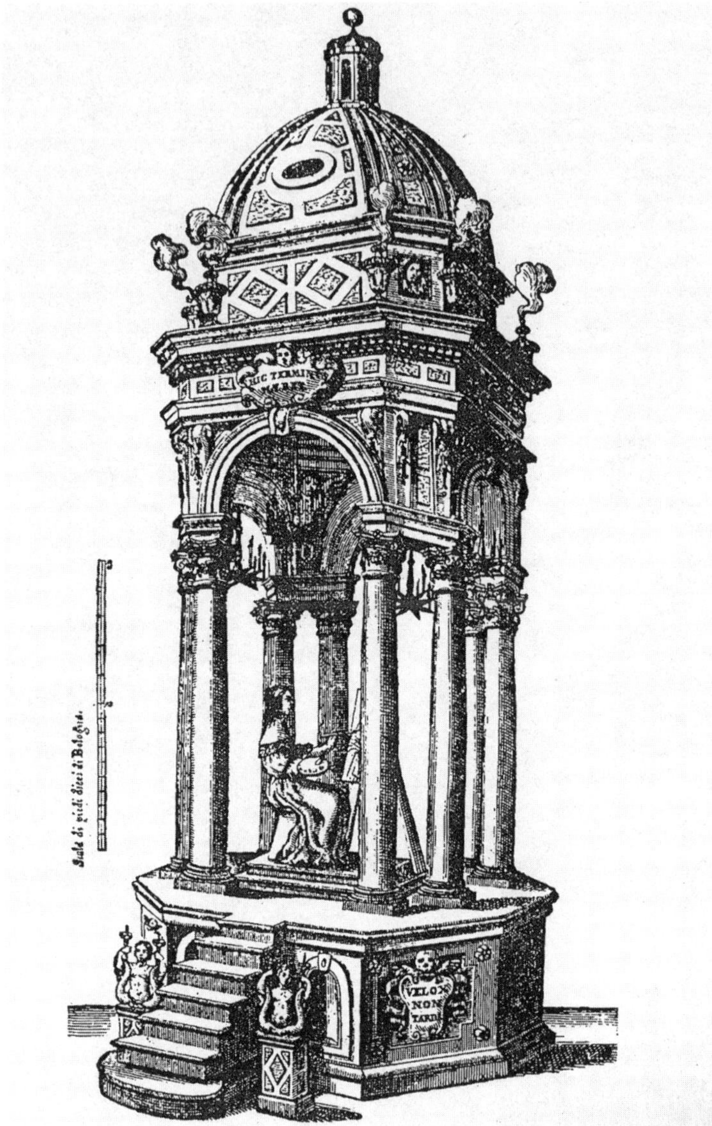

Matteo Borboni: einer der Entwürfe des castrum doloris für Elisabetta Sirani, 1665